Akte
»KRΩNΩΣ«

Danksagung

Mein Dank gilt all denen, die mir, trotz meiner teils lästigen Fragerei, immer wieder geduldig Rede und Antwort standen. Vielen Dank Dr. Michael Bentele und Franz Hirschle! Besonders danken möchte ich meiner Frau Bernadette und meinen Kindern, die mir nicht nur den Rücken freihielten, sondern auch für ihre Unterstützung, aufmunternden, bestärkenden Worte, wie auch die offene und konstruktive Kritik. Ein großes Dankeschön auch an meine kritischen und geduldigen Probeleser für ihr Feedback. Ebenso bedanken möchte ich mich beim gesamten Team von BoD, Norderstedt, besonders bei Frau Mainka, die mir immer wieder und unermüdlich mit Rat und Tat zur Seite stand.

Der größte Dank jedoch gilt Ihnen, liebe Leserinnen und Leser, dass Sie sich für den Kauf meines Romans entschieden haben. Ich wünsche Ihnen viel Spaß und gute Unterhaltung!

Zuletzt schließe ich mit dankbaren Grüßen an alle Buchhändlerinnen und Buchhändler, die den Mut haben mein Buch in ihr Sortiment aufzunehmen. Herzlichen Dank!

FSC
www.fsc.org
MIX
Papier aus verantwortungsvollen Quellen
Paper from responsible sources
FSC® C105338

Bibliografische Information der Deutschen Nationalbibliothek:
Die Deutsche Nationalbibliothek verzeichnet diese Publikation in der Deutschen Nationalbibliografie; detaillierte bibliografische Daten sind im Internet über http://dnb.dnb.de abrufbar.

E-Mail: Autor_M_Buergel@yahoo.com

Illustration: ***Matthias Bürgel***

Lektorat: **Michaela Marwich, Textcheck Agency**

Coverdesign: ***GP Design, Greg Perry, London, UK***
https://gregperry.m lio.com

Herstellung und Verlag: BoD - Books on Demand, Norderstedt

ISBN 978-3-7448-1037-1

Matthias Bürgel

Akte Kronos

Anmerkung des Autors

›Akte Kronos‹ beinhaltet real existierende Schauplätze und real existierende Einrichtungen.

Unschärfen oder Ungenauigkeiten betreffend der zeitlich-politischen Bezüge sind meiner schöpferischen Freiheit anheimgefallen.

Dieses Buch erhebt keinen Anspruch auf Faktizität, obwohl reale Unternehmen, Behörden, oder Personen des Öffentlichen Lebens erwähnt und realistische Abläufe thematisiert werden, die es so oder so ähnlich gab oder geben könnte.
Die beschriebenen Begebenheiten, Gedanken und Dialoge sind fiktiv.

Kein Mensch besitzt so viel Festigkeit, dass man ihm die absolute Macht zubilligen würde.

– Albert Camus –

Prolog
Heidelberg – Sonntagabend

Ihre Lungen brannten wie Feuer und die Beinmuskulatur versagte ihren Dienst. Sie saß, in sich zusammengekauert, hinter stinkenden Müllcontainern in irgendeiner schäbigen Gasse, schwer nach Atem ringend. Kalter Regen prasselte in dicken, bleiernen Tropfen hernieder und trommelte ein arhythmisches Stakkato auf den Deckeln der blechernen Müllcontainer. Sie steckte sich die Finger in die Ohren und schloss die Augen. Was sollte sie tun? Wo sollte sie hingehen?
»*Los! Denk nach Mädchen*«, schalt sie sich.
Allmählich beruhigte sich ihr Atem und das Brennen ihrer Lunge verebbte. Sie hatte viel zu viel geraucht im letzten Jahr. Sollte sie je heil aus dieser Sache herauskommen, was immer es auch war, würde sie damit aufhören, das schwor sie sich.
Wer war der Kerl und was wollte er von ihr?

Es war ein Ausnahmefall, aber es war so vieles unerledigt geblieben, dass sie für einige Stunden im Labor gewesen war, um für ihren Chef die Ergebnisse zusammenzustellen. Es dämmerte bereits, als sie die Wohnung betreten hatte. Ein trüber, grauer Tag und am Himmel hingen schwere, dunkle Wolken, die erahnen ließen, dass es heute noch regnen würde.

Die kleine Wohnung lag in fast vollkommener Dunkelheit, dennoch hatte sie darauf verzichtet das Licht einzuschalten. Warum auch? Sie fand sich blind darin zurecht. Nachdem sie ihre Chucks von den Füßen gestreift, ihre schwere Lederjacke von den Schultern hatte gleiten lassen, war sie in die Küche gegangen. Auf ihre offene Küche mit der großen Kochinsel und dem hoch eingebauten Backofen war sie besonders stolz. Da ihr nicht danach war, sich etwas Frisches zum Essen zuzubereiten, entschied sie sich für Tiefkühlkost. Sie heizte den Backofen vor und entnahm dem Tiefkühlfach Baguettes, legte sie aufs Backblech und schob sie in den Ofen. Mit auf ihren Knien aufgestützten Ellbogen schaute sie, auf der Kochinsel sitzend, gedankenverloren in den Backofen. Der Professor war ein Workaholic und sie hatte fest damit gerechnet, ihn auch heute im Institut anzutreffen. Vor ein paar Tagen hatte er erwogen, so glaubte sie sich zu erinnern, für zwei, drei Tage verreisen zu wollen. War es schon dieses Wochenende gewesen? Sie wusste es nicht mehr. Dennoch war es ungewöhnlich, dass er heute nicht im Labor erschienen war. War auch nicht wichtig. So hatte sie die sechs Stunden in Ruhe arbeiten können. Pünktlichkeit und Zuverlässigkeit waren Tugenden, die dem Professor enorm wichtig waren. Er schien die Inkarnation all dessen zu sein, was *sie* nicht war. Er hatte sie ganz zu Beginn gescholten, als sie ein paar Mal zu spät erschienen war. Sie war immer schon chaotisch, unstrukturiert und unorganisiert gewesen, wollte die Stelle aber auf keinen Fall verlieren, weshalb sie

sich sehr bemühte, ihm keinen Anlass mehr zur Rüge zu geben. Drei Wecker mühten sich redlich, sie morgens dem Schlaf zu entreißen, alle im Abstand von fünf Minuten gestellt. Sie war eben kein Morgenmensch und würde es nie werden.
Seit zwei Jahren arbeitete sie nun mit dem Professor zusammen. Ein komischer Kauz, aber ein absolutes Genie auf seinem Gebiet. Obwohl sie nicht nur optisch, sondern auch charakterlich unterschiedlicher nicht hätten sein können, vertraute er ihr und bezog sie von Anfang an in seine Forschungen mit ein, zumal sie befürchtet hatte, nur einfache hilfswissenschaftliche Dienste verrichten zu müssen.
Sie schwang sich von der Kochinsel und griff sich eine Dose Cola aus dem Kühlschrank. Plötzlich hielt sie inne, weil sie glaubte, ein Geräusch gehört zu haben.
Spinnerin, dachte sie.
Das Geräusch wiederholte sich. Nun wurde sie doch unruhig, stellte die Dose zurück in den Kühlschrank und ließ ihren Blick durch das Wohnzimmer schweifen. Da war nichts! Bildete sie sich etwas ein? Sie knipste das Licht der Dunstabzugshaube an und die Küche wurde in ein schummrigdiffuses Licht getaucht.
Langsam die Kochinsel umrundend schritt sie, sorgfältig darauf bedacht nirgends anzustoßen, in das angrenzende Wohnzimmer. Dort knipste sie die Stehlampe an. Auch hier konnte sie die Quelle des sonderbaren Geräusches nicht ausfindig machen, sie konnte es nicht einmal genau definieren.

Auf Zehenspitzen schlich sie langsam den Flur hinunter und vergewisserte sich, dass sie die Wohnungstüre ordentlich verschlossen hatte. Ihr Blick fiel dabei auf den Regenschirm, welcher in einem aus den 70ern stammenden Schirmständer stand. Nicht dass sie ihn je gebraucht hätte, sie liebte den Regen, aber sie hatte ihn, zusammen mit dem eigentlich speihässlichen Ständer auf einem Flohmarkt erstanden. Wie ein Schwert aus der Scheide zog sie den Schirm aus dem Ständer, wog ihn in der Hand und ließ ihn durch die Luft sausen. Als Schlagwaffe wäre er gänzlich ungeeignet gewesen, aber er hatte eine metallene Spitze, die, richtig eingesetzt, sicherlich eine gute Verteidigungswaffe sein würde. Damit bewaffnet ging sie den Flur zurück ins Wohnzimmer, schielte um die Ecke und ging langsam Richtung Schlafzimmer. Mit den Fingerspitzen stieß sie sacht die Türe auf und wartete, bis diese am Schrank anstieß. Kampfbereit tastete sie nach dem Lichtschalter, hob den Schirm hoch über ihren Kopf und knipste das Licht an.

Erleichtert blies sie die Luft aus, die sie unbewusst angehalten hatte.

Sina, jetzt fängst du an durchzudrehen, dachte sie schmunzelnd, wog den Schirm in ihrer Hand, nahm eine Fechthaltung ein und duellierte sich mit ihrem verwegen grinsenden Pendant in der verspiegelten Türe ihres Kleiderschrankes. Sie knipste das Licht aus und ging in die Küche zurück. Ein Blick in den Ofen verriet ihr, dass die Baguettes bald fertig sein würden. Zischend öffnete sie die Coladose, welche sie zuvor in den Kühlschrank zurückgestellt hatte, und schwang sich wieder auf die Kochinsel. Sie entließ einen gewaltigen Rülpser, nachdem sie einen großen Schluck genommen hatte. »Reeeespekt, Sina«, gluckste sie und klatschte die Hände zu einem ›high-five‹ zusammen. Plötzlich schnürte ihr etwas die Kehle zu und ihr Kopf wurde hart nach hinten gerissen. Sie versuchte zu schreien, aber kein Laut wollte ihrer Kehle entweichen. Wild strampelnd und um sich schlagend wurde sie, mehr liegend als sitzend, über das Ceran-Feld und den Rand der Kochinsel gezerrt. Ihre Hand griff immer wieder ins Leere, bis sie einen Gegenstand ertastete, den sie ergriff und eisern festhielt. Da sie nichts sehen konnte, glaubte sie, endlos tief zu fallen. Der Aufprall, als sie hart auf dem Rücken aufschlug, trieb ihr die letzte Luft aus den Lungen. Tränen der Angst und des Schmerzes trübten ihren Blick und mit dem Gegenstand in der Hand hieb und stach sie wild um und hinter sich, bis sie plötzlich einen Widerstand zu spüren glaubte. Sie stach erneut zu und ein lautes, wütendes Brüllen erklang. Die Schlinge um ihren Hals lockerte sich und blitzschnell drehte sie sich und rappelte sich auf. Ihre Lungen füllten sich mit Luft und ihr wurde schwarz vor Augen. Immer noch den Schirm umklammernd, hieb und stach sie blindlings auf die vermummte Person ein, welche vor ihr auf dem Boden kniete. Zumindest nahm sie es in diesem Augenblick durch den Tränenschleier so wahr. Eine Stimme in ihr schrie: *»Lauf Sina, lauf!«*

Sie warf den Schirm von sich, der ins Dunkel des Raumes davon schlidderte, umrundete die kauernde

Person, griff sich ihre im Flur auf dem Boden liegende Lederjacke und Stiefel, packte ihren Rucksack und polterte barfüßig, immer zwei Stufen auf einmal nehmend das Treppenhaus hinab, stürmte zur Haustüre hinaus und rannte und rannte, bis sie nicht mehr konnte. Der Regen schien noch zugenommen zu haben. Völlig durchnässt und zitternd kramte sie mit klammen Fingern ihr Handy aus der Gesäßtasche und überlegte, wen sie anrufen könnte. Die Polizei? Sie mochte die Bullen nicht sonderlich gut leiden. Hatte sie doch in der Vergangenheit die ein oder andere schlechte Erfahrung mit ihnen gemacht. Die waren doch alle gleich. Wahrscheinlich würden sie ihr nicht einmal glauben, schon gar nicht, wenn sie ihr Strafregister durchforsteten. Nein, das wäre wirklich ihre letzte Option.

Sie wusste wo sie hingehen würde. Dort wäre sie sicher. Vorerst!

1. Kapitel

Konstanz – wenige Stunden zuvor.

Geduldig hatte er gewartet. Erst als das Licht im Zimmer erlosch, schlüpfte er leise ins Innere des Gebäudes. Geschmeidig, lautlos, bewegte er sich den Gang entlang und begann die Treppe emporzusteigen. Von irgendwoher drangen die Stimmen eines Mannes und einer Frau, die sich zu streiten schienen. Wie er es jahrelang trainiert hatte, huschte er, eng an die Wand geduckt, durch die spärlich beleuchteten Korridore. Bei jeder Abzweigung eines Ganges spähte er um die Ecke, bevor er weiterging. Wenige Minuten später hatte er das Zimmer erreicht. Vor der Türe kniend verharrte er einige Sekunden und lauschte angestrengt, ob aus dem Zimmer Geräusche drangen. Es war still. Hastig warf er einen Blick rechts und links den Korridor hinunter, ehe er das kleine, unscheinbar wirkende Gerät aus der Tasche nahm.

Nicht zum ersten Mal knackte er ein elektrisches Code-Schloss. Schon nach wenigen Sekunden öffnete sich die Türe mit einem leisen Klicken. Vorsichtig spähte er hinein. Das Zimmer lag in fast vollkommener Dunkelheit. Nur das diffuse Licht einer Parklaterne warf seinen matten Schein in den Raum. Die Finger fest um den Griff seiner Pistole geschlossen, drang er tiefer in den Raum vor.

Noch ehe er ihn sah, hörte er das Geräusch seiner unrhythmischen Atmung. Erst wenn das Mittel seine volle Wirkung entfaltete, würden seine Atemgeräusche ruhiger, gleichmäßiger. Aber das spielte keine Rolle mehr. Fast vollständig bekleidet fand er ihn auf dem Bett liegend. Die Arme weit von sich gestreckt, einen Fuß außerhalb des Bettes und den Mund weit geöffnet. Er steckte die Pistole zurück ins Schulterholster und schlüpfte in den Einweg-Overall, den er mitgebracht hatte. Sorgfältig achtete er darauf, dass die Haube seine Haare bedeckte und schloss den Reißverschluss bis zum Kinn. Mehr Mühe bereiteten ihm die Gummihandschuhe. Obwohl er Größe XXL besorgt hatte, tat er sich schwer damit, seine großen Hände in den schwarzen Latex zu zwängen. Langsam begann er ihn zu entkleiden. Einige Male vernahm er widerwillig brummende Laute, weshalb er annahm, das Mittel zu gering dosiert zu haben. Vielleicht hätte er doch gut daran getan, sich länger zu gedulden. Aber er wollte das hier so schnell wie möglich hinter sich bringen. Die Socken ließ er ihm bewusst an, um den Reibungswiderstand so gering wie möglich zu halten. Vorsichtig griff er unter die Schulter, richtete ihn in eine halb sitzende Position auf und schlang seinen Arm um ihn, sodass er mit der Rechten unter seiner Achsel hindurch greifen konnte. So sanft wie möglich hob er ihn aus dem Bett und schleifte ihn ins Badezimmer. Er durfte ihn nicht zu kräftig anpacken, wollte er Hämatome vermeiden. Mit einiger Anstrengung, die ihm Schweißperlen auf die Stirn trieb, senkte er den

ermatteten Körper langsam in eine kniende Position, drehte ihn um 90 Grad und beugte seinen Oberkörper in die Badewanne. Die Unterarme baumelten schlaff an der Ummauerung der Wanne, die Fingerspitzen am Saum des Vorlegers ruhend. Er trat einen Schritt zurück, nickte zufrieden und eilte zurück in den Flur, um die Kühlbox zu holen.
Quietschend löste sich der Deckel, wobei er bewusst sein Gesicht zur Seite wandte, um den wabernden Nebel darin nicht versehentlich einzuatmen. Kurz überlegte er, ob er nur die offene Box in die Wanne stellen sollte, entschied sich aber dafür den Inhalt in die Wanne zu schütten.
Mit einer Ecke des Deckels schob er die zerstreuten Pellets zusammen, formte einen Haufen unter dem Gesicht und hoffte, dass die Dämpfe schnell ihre Wirkung täten. Er trat einen Schritt zurück und wartete. Beobachtete wie das Trockeneis in der Wanne zu sublimieren und sich der Nebel wabernd auszubreiten begann. Plötzlich versteifte sich der Körper des Mannes. Erst die Finger, dann die Unterarme. Zappelnd schlugen sie gegen die Ummauerung der Badewanne. Ein gurgelndes Grunzen entfuhr seiner Kehle. Da er befürchtete, der krampfende Körper könnte vom Wannenrand gleiten, trat er, die Luft anhaltend, einen Schritt nach vorne und hielt Oberkörper und Kopf mit einem Griff in den Nacken des Mannes über dem dampfenden, wabernden Nebel fixiert. Ein schnappendes Schnarchen und Röcheln begleitete den wild zuckenden Todeskampf des Mannes.

Ein dünner Faden Speichels rann aus dessen Mundwinkel und tropfte zischend auf das Trockeneis.
Der Körper versteifte sich in krampfhafter Agonie, bäumte sich ein letztes Mal auf und erschlaffte mit einem tiefen Seufzen.

2. Kapitel

Konstanz – wenige Stunden zuvor

Seine Mitarbeiter waren schon am Tatort als er eintraf. Ein gediegenes 5-Sterne-Hotel am Ufer des Bodensees, idyllisch auf einer kleinen Insel gelegen, umrahmt von riesigen Trauerweiden, die sich in der herbstlichen Brise hin und her wiegten. Das Haus genoss einen erstklassigen Ruf und galt als das exklusivste Hotel am Platz. Sprenger kannte es seit vielen, vielen Jahren, obgleich er dienstlich noch nie darin zu tun hatte, bis heute. Vor einer Stunde war ein Anruf eingegangen, dass man in einem Zimmer den Leichnam eines Gastes aufgefunden habe. Laut des Notarztes, den die Hotelmitarbeiter verständigt hatten, soll dieser sich angeblich in der Badewanne das Leben genommen haben. Eines der Zimmermädchen hatte die Leiche entdeckt. Sein Team war nur wenige Kilometer vom Hotel entfernt, weshalb er es sogleich zum Tatort beordert hatte. Mit Toten zu arbeiten war für ihn nichts Ungewöhnliches, ebenso dass Menschen sich das Leben nahmen. Bis auf die Ausnahme, dass jemand aus Angst vor Siechtum oder Pflegebedürftigkeit seinem Leben ein Ende setzte, fehlte ihm dafür jegliches Verständnis, vielfach empfand er es schlichtweg als Feigheit vor dem Leben. Unzählige Male hatte er, wenn er den

Angehörigen die traurige Nachricht überbringen musste, die quälende Frage in ihren Gesichtern gesehen. Die Frage nach dem *Warum*?
Wenn Ehepartner, Kinder oder Freunde mit quälenden Selbstvorwürfen zu leben hatten.
Nein, bei aller Liebe, das würde er nie nachvollziehen können.
»Kriminalhauptkommissar Sprenger«, stellte er sich dem jungen Mann an der Rezeption vor. »Meine Kollegen müssten bereits hier sein.«
Noch bevor der junge Mann reagieren konnte, trat aus dem Back-Office eine junge Frau auf ihn zu.
»Marit Keller. Ich bin Chef de Réception. Ich bringe Sie zu Ihren Kollegen. Wenn Sie mir bitte folgen wollen.«
Es hätte ihm genügt, wenn sie ihm die Zimmernummer gesagt hätte.
»Gerne«, sagte er stattdessen, »ich folge Ihnen unauffällig.«
In der dritten Etage stiegen sie aus dem Fahrstuhl und gingen einen Korridor hinunter, welcher zur Seeseite hin unterbrochen war durch bogenartige Einlassungen, die man zum Teil nachträglich verglast hatte. Bewundernd ging er über die durch die Jahrhunderte ausgewaschenen und abgetretenen Fliesen, die zum Teil Sprünge und Risse hatten, aber dem alten Gemäuer dadurch seinen unvergleichlichen Charme verliehen. Irgendjemand hatte versucht, das Altertümliche mit der Moderne zu verknüpfen, indem er moderne Gemälde und Collagen an die Korridor-Wände gehängt hatte, was Sprenger ein missfälliges Kopfschütteln entlockte.

Er war sich sicher, dass die Rezeptionschefin, unter anderen Umständen, über die Geschichte des Gemäuers referiert und die besonderen Vorzüge und Serviceleistungen dieses Hauses nicht unerwähnt gelassen hätte.
So war er froh, dass sie schweigend den Korridor entlanggingen, bis sie vor einem Zimmer Halt machte und mit der Hand auf die Zimmertüre deutete.
»Bitte, Herr Sprenger, Zimmer 319. Wenn Sie mich dann bitte entschuldigen würden.«
Die Vorstellung, dass hinter dieser Türe die sterblichen Überreste eines Menschen lagen, schien ihr Unbehagen zu bereiten, weshalb sie sich mit einem Kopfnicken empfahl und eiligen Schrittes entfernte. Bernd Maurer, Sprengers kriminaltechnischer Mitarbeiter, öffnete nach zweimaligem Klopfen die Türe. Er trug einen weißen Einweg-Overall, Mundschutz und Gummihandschuhe.
»Und? Was haben wir?«
»Eine Leiche«, gab Bernd flapsig zurück.
»Ach nee? Na komm, erzähl mir mehr«, forderte Sprenger und nickte zur Begrüßung Joachim Bauer zu, der das gleiche Outfit wie Maurer trug.
»Der Tote ist, laut des Ausweises, den wir gefunden haben, ein Professor Dr. Dr. Hartmut Willberg. 62 Jahre alt. Wie es bis jetzt aussieht, scheint er sich mit Trockeneis in der Badewanne suizidiert zu haben.«
»Nicht schon wieder«, stöhnte Sprenger.
In den vergangenen Jahren erfreute sich diese Art des Freitodes zunehmender Beliebtheit.

Vier Fälle dieser Art waren Sprenger allein in den letzten acht Monaten untergekommen. Trockeneis ist die feste Form des Kohlendioxids, das bei entsprechender Konzentration zum Erstickungstod führt. Da dies nicht ganz schmerzlos vonstattengeht, da der Körper von furchtbaren Krämpfen geschüttelt wird, betäuben sich die Suizidenten üblicherweise vorher mit Schlaftabletten, schlafen ein und ersticken. Im Internet fanden sich mittlerweile unzählige Anleitungen, wie man das Trockeneis anwendet, zudem ist es als Block, Scheiben oder Pellets leicht zu beziehen. Sprenger folgte Maurer ins Badezimmer. Der schlanke, bis auf die Unterhose entkleidete Körper Willbergs kniete, den Oberkörper vornüber gebeugt, an der Aufmauerung der Badewanne, als hätte man etwas zum Trocknen über den Wannenrand gelegt.

»Habt ihr ihn so aufgefunden?«

Bernd Mauerer nickte wortlos.

Sprenger beugte sich über den Verstorbenen und schnupperte. »Riecht deutlich nach Alkohol.«

»Auf dem Nachttisch steht eine halbleere Flasche Cognac«, meldete sich Bauer zu Wort.

»Schlaftabletten?«

»Haben wir keine gefunden. Zumindest keine leeren Tabletten-Blister und auch keine Rückstände im Glas. Wenn, dann hat er sie vielleicht so eingenommen.«

»Können wir die Todeszeit schon näher eingrenzen?«

»Die Leichentemperatur lag bei 28,7 Grad.

Der Grad der Auskühlung ist hier nicht so hoch,

weshalb ich die Todeszeit irgendwann zwischen 23:00 Uhr und 01:00 Uhr heute Nacht festlegen würde«, antwortete Maurer.
»Habt ihr einen Abschiedsbrief gefunden und wann hat man ihn zuletzt lebend gesehen, Jo?«
»Nein. Nichts. Auch in seinem Handy nichts. Keine ausgehenden Nachrichten, die einen Abschiedscharakter gehabt hätten. Die Nachtschicht an der Rezeption hat ihn gegen 23 Uhr ins Hotel kommen sehen.«
Sprenger lehnte sich erneut über den Leichnam. Kopf, Schulter und der obere Brustbereich waren bläulich verfärbt. Das Blut hatte sich nach Eintritt des Todes in den körperabhängigen Partien gesammelt. Ein Blick auf die unteren Extremitäten sagte ihm, dass es zumindest, was die Bildung und Ausprägung der Leichenflecke anging, keine Auffälligkeiten gab. Er stülpte sich einen Gummihandschuh über, den er aus der Jackentasche gekramt hatte und drückte mit dem Nagel seines Daumens in die Wade des Toten. Nur allmählich füllte sich die niedergedrückte Stelle wieder mit Blut, als er den Druck davon nahm. »Bist du soweit, dass wir ihn umlagern können, Bernd?«
»Jupp!«
»Dann hilf mir mal eben«, sagte David und griff nach dem rechten Arm.
Maurer packte den linken Arm, dann hoben sie den toten Körper langsam an und ließen ihn, rücklings, sacht auf dem Vorleger nieder.
»Was ist das da?«, fragte Sprenger, auf eine farbliche Veränderung an der Stirn des Toten deutend.

»Hm«, murmelte Maurer. »Schwer zu sagen. Ein Hämatom scheint es nicht zu sein. Das sieht mir eher wie eine oberflächliche Verbrennung aus. Vielleicht ist er, als er sich in die Wanne gebeugt hatte, mit dem Trockeneis in Berührung gekommen.«

Maurers These schien Sprenger nicht abwegig zu sein. Bei der Koagulationsnekrose, der Kälteverbrennung, können betroffene Körperstellen innerhalb von Sekunden erfrieren, wenn sie lokal mit einer extremen Kältequelle in Kontakt kommen, was dann zu verbrennungsähnlichen Verletzungen führt. An der Kontaktstelle zeigt sich dies durch scharfe, abgrenzbare, blasse und trockene Areale, nicht selten mit starker Blasenbildung. Auf einem Hocker neben dem Waschbecken stand eine grüne, 40 mal 40 cm messende Isolierbox aus Styropor, die Sprenger nun in Augenschein nahm. Mit der behandschuhten Hand hob er den Deckel des Trockeneisbehälters an.

Er hatte nicht erwartet, dass noch Rückstände des Trockeneises vorhanden waren, tippte jedoch stark darauf, dass die Box bis vor zwölf bis dreizehn Stunden noch mit Trockeneis-Pellets gefüllt war.

»Wenn ihr die Befundaufnahme soweit abgeschlossen habt, würde ich mich um den Bestatter kümmern«, sagte er an Maurer und Bauer gewandt.

»Ich bin dann nochmal unten in der Lobby und versuche den einen oder anderen Zeugen ausfindig zu machen.«

David lehnte lässig am Tresen, als die Rezeptionschefin ihn ansprach.
»Herr Sprenger?! Kann ich noch etwas für Sie tun?«
»Allerdings. Mein Kollege sagte mir, dass man Dr. Willberg heute Nacht gegen 23 Uhr die Lobby habe betreten sehen. Ich bräuchte den Namen des- oder derjenigen, die heute Nacht Dienst hatten.«
»Lassen Sie mich bitte schnell im Dienstplan nachsehen.«
»Vielen Dank.«
David sah sich in der Lobby um und betrachtete gerade die Deckenfresken, als sie wieder zurückkehrte.
»Heute Nacht hatte Herr D´Angelo Dienst. Sie haben Glück, wenn Sie sich zehn Minuten gedulden, dann beginnt er seinen Spätdienst.«
Die Weltuhr, an der Rückwand der Rezeption, welche in digitalen Displays die genaue Zeit diverser Metropolen anzeigte, sprang gerade auf 13:45 Uhr.
»Warum nicht!? Dann warte ich gerne. Sagen Sie, könnte ich bei Ihnen einen Kaffee bekommen?«
»Wollen Sie einen Cappuccino, einen Latte macchiato?«
»Danke, nein. Ein ganz normaler Kaffee würde mir genügen. Und wenn Sie dazu ein Glas Wasser hätten?«
»Sehr gerne. Wenn Sie mögen, dürfen Sie es sich gerne dort in der Sitzgruppe bequem machen.« Sie deutete in eine Ecke am Ende der Lobby. Nicht lange, nachdem er sich auf einem der Sessel niedergelassen hatte, er beendete gerade sein Telefonat, in dem er einen Bestatter anforderte, kehrte sie zurück

und stellte eine Tasse Kaffee und ein Glas Wasser vor ihm auf dem Tischchen ab.
»Ach, Frau Keller, was ich Sie noch fragen wollte. Wissen Sie, was Dr. Willberg hier in Konstanz gemacht hat? War er privat oder beruflich hier?«
»Bedauere«, lächelte sie entschuldigend, »leider nein. Dr. Willberg hatte nur für drei Nächte gebucht, von Samstag bis Dienstag.«
»War er alleine angereist oder in Begleitung?«
»Nein, nein. Alleinreisend. So steht es jedenfalls in der Zimmerbuchung. Wenn ich mich recht erinnere, war er gestern gegen 17 Uhr angereist.«
»Ich danke Ihnen«, sagte David lächelnd.
Er massierte sich den linken Oberschenkel und sah ihr nach, als sie sich entfernte. Seit Tagen schmerzte seine Schussverletzung. Nicht wirklich ein richtiger Schmerz, vielmehr ein dumpfes Ziehen in der Narbe, als würde sich ein Wetterwechsel ankündigen.
Mit dem Wasser, das sie ihm serviert hatte, spülte er eine Schmerztablette hinunter. Was mochte Willberg, ein offenbar hochgebildeter Akademiker, dazu bewogen haben, seinem Leben ein Ende zu setzen? Selbstmord zog sich durch alle Schichten, das war ihm bewusst, und nicht selten litten gerade hochintelligente Menschen an Depressionen.
Und dennoch, die meisten hinterließen einen Abschiedsbrief, in dem sie sich erklärten, sich bei ihren Lieben entschuldigten und Anweisungen für ihre Bestattung oder ihren letzten Willen zum Ausdruck brachten.
Die zunehmende Digitalisierung brachte es mit

sich, dass viele noch E-Mails versandten, oder sich nicht selten per Sprachnachrichten oder SMS verabschiedeten, selbst in den sozialen Medien wird die Selbstmordankündigung zum Teil gepostet. Nicht, dass es die Regel gewesen wäre. Es gab auch Selbstmorde, die aus einem Affekt, meistens durch eine akute Lebenskrise, einem bahnbrechenden Ereignis heraus verübt wurden. Aber wenn man sich so wie Willberg mit Kohlendioxid vergiftete, sich erst das hierzu notwendige Trockeneis besorgte, war es ein geplanter Suizid, der zumindest eine gewisse Vorbereitung benötigte. Wieso dann kein Abschiedsbrief? Er kramte sein Smartphone aus der Hosentasche, öffnete den Browser und tippte den Namen Willbergs in das Suchfeld ein. Nach einigen Sekunden wurden die Suchergebnisse angezeigt. Es gab etliche Publikationen, welche unter dem Namen Professor Dr. Willbergs erschienen waren. Dieser Name war auch mit dem Deutschen Krebsforschungszentrum in Heidelberg verknüpft. Er öffnete die Homepage und navigierte sich durch die Seite, bis er auf die Namen der verschiedenen Abteilungsleiter stieß. Willberg war offenbar der Leiter der Abteilung für angewandte Tumorimmunität. Das dort hinterlegte Bild stimmte mit dem Toten auf Zimmer 319 zweifelsohne überein. Ein attraktiver Mann, wie David fand. Klar, er hatte gesehen, dass Willberg schlank und offenbar gut trainiert war, aber der Tod veränderte die Menschen und deren Gesichtszüge in erschreckendem Maße. Er blätterte weiter durch die Seiten, konnte aber keinen Hinweis auf einen Lebenslauf Willbergs

entdecken, er würde im Büro weitere Nachforschungen hinsichtlich möglicher Hinterbliebener anstellen müssen.
Von allen seinen Tätigkeiten war ihm diese die verhassteste, die Überbringung von Todesnachrichten.
Ein junger, schüchtern dreinblickender Mann trat auf David zu.
»Guten Tag, mein Name ist Alessandro D´Angelo. Sie haben auf mich gewartet?«
David erhob sich und reichte ihm die Hand.
»Guten Tag, mein Name ist Sprenger, ich bin von der Kriminalpolizei. Sie haben gehört, was passiert ist nehme ich an?«
D´Angelo nickte. »Können Sie mir sagen, wann Sie Dr. Willberg zuletzt gesehen haben?«
»Hm«, brummte der junge Mann. »Ich hatte gestern Mittelschicht. Die geht normalerweise von 14 bis 22 Uhr. Meine Kollegin, die mich ablösen sollte, hatte sich wegen eines Termins verspätet, weshalb ich erst gegen 23:10 Uhr in den Feierabend gegangen bin. Ich kann mich ziemlich genau erinnern, dass der Gast um 23:05 Uhr hereingekommen war.«
David zeigte ihm das Bild Willbergs, welches noch im Browser-Fenster seines Smartphone geöffnet war.
»War es dieser Mann?«
»Ja, genau«, antwortete D´Angelo.
»War er alleine und haben Sie sich noch mit ihm unterhalten?«, fragte David weiter.
»Ja und nein. Unser Haus hat eine elektronische Schließanlage. Das heißt unsere Gäste bekommen

beim Einchecken eine Key-Karte.«
»Also war er alleine und Sie haben sich nicht mit ihm unterhalten?«, fasste David zusammen.
Der junge Mann nickte. »Ich habe ihm lediglich im Vorbeigehen eine gute Nacht gewünscht.«
»Welchen Eindruck hat er auf Sie gemacht?«
Der junge Mann schien nicht recht zu verstehen, worauf Sprenger anspielte, und sah ihn nur verständnislos an.
»Ich meine, war er in Eile, hat er einen gehetzten Eindruck auf Sie gemacht, oder wirkte er apathisch?«
Er überlegte kurz. »Nein, überhaupt nicht. Er hat meinen Gruß freundlich erwidert und ist dann zum Fahrstuhl gegangen. Also, mir ist nichts Besonderes aufgefallen, wenn Sie das meinen.«
»Haben Sie gesehen, ob Dr. Willberg etwas bei sich getragen hat? Eine grüne Schachtel, ein Päckchen, eine größere Tasche oder dergleichen?«
»Nein, nicht dass ich wüsste.«
David notierte sich die Personalien des jungen Mannes und bedankte sich bei ihm.
Der Bestatter ließ nicht lange auf sich warten. David hatte den Fahrer angewiesen, den Leichenwagen auf der rückwärtigen Seite des Hotels zu parken, sodass man den Leichnam diskret wegschaffen konnte. Fünfzehn Minuten später lud man die Roll-Bahre in den Leichenwagen.
»Seid ihr soweit fertig in dem Zimmer?«, erkundigte sich David bei Maurer und Bauer, die mit den beiden Bestattungshelfern durch den Lieferanteneingang gekommen waren.

»Alles erledigt«, entgegnete Maurer. »Wir können das Zimmer freigeben. Ich sehe keinen Grund, weshalb wir das Zimmer versiegeln sollten. Für mich ein klarer Suizid. Wir haben alles durchfotografiert und dokumentiert. Wenn es dir recht ist, würden wir zur Dienststelle zurückfahren und mit dem Papierkram anfangen.«
»Alles klar, macht das. Ich muss nochmal kurz an der Rezeption vorbei und komme dann nach.«

3. Kapitel

Heidelberg

Vorsichtig tupfend säuberte er, mit einem jodgetränkten Wattepad, die Wunde über seinem linken Augenlid und beäugte es kritisch im Spiegel. Es zu nähen wäre wohl nicht nötig, aber er klebte dennoch zwei dünne Streifen eines Klammerpflasters darüber, die die Wundränder schließen sollten. Sie hatte sein Auge nur um Millimeter verfehlt. Er kniff einige Male das Auge zusammen, um den Sitz der Pflaster zu überprüfen. Könnte schlimmer sein. Er hatte nicht mit ihrer heftigen Gegenwehr gerechnet. Vielleicht war er zu locker an die Sache herangegangen, was ihm sonst nie passierte. Was ihn viel mehr ärgerte war, dass sie ihm entkommen war. Sie aufzuspüren würde einige Zeit in Anspruch nehmen. Dass er sie finden würde, daran bestand kein Zweifel, aber diese Verzögerung war unnötig und lästig und seinem Anspruch an sich selbst, einen angenommenen Auftrag perfekt zu erledigen, nicht zuträglich. *Idiot!*
Er ging zurück ins Wohnzimmer, schenkte sich ein Glas Whiskey ein und klappte seinen Laptop auf. Mit flinken Fingern öffnete er seinen E-Mail-Account und tippte eine Nachricht. Entspannt zurückgelehnt, ließ er die goldbraune Flüssigkeit im Kristallglas kreisen und atmete mit geschlossenen Augen das Aroma des Whiskeys ein.

Er war einer der ersten gewesen, die im September 1996 ihre Ausbildung beim Kommando Spezialkräfte, KSK, begonnen hatten. Er war gerade zwanzig geworden. Sein Vater hatte ihm damals eine Ausbildungsstelle in der nachbarschaftlichen Schlosserei besorgt, und es kam zu heftigen Diskussionen, als er ihm eröffnete, dass er zur Bundeswehr gehen wolle. Zunächst für vier Jahre verpflichtend hatte er seine Grundausbildung absolviert und war, nachdem er mit überdurchschnittlichem Erfolg seine beiden Einzelkämpferlehrgänge absolviert hatte, für die KSK rekrutiert worden. Das Auswahl- und Eignungsverfahren und die sich anschließende Ausbildung galten als eine der härtesten der Welt. Neben der amphibischen Ausbildung, Gebirgskampf, Wüsten- und Dschungelkampfausbildung, die ihn in alle Teile der Welt führten, hatte er ein besonderes Talent am Präzisionsgewehr entwickelt. Bei den jährlichen Vergleichswettkämpfen der Spezial- und Sonderkommandos genoss er einen guten Ruf, galt er doch als einer der besten Scharfschützen der Welt. Seine Karriere bei der KSK fand nach acht Jahren jedoch ein jähes Ende, nachdem er, so hatten es seine Kommandoführer bezeichnet, unautorisiert und eigenmächtig gehandelt habe. Die hatten leicht reden. Er war es, der den Abzug betätigt hatte und innerhalb einer Millisekunde eine Entscheidung hatte treffen müssen, die einer Geisel das Leben gekostet hatte. Nicht, dass er diese Entscheidung je bereut hätte, aber niemand honorierte, dass er durch sein Handeln das Leben acht weiterer

Geiseln gerettet hatte. Viele Wochen hatte ein geheimer Ausschuss darüber getagt und unzählige Male hatte man ihn vorgeladen, verhört und immer wieder dieselben Fragen gestellt. Keiner dieser Sesselfurzer konnte auch nur ansatzweise nachvollziehen, unter welchem Druck man in einer Einsatzsituation stand und in welcher Geschwindigkeit Entscheidungen getroffen werden mussten. Nach seiner unehrenhaften Entlassung war er für diverse Sicherheitsfirmen durch die Welt getingelt, halbseidene oder halbstaatliche US-Unternehmen, die in Krisengebieten Personenschutz- und Bewachungsaufgaben übernahmen. Irgendwann hatte er begonnen ›Spezialaufträge‹ zu übernehmen, die exorbitant gut bezahlt wurden. Nach Erledigung mehrerer kleiner Aufträge war man an ihn herangetreten, ob er an einem festen ›Engagement‹ interessiert sei, als freischaffender Sub-Unternehmer sozusagen. Seine Auftraggeber hatte er noch nie gesehen, aber die Art seiner Aufträge ließ darauf schließen, dass eine überaus mächtige und weltweit operierende Organisation dahinter stand. Die Kommunikation fand ausschließlich über eine gesicherte E-Mail-Adresse statt, ein Teil der Bezahlung kam immer im Voraus und der Rest nach Auftragserledigung, pünktlich und ohne jeglichen Verzug. Vier Jahre noch, so war seine Planung, und er könnte sich mit dem verdienten Geld irgendwo auf dieser Welt, an einem schönen Ort, niederlassen. Ein ›Pling‹ seines Laptops signalisierte den Eingang einer neuen Mail. Er stellte sein Glas ab und begann zu lesen.

4. Kapitel

Konstanz

David klickte sich durch den Dateiordner, den Joachim und Bernd angelegt hatten und betrachtete eingehend die Bilder, die sie von der Leiche und dem Hotelzimmer gemacht hatten. Nichts wirkte auffällig, es schien sich um einen klaren Fall von Suizid zu handeln, und doch hatte er ein komisches Gefühl. Die Kleider des Toten waren ordentlich über die Stuhllehne drapiert, die Schuhe akkurat zusammengestellt, Mobiltelefon und Geldbörse lagen geordnet auf dem Sideboard neben dem Doppelbett, das Bild eines ordnungsliebenden Mannes. An der Hotelrezeption konnte man ihm keine verlässliche Auskunft darüber geben, ob und wann Dr. Willberg die Kühlbox ins Hotel gebracht haben soll oder ob ihm diese durch einen Boten geliefert wurde. Der Deckel der Box enthielt auch keinen Absender. Klar, auch eine Hotelrezeption war nicht lückenlos besetzt, und Willberg hätte mit der Kühlbox in der Hand die Lobby durchqueren können, ohne dass jemand Notiz davon genommen hätte. Irgendwie schien ihm genau dies gelungen zu sein. Aufmerksam las er Maurers kriminaltechnischen Bericht, der wie jedes Mal exzellent verfasst war. Demnach gab es keinerlei Hinweise auf eine unmittelbare Fremdeinwirkung, lediglich die oberflächliche

Kälteverbrennung auf der Stirn Willbergs, die Maurer mit einem kurzfristigen Kontakt mit dem Trockeneis, als dieser sich wahrscheinlich in die Wanne gebeugt hatte, in Einklang brachte.
In seinem Bericht an die Staatsanwaltschaft hielt Maurer eine Obduktion für nicht angebracht, da von einem ›suizidalen Geschehen‹ auszugehen sei.
»Hast du was in Erfahrung bringen können, ob es irgendwelche Angehörigen gibt, die wir noch verständigen lassen sollten?«, fragte er, als er Joachims Büro betreten hatte.
»Ich habe von der Verwaltung des Krebsforschungszentrums die Adresse seiner zweiten Ehefrau bekommen. Die Kollegen in Heidelberg habe ich bereits gebeten, die Todesnachricht zu überbringen und mir wieder Bescheid zu geben.«
»Prima. Dann ist der Fall ja soweit rund. Bist du fertig, oder musst du noch etwas ergänzen? Ansonsten würde ich den Fall gleich der Staatsanwaltschaft mailen.«
»Ich bin durch«, antwortete Bauer, »aber unbenommen der Todesnachricht kannst du den Fall schon weiterleiten.«
Zum Ende seiner Schicht hatte David den Vorgang aufmerksam gelesen und ihn dann mit einem kurzen Anschreiben per Mail an die Staatsanwaltschaft geschickt. Bernd Maurer war eine Koryphäe auf seinem Gebiet und so wischte David seine Bedenken zur Seite und entschied sich Maurers kriminaltechnischer Expertise zu folgen. Maurer hatte Erfahrung und das richtige Gespür, wenn sich nur der geringste Anhaltspunkt ergeben hätte, der ihm

nicht schlüssig erschien, hätte er bei der Staatsanwaltschaft die Obduktion angeregt. David störte einzig und allein die Tatsache, dass Willberg keinen Abschiedsbrief hinterlassen hatte, zumindest nicht im Hotelzimmer. Dass er in seinem Büro oder gar zu Hause entsprechende Zeilen des Abschieds hinterlassen hatte, hielt er für abwegig.
Der Mann war offenbar sehr geordnet und organisiert gewesen.
Naja, wer wusste schon, was im Kopf dieses Mannes vorgegangen war und was ihn zu dieser Tat getrieben hatte. David würde es nie erfahren. Der Fall war erledigt.

5. Kapitel

Heidelberg

Sein Auftraggeber schien zufrieden zu sein. Dem Mädchen maß man offenbar nicht die gleiche Bedeutung bei, obwohl man dies gerne, zusammen mit dem Problem Willberg, erledigt gesehen hätte, aber er solle sich ›zeitnah‹ um sie kümmern. Mehr ging aus der Mail nicht hervor. Er hatte einige Anrufe getätigt, bevor er seinen Whiskey leerte und ins Bad gegangen war. Die heiße Dusche war angenehm und das Pochen über seinem linken Auge ließ allmählich nach. So was Dummes! Er hatte einfach nicht aufgepasst, hatte sie unterschätzt. Klein und schlank, wie sie war, hatte sie eine ungeahnte Kraft und Gewandtheit an den Tag gelegt, mit der er nicht gerechnet hatte. Wieselflink hatte sie sich aus der Schlinge gewunden, nachdem sie ihn mit dem Schirm getroffen hatte. Mit einem Regenschirm! Er konnte es noch immer nicht fassen. Willberg zu beseitigen war indes einfach gewesen. Er war ihm vom Hotel aus in ein gediegenes Restaurant in der Innenstadt gefolgt und hatte sich unweit an einen Tisch gesetzt, von dem aus er Willberg gut sehen konnte. Einen unbeobachteten Moment ausnutzend hatte er Willberg, als dieser zur Toilette gegangen war, ein Sedativum in den Wein geträufelt. Vor Jahren war er zufällig auf dieses Präparat gestoßen.

Es war farb- und geruchlos, und nur wenn man gezielt danach suchte, wäre es bei einer toxikologischen Untersuchung aufgefallen, wenn überhaupt, da der Körper es schnell abzubauen vermochte. Es wirkte schnell und effektiv. Willberg war, nachdem er das Glas geleert hatte, schnell müde geworden. Mit Genugtuung hatte er beobachtet wie es seine Wirkung tat. Außenstehende hätten Willberg in diesem Moment als ›beschwipst‹ beschrieben. Leicht schwankend war Willberg den kurzen Weg ins Hotel zurück gegangen, hatte die Lobby durchquert und war mit dem Lift nach oben gefahren.
Gute Aufklärung war das A und O, und so hatte er schon am Abend zuvor bemerkt, dass ein Lieferanteneingang auf der Rückseite des Gebäudes permanent offen stand. Offenbar nutzten die Angestellten des Hauses diesen Eingang auch, um sich für eine Zigarette davonzustehlen. Über einen Fake-Account hatte er, schon Tage zuvor, im Internet 10 kg Trockeneis-Pellets bestellt und sich an eine Packstation liefern lassen, unmöglich nachzuverfolgen. Mit der Kühlbox unter dem Arm war er durch den Lieferanteneingang ins Treppenhaus geschlüpft und die drei Treppenabsätze nach oben geeilt, nachdem Willberg das Licht gelöscht hatte. Den elektronischen Schließmechanismus der Zimmertüre zu umgehen war, mit dem richtigen Equipment, das er sich schon vor Jahren beschafft hatte, ein Leichtes gewesen. Durch das unverschlossene Fenster war genügend Licht vom Parkplatz hereingefallen, sodass er im Dunkeln arbeiten konnte.
Der Rest war einfach.

6. Kapitel

Frankfurt a.M.

Sina Forget war, nachdem sie wieder zu Atem gekommen war, pitschnass zur nächsten Bank geeilt und hatte am EC-Automaten die verfügbare Maximalsumme abgehoben. Mit eintausend Euro, das wusste sie, würde sie nicht allzu lange über die Runden kommen, und eine weitere Abhebung würde bis zum Eingang ihres Gehalts nicht mehr möglich sein, da ihr Konto schon wieder bis ans Limit überzogen war. Der Schreck saß ihr noch in den Knochen und sie ertappte sich dabei, dass sie sich ständig nach allen Seiten umsah, als sie zum Bahnhof gegangen war. Sie hatte Glück und fand direkt eine Zugverbindung nach Frankfurt. Dort allerdings hatte sie einen Aufenthalt von einer Stunde. Erst langsam wurde ihr bewusst, dass sie dem Tod nur knapp entkommen war. Sie rieb sich die schmerzende Stelle am Hals, an der die Schlinge ein deutlich sichtbares Hämatom hinterlassen hatte. Morgen würde der Bluterguss deutlich zutage treten. In einem der Bahnhofrestaurants hatte sie sich etwas zu Essen und einen Cappuccino gekauft, aber das Schlucken bereitete ihr Schmerzen.
Was wollte dieser Kerl von ihr? Und was hatte sie getan, dass man sie töten wollte? War er ein überraschter Einbrecher, der sich durch ihr Auftauchen in die Enge getrieben gefühlt hatte?

Unsinn! Es gab nichts in ihrer Wohnung, was stehlenswert gewesen wäre.
Selbst ihr Laptop hätte bei einem Hehler höchstens noch fünfzig Euro eingebracht.
Ihr Leben war nicht immer ›rund‹ verlaufen.
Und klar gab es aus einer anderen Zeit, einer anderen Welt, sicher den einen oder anderen Dealer, dem sie noch etwas Geld schuldete, aber sicherlich keine Summen, welche einen Mord rechtfertigten. Konnte es mit ihrer Arbeit am Institut zu tun haben? Sie konnte es sich nicht vorstellen. Was tat sie dort schon? Sie war eine kleine Doktorandin, punkig, durchgeknallt, mit bunten Haaren, Piercings und Tattoos, unangepasst im wahrsten Sinne des Wortes und lediglich eine Assistentin des Professors. Alles Grübeln brachte sie im Moment nicht weiter. In erster Linie musste sie sich in Sicherheit bringen, und das Erste was ihr in den Sinn kam, war das ›Alte Haus‹, in dem sie sich, zu ihren düsteren Zeiten, gelegentlich herumgetrieben hatte. Miriam, eine ziemlich heruntergekommene Frau, deren Alter schwer zu schätzen war, hatte die Kommune Ende der Achtzigerjahre ins Leben gerufen. Sie hatte sich ehrlich über Sinas Anruf gefreut, wenngleich ihre langsame, lallende Stimme am Telefon ein deutlicher Hinweis darauf war, dass sie wieder völlig ›bekifft‹ war. Seit ihrem kompletten Absturz vor vier Jahren hatte Sina keine Drogen mehr angerührt. Nachdem man in der Uni-Klinik alle Hände voll zu tun hatte, ihr jämmerliches Leben zu retten, war sie clean geblieben. Irgend so ein Dreckskerl hatte ihr einen scheiß Stoff angedreht.

Crystal vom Feinsten, hatte er gesagt. Sie war gerade im vierten Semester an der Sorbonne, als sie die Nachricht vom Tod ihres Vaters bekommen hatte. Ein Autounfall. Auf dem Rückweg von einer Geschäftsreise war er auf einer Serpentinenstraße verunglückt. Damit nahm alles seinen Anfang. Gekifft hatte sie gelegentlich, aber das genügte ihr bald nicht mehr, um ihre Trauer und den Schmerz zu betäuben, weshalb sie schnell auf härtere Sachen umgestiegen war. Das Verhältnis zwischen ihr und ihrer Mutter war nie besonders innig oder herzlich gewesen. Nächtelang war sie durch die angesagten Pariser Bars gezogen, wenn ihr Vater wieder geschäftlich unterwegs war, was ziemlich häufig der Fall war. Nicht selten war sie fast bis zur Besinnungslosigkeit betrunken. Warum ihr Vater das tolerierte, war ihr ein Rätsel. Ihren Vater hatte sie immer vergöttert, immer. »Mon petit ange - meinen kleinen Engel«, hatte er sie genannt, auch noch als sie anfing zu studieren. Wann und wo sich ihre Eltern kennenlernten, erfuhr sie nie wirklich. Es war komisch, aber es gab überhaupt keine gemeinsamen Erinnerungen. Zumindest konnte sie sich nicht erinnern, dass man je über gemeinsame Urlaube oder Erlebnisse gesprochen hätte. Sie erinnerte sich nur daran, dass ihr Vater sehr oft Ausflüge mit ihr unternommen hatte. Obwohl er perfekt Deutsch sprach, legte er immer sehr viel Wert darauf, dass sie Französisch mit ihm sprach. Es sei wichtig, dass sie beide Sprachen fließend beherrsche, hatte er immer gesagt. Mama war in Hamburg geboren.

Ob aus Bequemlichkeit oder Unvermögen, aber sie sprach selten Französisch, nur wenn es unvermeidbar war oder wenn sie fluchte. Denis Forget war Jurist und arbeitete im Élysée-Palast. Was er dort genau tat, hatte sich Sina nie erschlossen. Er sprach aber auch nie über seine Arbeit.
Sein Tod hatte sie völlig aus der Bahn geworfen. Erst waren es einzelne Tage, die sie die Uni schwänzte, schnell wurden daraus Wochen, bis sie schließlich gar nicht mehr zu den Vorlesungen ging. Ihre Mutter ergab sich weiterhin leidenschaftlich dem Suff und kümmerte sich einen Dreck um Sina. Nicht einmal in der Klinik hatte sie sie damals besucht. Ihr Onkel, Phillipe, zu dem sie an sich immer ein gutes und herzliches Verhältnis pflegte, war ihr in den Sinn gekommen. Aber wer wusste schon, wo in der Welt der sich gerade wieder herumtrieb. Er war beruflich sehr viel unterwegs und nur noch sporadisch, zu den Hochfesten wie Weihnachten oder Ostern, in Frankreich und bei seiner Familie. So war Sina nach ihrer Entlassung nach Hause gefahren, hatte eilig ein paar Klamotten zusammengerafft, hatte ihr Sparbuch eingesteckt und sich ein Flugticket nach Hamburg gekauft. Sie musste raus, weg, weit weg von ihrer versoffenen Mutter, weg aus dieser Stadt, weg von ihren Drogenfreunden.
Einfach nur weg!

7. Kapitel

Konstanz

Gurgelnd troff der heiße, dampfende Kaffee in seine Tasse, während er sich den Schlaf aus den Augen rieb. Wie sollte er den Frühdienst überstehen? Um 04:30 Uhr hatte ihn sein Wecker erbarmungslos aus dem Schlaf gerissen, kaum dass er ein Auge zugemacht hatte. *Vielleicht brauche ich einfach mal wieder Urlaub,* dachte er und versuchte sich daran zu erinnern, wann zuletzt er sich mal ein paar Tage Urlaub oder sich frei genommen hatte. Urlaub und Überstunden hatte er en masse, daran hätte es nicht gelegen, aber die Personalsituation in den vergangenen Monaten ließ es einfach nicht zu. David nahm sich vor, noch heute den dienstlichen Kalender zu prüfen und bei seinem Chef um zwei Wochen Urlaub zu bitten. Eine Reise in den Süden wäre schnell gebucht und er konnte es sich leisten, seit man ihm eine mehr als großzügige ›Aufwandsentschädigung‹ für seinen Einsatz in Syrien überwiesen hatte. Nicht nur, dass die Regierung Repressalien befürchtet hatte, erkaufte man sich letztlich damit auch sein Schweigen. In einer schriftlichen Erklärung hatte David versichern müssen, niemals über den Fall zu sprechen und im Gegenzug hatte man ihm versichert, dass er keinerlei Konsequenzen seines Handelns zu befürchten hatte.

Ein Deal, mit dem er sehr gut leben konnte.
Wem oder warum hätte er davon erzählen sollen?
Was ihn allerdings störte war, dass man alle Beteiligten, seine Frau Beate, wie auch seinen Sohn Patrick, seine Schwiegertochter Alina und deren Familie zur absoluten Verschwiegenheit verpflichtet hatte. So subtil die Hinweise auf die Konsequenzen im Fall einer Nichtbeachtung auch waren, blieben es doch Drohungen.
Natürlich blieb es nicht aus, dass seine Vorgesetzten näheres über seine Verwundung und deren Entstehung wissen wollten. Sein Polizeipräsident hatte sogar eine Stellungnahme von ihm gefordert, und als er sich weigerte, dieser Aufforderung nachzukommen und David ihn an das Auswärtige Amt verwiesen hatte, mit disziplinarrechtlichen Maßnahmen gedroht. Ob der Polizeipräsident tatsächlich Erkundigungen einzogen hatte, wusste er nicht, vermutete jedoch, dass man ihm seine relative Bedeutungslosigkeit vor Augen geführt und ihn abgewimmelt hatte, da er David seit Wochen mied wie die Pest, wenn sie sich irgendwo im Gebäude begegneten, was ihm jedes Mal ein Grinsen entlockte. Seine Karriere war jedenfalls besiegelt, das war David bewusst. Die nächsten Jahre, bis zu seinem Ruhestand, weiterhin im Kriminaldauerdienst zu verweilen, hätte ihn nicht gestört, ganz im Gegenteil. Beate jedoch hätte es gern gesehen, wenn er sich um einen Bürojob bemüht hätte, mit geregelten Arbeitszeiten, freien Wochenenden, und was ihr noch wichtiger war, fernab jeglicher Gefahr. Aber das alleine war nicht der Grund für ihren

Auszug gewesen. Schon vor der Entführung ihrer Enkelin hatten sie Probleme, aber die Zeit danach, sein langer Genesungsprozess, die ständigen Reha-Maßnahmen, und nicht zuletzt sein Gemütszustand während dieser Zeit hatte alles verschlimmert. Sie hatten sich auseinandergelebt.
Ein schleichender Prozess, gleich einem Krebsgeschwür, das sich im Körper auszubreiten beginnt, seine Metastasen streut, Zellen und Gewebe entartend, sich überall wuchernd festsetzt, lange bevor man überhaupt die Symptome spürt. Wann hatte es begonnen? Er wusste es nicht. Sie wussten es beide nicht.
Sie sei unglücklich und unzufrieden, hatte Beate gesagt, und ihm eines Abends vor acht Monaten eröffnet, dass sie eine Wohnung gefunden habe und ausziehen würde. Nicht von ihr selbst, sondern von Patrick musste er erfahren, dass sie offenbar jemanden kennengelernt hatte. »*Nichts Festes*«, hatte er gesagt, aber für David hatte es eine Endgültigkeit, die ihn schmerzte. Hatte er doch noch die Hoffnung gehegt, dass sie wieder zu ihm zurückkäme. Er hatte sich in den letzten Wochen damit abzufinden versucht, rechnete aber jeden Tag mit ihrem Anruf oder dem Schreiben eines Anwalts, in dem sie um die Scheidung bat. Es wäre das erste Mal, dass er alleine Urlaub machen würde, kam es ihm in den Sinn. Die Vorstellung war ihm nicht unsympathisch und vielleicht täte es ihm sogar gut, Abstand von allem zu gewinnen, Zeit zu haben, um über alles nachzudenken.
»Guten Morgen, David«, erklang es hinter ihm.

»Morgen, Bernd«, erwiderte er den Gruß.
Bernd hatte ihn jäh aus seinen Gedanken gerissen.
»Wie stark sind wir denn die kommenden zwei Wochen?«
»Soweit ich weiß, müssten wir komplett sein. Warum?« Bernd Maurer stellte die Tasse unter den Kaffeeautomaten und betätigte die Taste für einen doppelten Espresso.
»Weil ich überlege, zwei, drei Wochen Urlaub zu nehmen. Ich schlafe nicht mehr gut und brauche eine Auszeit. Außerdem muss ich noch alten Urlaub abbauen.«
Nach und nach trudelte der Rest seines Teams ein und versammelte sich um den Kaffeeautomaten. Joachim Bauer gähnte herzhaft und murmelte ein »Guten Morgen« in die Runde.
»Wie war es bei euch gestern?«, fragte David an Evelyn und Frank gerichtet. Evelyn war eine noch junge Absolventin der Polizei-Fachhochschule, die Davids Team erst vor wenigen Wochen zugeteilt worden war. Er hatte sie Frank Wieland, einem altgedienten und routinierten Kripo-Mann an die Hand gegeben, um sie in den kommenden Monaten weiter auszubilden.
»Och, nix Dramatisches. Wir haben die Krankenhausleiche und den Einbruch bearbeitet, zu dem du uns geschickt hattest. Die Spurenlage bei dem Einbruch war aber überschaubar. War eine Sache von einer Stunde«, antwortete Frank.
»Wir machen nachher unsere Berichte dazu. Das heißt, du wirst die Berichte schreiben«, sagte er grinsend an Evelyn gewandt.

»Musst du ja irgendwann lernen.«
Evelyn nickte wenig begeistert.
»Du hilfst mir aber schon dabei!?«
»Na klar«, klang es dumpf aus Franks Kaffeetasse, der gerade einen Schluck daraus nahm.
Rainer, Davids Vorgänger aus der Nachtschicht, betrat übernächtigt, mit dunkel geränderten Augen, die Kaffeeküche.
»Ich hab nicht viel für dich, David. Es war eine ruhige Nacht. Bis auf einen kleinen Raub, der nach meinem Dafürhalten aber keiner war, gab es nichts. Ich habe dazu einen kurzen Aktenvermerk diktiert, den du bitte an die zuständige Inspektion weiterleiten könntest, sobald er abgetippt ist.«
Er wollte sich schon abwenden, fügte dann aber noch hinzu: »Ach, bevor ich es vergesse. Für dich hat eine Frau Willberg angerufen. Ich habe ihr gesagt, dass du erst gegen sechs Uhr wieder da bist. Sie probiert es in einer halben Stunde noch mal.«
»Hm, alles klar. Danke, Rainer. Schlaf gut nachher.«
Rainer bedankte sich und ging.

»Sprenger?!«, meldete er sich, als er den Hörer nach dem ersten Klingeln abnahm.
»Guten Morgen, Herr Sprenger. Mein Name ist Carola Willberg.«
»Guten Morgen Frau Willberg. Zunächst, mein herzlichstes Beileid.«
Carola Willberg kämpfte mit den Tränen und bedankte sich mit belegter Stimme. David ließ ihr einige Augenblicke sich zu fassen.
»Was kann ich für Sie tun?«

»Ich bin …, ich *war* die Ehefrau von Hartmut Willberg«, korrigierte sie sich. »Mir ist das alles so unverständlich. Wieso er tot ist. Ich habe erst heute Nacht von meiner Tochter davon erfahren.«
»Das tut mir sehr leid, Frau Willberg, wirklich. Aber Sie verstehen, dass ich Ihnen dazu eigentlich keine Auskünfte erteilten darf?«
»Ja, ja, ich weiß. Ich bin ja nur die Exfrau. Aber seine jetzige Frau sagt mir ja nichts. Er soll Selbstmord begangen haben? Das ist sooo ...«, sie schien nach den richtigen Worten zu suchen, »... absurd. Warum sollte er das tun? Dafür war er gar nicht der Mensch.«
»Wissen Sie«, unterbrach David sie, »wir sehen eben nicht in die Menschen hinein. Wissen nicht was sie bedrückt, was sie umtreibt, oder was für denjenigen so ausweglos erscheint und ihn zu solch einem Schritt bewegt. Aber letztlich war es seine freie Entscheidung, und das müssen wir, müssen Sie, Frau Willberg, akzeptieren. Hatte Ihr Mann denn jemals Depressionen?«
»Nein«, erwiderte sie fast ungehalten. »Sie verstehen mich nicht. Es ist völlig ausgeschlossen, dass mein Mann, mein Exmann«, korrigierte sie sich erneut, »sich selbst das Leben genommen hat.«
David kannte diese Reaktion nur zu gut. Das Zurückweisen der unvermeidlichen Wahrheit, das Leugnen und in Abrede stellen, dass sich ein geliebter Mensch das Leben genommen hat, hatte er in unzähligen Fällen selbst erlebt. Mit vielem konnten die Mensch offenbar umgehen, aber der Suizid eines nahen Verwandten schien immer noch ein

absolutes Tabu zu sein.
Eine seiner Tanten hatte sich erhängt, als er noch ein kleiner Junge war. Man hatte darüber nie gesprochen. Wenn er fragte, bekam er nur zur Antwort, dass sie sehr krank gewesen sei. So hatte David immer angenommen, dass sie an irgendeiner schlimmen Krankheit gestorben sein musste. Erst viele, viele Jahre später hatte er erfahren, dass sie sich erhängt hatte. Niemandem im Dorf schien das bekannt gewesen zu sein, oder man hatte es beharrlich totgeschwiegen, als hätte der Freitod etwas Beschämendes, einen Makel der Schande, über den man einfach nicht sprach, nicht zu sprechen hatte.
»Was lässt Sie denn glauben, dass es kein Selbstmord war?«
»Es passt einfach nicht zu ihm«, sagte sie mit zittriger Stimme. »Er war immer ein sehr lebensbejahender Mensch. Sicherlich hatte er auch seine depressiven Phasen, aber wer hat die nicht. Hatten Sie noch nie Herbstdepressionen?«
»Doch, doch, sicher«, antwortete David. *Aber ich habe noch nie überlegt, mir eine Kugel in den Schädel zu jagen,* dachte er bei sich.
»Wussten Sie, dass mein Exmann eine Reise geplant hatte?«
»Nein, wusste ich nicht. Wo sollte die Reise denn hingehen?«
David begann allmählich die Geduld zu verlieren.
Er hatte weder die Zeit, noch hatte er großes Interesse daran den Trauerhelfer zu spielen.
»Hartmut hat vor drei Jahren erst seinen Motorradführerschein gemacht. Es war sein größter Traum,

einmal mit einer Harley Davidson die *Route 66* hinunter zu fahren. Nun ja, wir haben uns dann getrennt. Zu seinem sechzigsten Geburtstag haben meine Töchter und ich zusammengelegt und ihm einen Gutschein für eine Leihmaschine in den Staaten geschenkt. Meine jüngste Tochter meinte kürzlich, dass er seinen Trip für das kommende Frühjahr geplant hatte. Und jetzt soll er sich das Leben genommen haben? Ergibt das für Sie einen Sinn?«

Ein Selbstmord ergab für David überhaupt nie einen Sinn.

»Wie hat er sich das Leben genommen?«, wollte sie wissen. David war hin und her gerissen, ob er es ihr sagen sollte. »Hat Ihnen die jetzige Ehefrau des Verstorbenen nichts erzählt?«

»Zu ihr habe ich gar keinen Kontakt«, entgegnete sie. »Wollte ich nie. Dieses russische Flittchen hat unsere Ehe zerstört. Wenn Sie mich fragen, war sie sowieso nur auf sein Geld und seine gesellschaftliche Stellung scharf.«

Mit einem spitzen Kichern fügte sie hinzu. »*Die* ist gerade mal drei Jahre älter als unsere älteste Tochter. Klar, sie ist jung, sieht gut aus. Wenn er sie nur gevögelt hätte, darüber hätte ich vielleicht hinwegsehen können, aber sich gleich scheiden zu lassen …« Ihre Stimme erstarb.

David räusperte sich: »Ihr Exmann hat sich mit Trockeneis erstickt«, sagte er, nur um das Gespräch in andere Bahnen zu lenken. »Trockeneis setzt beim Sublimieren Kohlendioxid …«

»Danke, Herr Sprenger! Ich bin Chemikerin, Sie brauchen also keinerlei weiteren Erklärungen

abzugeben.«
»Oh, entschuldigen Sie bitte.«
»Und wo?«, fragte sie.
»In einem Hotelzimmer in Konstanz am Bodensee. Wissen Sie zufällig, was er in Konstanz gemacht hat? Ob er geschäftlich oder privat hier zu tun hatte?«
»Nein. Harmut und ich hatten nur wenig Kontakt zueinander«, sagte Frau Willberg. »Er brauchte aber auch keinen besonderen Grund, um ein paar Tage zu verreisen. Das hat er früher schon getan. Abstand gewinnen, hatte er es genannt.«
David hörte sie atmen. Nur um das Schweigen zu brechen fragte er: »Haben Sie sonst noch irgendwelche Fragen?«
Nach kurzem Überlegen sagte sie dann: »Im Moment, denke ich, nicht. Ich weiß es nicht. Wo ist er denn jetzt?«
»Auf dem Zentralfriedhof in Konstanz. Wir müssen auf die Bestattungsfreigabe der Staatsanwaltschaft warten, dann kann er nach Heidelberg überführt werden. Der Auftrag dazu müsste allerdings von der jetzigen Ehefrau erteilt werden.« David notierte sich die vollständigen Personalien Carola Willbergs und der aktuellen Ehefrau, Tamina Willberg, und verabschiedete sich dann. Gespräche dieser Art waren David unangenehm. Mit Leichen zu arbeiten hatte ihm nie etwas ausgemacht, aber sich mit den Angehörigen auseinanderzusetzen, mit ihrer Trauer, Wut oder Enttäuschung umzugehen, war einfach nicht sein Ding.
Vielleicht hatten ihn die Jahre, die unzähligen

Toten so sehr abgestumpft, dass er zu Empathie nicht mehr fähig war. Fast bedauerte er es, Carola Willberg so schnell abgewimmelt zu haben. Warum beging ein Mann Selbstmord, der offenbar davor stand einen lange gehegten Traum zu realisieren? Gezielt darauf hingearbeitet hatte? Der im Leben alles erreicht zu haben schien, finanziell unabhängig war, eine schöne, junge Frau hatte.
David kamen Zweifel. Vielleicht hatte ihn sein Gefühl doch nicht getrogen.

8. Kapitel

Irgendwo in Frankfurt a. M.

Das ist mir völlig gleichgültig«, blaffte er in den Telefonhörer. »Sorgen Sie dafür, dass die Premierministerin in der Spur läuft, sonst sorge ich dafür, dass sie die längste Zeit Premier war. Ihren plötzlichen Gesinnungswandel akzeptiere ich nicht, zumal sie schon ausreichend für ihre Mühen entschädigt wurde. Regeln Sie das, verstanden?!«

Härter als beabsichtigt knallte er das Telefon auf die polierte Holzplatte seines Schreibtisches. Er sah auf seine Armbanduhr. Das feinste Modell der Schweizer Uhrenfabrik IWC, welches man für Geld bekommen konnte. Eine knappe Stunde noch bis zur Videokonferenz. Er dachte darüber nach, Essen zu gehen. Selbst wenn er gleich seinem Fahrer Bescheid geben würde, wäre die Zeit zu knapp in die Innenstadt, in sein angestammtes Restaurant zu fahren und für die Videokonferenz wieder rechtzeitig im Büro zu sein. Deshalb entschied er sich dagegen.

»Melanie«, sagte er in die Gegensprechanlage, als er die Sprechtaste niedergedrückt hielt. Ohne eine Antwort abzuwarten, fuhr er fort: »Lassen Sie mir bitte eine Portion Sushi kommen.«

Er erhob sich und trat ans Fenster. Gedankenverloren ließ er seinen Blick über die Skyline Frankfurts

gleiten. Die 65. Etage bot eine atemberaubende Aussicht über die Stadt.
Seit er den Vorsitz übernommen hatte, boten sich unzählige Gebäude an, in denen er hätte logieren können. New York, London, Tokio, Paris, aber er hatte sich ganz bewusst für Frankfurt entschieden. Der Umstand, dass er während der Bauphase des Towers maßgeblich Einfluss darauf nehmen konnte, wie sein Büro gestaltet sein sollte, und welche technischen Anforderungen er daran stellte, erleichterten ihm diesen Entschluss. Sein Bürokomplex in der obersten Etage war technisch gesehen völlig autark vom Rest des Gebäudes. Stromleitungen, Telefon und Glasfaserkabel waren getrennt zum Rest der Gebäudeinfrastruktur. Selbst wenn die Strom oder Wasserversorgung ausfiele, würde tief unter dem Gebäude ein Generator die oberste Etage weiterhin mit Strom versorgen. Aus einem 30.000 Liter Frischwassertank würde Wasser nach oben gepumpt. Allein der Serverraum, der sein eigener Entwurf war, hatte über drei Millionen Euro gekostet.
Das Netzwerk war absolut sicher. Selbst die besten Hacker, die er für Penetrationsangriffe angeheuert hatte, um die Sicherheit seines Netzwerkes zu testen, hatten sich daran die Zähne ausgebissen.
Mit vor der Brust verschränkten Armen blickte er auf die Stadt hinunter. Ein Lächeln umspielte seine Lippen. Niemals hatte er nach dem Vorsitz gestrebt, umso mehr hatte es ihn überrascht, als der Rat ihn als den jüngsten Nachfolger seit über vierhundert Jahren vorschlug und auch bestätigte.

Sein ganzes Dasein und sein Wirken war nur auf die Zielerfüllung ausgerichtet, derer sie sich verpflichtet hatten. Der Schaffung einer neuer Weltordnung. Deshalb war es ihm, wie allen Ratsmitgliedern, auch nicht vergönnt zu heiraten oder eine Familie zu gründen. Mittlerweile hatte er ein Alter erreicht, Enkel oder Enkelinnen auf seinem Schoß vor Freude quietschen zu lassen, ihnen Geschichten vorzulesen oder das Fahrradfahren beizubringen.

Es klopfte und seine Sekretärin betrat, ein Tablett balancierend, den Raum.

»Stellen Sie es mir bitte auf den Tisch«, sagte er. »Danke, Melanie.«

Mit einem angedeuteten Kopfnicken stellte sie das Tablett auf seinem gewaltigen Schreibtisch ab und entfernte sich.

Eine halbe Stunde noch bis zur Videokonferenz. Er nahm Platz und begann sein Sushi zu essen.

9. Kapitel

Konstanz

David dachte über das Telefonat mit Carola Willberg nach und darüber, was sie ihm erzählt hatte. Tja, warum plant jemand eine Traumreise und nimmt sich dann das Leben? Es wäre ja noch nachvollziehbar, wenn Willberg sich aus einem Impuls heraus, aus einer Kurzschlussreaktion, das Leben genommen hätte. Aber dagegen sprach ganz klar der Umstand, dass er seine letzte Reise geplant zu haben schien. Trockeneis war nicht gerade an jedem Kiosk um die Ecke zu bekommen. Wahrscheinlich wäre es ihm auch ein Leichtes gewesen, aus dem Labor Trockeneis mitzunehmen. Aber selbst dann läge der Schluss nahe, dass es ein geplanter und vorbereiteter Suizid gewesen war. Was wiederum die Frage aufwarf, weshalb sie keinen Abschiedsbrief gefunden hatten.

Er nahm den Hörer ab und wählte Maurers Nummer.

»Bernd, ich bin es. Du, sag mal. Habt ihr Willbergs Leiche eine Blutprobe entnommen?«

»Nö«, antwortete Maurer. »Warum auch. Es bestand ja keine Veranlassung dazu.«

»Ich dachte nur«, murmelte David. »Ich hatte eben ein Telefonat mit der Exfrau und sie äußerte Zweifel am Selbstmord ihres Exmannes.«

»Na, da ist ja nix Neues! Wie gesagt, aus kriminaltechnischer Sicht gibt es für mich keine Anhaltspunkte auf eine Fremdeinwirkung. Hast du denn Zweifel?«
»Ich bin mir eben nicht mehr sicher«, antwortete David. »Willberg soll vor drei Jahren erst seinen Motorradführerschein gemacht haben und plante im Frühjahr einen längeren Trip in die USA. Wollte mit einer gemieteten Harley Davidson über die Route 66 cruisen. Mich hat der *Gefrierbrand* auf Willbergs Stirn schon stutzig gemacht.«
Maurer kicherte. »Ja, Gefrierbrand trifft es wohl am besten. Wenn du willst, beantrage ich bei der Staatsanwaltschaft eine Obduktion. Vielleicht würde es auch genügen, wenn wir uns die Entnahme von Leichenblut richterlich anordnen lassen.«
»Hm, nein. Lass gut sein. Mach ich selbst. Danke dir.«
David wählte die Nummer des zuständigen Staatsanwaltes, nachdem er das Gespräch mit Maurer beendet hatte.
»Sprenger hier«, meldete er sich. »Guten Morgen, Robert. Ich nehme an, du hast die Leichensache Willberg schon auf dem Tisch, die ich dir gestern Abend gemailt habe?«
»Hey David. Guten Morgen. Ja, ist angekommen. Ich bin dran und wollte eben die Einstellungsverfügung und die Bestattungsfreigabe fertig machen.«
»Warte mal noch mit der Einstellung und der Freigabe. Ich hatte vor fünfzehn Minuten ein Gespräch mit der Exfrau des Toten. Sie will nicht an einen Selbstmord glauben. Ich kann dir nicht sagen, ob

das wieder so eine psychische Verdrängungskiste ist oder ob was dran ist.«

»Was denkst *du* denn?«

»Ich weiß auch nicht, was ich davon halten soll. Nach der objektiven Befundsaufnahme ergeben sich bislang keine definitiven Anhaltspunkte, dass jemand nachgeholfen haben könnte. Hast du die Lichtbildmappe vor dir liegen?«

»Warte! Ja, schieß los!«

»Schau dir mal das Bild Nr. 14 an. Hast du´s?«

»Ja. Und?«

»Siehst du die mit dem roten Pfeil markierte rotbraune Verkrustung auf der Stirn des Toten?«, fragte David.

»Hm, was ist damit?«

»Das ist eine sogenannte Kälteverbrennung. Wie genau die entstanden ist, können wir uns nicht erklären. Irgendwie ist er mit dem Trockeneis in Berührung gekommen.«

»Ja, und?«, fragte der Staatsanwalt. »Ich weiß nicht worauf du hinauswillst.«

»Na ja. Es mag eine abenteuerliche Theorie sein, aber wenn, nehmen wir mal an, Willberg sediert gewesen wäre, jemand seinen Körper zu weit in die Wanne gelehnt hätte, wäre es durchaus denkbar, dass die Verbrennung hierbei entstanden ist.«

»Hältst du es denn für möglich?«

»Na ja, ausschließen kann ich es jedenfalls nicht. Wenn wir eine Obduktion und ein toxikologisches Gutachten in Auftrag gäben, hätten wir zumindest Gewissheit«, gab David zu bedenken.«

»Was denkst du, würde eine Leichenblutentnahme

nicht genügen?«
»Wenn, dann würde ich bei Gericht schon das komplette Programm beantragen«, schlug David vor.
»Ok, ich werde es beantragen. Ich melde mich bei dir, sobald ich die Anordnung habe.«
»Danke dir, Robert.«

10. Kapitel

Hamburg

Sina fühlte sich matt und erschlagen, obwohl sie mehr als acht Stunden geschlafen hatte. Das Zimmer, welches ihr Miriam am frühen Morgen zugewiesen hatte, stank furchtbar nach Pisse und Erbrochenem. Es war klamm und kalt darin und zu allem Überfluss auch ohne Licht. Sina hatte sich beharrlich geweigert, auf der von undefinierbaren Flecken übersäten Matratze zu schlafen. Miriam hatte schließlich entnervt nachgegeben und ihr maulend und fluchend eine frische Schaumstoffmatratze aus dem Keller geholt. Nachdem sie die alte, versiffte Matratze geradewegs aus dem Fenster in den Hof geworfen und das winzige Zimmer mit einem Besen gründlich gekehrt hatte, um überhaupt so etwas wie Sauberkeit zu schaffen, breitete sie mehrere Laken, die sie in der Waschküche gefunden hatte, auf dem Boden aus und legte die Matratze darauf. Das Kopfkissen und die Decke waren nicht mehr ganz frisch, aber akzeptabel.
Sinas Hals schmerzte und das Schlucken fiel ihr schwer. Offenbar hatte die Schlinge ihren Hals doch mehr gequetscht als es zunächst den Anschein hatte. Den Bluterguss, der sich ringförmig um ihren Hals abzeichnete, würde sie mit einem Seidentuch verdecken. In den nächsten Tagen würde dieser alle Facetten, von einem tiefen bläulichen

Violett über ein Giftgrün und danach in ein eitriges Gelb, durchlaufen, bis er schließlich ganz verschwunden sein würde. Hoffentlich würden damit auch ihre Schluckbeschwerden verschwinden. Sie versuchte dem Impuls, sich ständig zu räuspern, zu widerstehen. Ein widerliches Gefühl, wie sie fand. Gleich einem Bissen trockenen Brotes, an dem man sich verschluckt hatte, der sich hartnäckig hielt, daran man zu ersticken drohte und der sich weder herauswürgen noch hinunterschlucken ließ. Sina beschloss, sofern es in ein paar Tagen nicht besser würde, einen Arzt aufzusuchen. Miriam hatte sie herzlich begrüßt, als sie gegen drei Uhr früh in Eimsbüttel aus dem Taxi gestiegen war. Die Fahrt hatte nur wenige Minuten gedauert. Unter normalen Umständen wäre sie die Strecke zu Fuß gegangen, aber es regnete in Strömen, zudem konnte sie während der Zugfahrt kein Auge zumachen.

Alt war sie geworden. Waren es drei oder vier Jahre, seit sie sich zuletzt gesehen hatten? Sina wusste es nicht mehr. Egal, und dennoch fühlte es sich an wie *›nach Hause kommen‹*, als wäre sie nie fort gewesen. Miriam hatte nichts Materielles, was sie ihren Schützlingen, so pflegte sie sie immer zu nennen, geben konnte. Was sie aber den jungen Menschen, die Zuflucht suchend bei ihr ein und aus gingen, an Liebe, Mitgefühl und auch den ein oder anderen gut gemeinten Rat mit auf den Weg gab, war mehr, als viele Menschen zu geben bereit waren.

Was hatte Miriam für den Erhalt des alten Hauses gekämpft! Sina wusste nur aus Erzählungen, wie Miriam in den 80iger Jahren mit einem Haufen anderer das Haus hartnäckig besetzt hielt, allen Räumungversuchen getrotzt hatte und der Senat schließlich irgendwann nachgab, das Gebäude gekauft und als ›Jugendasyl‹ akzeptiert hatte.

Überraschenderweise wurde das ›Alte Haus‹ seitdem, niemand wusste, wie es eigentlich richtig hieß, vom Senat mit jährlich 20.000 Euro unterstützt. Eine erbärmlich geringe Summe, wenn man bedachte, dass Miriam teilweise bis zu dreißig gestrandete Jugendliche beherbergte. Es gab wohl auch private Förderer, die sich mit einer jährlichen Spende ein gutes Gewissen erkauften. *»Besser als nichts«*, hatte Miriam einmal gesagt. Sina bildete sich ein, Miriam gut zu kennen, besser als manch anderer ihrer Schützlinge. Miriam schien einen tiefen Groll, nein, einen geradezu abgrundtiefen Hass gegen alle Regierungen zu haben, dessen Ursprung Sina sich nicht erklären konnte. Nicht, dass sie je über den Grund ihrer Aversion gesprochen hätten, aber Miriam konnte sich derart in Rage reden, dass einem angst und bange wurde. Alle Politiker, egal welcher Couleur, bezeichnete sie als *»korruptes Dreckspack. Alles selbstherrliche, machtbesessene Opportunisten, denen es nur darum geht, ihre Taschen zu füllen.«* Besonders amüsant wurde es, wenn Miriam im Marihuana-Rausch abstruse Verschwörungstheorien und Weltherrschaftsambitionen einiger großer Firmen zum Besten gab. Ja, das Kiffen … nicht nur einmal hatte Sina sie gebeten damit aufzuhören, seit

sie selbst von den Drogen weg war. Ok, es gab nur sehr wenige, die von Miriams Leidenschaft für gutes Gras wussten. Sie hätte es auch niemals geduldet, wenn die ›Jungen‹ im ›Alten Haus‹ gekifft oder Drogen vertickt hätten. Und Alkohol verabscheute sie zutiefst. Nicht nur einmal hatte sie besoffene Jugendliche, Mädchen und Jungen gleichermaßen, an der Türe abgewiesen. Und wer im Haus soff, flog sofort und ohne Vorwarnung raus.
Sina saß ihr, mit angezogenen Beinen, die Teetasse mit beiden Händen umklammert, am Küchentisch gegenüber und studierte Miriams Gesichtszüge. Was hatte sie so verhärmt? Sie so bitter werden lassen? Einmal hatte Sina sich ein Herz gefasst und sie gefragt, was sie denn früher gemacht hatte. Miriam hatte damals nur mit dem Kopf geschüttelt. Sie wolle nicht darüber reden, hatte sie gesagt. Trotz ihres Alters und ihrer beinahe zerlumpten Erscheinung bewunderte Sina ihren wachen, messerscharfen Verstand. Abgesehen von den Momenten, in denen sich Miriam mit Marihuana in andere Sphären beamte, hatte sie einen wachen Blick, dem nichts zu entgehen schien. Selbst heute Nacht wusste sie sofort, dass etwas vorgefallen sein musste, auch war ihr der Bluterguss an ihrem Hals nicht entgangen. Aber es war nicht ihre Art, die Leute auszuquetschen, lästige Fragen zu stellen. Sina war damals völlig abgebrannt in Hamburg angekommen. Der kalte Entzug hatte ihr schrecklich zugesetzt, nachdem sie in Paris in das Flugzeug gestiegen und vor ihrer Mutter geflüchtet war.
Ein Punk namens Atze, den sie in der Hamburger

Innenstadt kennengelernt hatte, brachte sie in das ›Alte Haus‹ und stellte sie Mariam vor, die sie sofort ins Herz geschlossen hatte. Abgesehen von ihren Drogenproblemen unterschied sich Sina extrem von Miriams anderen Schützlingen. Sie verbrachten viele Nächte zusammen, in denen Sina einfach nur redete und Miriam zuhörte. Nach einem halben Jahr bestand Miriam drauf, dass Sina ihr Studium wieder aufnehmen sollte, ja, sie hatte sie förmlich dazu gedrängt, ihr Potenzial nicht zu vergeuden.
Sina erfuhr nie, wie es Miriam gelungen war, oder welche ominösen Kontakte sie pflegte, aber ihr hatte sie es zu verdanken, dass sie an der Uni Heidelberg beinahe nahtlos in ihr altes Studium einsteigen konnte.
An der Sorbonne war sie mittlerweile exmatrikuliert worden, weil sie mit Abwesenheit glänzte und auch ihre Hausarbeiten nicht fristgerecht eingereicht hatte. Wahrscheinlich war es einzig und allein dem Umstand zu verdanken, dass sie bis zu ihrem Drogenabsturz eine herausragende Studentin war und die Sorbonne, ähnlich anderen Elite-Universitäten wie Cambridge oder Harvard, einen, wie sie fand, unverdient, zumindest übertrieben guten Ruf genoss.
»Du hast lange geschlafen. Wie geht es dir?«, erkundigte sich Miriam, die sie lange Zeit nur angeschaut hatte.
»Gut soweit«, erwiderte Sina mit krächzender Stimme und rieb sich den Hals.
»Und das da?« Miriam deutete mit dem Zeigefinger auf ihren eigenen Hals.

»Nicht so schlimm«, log sie.
Miriam verdrehte gespielt ihre stahlblauen Augen.
»Willst du mich verarschen? Mädchen, du solltest mittlerweile wissen, dass das nicht funktioniert.«
Sina blickte verlegen in ihre Teetasse, als eine Träne ihre Wange hinabkullerte. Mit belegter Stimme begann sie Miriam zu erzählen, was vor weniger als 24 Stunden geschehen war.

11. Kapitel

Frankfurt am Main

Der Cut über seinem linken Auge verheilte gut. Er achtete darauf, mehrmals am Tag das Pflaster zu wechseln und die Wunde zu säubern, um einer Entzündung vorzubeugen. Nicht, dass er ernsthaft damit rechnete, aber sicher war sicher. Die Bundeswehr hatte ihm, während seiner aktiven Dienstzeit, alle nur erdenklichen Impfungen angedeihen lassen, ob er wollte oder nicht. Nach der letzten Mail, in der von einem Hinweis die Rede war, dass Sina Forget auf der Videoüberwachung des Frankfurter Bahnhofs zu sehen gewesen sei, war er schon früh am Montagmorgen von Heidelberg nach Frankfurt gefahren. Sein Auftraggeber schien über exzellente Quellen und Ressourcen zu verfügen. Er hatte gehofft, dass er sie über ihr Handy würde lokalisieren können, aber sie hatte es offenbar ausgeschaltet. Sobald sie damit wieder online ging, würde er es mitbekommen. Er bahnte sich seinen Weg durch das Gedränge der überfüllten Bahnhofshalle. Ein privater Sicherheitsdienst sorgte Tag und Nacht für Ruhe und Ordnung innerhalb des Bahnhofsgebäudes. Die Bundespolizei fühlte sich dafür schon lange nicht mehr zuständig, weshalb die Verwaltung der Bundesbahn die Bewachung vieler ihrer Objekte an private Sicherheitsdienste übergeben hatte.

Er überlegte, wie dieses neudeutsche Wort gleich wieder hieß. Ach ja, *Out-Sourcing.*
Er war angewiesen worden, sich beim Leiter des dortigen Wachdienstes zu melden, einem Gerrit Steinberger. Schnell fand er sich in der großen Bahnhofshalle zurecht, bog einen kleinen Korridor nach rechts ab und klopfte am Ende des Ganges an die Stahltüre, auf der das Logo des Wachdienstes angebracht war. Der Türsummer ertönte und er trat ein.
»Guten Morgen«, grüßte er den jungen Mann hinter dem Tresen, den man in eine viel zu große Uniform gesteckt hatte und dem offenbar noch nie jemand gezeigt hatte, wie man ein Barrett richtig zu tragen, geschweige denn ihm erklärte, dass man in geschlossenen Räumen seine Kopfbedeckung abzusetzen hatte.
»Ich suche den Wachdienstleiter Steinberger.« Der junge Mann sah ihn irritiert an. Wahrscheinlich lag es an seiner Größe und seiner Statur. Viele Menschen schien dies zu beeindrucken, zumindest hatte er das Gefühl, dass sie ängstlich, teilweise ehrfürchtig zu ihm aufschauten. Seine Größe von 1,96 m und seine breiten Schultern brockten ihm schon während seiner Grundausbildung den Spitznamen ›The walking cube‹ ein. Dieser Spitzname hielt sich hartnäckig bis in sein KSK-Kommando hinein, wo er von seinen Kameraden nur noch ›The Cube‹ genannt wurde. Wer wollte schon gerne ›der laufende Würfel‹ genannt werden? Nachdem er sich anfänglich noch dagegen zu wehren versucht hatte, gewöhnte er sich mit den Jahren daran.

»Einen kleinen Augenblick bitte«, erwiderte der junge Mann hinter dem Tresen. »Ich sage ihm Bescheid.« Er verschwand in ein angrenzendes Büro. Nur eine Minute später kehrte er, gefolgt von einem noch schmächtigeren Kerl als er selbst, zurück.
»Guten Morgen. Mein Name ist Steinberger. Was kann ich für Sie tun?«
»Guten Morgen Herr Steinberger. Mein Name ist Stier. Ich bin hier«, fing er zögernd an und schielte in Richtung des jungen Mannes, »weil Sie einem gemeinsamen Geschäftspartner einen Hinweis gegeben haben.«
»Ah ja richtig! Wenn Sie mir folgen möchten?!«
Er folgte dem schmächtigen Mann in Richtung des Büros, aus dem er zuvor gekommen war. Die Tatsache, dass dieser kleine, unscheinbare Kerl Wachdienstleiter in einem Sicherheitsunternehmen sein sollte, war einfach nur grotesk. Seine ganze Erscheinung war grotesk. Würde man ihm ohne seine miserabel sitzende Phantasieuniform begegnen, sähe man einen Nerd, wie man ihn sich hinter einer Phalanx von Computermonitoren vorstellte. Er konnte sich ein Grinsen nicht verkneifen. Sie betraten einen fensterlosen, zirka vier Mal vier Meter messenden Raum, der völlig überfrachtet war mit Monitoren, einem von Unrat überbordenden Schreibtisch und einem Kabinettschrank, in dem mehrere Ordner aufgereiht standen. *Also doch ein Nerd*, dachte er. Steinberger deutete mit der Hand auf den einzigen freien Bürostuhl hinter dem Schreibtisch und trat neben ihn.

»Ich habe die Aufnahmen bereits gesichert. Wenn Sie mich gerade …«, er griff nach der Maus, welche in dem Chaos kaum auszumachen war und klickte auf eine Datei auf dem Desktop. Es dauerte einige Sekunden bis der Videoplayer sich öffnete und eine ziemlich verpixelte, in schwarz-weiß gehaltene Aufnahme abspielte. Die Kamera war offenbar irgendwo im Bereich des Haupteingangs angebracht. Das Videofile lief mit einer schnelleren Bildrate, und so wirkten die hinein- und herausgehenden Menschen wie hektische, betriebsame Ameisendrohnen, die einem Ameisenbau entströmten und mit Nahrung oder Baustoffen wieder zurückwuselten.

»Achtung!«, mahnte Steinberger. »Bei Minute 23.«

Er beobachtete den Timer am unteren Bildrand und konzentrierte sich auf das Hauptportal. Tatsächlich. Da war sie. Sina Forget. Sie trug einen dunklen Hoodie, und obwohl sie die Kapuze hochgeschlagen hatte, erkannte er sie sofort. Mit einem Rucksack über der Schulter trat sie durch das Portal, eilte zielstrebig ins Gebäudeinnere und verschwand aus dem Erfassungsbereich der Kamera.

»Gibt es noch weitere Aufnahmen?«

»Na klar«, gab Steinberger triumphierend zurück.

Wieder klickte er auf eine Datei, welche auf dem Desktop abgelegt war und erneut öffnete sich der Player. Sina Forget saß mit angewinkelten Beinen auf dem Bahnsteig und aß. Ab und zu, so schien es, nahm sie einen Schluck aus einem Pappbecher.

Er vermutete, dass sie sich einen Coffee to Go geholt hatte.

Eine Zeitlang beobachtete er, wie sie dort saß, aß, rauchte, aber sich ansonsten nicht bewegte.
Das brachte ihn nun nicht gerade weiter, weshalb er ungeduldig die Hand Steinbergers von der Computermaus wischte und die Videospur in Minutenschritten nach vorne klickte.
Erst zwanzig Minuten später erhob sie sich, ging den Bahnsteig hinunter und entschwand erneut dem Erfassungsbereich der Kamera.
»Sieht man sie noch einmal?«, fragte er Steinberger.
»Nee«, antwortete dieser angesäuert. Das Kommando über die Computermaus verloren zu haben, schien für Steinberger einem Einmarsch einer fremden Macht in seinen Herrschaftsbereich gleichzukommen.
»Ok. Wissen Sie, ob sie danach das Gebäude wieder verließ oder in einen Zug gestiegen ist?«
»Keine Ahnung«, brummte Steinberger und zuckte mit den Schultern. Zumindest vermutete er, dass es ein Achselzucken war, da sich unter seiner Uniformjacke kaum eine nennenswerte Schulter abzeichnete.
»Na, welche Züge fuhren denn um diese Zeit? Wissen Sie das wenigstens?«
Steinbergers Gesicht lief rot an, ein krasser Kontrast zu seinem sonst nerdig-blassen Teint.
»Um 22:13 Uhr ging der ICE nach Hamburg.«
»Was sonst noch?«
»Um 22:36 Uhr ein ICE nach München, 23:15 Uhr einer nach Berlin, und zur selben Zeit der TGV nach Paris.«
Da Sina Forget sich so schnell erhoben hatte und

zielstrebig den Bahnsteig hinunter gegangen war, vermutete er, dass sie in den Zug nach Hamburg gestiegen war. Alle anderen fuhren einiges später, also weshalb hätte sie schon fünfzehn Minuten vor der nächsten Abfahrt aufstehen sollen.
»Danke schön«, sagte er im Aufstehen. »Sie haben mir sehr geholfen.«
Er überlegte, ob er sich an einem der vielen Fahrkartenschalter nach Sina Forget erkundigen sollte, aber gerade die jüngeren Menschen lösten ihre Fahrkarten für gewöhnlich an den unzähligen Automaten, die in der Halle, sowie auf den Bahnsteigen standen. Es war zudem zweifelhaft, ob sich jemand an Sinas Gesicht erinnern würde und dann hätte er nur unnötig Zeit vergeudet.
Hamburg war die beste Option, die er hatte, und dieser Spur würde er folgen.

12. Kapitel

Konstanz

Nichts, kein Anruf und auch keine Mail des Staatsanwaltes, als er zu Beginn des Nachtdienstes seinen Maileingang überprüfte. David hatte fest damit gerechnet, dass Robert Binder, der Oberstaatsanwalt und Abteilungsleiter, die gerichtliche Leichenöffnung beantragt hatte und ihm den Beschluss würde zukommen lassen, damit er die Überführung des Leichnams von Willberg in die Gerichtsmedizin Freiburg hätte veranlassen können. Er ging ins Geschäftszimmer, um nachzusehen, ob er ihm die Beschlüsse vielleicht durchgefaxt hatte. Fehlanzeige. Er konnte es sich nicht erklären. Es war auch nicht Binders Art, sich nicht zu melden. David kramte sein Smartphone aus der Hosentasche und blätterte durch das Nummernverzeichnis. Irgendwo hatte er in irgendeiner Epoche die Nummer Binders gespeichert. Schließlich fand er den Eintrag, tippte ihn an und hoffte, dass die Nummer noch aktuell war.

Erst nach dem sechsten Klingeln wurde der Anruf angenommen.

»Ja bitte«, hörte er Roberts Stimme.

»David hier. Ich hoffe, ich habe dich nicht gestört. Sag mal, hast du mich vergessen?«

»Äh, nein?! Ich hätte dir morgen eine Mail geschickt.«

»Warum erst morgen?«, fragte David mit einiger Verwunderung.
Binder druckste: »Weil meine Chefin mir in die Parade gefahren ist.«
»Wie soll ich denn das verstehen?«
»Na, dass sie im Willberg-Fall eine Leichenöffnung für entbehrlich hält, da der Fall klar sei.«
»Nichts ist klar«, blaffte David. Er verstand die Welt nicht mehr. Das war das allererste Mal in seiner mehr als dreißigjährigen Dienstzeit, dass die Staatsanwaltschaft einer kriminalpolizeilichen Obduktionsempfehlung nicht folgen wollte.
»Du kennst mich lange genug Robert, du weißt, dass ich keiner bin, der sofort die Flöhe husten hört. Aber in diesem Fall halte ich eine Obduktion durchaus für angebracht. Bekomme ich wenigsten einen Beschluss für eine Blutentnahme?«
»David, das Thema ist vom Tisch. Ich habe die Einstellung verfügt und die Bestattungsfreigabe bereits an den Bestatter gefaxt.«
»Du hast was?« David glaubte seinen Ohren nicht zu trauen.
»Sag mal, hast du mir heute Morgen nicht zugehört?«
»Tut mir leid, David. Weißt du, mein Schreibtisch biegt sich unter der Last hunderter Fälle und meine Chefin liegt mir in den Ohren, weil die nächsten Tage eine Innenrevision vom Justizministerium ansteht. Die kommen, um die Verjährungsfristen zu überprüfen. Ich gebe zu, ich hab da noch so einiges an Aktenleichen rumliegen, die kurz vor der Verjährung stehen.«

»Herrgott nochmal Robert, wie viel Zeit hätte es dich gekostet den Antrag zu stellen und ans Gericht zu faxen?«
»Tut mir echt leid David.«
David war stocksauer und beendete, ohne sich zu verabschieden, das Gespräch. Mit den Fingerspitzen massierte er seine Schläfen.
»Ich glaube, ich bin im falschen Film«, murmelte er, als er zum Telefonhörer griff und die Nummer des Bestatters wählte.
»Sprenger, Kriminalpolizei. Guten Abend. Sie haben gestern Nachmittag den Leichnam eines Dr. Willbergs abgeholt und auf den Zentralfriedhof verbracht. Ist der noch in der Leichenhalle?
»Ja?! Sehr gut. Ich habe etwas vergessen und sollte ihn noch einmal sehen. Wenn wir uns gleich in der Leichenhalle treffen könnten? Prima! Herzlichen Dank! Tschüss!«
David steckte seine Pistole ins Holster, streifte sich die Jacke über, griff nach dem Autoschüssel und fuhr mit dem Aufzug hinab in die Tiefgarage. Nach weniger als zehn Minuten stand David in der Leichenhalle des Zentralfriedhofes. Ein mürrisch dreinblickender Bestattungshelfer hatte ihm den Kühlraum aufgeschlossen, in dem sich Willbergs Leiche befand. Nachdem David sich Gummihandschuhe übergestülpt hatte, setzte er mit dem Einweg-Skalpell einen kleinen Schnitt in der Leiste Willbergs, eröffnete die Leistenarterie und entnahm mit einem Vacutainer das Blut.
Es handelte sich hierbei um ein unter Unterdruck stehendes Probengefäß, das eine konstante Menge

Blutes ansaugte. Zur Sicherheit füllte er einen weiteren Container.
»Das war es auch schon«, sagte David und bedankte sich bei dem Bestattungshelfer, der froh zu sein schien, dass es nicht länger gedauert hatte. Ohne richterliche Anordnung würde er das Blut unmöglich zur toxikologischen Untersuchung in die Gerichtsmedizin schicken können. Allein schon die Blutentnahme war höchst illegal. Er erwog die Alternativen und entschied, die Blutprobe, zumindest einen Container, ins Zentrallabor der örtlichen Klinik zu bringen, den anderen würde er im Kühlschrank ihres Kriminaltechnik-Labors deponieren. Die Kosten für die Untersuchung würde er erst mal selbst übernehmen müssen. Vorerst!

13. Kapitel

Hamburg

Du kennst meine Einstellung zu den Bullen«, sagte Miriam, »aber vielleicht solltest du doch Anzeige erstatten!«

»Und was bringt das? Ich kann den Typen ja nicht mal beschreiben. Außer, dass er riesig war.«

»Stimmt!«, gab Miriam zögernd zu. »Und was willst du jetzt tun?«

»Pfff, wenn ich das wüsste. Ich weiß ja nicht einmal, ob ich ans Institut zurück kann. Der Typ wird wissen, wo ich arbeite, und dann?« Sina schüttelte resigniert den Kopf. »Meinen Prof habe ich auch noch nicht erreichen können. Sag mal, Miriam, du hast nicht zufällig ein altes Handy, das du mir ausborgen könntest?«

Sie schien kurz zu überlegen. »Doch klar, vor ein paar Monaten hat jemand sein Handy hier liegenlassen und es seitdem nicht abgeholt. Ich denke das kannst du benutzen. Aber die Batterie ist bestimmt leer, und frag mich jetzt nicht nach einem Ladekabel. Das hab ich nämlich nicht.«

»Das sollte kein allzu großes Problem sein. Was ist es denn für ein Gerät?«

»Süße, du fragst mich Sachen! Keine Ahnung. Irgend so ein Smart-Dings oder wie die heute heißen?!« Miriam war bereits aufgesprungen und wühlte sich durch Schubladen und Schränke, bis sie

fündig wurde. »Ja. Hier, ich hab's!«
Sie drehte das flache, schwarze Gerät unschlüssig in ihren faltigen Händen hin und her. »Ich wüsste nicht einmal, wie man so ein Teil anschaltet.«
Sina sah aus der Entfernung, dass es sich um ein älteres Vorgängermodell ihres eigenen Telefons handelte, aber der Anschluss der Ladebuchse identisch war. Da sie Heidelberg fluchtartig hatte verlassen müssen, lag alles, was ihr lieb und teuer und auch wichtig war, in ihrer Wohnung. Sie hatte ohnehin vor, noch heute ein Internet-Café aufzusuchen. Bei dieser Gelegenheit würde sie in einem Elektrofachgeschäft ein Ladekabel besorgen. Sie musste unbedingt Professor Willberg erreichen, und sie musste ihrer Freundin Bianca Bescheid sagen, die sicherlich in großer Sorge war. Wenn sie Dr. Willberg nicht erreichte, würde sie sich bei der Arbeit krank melden. Irgendwas würde ihr schon einfallen. Siedend heiß kam ihr in den Sinn, dass sie nichts hatte, außer dem, was sie am Leib trug. Gar nichts! Keine Unterwäsche zum Wechseln, nicht einmal eine Zahnbürste. Sie würde nicht umhinkommen, sich Sachen zum Wechseln zu kaufen, vielleicht etwas Seriöseres als eine löchrige Jeans, Springerstiefel und eine abgewetzte Lederjacke. Die Stimme Miriams drang in Sinas Geist und unterbrach die Konstruktion ihrer Einkaufliste.
»Was hast du gesagt?«
»Ich habe dich gefragt, was du heute vorhast«, grinste Miriam breit.
»Shoppen! Ich werde einkaufen gehen. Ich brauch andere Klamotten, Unterwäsche zum Wechseln

und Hygieneartikel. Soll ich dir irgendetwas mitbringen?«
»Nein, schon gut Süße«, winkte Miriam ab. »Ich hab noch alles was ich brauche, aber danke dir.«
Sina hüpfte vom Stuhl, schlang die Arme um Miriam und küsste sie auf die Stirn. »Danke, Miriam!«
Noch ehe sie etwas erwidern konnte, war Sina bereits verschwunden. Stirnrunzelnd blickte Miriam Sina nach und sah sie die Straße hinuntergehen.

14. Kapitel

Konstanz / Heidelberg

Unruhig warf David sich hin und her, weshalb er irgendwann entnervt aufgab, die Decke zurückschlug und kaum eine Stunde, nachdem er sich ins Bett gelegt hatte, aufstand. Der Nachtdienst war ruhig gewesen. Dass die Staatsanwaltschaft ihm die Obduktion Willbergs verweigerte, hatte er immer noch nicht verdaut. Es ärgerte ihn. Natürlich wären damit Kosten verbunden gewesen, aber man hatte in den letzten Monaten Fälle in die Obduktion gegeben, bei denen es deutlich weniger Verdachtsmomente oder Ermittlungsansätze gegeben hatte. Jede gerichtsmedizinische Sektion wurde dem Budget der jeweils in Auftrag gebenden Staatsanwaltschaft belastet. David vermutete, dass der Haushalt der Staatsanwaltschaft Konstanz mit Beginn des letzten Quartals bereits erschöpft war. Eine andere Erklärung hatte er nicht.

Während er sich einen Kaffee machte, ließ er sich durch die Auskunft mit dem Deutschen Krebsforschungszentrum in Heidelberg verbinden. Es dauerte, bis er schließlich mit dem Sekretariat des Institutsleiters verbunden worden war. Sie hatten vereinbart, dass er um elf Uhr dort sein sollte. Für die Strecke hatte er etwa drei Stunden einkalkuliert, und elf Uhr würde ihm locker reichen, sofern er

nicht irgendwo in Stuttgart in einen Stau geriet.
Er nippte an seinem Kaffee und verzog angewidert das Gesicht.
Seit er aufgehört hatte zu rauchen, das war jetzt beinahe eineinhalb Jahre her, bildete er sich ein, dass der Kaffee frühmorgens, ohne Zigarette dazu, einfach ungenießbar schmeckte. Er leerte den Kaffee in den Ausguss und schwenkte die Tasse unter fließendem Wasser aus.
Was hoffte er in Heidelberg in Erfahrung zu bringen? Was würde er dem Institutsleiter über die genauen Todesumstände Willbergs sagen, falls er danach fragte? Fragen, auf die er im Moment keine Antworten wusste. Der Fall Willberg war seitens der Staatsanwaltschaft geschlossen, erledigt, eingestellt, ad acta gelegt. Warum also machte er sich die Mühe? Ein befreundeter Detective aus New York, mit dem er vor vielen Jahren im Zuge einer Mordermittlung zusammenarbeitete, hatte ihm einst gesagt: »Man, don't fight the system!«
Vielleicht sollte er diesen Fall ebenfalls ruhen lassen, bevor er sich in irgendetwas verrannte, was er später bereute.
Er war zu bequem sich zu rasieren, weshalb er sich nur etwas frisch gemacht, die Zähne geputzt hatte und sich flüchtig durch die Haare gefahren war. Im Autobahnkreuz Stuttgart lief der Verkehr zäher, als bis dahin. Kopfschüttelnd verfolgte er seit vierzig Kilometern einen Radiobericht über den US-Präsidenten. Ein unmöglicher Mensch wie David fand.
Nicht zum ersten Mal hatte er das Gefühl, dass die

Welt aus den Angeln zu fallen drohte.
Was war denn bloß los? Kriege, Unruhen, politische Umbrüche, Finanzkrisen, wohin man nur blickte. Ein höchst umstrittener türkischer Staatschef, der sich anschickte, unter dem Jubel Millionen von Türken eine Diktatur, einen Gottesstaat zu etablieren. Eine mittlerweile völlig handlungsunfähige Europäische Union, die vor dem Niedergang zu stehen schien, und eine ebenso marode Deutsche Regierung, die sich, anstatt sich den wirklichen Problemen ihres Landes zu widmen, mit äußerst fragwürdigen Freihandelsabkommen auseinandersetzte, dessen Sinn oder deren Profiteure sich ihm nicht erschließen wollten. Zudem schwappte eine braune Welle über Deutschland hinweg, die letztlich dem Versagen der aktuellen Regierung zu verdanken war. Das alles beunruhigte David zutiefst. Manches Mal dachte er, wie vielleicht Millionen oder Milliarden anderer mit ihm, in einem Hamsterrad gefangen, komplett fremdbestimmt und fremdgesteuert zu sein, mit der Illusion eines freien Willens. Wahlen, politische Mitbestimmung, was für ein Hohn. Doch, doch! Er ging wählen, auf jeden Fall. Eine staatsbürgerliche Pflicht, wie er fand. Aber war dies tatsächliche, politische Mitbestimmung, sich vor jeder anstehenden Kommunal-, Landtags- oder Bundestagswahl damit zu befassen, welche Partei oder welcher Politiker wohl das kleinere Übel bedeutete?
»Du Idiooooot«, schrie David, als ein Porschefahrer die Spur wechselte und ihn schnitt, sodass er gezwungen war, in die Eisen zu steigen.

Er sollte sich mehr auf den Verkehr konzentrieren. Exakt zehn Minuten vor elf kam er am Deutschen Krebsforschungszentrum an, parkte seinen Wagen und betrat den Besucherbereich.
»Guten Morgen«, begrüßte er eine junge, attraktive Blondine hinter dem Empfang. »Mein Name ist Sprenger, ich habe um elf Uhr einen Termin mit dem Institutsleiter.«
»Sie sind der Herr von der Kriminalpolizei?«, fragte sie lächelnd.
»Das ist richtig. Kripo Konstanz.«
»Sie sind bereits angemeldet. Ich sage nur eben Bescheid, man wird Sie dann gleich abholen.«
»Vielen Dank.« David durchstreifte das Foyer und ließ seinen Blick über das Interieur gleiten. Eine hohe, helle, beinahe futuristisch anmutende Lobby, aber passend für ein so bedeutendes Zentrum, wie er fand.
»Herr Sprenger?«
Überrascht drehte David sich zu der Stimme um. Eine zierliche Frau mit brünetten Haaren und einer modernen Brille hatte ihn angesprochen. Sie war etwa in seinem Alter und trug ein beigefarbenes Kostüm, das ihre Rundungen toll betonte.
»Guten Morgen, mein Name ist Ines Alvarez. Ich bin Dr. Küblers Sekretärin.«
»Guten Morgen. Ist Dr. Kübler der Leiter des Zentrums? Ihre Organisation ist mir leider noch nicht geläufig.«
»Das ist nicht schlimm«, gab sie lächelnd zurück. »Die Organisationsstrukturen sind auch nicht ganz einfach, Herr Sprenger.

Die Leitung des DKFZ obliegt einem Kuratorium. Es gibt zwei Vorstandsvorsitzende und einen wissenschaftlichen Rat. Herr Dr. Kübler ist Vorsitzender des wissenschaftlichen Rates.«
Während sie weiter erklärte, bestiegen sie den Lift und fuhren in die erste Etage. Nachdem sie die Aufzugskabine verlassen hatten, führte sie David in ein Eckbüro, das teuer und geschmackvoll eingerichtet war.
»Darf ich Ihnen einen Kaffee oder etwas anderes bringen?«
Da er den Mangel an Schlaf allmählich zu spüren begann, bat er sie um eine Tasse Kaffee mit Milch und Zucker.
»Gerne«, sagte Ines Alvarez. »Herr Dr. Kübler wird jeden Augenblick bei Ihnen sein.«
David bedankte sich und beäugte die geschmackvolle Einrichtung. Sein Blick blieb an einem rustikalen Regal mit Büchern hängen. Er neigte den Kopf zur Seite, um die Titel auf den Buchrücken besser lesen zu können. Es schien sich um sehr alte, wahrscheinlich sehr wertvolle Exemplare medizinischer oder biologischer Fachbücher zu handeln. Mit keinem der Titel oder Verfasser konnte er etwas anfangen. Es muss albern ausgesehen haben, wie er da in völlig verrenkter Position dasaß, als Dr. Kübler das Büro betrat, ging es ihm durch den Kopf. David erhob sich und reichte ihm die Hand. Er wusste nicht recht, wen oder was er erwartet hatte zu sehen, und war überrascht einem noch recht jungen Mann gegenüber zu stehen, nicht viel älter als sein Sohn.

Ihm fiel auf, dass Dr. Kübler braun gebrannt war und sehr leger, mit einer Jeans und offenem Hemd, gekleidet war.

Als hätte er Davids Gedanken erraten, sagte er: »Dr. Ralph Kübler. Ich grüße Sie. Ich war bis gestern noch im Urlaub. Heute ist mein erster Tag. Geht es Ihnen nicht auch so, dass die ersten Arbeitstage nach einem langen Urlaub die schlimmsten sind?«

»Ja, wem sagen Sie das«, pflichtete David ihm bei, obwohl er sich gar nicht mehr an seinen letzten langen Urlaub zu erinnern vermochte.

»Hunderte ungelesener Mails, stapelweise Papierkram und jeder rennt einem mit mehr oder weniger wichtigen Angelegenheiten die Bude ein«, fuhr Dr. Kübler fort.

»Was kann ich denn für Sie tun, Herr Sprenger?«

Küblers Sekretärin stellte in diesem Augenblick ein kleines Tablett mit der gewünschten Tasse Kaffee vor David ab. Er hatte sie nicht eintreten hören. Da er nicht wusste, ob der Tod eines Mitarbeiters des Krebszentrum schon bekannt war, wartete er bis Ines Alvarez das Büro wieder verlassen hatte.

»Nun, Herr Dr. Kübler. Ich weiß nicht, ob es Ihnen schon bekannt ist, aber ich muss Sie vom Tod Professor Dr. Willbergs in Kenntnis setzen.«

»Oh ja. Natürlich«, sagte er betreten. »Das war das Erste, was ich heute Morgen erfahren habe. Das ist sehr bedauerlich und wir sind alle sehr betroffen. Er soll sich das Leben genommen haben?«

»Darf ich fragen, wie Sie davon erfahren haben?«

»Die Witwe selbst, Tabea Willberg, hatte das Kuratorium informiert.«
»Tamina Willberg«, korrigierte David.
»Wenn es doch ein Selbstmord war, wundert es mich, dass Sie den weiten Weg vom schönen Bodensee auf sich genommen haben und hierhergekommen sind. Ist es normal, dass die Kriminalpolizei in solchen Fällen ermittelt?«
David hatte nicht die Absicht, Dr. Kübler die wahren Gründe seines Kommens zu schildern.
»Bei Suiziden ist die Kriminalpolizei immer vor Ort. Und bis ein Fall abgeschlossen ist, kommt es gelegentlich auch vor, dass wir im Rahmen einer Dienstreise Ermittlungen durchführen.«
»Und die unternehmen Sie dann alleine?«, hakte Dr. Kübler nach. »Ich dachte Sie treten immer paarweise auf. Entschuldigen Sie meine Ausdrucksweise.«
David machte eine wegwerfende Handbewegung. »Das ist in der Regel auch so. Aber mein Kollege wurde kurzfristig krank«, log er. »Darf ich fragen, was genau oder woran Professor Willberg gearbeitet hat?«
»Professor Willberg war Molekularbiologe, wenn nicht DER Molekularbiologe, der in der Schwerpunktforschung der molekularen Genomanalyse tätig war. Aber woran er aktuell geforscht hat, ist mir nicht bekannt, Herr Sprenger.«
Das zu glauben fiel David schwer.
»Kann ich denn sonst noch etwas für Sie tun, Herr Sprenger? Ich bitte Sie, mich nicht falsch zu verstehen, aber ich habe noch schrecklich viel zu tun.«
»Kein Problem.

Sagen Sie, ist es möglich, dass ich mit Professor Willbergs Team sprechen kann?«
Dr. Kübler schien zu überlegen.
»Ich würde damit auch Ihre kostbare Zeit nicht weiter in Anspruch nehmen.«
»Klar, das sollte kein Problem sein. Frau Alvarez soll Sie in sein Labor bringen.«
Dr. Kübler drückte einen Knopf der Gegensprechanlage und sogleich erschien Ines Alvarez in der Türe.
»Bringen Sie doch bitte Herr Sprenger in Professor Willbergs Labor und machen Sie ihn mit dem Team bekannt.«

15. Kapitel

Frankfurt

Er war sich nicht sicher, ob es das Sushi war, das ihm so schwer im Magen lag, oder die Videokonferenz, die er gerade beendet hatte. Einige Dinge liefen nicht so wie sie laufen sollten und er hasste es, wenn ein Zeitplan nicht eingehalten wurde. Sein tägliches Geschäft war es, informiert zu sein, Dinge zu wissen, die andere nicht wussten oder sich im Entferntesten vorstellen konnten. Die Menschen da draußen wussten überhaupt sehr wenig, und was sie glaubten zu wissen, war nicht selten falsch oder nur die halbe Wahrheit. Aber was ist Wahrheit? Gibt es die absolute Wahrheit? Ist Wahrheit immer zwingend das, was man sieht? Und ist das, was man sieht in jedem Falle untrüglich? *Ich glaube nur, was ich sehe.* Ach Gott, wie oft er diesen Satz schon gehört hatte. Ist etwas Augenscheinliches zwangsläufig evident? Ist denn etwas wahrhaftig, nur weil viele Leute daran glauben? Mitnichten! Vor Jahrhunderten schon hatten seinesgleichen erkannt, wie leicht es ist, Wahrheiten und Beweise zu manipulieren, zu dementieren, den Massen ein Zerrbild der Wahrheit zu präsentieren, bewusst Desinformation und Propaganda zu betreiben. Einer ihrer großen Denker und Mitglied des Komitees, Edward Bernays, hatte erkannt und verstanden, wie einfach es war, die Massen, ohne deren Wissen, ganz im Sinne ihrer Bruderschaft zu steuern und zu kontrollieren. Wie keinem anderem war es ihm gelungen, die Irrationalität und das unbewusste, triebgesteuerte Verhalten der Menschen für ihre Zwecke zu manipulieren. Nur war es heute leichter denn je, im Zeitalter omnipräsenten, medialen Bombardements. Nachrichten und Meldungen verbreiten sich in Millisekunden um den Erdball. Und die Menschen verschlingen gierig und bereitwillig alles, was über die Medien und das Internet verbreitet wird.

Manches Mal erinnerten ihn die Menschen da draußen an eine blökende Schafherde, an Lemminge, die bereitwillig und blind einer vermeintlichen Wahrheit folgend über den Klippenrand liefen. Milliarden Menschen konsumieren weltweit, täglich und rund um die Uhr TV-Unterhaltungsformate, die an Stupidität und Geschmacklosigkeit kaum zu übertreffen sind. Menschen aller sozialer Schichten, die wie Roboter mit ihren Smartphones in der Hand virtuelle Figuren jagten, wie sie tagtäglich zig Stunden mit irgendwelchen Online-Spielen an ihrem Computer verbringen. Warum?

Je weniger der Mensch nachdenkt, desto weniger hinterfragt er, je weniger er denkt, desto blöder wird er. Außerdem wird er so von den tatsächlichen Problemen in der Welt, in der er lebt, abgelenkt, ist leichter zu manipulieren.

Und *sie* beherrschten die Massenmedien. *Sie* beherrschten es meisterhaft zu manipulieren. Und *sie* beherrschten weit mehr als das!

16. Kapitel

Hamburg

Sina saß in einem der unzähligen Cafés im Hamburger Hafenviertel und beobachtete die vorbeigehenden Menschen. Nur ein paar Hartgesottene saßen noch draußen in den Straßencafés. Obwohl das Wetter für Anfang Oktober selbst für Hamburger Verhältnisse noch sehr mild war, ging ein eisiger Wind. Sie hatte sich für einen Platz im Inneren des Cafés entschieden. Von der Alster her wehte eine böige Brise, die an den Fahnen riss, welche an der Mole entlang gehisst waren. Weiter draußen sammelte sich, für eine Regatta wie sie vermutete, rund ein Dutzend größerer Segelschiffe. Sie verstand nichts vom Segeln, aber selbst ihr fiel auf, dass die Besatzungen alle Hände voll zu tun hatten, mit den starken, auflandigen Böen zurecht zu kommen. Sie liebte das Meer und sie liebte Hamburg, obwohl sie gar nicht so lange hier gewesen war, bevor sie nach Heidelberg gegangen war, um ihr Studium wieder aufzunehmen. Es war Liebe auf den ersten Blick. Das Klima machte Sina nichts aus. Ganz im Gegenteil. Das unstete, zum Teil raue Wetter, die sich schnell verändernden klimatischen Bedingungen spiegelten ihren eigenen Charakter wider. Und sie mochte die Hamburger. Ihre offene, unkomplizierte, direkte aber immer herzliche Art. Sie passte hierher, sie gehörte hierher.

In ein paar Monaten wäre sie endlich fertig, hätte ihren Doktortitel in der Tasche und hoffte, dann nach Hamburg zurückkehren zu können.
Im Moment hoffte sie nur noch irgendwie ihren Promotionsabschluss zu bekommen. Bei einem Elektronikriesen hatte sie sich ein Ladekabel und eine Power-Bank gekauft, die ihr Handy mit Energie versorgen würde, falls keine Stromversorgung in der Nähe wäre. Ihr eigenes Handy zu benutzen schien ihr nicht sicher genug, weshalb sie gleich noch eine Prepaidkarte dazu kaufte, welche sie in das Telefon, das Miriam ihr gegeben hatte, eingelegt hatte. Der Professor hatte ihren Anruf nicht angenommen. Lediglich seine Mailbox war angesprungen, auf der sie in einer kurzen Sprachnachricht um Rückruf bat. Bianca, ihrer besten Freundin in Heidelberg und zugleich Kollegin am DKFZ, hatte sie eine Nachricht geschickt, die zwar zugestellt, aber noch nicht beantwortet war. Bianca war nicht direkt eine Kollegin. Sie war Chemielaborantin und hatte zur gleichen Zeit mit Sina im Labor Professor Willbergs angefangen. Sie hoffte inständig, dass Bianca sich bald meldete. Sina betrachtete die große Tüte, die zu ihren Füßen stand und ihre alte Klamotten enthielt. Nebst einer warmen Jacke und einem Schal hatte sie sich mit einer Jeans, zwei Pullovern und einem Sortiment Unterwäsche eingedeckt. Von ihren Stiefeln wollte sie sich nicht trennen. Auch eine Haartönung hatte sie sich besorgt. Unvorsichtigerweise hatte sie in dem Kaufhaus mit ihrer Kreditkarte bezahlt. Wenn sie bar bezahlt hätte, hätte das ihr Budget deutlich

geschmälert, und sie wusste nicht, wie lange sie mit ihren noch verbliebenen Mitteln würde haushalten müssen. Allein die Fahrkarte nach Hamburg hatte schon eine erkleckliche Summe gekostet. Ihr Kinn auf ihren Handballen aufgestützt, schaute sie in den Hafen hinaus.
Sie brauchte Antworten. Unbedingt!
Wer war der Mann, der ihr nach dem Leben trachtete, der versucht hatte, sie in ihrer Küche zu erwürgen? So sehr sie sich auch anstrengte, es wollte ihr kein Grund einfallen. Ihre Drogenvergangenheit lag lange hinter ihr, auch die kleinen Diebstähle, die sie zu Beginn ihrer Hamburger Zeit begangen hatte, waren Schnee von gestern. Es konnte demnach nur im Zusammenhang mit ihrer Arbeit im Labor stehen. Oder mit der Arbeit Professor Willbergs? Die Raterei machte sie irre. Sie brauchte Antworten! Warum meldete sich Willberg nicht? War ihm etwas zugestoßen? Ein beängstigender Gedanke fraß sich in ihr Bewusstsein. Was, wenn der ›Würger‹ nicht nur hinter ihr her war? Dann wäre nicht nur sie selbst oder Willberg, sondern vielleicht sogar das ganze Team in Gefahr. Sie griff nach ihrem Telefon und tippte eilig eine Nachricht.
Bibi, melde dich! Dringend!

17. Kapitel

Heidelberg

Ines Alvarez hatte ihn durch ein undurchschaubar scheinendes Gewirr aus Gängen und Abzweigungen geführt, bis sie schließlich im Labor angekommen waren. David war überrascht ob der Größe des Raumes. Obwohl er im Keller lag und keine Fenster besaß, warfen die Neonlampen ein warm temperiertes Licht. Nur über den jeweiligen Arbeitsplätzen waren Spots angebracht, die diese stärker beleuchteten. Offenbar nicht gewohnt, hier unten Besuch zu bekommen, drehten sich fünf Köpfe neugierig zu den Eindringlingen um. Ines Alvarez ging ihm voran und machte ihn mit jedem bekannt. Sie ließ dabei nicht unerwähnt, dass er Kriminalbeamter aus Konstanz war. Ihren überraschten Gesichtern entnahm er, dass sie offenbar noch nicht wussten, dass Professor Willberg nicht mehr am Leben war.

Er wandte sich zu Ines Alvarez um und flüsterte: »Haben Sie ihnen noch nichts gesagt?«

Sie schaute ihn irritiert an. »Ich ging davon aus, dass sie bereits informiert wären. Aber das ist auch nicht meine Aufgabe«, fügte sie mit einem Achselzucken hinzu.

»Klar«, entgegnete David seufzend. Dann würde diese unrühmliche Aufgabe nun ihm zufallen. Ines Alvarez hatte sich beinahe lautlos entfernt.

»Sie fragen sich sicherlich, weshalb ich hier bin«, begann er. »Nun, ich habe Ihnen die traurige Mitteilung zu machen, dass Dr. Willberg vorgestern verstorben ist.«
David hasste diese Momente des betretenen Schweigens. Eine junge Frau in einem weißen Laborkittel hatte die Hand vor den Mund geschlagen. Tränen kullerten ihre Wangen hinunter. Der Rest saß oder stand scheinbar ungerührt herum.
»Was ist denn passiert?«, fragte eine männliche Stimme hinter ihm.
»Sie sind …?«, fragte David an den jungen Mann gewandt.
»Jens Wagner, ich studiere Bio-Chemie. Ich bin im Praxissemester.«
David sah in die Runde fragender Gesichter. »Ich darf Ihnen eigentlich gar keine Informationen geben. Mich wundert, dass Sie seitens der Leitung noch nicht informiert wurden.« David fiel ein, dass diese Aufgabe bestimmt Dr. Kübler zugefallen wäre, aber dieser hatte ja selbst heute Morgen erst davon erfahren.
»Wie es aussieht«, sagte David an niemanden speziellen gerichtet, »hat sich Dr. Willberg das Leben genommen.« Er studierte aufmerksam ihre Gesichter. Die junge Frau, der Willbergs Tod am meisten nahezugehen schien, schüttelte ungläubig den Kopf.
»Darf ich fragen, wie Sie heißen?«
»Mein Name ist Bianca, Bianca Haug. Aber alle nennen mich nur Bibi«, sagte sie leise schluchzend.

»Haben Sie lange mit Dr. Willberg zusammen gearbeitet?« Sie ließ den Blick durch die Runde schweifen und nickte leise. »Ich habe am längsten von uns allen mit ihm zusammen gearbeitet. Seit fast zwei Jahren. Das heißt, das ist nicht ganz richtig. Ich habe zusammen mit einer Doktorandin angefangen, mit Sina Forget.«
David nickte und notierte sich die Namen.
»Gibt es hier einen Raum, in dem man sich ungestört unterhalten könnte?«, wollte David wissen.
Jens Wagner deutete mit dem Kopf in Richtung einer verschlossenen Türe. »Dr. Willbergs Büro.«
»Gut«, brummte David. »Ich würde mich gerne kurz mit jedem von Ihnen unterhalten, wenn Sie nichts dagegen haben.«
David war froh, dass keine Einwände kamen.
Es war fast dreizehn Uhr, als die letzte des Teams Willbergs Büro betrat.
»Nehmen Sie bitte Platz, Frau Haug«, bat David.
»Bitte nennen Sie mich Bianca«, entgegnete sie schüchtern.
»Dir scheint Dr. Willbergs Tod sehr nahezugehen, hab ich recht?«
Sie kaute auf ihrer Unterlippe, als sie nickte.
»Kanntest du ihn näher?«, fragte David.
»Wie meinen Sie das?«
Er sah Bianca mit gespielter Strenge an.
»Entschuldigung? Ob ich ihn privat kannte?«
»Ja.«
»Nein, das nicht. Aber ich mochte ihn. Sehr sogar.«
David lehnte sich im Sessel zurück. »Hm.

Alle schienen ihn komisch, verschroben oder kauzig gefunden zu haben.«
Bianca kicherte. »Ja, das war er auch. Wirr und zerstreut zudem. Aber auf eine liebenswerte Art.«
»Mir fiel vorhin auf, dass du den Kopf geschüttelt hast, als ich erwähnte, dass Dr. Willberg Selbstmord begangen hat. Hast du Zweifel?«
»Keine Ahnung. Ich war überrascht, weil ich ihm das nie zugetraut hätte.«
»Woran genau hat Dr. Willberg denn gearbeitet?«
»Hm, Ihnen das genau zu erklären, wäre schwierig. Generell gesagt hat er an einem Heilmittel für Krebs gearbeitet.«
»Mit Erfolg?«
»Das will ich wohl meinen«, gab Bianca Haug zurück.
»Ach ja?!«
»Oh ja! Dr. Willberg hat bahnbrechende Ergebnisse erzielt in den letzten Monaten. Er hat geschafft, tumoröse Versuchstiere zu 99 Prozent zu heilen.«
»Du machst Witze!«
»Ganz sicher nicht«, brüskierte sie sich.
David kratzte sich das unrasierte Kinn, was ein schabendes Geräusch verursachte.
»Wer wusste von seinem Durchbruch?«
»Hm, nicht viele, würde ich vermuten. Dr. Willberg war sehr gewissenhaft bei seiner Arbeit. Gott, wie oft hat er mich und Sina Testreihen wiederholen lassen, um eine höchstmögliche Validität in den Versuchsreihen zu erreichen.«
»Ach ja«, fiel es ihm wieder ein. »Sina Forget«, las er den Namen laut vor, den er sich in sein Notizbuch

gekritzelt hatte.
»Wo ist sie eigentlich? Hat sie Urlaub?«
Bianca Haug rutschte nervös auf ihrem Stuhl hin und her.
»Ich weiß es ehrlich gesagt nicht. Eigentlich sollte sie da sein. Aber sie ist seit zwei Tagen nicht erschienen, und erreichen konnte ich sie auch nicht.«
David sah sie fragend an. »Seid ihr befreundet?«
Sie nickte. »Wir haben zusammen angefangen, als Dr. Willberg das Projekt vor zwei Jahren ins Leben rief. Dr. Willberg war Sinas Professor in Bio-Chemie. Er wollte sie unbedingt haben, hat er mir einmal gesagt. Ich musste ihm jedoch versprechen, Sina das nie zu verraten«, sagte Bianca lächelnd.
»Mich hat er aus einer anderen Abteilung ausgeliehen. Anfangs arbeiteten wir nur zu dritt, bis uns die Arbeit im zweiten Jahr über die Ohren zu wachsen drohte, weshalb Dr. Willberg dann die anderen dazugeholt hat.«
»Weißt du, wie ich Sina erreichen kann? Gibst du mir ihre Adresse und Telefonnummer?«
»Sicher!«
David notierte sich die Adresse und Nummer, die Bianca ihm nannte.
»Du hast meine Frage noch nicht beantwortet. Wer könnte von Dr. Willbergs Ergebnissen gewusst haben?«
»Wissen Sie«, sagte Bianca, die sich in ihrem Stuhl aufrichtete. »Wissenschaftler sind da extrem vorsichtig. In der Wissenschaft arbeiten so viele Hyänen. Was denken Sie, wie viele Forschungsergebnisse schon gestohlen und plagiiert wurden.«

»Schon klar. Wie steht es denn mit dem Laborteam?«, hakte David nach. Bianca schüttelte den Kopf.

»Die einzigen, die von den Ergebnissen wussten, waren Sina und ich. Ich als kleine Chemielaborantin eigentlich noch viel weniger. Ich weiß es auch nur, weil mir Sina davon erzählt hatte.«

»Ok, danke dir, Bianca.« David reichte ihr seine Visitenkarte. »Auf der Rückseite steht meine Handynummer. Ruf an, wenn dir noch etwas einfällt oder du Fragen hast. Ok?!«

Zehn Minuten später stand David vor dem Gebäude. Wie gerne hätte er jetzt eine Zigarette geraucht. Sollte er gleich zu Sina Forgets Adresse fahren? Oder die Rückfahrt nach Konstanz antreten? Seine Schläfen pochten und der Nachtdienst begann allmählich seinen Tribut zu fordern. Er würde sich ein Zimmer nehmen, in dem Hotel, an dem er am Vormittag, unweit des Instituts, vorbeigefahren war. Vielleicht wäre er nach ein paar Stunden Schlaf wieder in der Lage einen klaren Gedanken zu fassen.

18. Kapitel

Hamburg

»Mensch, wo bist du denn?«, drang schrill und vorwurfsvoll Biancas Stimme aus dem Hörer. »Ich mache mir wahnsinnig Sorgen. Willberg ist tot und du kommst nicht zur Arbeit! Und dann taucht hier dieser Zivilbulle auf …«

Sina war von dem kleinen Sofa in Miriams Wohnzimmer aufgesprungen, auf dem sie bis vor einer Sekunde mit unterschlagenen Beinen gesessen hatte. Sie hatte ein Handtuch um den Kopf geschlungen, um die gefärbten und frisch gewaschenen Haare zu trocknen. Aus ihren vorher punkig-bunten Strähnen war nun ein eher seriöses Mokkabraun geworden, und um die Verwandlung komplett zu machen, hatte sie ihre Haare auf Kinnlänge abgeschnitten.

»Warte! Warte, warte, warte …, Bibi beruhige dich doch mal! Was hast du gerade gesagt? Willberg ist tot?«

»Es tut mir so leid, Süße. Du weißt doch, dass ich in dem Kellerverlies keinen Empfang habe. Ich habe deine Nachricht eben erst bekommen.«

»Willberg ist tot?«, wiederholte Sina.

»Ja! Das ist furchtbar, nicht? Der Bulle, der heute im Labor war sagte, dass er Selbstmord begangen habe.«

»Bitte was?! Wann? Wo?«, stammelte Sina.
»Irgendwann in der Nacht von Samstag auf Sonntag, in einem Hotel am Bodensee.«
Sonntagabend, kurz nachdem sie aus dem Labor gekommen war, hatte man versucht sie zu erwürgen. Sollte sie Bianca davon erzählen? Das konnte doch alles kein Zufall sein. Willbergs angeblicher Selbstmord und einen halben Tag danach der Mordversuch an ihr?
War am Ende das ganze Laborteam in Gefahr?
»Bibi, hör zu! Du musst aus dem Labor weg!«
»Wie, weg??«, drang Biancas verdutzte Stimme an ihr Ohr.
»Ich kann dir nicht sagen, was hier passiert, aber ich nehme an, dass es mit unserem Projekt zu tun hat und mit den letzten Testergebnissen. Du solltest so schnell wie möglich nach Hause fahren, dir ein paar Sachen zusammenpacken und dann fährst du zu deinem Bruder in die Schweiz. Hast du mich verstanden?«
»Sina, du machst mir Angst! Wo bist du eigentlich?«
»Das spielt jetzt keine Rolle. Ich will das jetzt am Telefon nicht sagen. Aber mir geht es gut und ich bin in Sicherheit.«
Sina schluckte den Kloß in ihrem Hals hinunter und sagte mit erstickter Stimme: »Bibi, jemand hat versucht mich zu töten.«
»Oh mein Gott!«, erklang Biancas entsetzte Stimme. »Ist dir was passiert?«
»Nein, alles in Ordnung, Bibi. Wie ich schon sagte, es geht mir gut. Aber ich musste ganz schnell weg aus Heidelberg.«

Sina haderte für einen Augenblick. »Darf ich dich um einen Gefallen bitten? Hast du noch den Wohnungsschlüssel, den ich dir vor ein paar Monaten gegeben habe?«
»Ja, klar!«
»Könntest du mir bitte ein paar Sachen aus meiner Wohnung holen? Ich schicke dir nachher eine SMS mit einer Liste. Würdest du das für mich tun?«
»Na klar, kein Thema.«
»Und Bibi?«, Sinas Tonfall wurde ernst, »du verlässt danach unverzüglich die Stadt und fährst in die Schweiz, hast du mich verstanden?«
»Versprochen«, sagte Bianca kleinlaut.
»Gut! Ich schreibe dir dann, wo du mir die Sachen hinschicken kannst. Ich melde mich wieder, ok? Hab dich lieb Kleines.«
»Ich dich auch.«
Sina ließ sich auf die Couch sinken, riss sich das Handtuch vom Kopf und vergrub ihr Gesicht darin. Sie wusste nicht, ob sie weinen oder schreien sollte.
Professor Dr. Dr. Hartmut Willberg soll Selbstmord begangen haben? Das war absurd! Nie im Leben! Willberg sprach nicht sehr viel, eigentlich gar nie über private Dinge, aber seit Wochen redete er von nichts anderem als von seinem im Frühjahr geplanten Trip in die USA.
Wenn sie sich recht erinnerte, wollte er eine Motorrad-Tour über die Route 66 machen. Sina glaubte nicht, dass er irgendwelche Eheprobleme oder Probleme finanzieller Art gehabt haben könnte.
Im Gegenteil.

Sie war Willbergs Frau nur einmal kurz begegnet, als sie ihn vom Zentrum abgeholt hatte. Sie war jung und atemberaubend schön. Und Sina gegenüber hatte er sich immer als sehr großzügig erwiesen.

Er hatte ihr sogar die Mietkaution gestellt und den Laptop finanziert. *Nein! Nie im Leben war das Selbstmord*, dachte Sina.

19. Kapitel

Heidelberg

Das Klingeln seines Telefons drang dumpf, aus einer weit entfernten Galaxie, in seinen Verstand. Blind tastete er, mehrmals ins Leere greifend, über das Nachttischchen.

»Sprenger«, brummte er.

»König hier, vom Zentrallabor. Ich habe versucht Sie im Büro zu erreichen.«

»Ja, ja, danke!«

Er setzte sich im Bett auf und hatte zunächst Mühe, sich im Halbdunkel des Zimmers zu orientieren. David rieb sich den Schlaf aus den Augen.

»Haben Sie etwas?«

»Nichts Auffälliges. Blutalkoholkonzentration von 0,8 Promille, etwas erhöhte Cholesterin- und Leberwerte, aber sonst wirklich nichts Außergewöhnliches.«

»Keine Barbiturate, Opiate, GHB oder was anderes?«, fragte David ungläubig nach.

»Nichts. Tut mir leid Sie enttäuschen zu müssen. Und Gamma-Hydroxybuttersäure, das wissen Sie, Herr Sprenger, wäre nach ein paar Stunden ohnehin nicht mehr nachweisbar.«

»Hm, ich weiß.« David war frustriert. Er hatte gehofft, dass irgendetwas im Blut Willbergs nachgewiesen werden könnte, was seine Zweifel an einen Suizid untermauert hätte.

»Ich danke Ihnen Frau König. Schicken Sie mir die Rechnung, bitte zu meinen Händen, in mein Büro.«
Die Uhr im Display seines Smartphones zeigte ihm an, dass es kurz vor 17 Uhr war.
Obwohl David nur knapp drei Stunden geschlafen hatte, fühlte er sich deutlich besser, auch das Pochen in seinen Schläfen war verebbt. Die Gespräche mit Willbergs Teammitgliedern hatte ihn nicht wirklich weitergebracht, und nun die negative Blutuntersuchung. Vielleicht wäre es besser, die Sache auf sich beruhen zu lassen, die Heimfahrt anzutreten und den Fall endgültig zu den Akten zu legen. So wie es im Moment aussah, hatte er ohnehin keine Beweise, die seine Theorie, dass man Willberg betäubt und danach über die Wanne mit dem Trockeneis gebeugt hatte, untermauern würden. Die Kälteverbrennung an Willbergs Stirn und der Umstand, dass in den kommenden Monaten eine Reise anstand, waren allenthalben Indizien, zudem noch sehr schwache.
Die Verletzung konnte er sich aus Unachtsamkeit selbst zugefügt haben, und was die Reise in die USA betraf, wer wusste schon wirklich, was in einem Menschen vor sich ging, selbst in einem so gebildeten und genialen Menschen wie Willberg.
David zog sich aus und ging ins Badezimmer. Es dauerte einige Zeit bis das Wasser, nachdem er den Mischhebel geöffnet hatte, die richtige Temperatur hatte. Minutenlang ließ er sich nur das heiße Wasser über Kopf und Gesicht rinnen, bis er sich die Haare und den Körper wusch.

Im Badezimmer fand er Duschgel, Shampoo, Einwegzahnbürsten und sogar einen Einwegrasierer. Ein feiner Service, wie David fand, da er nichts dergleichen dabei hatte. Als er beim Einchecken erwähnte, dass er nur ein paar Stunden schlafen wolle, bis er die Rückfahrt antrat, wollte man nicht mal den vollen Preis für das Zimmer berechnen. Die fünfzig Euro, die die Rezeptionistin verlangte, bezahlte er bar und im Voraus.

Nachdem er aus der Duschkabine getreten war, wischte er mit einer Ecke des Handtuchs über den vom Wasserdampf beschlagenen Spiegel. Sein Gesicht hatte dringend eine Rasur nötig, aber er fand keinen Rasierschaum, weshalb er den in Folie eingeschweißten Einwegrasierer wieder beiseitelegte.

Eines, beschloss er, wollte er noch tun, bevor er wieder nach Konstanz zurückfuhr. Er würde Sina Forget aufsuchen. Dann hatte er alles in seiner Möglichkeit Stehende getan. Selbst wenn er Sina Forget nicht anträfe, würde er den Fall zu den Akten legen, aber einen Versuch war es wert.

Dreißig Minuten später stand er, mit noch feuchten Haaren, vor einem Wohnblock aus den 60er Jahren. Der Putz war schmutzig grau, rissig und an vielen Stellen vom Mauerwerk gebröckelt, die Fenster alt und dringend renovierungsbedürftig. Sein Finger glitt über die Klingelleiste, bis er ihren Namen fand. Die Namen auf den Schildchen unter der blind gewordenen Plastikabdeckung waren verblasst, aber mit viel Fantasie gerade noch leserlich. Aufgrund der Anordnung der Namen vermutete er ihre Wohnung in der dritten Etage.

David betätigte einmal, zweimal die Klingel und wartete. Nichts!
Gerade als er sich abwenden wollte, drückte er gegen die Haustüre, die sich zu seiner Überraschung öffnen ließ. Zögernd trat er ein, stieg die Treppe empor und hielt in jeder Etage, um die Namen an den Wohnungstüren zu entziffern. *Dass die Leute aber auch nicht in der Lage waren ihre Scheiß Namen anzubringen,* dachte er.
Kapierten die Leute denn nicht, dass es im Ernstfall um Sekunden ging, wenn zum Beispiel der Rettungsdienst erst nach der richtigen Etage und Wohnung suchen muss?
»Ignoranten!«, maulte er.
Das Treppenhaus machte einen weniger schäbigen Eindruck, als es von außen den Anschein hatte.
Schlimm genug, dass man als Student in einer Uni-Stadt wie Heidelberg nicht wählerisch sein durfte auf der Suche nach einer bezahlbaren Wohnung, aber er hatte schon schlimmere Studentenbehausungen gesehen. Und was manche Vermieter für horrende Mieten von den Studenten verlangten, war nicht nur Wucher, sondern schlichtweg verbrecherisch. David hatte sich geirrt. Erst in der vierten Etage wurde er fündig. Das Klingelschild war mit einem Pflaster mit den, mit Kugelschreiber darauf gekritzelten, Initialen ›S.F.‹ überklebt. Sina Forget.
Gerade als er die Klingel betätigen wollte, erlosch die Treppenhausbeleuchtung. Erst als sich seine Augen an die Dunkelheit gewöhnt hatten, sah er den schmalen Spalt. Die Wohnungstüre war angelehnt und keineswegs verschlossen. Sina Forget hätte wohl kaum für längere Zeit ihre Bude

verlassen, ohne die Türe abzuschließen, geschweige denn, sie nicht ins Schloss zu ziehen. Sein geübter Blick sagte ihm, dass die Türe nicht gewaltsam geöffnet worden war. Vorsichtig stieß er mit zwei Fingern die Türe auf. Seine Rechte wanderte unter seine Jacke zum Griff seiner Pistole, die im Schulterholster steckte und zog sie. Mit der Waffe im Anschlag tastete er sich, sorgsam darauf bedacht keine Geräusche zu machen, den Flur entlang.
Draußen war es fast vollkommen dunkel und der Korridor lag in einem diffusen Licht.
Zu seiner Linken ertastete er eine Türe. Der humoristischen, plakativen WC-Ordnung nach, die mit Tesastreifen an das Türblatt geklebt war, gab es keinen Zweifel, was dahinter lag. Nur langsam gewöhnten sich seine Augen an die fast vollkommene Dunkelheit im Flur.
In einem der Räume am Ende des Flures brannte irgendwo ein Licht, dem er tastend entgegenstrebte. David glaubte die Umrisse einer Couch und eines Flachbildschirmes zu erkennen.
Plötzlich hörte er ein Geräusch, das aus einem der angrenzenden Räume zu kommen schien. Ein Klappern und Schaben. Den Lauf gesenkt, die Pistole mit beiden Händen umfassend, schlich David tiefer den Gang hinunter, bis er um die Ecke des Türrahmens spähen konnte. In der Küche durchsuchte jemand hektisch alle Schränke, riss Schubladen auf und schloss sie wieder. Als er nahe genug war, brachte er die Pistole in Anschlag und rief: »Polizei, keine Bewegung! Und rühr dich ja nicht vom Fleck!«

Niemals zuvor sah David, dass jemand so abrupt in seiner Bewegung erstarrte.
Die Gestalt trug einen tief ins Gesicht gezogenen Kapuzen-Pullover, war nicht sehr groß, schlank, ja beinahe feminin.
»Dreh dich ganz langsam zu mir um und spreiz die Arme weit vom Körper ab. Ich will deine Hände sehen.«
Mit zur Seite abgespreizten Armen drehte sich die Person langsam, wie in Zeitlupe, in seine Richtung um. Die filigranen Hände zitterten. David kniff die Augen zusammen, als das Gesicht allmählich in sein Blickfeld kam und vom Licht der Dunstabzugshaube schwach beleuchtet wurde.
»Bianca? Bist du das?«
Mit offensichtlicher Panik in den Augen nickte sie: »Ja, Bianca Haug. Sind Sie das Herr Sprenger?«
David entspannte sich und ließ die Pistole in das Schulterholster zurückgleiten.
»Mensch, Bianca, was machst du denn hier?«
»Das gleiche könnte ich Sie fragen«, konterte sie.
»Sag mal, gibt es denn kein Licht in dieser Bude?«
David sah sich suchend nach dem Lichtschalter um, betätigte ihn und zwei Strahler an der Decke fingen flackernd an aufzuleuchten.
»Gott, ich hasse diese Energiesparscheißdinger.«
»Mann, haben Sie mir einen Schrecken eingejagt. Ich hab mir fast in die Hose gemacht!«
»Tut mir leid«, brummte David. »Aber was machst du denn hier? Und wieso stöberst du hier im Dunkeln herum?«
»Ähm, Sina hat mich gebeten, ein paar Dinge aus

ihrer Wohnung zu holen.«
»Aha!«, gab David wenig überzeugt zurück. »Und wo ist Sina?«
»Bei ihrem Freund. Sie hat ihr Handy-Ladekabel, und ein paar andere Dinge vergessen. Und das sollte ich ihr holen.«
»Ah ja! Und das suchst du im Küchenschrank!? Willst du mich verschaukeln? Komm sag, was ist los? Steckt sie in Schwierigkeiten?«
»Nicht, dass ich wüsste«, druckste Bianca.
»Bianca, bitte!«
Sie schaute verlegen zu Boden und schien mit sich zu ringen.
»Du kannst mir vertrauen. Ich weiß nicht was hier gespielt wird, noch nicht, aber ich glaube, dass Sina, wenn nicht sogar euer ganzes Team, in Gefahr ist.«
»Sie glauben also nicht, dass Willberg Selbstmord beging?«, fragte Bianca unsicher.
»Nein, tue ich nicht. Aber ich kann es nicht beweisen, zumindest nicht im Moment. Und da du mir offenbar nicht sagen kannst oder möchtest, warum oder wohin Sina verschwunden ist, gehe ich davon aus, dass sie in Gefahr schwebt. Habe ich recht?« David sah Bianca eindringlich an.
»Bianca?«
Sie nickte und eine Träne kullerte über ihre Wange.
»Jemand hat versucht sie umzubringen.«
»Was? Wann?«, drängte David.
»Am Sonntagabend. Sina muss wohl gerade aus dem Labor nach Hause gekommen sein. Ein riesen Kerl, meinte sie, habe ihr eine Schlinge oder irgendwas Ähnliches um den Hals gelegt und sie

versucht zu erwürgen. Irgendwie gelang es ihr zu fliehen, deshalb bat sie mich, ihr ein paar Sachen aus der Wohnung zu holen.«

»Und wo ist sie jetzt?«

»Keine Ahnung. Ehrlich nicht!«, fügte sie hastig hinzu, als sie Davids zweifelnden Blick bemerkte. »Sie hat es mir nicht verraten. Und sie hat mich gedrängt, ja schon beinahe angefleht, zu meinem Bruder in die Schweiz zu gehen.«

»Hm«, brummte David, »das klingt vernünftig.«

David legte den Kopf schief und spähte mit zusammengekniffenen Augen Richtung Couch. Nach drei großen Schritten beugte er die Knie und fingerte nach einem Gegenstand, der unter die Couch gerutscht war. David förderte einen ziemlich malträtierten, schwarzen Herrenregenschirm zutage. Das Gestänge war verbogen und die Plane teilweise aus den Ösen gerissen.

Näher ins Licht tretend inspizierte er die metallene Spitze, an dessen Ende sich eine Anhaftung befand. Er hatte weder Luminol noch eine andere Chemikalie zur Hand, mit der er die angetrocknete Flüssigkeit hätte analysieren können, vermutete aber, dass es Blut war. Aus der Innentasche seiner Jacke kramte er ein Paar zerknüllter Gummihandschuhe hervor, die er sich überstülpte.

Im Schein der Deckenstrahler fiel ihm der minimale Unterbruch in der Struktur des Metalls zwischen der Schirmspitze und der Abdeckkappe auf, dann begann er die Metallspitze zu drehen.

Widerlich quietschend löste sich Spitze bereits nach wenigen Windungen und ließ sich von dem

Gewinde abheben. Offenbar war dieser Schirm kein industrielles Massenprodukt, sondern von einem traditionellen Schirmmacher hergestellt. David begutachtete das Metallstück mit spitzen Fingern und stülpte den Handschuh geradewegs auf links und konservierte so die Blutspur.
»Hat Sina erwähnt, ob sie den Angreifer verletzte?«
»Nein«, antwortete Bianca kopfschüttelnd. David ging durch jeden Raum und sah sich nachdenklich um. Alles schien normal auszusehen. Außer der umgestürzten Cola-Dose, deren Inhalt sich über die Arbeitsplatte der Küche ergossen hatte, deutete nichts auf einen länger andauernden Kampf hin. Bianca stand verloren in der Küche, als David zurückkehrte.
»Hast du alles, was Sina dir aufgetragen hat?«
»Ich glaube schon.«
»Was hast du denn in der Küche gesucht?«, wollte David wissen.
»Ach, ich hab 'ne Taschenlampe gesucht, weil ich das Licht nicht einschalten wollte.«
David nickte. »Was wirst du jetzt tun?«
Bianca kratzte sich die Nase. »Ich weiß nicht genau. Erst mal werde ich Sina die Sachen schicken, die sie wollte. Und dann …« Bianca zögerte.
»... wirst du genau das tun, was Sina dir geraten hat. Du wirst Heidelberg verlassen und in die Schweiz zu deinem Bruder gehen. Ich halte das für das Sicherste.«
Bianca nickte wenig überzeugt. »Ich kann mich doch nicht einfach aus dem Staub machen! Was soll ich denn im Labor sagen, warum ich nicht mehr

komme?«
»Darüber solltest du dir im Moment weniger Sorgen machen. Sag einfach, du seist krank und könntest die nächsten zwei Wochen nicht kommen. Hat Sina dir schon eine Adresse genannt, wo du die Sachen hinschicken sollst?«
»Nein«, gab Bianca zurück, »wollte sie mir aber noch machen.«
»Gut! Schick mir dann bitte eine SMS mit ihrer Adresse und ihrer Telefonnummer!«

20. Kapitel

Hamburg

Nie zuvor hatte er persönlichen Kontakt mit seinen Auftraggebern. Niemals! Dies war das erste Mal. Die Stimme am Ende der Leitung war verzerrt und klang blechern, dumpf. Beinahe wie die Stimme Darth Vaders in den Star Wars-Filmen. Komischerweise war dies das erste Bild, das sich vor seinem geistigen Auge manifestierte. Darth Vader in seiner schwarzen Maske. Und nicht weniger pathetisch hatte der Mann am Telefon gesprochen. Seiner Nachlässigkeit und Stümperhaftigkeit, so hatte die Stimme es ausgedrückt, sei es zu verdanken, dass er Spuren gelegt habe, denen ein Kriminalbeamter nun nachging. Der Plan hatte ihm von Anfang an nicht gefallen. Überhaupt, das ganze Szenario war absurd gewesen, fand er. Eine gezielte Tötung sollte es nicht sein, das wäre ja auch zu offensichtlich gewesen. Aber wieso man es nicht wie einen Unfall aussehen lassen konnte, verstand er nicht. Jeden Tag starben Menschen im Straßenverkehr. Ein gezielter Rempler auf der Autobahn, eine manipulierte Bremsleitung, eine gelockerte Radschraube oder eine Unfallflucht, nachdem man die Zielperson überfahren hatte. Selbst ein herabfallender Blumentopf oder ein tödlicher Stromschlag wäre plausibler gewesen, als dieses aberwitzige Selbstmordszenario.

Er hatte seine Bedenken, wenn auch sehr verhalten, geäußert. Sein Auftraggeber schätzte es nicht, wenn man Fragen stellte oder Kritik äußerte.
Und selbst wenn ihm bei Willberg diese Nachlässigkeit nicht passiert wäre, hätte es Fragen nach dem Motiv für seinen angeblichen Freitod gegeben. So oder so, es war ein Scheißplan gewesen. Er hatte keine Fragen zu stellen, sondern auszuführen, und zwar so, wie sein Auftraggeber es verlangte, mit dem Resultat, dass er sich nun nicht nur um Sina Forget kümmern musste, sondern sich möglichweise auch noch eines übereifrigen Bullen würde entledigen müssen. Wie unangenehm! Auch für ihn gab es Tabus. Und Polizisten war eines davon. Beim nächsten Auftrag, das hatte er sich geschworen, würde er darauf bestehen, die Zielperson auf seine Weise zu beseitigen, auch wenn dies mehr Recherchearbeit erforderte und vielleicht etwas mehr Kreativität verlangte. Wie sein Auftraggeber den letzten Standort Sina Forgets verifizieren konnte, war ihm schleierhaft. Er ging nicht davon aus, dass sie ihr altes Handy tatsächlich noch einmal benutzen würde, womit es ein leichtes gewesen wäre, sie zu orten. Aber wie dann? Ihm war bekannt, dass seit Jahrzehnten daran geforscht wurde, den Sprachverkehr zu erfassen und zu überwachen. Die Stimme eines Menschen ist so einzigartig und individuell wie sein Fingerabdruck oder seine DNA. Bereits 1940 entwickelten amerikanische Phonetiker einen Spektographen, der Schallwellen in optische Muster umwandelte, um die Echtheit einer Radioansprache Adolf Hitlers zu überprüfen.

Man verglich mehrere seiner Ansprachen, da man vermutete, ein Double hätte die Rede gehalten. Aus dem Stimmvergleich schloss man, dass das Attentat offenbar misslungen und Hitler noch am Leben war.

Seit den 1960er Jahren wurde diese Technik permanent weiterentwickelt.

Die biometrische Stimmerkennung floss schon seit vielen Jahren in der Kriminalitätsbekämpfung zur Authentifizierung und Identifizierung eines Verdächtigen mit ein.

So rasant, wie sich die heutige Technik weiterentwickelte, hegte er keine Zweifel, dass die Abteilungen der strategischen Fernmeldeaufklärung sämtlicher Geheimdienste den gesamten Sprachverkehr, der über den Äther ging, spektographisch analysieren konnten. So wie im BKA unzählige Gizmos zu blinken und zu leuchten anfingen, wenn man am Telefon die Abfolge bestimmter Schlagworte benutzte, würde auch hier irgendein Server-Alarm zu schrillen beginnen, wenn durch die Programme ein bestimmtes Sprachmuster erkannt wurde. Während seiner Zeit bei der Truppe hatten sie ein Programm getestet, das über ein Richtmikrophon gekoppelt die Stimme einer Zielperson verifizieren konnte, auch wenn kein direkter Sichtkontakt zu ihr bestand. Selbst durch dickes Mauerwerk hindurch konnte, trotz Nebengeräuschen, das Stimmmuster erkannt und mit vorhandenem Vergleichsmaterial abgeglichen werden. Das Equipment war jedoch unhandlich und sperrig, weshalb man es nur in wenigen Einzelfällen benutzt hatte.

Man würde sich wieder melden, sobald man den genauen Aufenthaltsort Sina Forgets kenne, hatte man ihm gesagt. Aber seiner Intuition zu folgen hatte sich als richtig erwiesen, denn er war direkt von Frankfurt nach Hamburg weiter gefahren.
Er ließ den 600 Pferden, die sein neuer Audi unter der Haube hatte, freien Lauf und so schaffte er die Strecke in viereinhalb Stunden. Nun war er hungrig. Da er im Moment ohnehin nichts tun konnte, fuhr er auf einen Parkplatz in der Hafenstraße und hielt nach einem Restaurant Ausschau.

21. Kapitel

Hamburg

Jedes Mal, wenn sie einem hochgewachsenen Kerl begegnete oder einer an ihr vorbeilief, zuckte Sina instinktiv zusammen. So auch, als dieser Typ gestern Nachmittag aus einer schicken, schwarzen Luxus-Limousine gestiegen und in einem der etwas besseren Restaurants in der Hafenstraße verschwunden war. An ihm war nichts Besonderes. Normal gekleidet, kurze, dunkelblonde Haare, aber auffallend groß. Und verdammt gutaussehend. Sina empfand große Menschen immer als schlaksig und ungelenk. Auf diesen Typen traf das überhaupt nicht zu. Sein Gang war geschmeidig, federnd, und er schien super in Form zu sein. Kurz, ein richtig geiler Typ. Aber trotzdem, das ungute Gefühl war vorherrschend gewesen. Wenn sie an diesem Abend in ihrer Wohnung doch nur etwas mehr gesehen hätte. Ein Gesicht, vielleicht eine Narbe oder eine Tätowierung auf den Armen, irgendetwas. Sie glaubte nicht, dass es vorbei sein würde. Der Mörder würde sie weiter jagen, finden und das beenden, was ihm in Heidelberg nicht gelungen war. Ihre Gedanken schlugen Kapriolen, gefangen in einem sich ständig drehenden Karussell. Und immer wieder dieselbe quälende Frage: *»Was nur soll ich tun?«*

Miriam hatte ihr in der Mikrowelle eine Portion

Frikadellen und Kartoffelpüree aufgewärmt, in der sie lustlos herumstocherte. Sie hatte keinen Appetit.
»Kleines, du musst was essen«, forderte Miriam sie auf und beobachtete argwöhnisch, wie Sina widerwillig ein paar Gabeln in sich hinein schaufelte.
»Zufrieden?«, maulte Sina kauend. »Deine Fürsorge kann manchmal ganz schön nerven, weißt du das, Miriam?«
»Ja«, antwortete sie lächelnd. »Willst du auch einen Tee?«
»Ja bitte.«
»Weißt du Liebes, ich denke du solltest vielleicht wirklich zur Polizei gehen.«
»Hatten wir das nicht schon durch?« Sina verdrehte die Augen. »Glaubst du, die Bullen können mir helfen oder mich beschützen? Die würden mir, bei meinem Vorstrafenregister, ja nicht mal glauben. Du weißt doch, wie das läuft!«
Miriam widersprach nicht und füllte stattdessen zwei Becher mit dampfendem Tee.
»Möchtest du Zucker oder Milch in deinen Tee?«
»Weder noch, danke!«
Miriam schien einer der geduldigsten Menschen auf der Welt zu sein. Sina wusste es immer zu schätzen, dass sie nie versuchte in sie zu dringen, sie nie bedrängte, über etwas zu reden, worüber zu reden sie im Augenblick nicht bereit war.
Mit angezogenen Beinen saß Sina ihr, mit der dampfenden Tasse in der Hand, gegenüber und musterte sie aufmerksam.
Alt war sie geworden.
»Miriam, was hast du früher eigentlich getan? Ich

meine beruflich?«
Überrascht sah Miriam auf. »Wie kommst du jetzt darauf?«
»Na ja«, druckste sie, »du hast auf mich nie den Eindruck einer ungebildeten, frustrierten Vettel gemacht, deren Lebensinhalt es ist, streunende Katzen aufzulesen, oder abgefuckte Jugendliche zu beherbergen und wieder aufzupäppeln.«
»So so«, grinste Miriam, »und was hattest du für einen Eindruck von mir?«
»Ich weiß nicht.« Sina zuckte mit den Schultern.
»Ich war Anwältin.«
»Was? Darauf wäre ich nie gekommen. Ich hätte dich eher für eine Lehrerin gehalten, oder eine Sozialpädagogin. Hattest du eine eigene Kanzlei?«
»Nicht direkt. Ich war Partnerin in einer Sozietät. Das ist aber viele Jahre her.«
»Wieso hast du aufgehört?«
Miriam dachte einen Augenblick kopfschüttelnd nach. »Ich rede nicht so gerne darüber, weißt du. Ich hatte mich mit den falschen Leuten angelegt. Mächtigen Leuten. Man hat mir die Approbation entzogen.«
»Is' nicht wahr! Was war passiert?«, bohrte Sina nach.
»Lass gut sein, Kleines. Das reißt nur alte Wunden auf. Lass mir etwas Zeit. Vielleicht erzähle ich es dir irgendwann einmal.«
Das respektierte Sina. Sie mochte es auch nicht, wenn man sie zu drängen versuchte.
Ihr Handy brummte, als sie sich eine Zigarette anzündete.

»Was war das?«, fragte Miriam.
Sina entsperrte den Bildschirm und begann zu lesen.
»Eine Nachricht von meiner Freundin Bianca. Ich hatte sie gebeten mir ein paar Sachen aus der Wohnung zu besorgen und sie mir hierher zu schicken.«
»Aber hoffentlich nicht an diese Adresse!?«
»Keine Sorge, Miriam. Ich lasse mir das Paket an eine Packstation liefern.« Sina tippte eine Nachricht, in der sie Bianca die Nummer der Packstation mitteilte, die von ihr aus die nächste in Eimsbüttel war.
»Kleines, ich bin müde. Sei mir bitte nicht böse, aber ich gehe ins Bett.«
Miriam erhob sich und strich Sina im Vorübergehen über den Kopf.
»Schlaf gut Miriam.«
»Danke, du auch.«
Sina saß noch eine ganze Weile am Esstisch und versuchte ihre Gedanken zu sortieren. Sie stand so kurz vor dem Abschluss. Nur noch wenige Wochen und sie hätte ihre Dissertation in der Tasche. Sollte die ganze Paukerei der letzten Jahre, die Plackerei für Willberg, für den Arsch gewesen sein? Außerdem war Willberg ihr Doktorvater. Wer würde nun ihre Doktorarbeit weiter betreuen? Ihre Arbeit wäre in zwei Monaten dem Promotionsausschuss vorgelegt worden. Willberg hatte strenge Maßstäbe angelegt und ihre Arbeit immer wieder korrigiert und auch kritisiert, aber auch nie irgendwelche Zweifel aufkommen lassen, dass sie ihren Abschluss nicht mit einem summa cum laude

bestehen könnte. Sina sah ihre ganze Zukunft den Bach runtergehen. Sie hatte zwar ihren Masterabschluss, aber wollte sie irgendwann in der Wissenschaft tätig sein, war ein Doktortitel unerlässlich. Sie würde heute zu keinem klaren Gedanken mehr fähig sein, weshalb sie den mittlerweile kalt gewordenen Tee in den Ausguss schüttete und zu Bett ging.

22. Kapitel

Heidelberg

David hatte kurz mit sich gerungen, ob er nach Konstanz zurückfahren oder die Nacht in Heidelberg verbringen sollte. Da er ohnehin frei hatte, konnte er genauso gut bleiben. Er rief im Hotel an und verlängerte seinen Aufenthalt um eine Nacht, als er in einer gemütlichen Pizzeria in der Heidelberger Innenstadt zu Abend gegessen hatte. Stirnrunzelnd überflog er die Notizen, die er sich gemacht hatte. Alles, was er zu diesem Zeitpunkt hatte, waren Indizien, Ungereimtheiten und viele Fragezeichen. Dass zwischen dem sonderbaren Selbstmord Willbergs und dem Mordanschlag auf Sina Forget ein Zusammenhang bestand, daran hatte er keine Zweifel. Auch, dass es eine Verbindung zu Willbergs Arbeit geben musste. Aber er hatte keine Beweise. Er würde mit ein paar vagen Anhaltspunkten kaum einen Staatsanwalt davon überzeugen können, eine Mordermittlung aufzunehmen. Es war dünn, mehr als dünn.

Außer Bianca Haug konnte keiner der Mitarbeiter Willbergs irgendetwas dazu beitragen, was einen Anfangsverdacht geschweige denn tatsächlich hinreichende Anhaltspunkte geliefert hätte. Und Bianca hatte ihm auch nur berichtet, was sie von Sina Forget erzählt bekommen hatte. Er musste Sina Forget finden und mit ihr persönlich sprechen.

Unbedingt!
David sah zur Uhr und überlegte, ob er es noch wagen konnte Tamina Willberg anzurufen.
21:30 Uhr war, fand er, noch eine christliche Uhrzeit, um jemanden zu stören. Er blätterte durch sein Notizbuch und fand Tamina Willbergs Handynummer.
Gespannt lauschte er, als es tutete.
»Willberg«, meldete sich eine Frau mit deutlich hörbar osteuropäischem Akzent.
»Guten Abend. Entschuldigen Sie bitte die Störung. Mein Name ist Sprenger von der Kripo Konstanz. Ich habe den Selbstmord Ihres Mannes untersucht. Ich hätte mich gerne mit Ihnen unterhalten. Nichts Wichtiges«, fügte er schnell hinzu, »nur ein paar kurze Fragen, wenn Sie gestatten.«
»Jetzt?«, fragte sie überrascht.
»Wenn es Ihnen nichts ausmacht ... Ich würde es aber ungern am Telefon besprechen. Wenn Sie mir Ihre Adresse geben, würde ich schnell bei Ihnen vorbeikommen.«
Sie schien nicht überrascht zu sein, dass er offenbar schon in Heidelberg weilte.
»Na ja, ich meine ..., es ist ja schon spät ... können wir das nicht verschieben?«
»Es ist dringend«, log er. »Ich möchte den Fall gerne abschließen, aber dazu bräuchte ich noch einige Informationen von Ihnen.«
»Na gut, dann kommen Sie vorbei.«
David notierte sich die Adresse, bezahlte und ging zu seinem Wagen.
Das Navigationsgerät seines Passats hatte ihn

schnell zu der eingegebenen Adresse geleitet.
Fünfzehn Minuten später stand er vor dem Anwesen der Willbergs. Eine prächtige Villa aus der Jahrhundertwende, direkt am Neckarufer gelegen.
Der Kies in der Auffahrt knirschte unter den Wagenrädern, als er langsam die leichte Anhöhe hinauf fuhr. Ein Strahler flammte auf und erhellte den Vorplatz. David vermutete, dass dieser mit einem Bewegungsmelder geschaltet war. Noch ehe David ausgestiegen war, wurde er einer Gestalt gewahr, die im Eingangsbereich stand. Das Licht des Scheinwerfers blendete, sodass er nur die Konturen erkennen konnte. Erst als er sich näherte und seine Augen sich an das grelle Licht gewöhnt hatten, erkannte er die Frau. Sie trug ein schwarzes, knielanges Kleid und eine schwarze Stola, die sie sich locker über die Schulter gelegt hatte. Die langen, blonden Haare waren hochgesteckt. Sie war atemberaubend schön.
David eilte die Treppe hinauf, um sie nicht unnötig in der kalten Nachtluft warten zu lassen.
»Guten Abend, Frau Willberg. Danke, dass Sie mich noch empfangen«, begrüßte er sie und ergriff ihre zarte Hand, die sie ihm zum Gruß entgegenstreckte. Die Art, wie sie das tat, hatte etwas aristokratisch Arrogantes an sich. Und es gefiel ihm nicht, weshalb er ihre Hand etwas fester drückte, als er es sonst getan hätte.
»Lassen Sie uns ins Haus gehen«, sagte sie.
Während sie David vorausging, musterte er unverhohlen ihren schlanken, perfekt geformten Körper.
Tamina Willberg stieß die Türe zu einem Salon auf

und bat David einzutreten.
Im Kamin brannte ein Feuer. Etwas zu früh zu dieser Jahreszeit, wie er fand. Plötzlich erhob sich ein Mann aus einem Sessel, der zuvor durch eine Stehlampe verdeckt gewesen war.
»Einen wunderschönen guten Abend, Herr Sprenger.«
»Dr. Kübler!? Welch unerwartetes Vergnügen.«
»Ich bin nur hier, weil ich Frau Willberg mein Beileid bekunden wollte. Was führt Sie hierher?«
»Ach«, David machte eine wegwerfende Handbewegung, »ich habe nur noch ein paar Fragen, bevor ich den Fall abschließen kann.«
Dr. Kübler nickte verständnisvoll.
»Wenn Sie mich dann bitte entschuldigen. Oder haben Sie noch irgendwelche Fragen an mich?«
»Hm, im Augenblick nicht.«
Kübler wandte sich zum Gehen und hatte schon fast die Türe erreicht.
»Ach, Herr Dr. Kübler? Doch! Eine Frage hätte ich noch. Wer wird denn nun Dr. Willbergs Arbeit fortsetzen und was geschieht mit den bisherigen Forschungsergebnissen?«
»Das wären dann schon zwei Fragen«, bemerkte Kübler. »Darüber habe ich mir noch keine Gedanken gemacht.«
»Worüber genau? Über die Fortsetzung oder die Verwertung seiner Ergebnisse?«
»Ich verstehe nicht worauf Sie hinauswollen.«
»Vergessen Sie´s. Ist auch nicht so wichtig. Hat mich nur interessiert, aus reiner Neugier. Danke Ihnen.«

Kübler empfahl sich und verließ das Haus.
Tamina Willberg stand, an einen edlen, schwarzen Flügel gelehnt, mit einem Glas Wein in der Hand und musterte David aufmerksam. David war das leere Glas, welches neben ihr auf dem Flügel stand, nicht entgangen.
»Darf ich Ihnen etwas anbieten, Herr Sprenger?«
»Nein, vielen Dank. Ich werde Sie auch nicht lange aufhalten.«
»Womit kann ich Ihnen denn behilflich sein?«
Sie stieß sich geschmeidig vom Flügel ab und schlenderte hinüber zur Couch und nahm Platz. David wählte den Sessel, in dem Dr. Kübler zuvor gesessen hatte. Der konnte nicht sehr lange dort gesessen haben, da die Sitzfläche kühl war.
»Zunächst möchte ich mein tiefstes Bedauern zu ihrem Verlust zum Ausdruck bringen. Ich bedauere, dass ich Sie, in dieser schweren Zeit, mit Fragen behelligen muss.«
David beobachtete aufmerksam ihre Reaktionen.
»Schon gut! Ich sehe ja ein, dass Sie auch nur Ihre Arbeit machen müssen.«
»Ich danke Ihnen für Ihr Verständnis.«
»Wurde Ihr Mann schon bestattet?«
»Noch nicht«, sagte sie, betroffen in ihr Glas schauend. »Er wurde heute kremiert und morgen Nachmittag findet die Urnenbeisetzung statt.«
David räusperte sich. »Frau Willberg, haben Sie bei ihrem Mann in den letzten Monaten eine Veränderung seiner Persönlichkeit festgestellt, oder gab es Anzeichen einer Depression?«
»Ach wissen Sie«, sagte Sie und strich sich übertrie-

ben eine Haarsträhne hinter das Ohr, »von Zeit zu Zeit hatte er depressive Episoden. Aber nichts, was besorgniserregend gewesen wäre.«
»Er hat Ihnen gegenüber also nie Selbstmordgedanken geäußert?«
»Nein, wo denken Sie hin?«, echauffierte sie sich.
»Ihr Mann hatte in den kommenden Monaten eine längere USA-Reise geplant?«
»Hat Ihnen das seine Ex-Frau gesagt, ja? Ich glaube, er hat mal davon gesprochen, aber konkrete Pläne hatte er meines Wissens nicht.«
David nickte nachdenklich und machte sich Notizen.
»Nur so aus reiner Neugier. Darf ich fragen, woher Sie kommen?«
»Ich stamme aus Kiew«, antwortete sie und reckte dabei ihr Kinn vor.
David konnte Tamina Willberg nicht leiden. Ihr ganzes affektiertes und vornehmes Gehabe war aufgesetzt und gekünstelt.
Er vermutete, dass ihre einzige Chance, einem drittklassigen Arbeiterleben in der Ukraine zu entgehen, darin bestand, sich der Prostitution zu widmen oder sich eben einen reichen, angesehenen und am besten alten Mann zu angeln. Mit letzterem schien sie erfolgreich gewesen zu sein. Und nach dessen Ableben würde sie noch ein schönes Erbe einstreichen.
»Hatten Sie einen Ehevertrag oder lebten Sie in Zugewinngemeinschaft?«
David sah, wie sie sich bei der Frage versteifte. »Das geht Sie zwar nichts an, aber ich will Ihnen

diese Frage dennoch beantworten. Wir hatten einen Ehevertrag. Sind Sie nun zufrieden? Wenn Sie mich nun bitte entschuldigen würden, es ist spät und ich würde gerne zu Bett gehen. Morgen wird zudem ein schwerer Tag für mich. Ich hoffe Sie verstehen …?«

»Aber natürlich«, antwortete David. Er nahm ihr die trauernde Witwe nicht ab. Dafür war sie einfach viel zu gefasst. Gerne hätte er ihr noch einige Fragen gestellt, befürchtete aber, dass sie dazu nicht weiter bereit sein würde.

Im Wesentlichen hatte er erfahren was er wollte.

»Danke, dass Sie mir so geduldig meine Fragen beantwortet haben. Ich wünsche Ihnen für morgen und für die Zukunft viel Kraft und alles Gute.«

David glaubte an diesen Worten ersticken zu müssen. Tamina Willberg war ein falsches Luder, gefährlich schön, aber falsch.

Er startete den Wagen und fuhr zurück in sein Hotel.

23. Kapitel

Hamburg

Sina erwachte mit dröhnenden Kopfschmerzen. Lange hatte sie sich unruhig hin und her gewälzt und wenn sie Schlaf fand, quälten sie Albträume, in denen ein übernatürlich großes Etwas mit verzerrter Fratze versuchte sie zu erwürgen. Jedes Mal fuhr sie schweißgebadet aus diesen Träumen hoch, nur um sie an anderer Stelle weiter zu träumen, als sie wieder einschlief. Sina starrte an die einst weiß getünchte, schimmelfleckige Decke. Es war kalt im Zimmer und sie konnte sich nicht überwinden, der wohligen Wärme ihres Bettes zu entfliehen. Aus der Küche im Erdgeschoss vernahm sie Geräusche. Miriam war, wie jeden Morgen, schon früh auf und spülte vermutlich das Geschirr. Ansonsten war es ruhig im Haus. Außer ihr waren nur noch zwei jugendliche Punks da, die das Haus aber immer schon früh verließen, um in der Fußgängerzone zu schnorren. Die Zahl derer, die bei Miriam Zuflucht suchten, würde sich in der kalten Jahreszeit unweigerlich erhöhen.
Sina war den beiden, einem Pärchen, zumindest glaubte sie, dass sie eines waren, nur zwei Mal begegnet, seit sie im ›Alten Haus‹ angekommen war. Das Mädchen, sie konnte höchstens siebzehn Jahre alt sein, nannte sich Izzy, die verkürzte, coolere Form von Isabell, vermutete Sina.

Der Typ hatte sich ihr als ›Frosch‹ vorgestellt.
Sina schätzte ihn auf Anfang zwanzig. Seine hervorstehenden Augen verliehen ihm etwas glupschäugiges, was ihm den Spitznamen Frosch eingebracht haben dürfte. Man ging sich hier im Haus weitestgehend aus dem Weg.

Sie schlug die Decke zurück und begann sich eilig anzuziehen. Der Fußboden war eisig kalt. Nachdem sie sich im Etagenbad ein wenig frisch gemacht und die Zähne geputzt hatte, stieg sie die Treppe ins Erdgeschoss hinab. Miriam stand am Herd und rührte in einem gewaltigen Topf. Sie hatte Sina offenbar nicht gehört, als sie die Küche betrat, von hinten ihre Arme um sie schlang und sie auf die Wange küsste.
»Guten Morgen Miriam.«
»Gott, Kind! Hast du mich erschreckt. Schleich dich nicht so an, ich hör doch nicht mehr so gut.«
»Kochst du wieder deinen himmlischen Eintopf?«, fragte Sina und hielt ihre Nase schnuppernd über den Topf.
»Wie hast du geschlafen?«, erkundigte sich Miriam.
»Nicht sehr gut. Ich habe die halbe Nacht gefroren wie blöd.«
»Hm. Heizöl ist teuer und ich wollte so lange wie möglich warten mit dem Heizen.«
Sina griff sich eine Tasse aus dem Regal und deutete zur Kaffeemaschine, in dessen Kanne frisch gebrühter Kaffee duftete. »Darf ich?«
»Frag doch nicht min Deern, nimm dir!«
Sina jonglierte die übervolle Tasse schwarzen

Kaffees zum Esstisch und hockte sich mit angezogenen Beinen auf einen der Stühle. Miriam rührte kraftvoll mit dem Kochlöffel beidhändig im Topf. Ihre langen grauen Haare hatte sie zu einem Dutt nach oben gesteckt. In jungen Jahren musste Miriam eine attraktive Frau gewesen sein, ging es Sina durch den Kopf.
Sie hatte ihr so viel zu verdanken, Miriam war immer für sie da gewesen, oder hörte einfach nur zu. In diesem Moment wurde Sina bewusst, dass sie diese Frau liebte.
»Und? Hast du dir Gedanken gemacht, wie es jetzt weitergeht?«
»Keine Ahnung«, sagte Sina achselzuckend. »Ich weiß es wirklich nicht. Ich hatte gedacht, dass ich heute oder morgen in Heidelberg anrufe und mich erkundige, wie es nun mit meiner Dissertation weitergeht, jetzt da Willberg tot ist. Meine Arbeit kann ich auch fertigstellen, ohne ans DKFZ zurück zu müssen.«
In diesem Moment brummte ihr Telefon. Im Display wurde eine ihr unbekannte Nummer angezeigt. Sie überlegte, ob sie den Anruf überhaupt annehmen sollte. Miriam drehte sich erwartungsvoll zu Sina um. »Willst du nicht drangehen?«
Sina nahm ab und stellte das Gespräch auf Lautsprecher, sodass Miriam mithören konnte.
»Hallo?«, sagte sie nur.
»Hallo? Spreche ich mit Sina Forget? Mein Name ist David Sprenger von der Kriminalpolizei Konstanz.«
»Wie zum Geier sind Sie an diese Nummer ge-

kommen?«, blaffte Sina verärgert.
»Bianca Haug, Ihre Freundin, hat sie mir gegeben.«
»Geht es ihr gut?«
»Ja, es geht ihr gut. Ich habe mich vergewissert, dass sie auf dem Weg in die Schweiz ist. Hören Sie, ich weiß von dem Mordanschlag auf Sie«, fuhr David fort. »Und ich gehe davon aus, dass Sie immer noch in Gefahr schweben. Wir sollten uns dringend treffen. Ich kann Ihnen helfen.«
Sina schnaubte verächtlich. »Was wollen Sie tun? Mich in Schutzhaft nehmen?«
Miriam machte eine beschwichtigende Geste.
»Lass ihn reden«, flüsterte sie.
»In Schutzhaft nicht«, sagte Sprenger, »aber es gäbe eventuell die Möglichkeit Sie in ein Zeugenschutzprogramm zu bringen.«
»Pfff, ich kann ja nicht mal etwas bezeugen.«
»Dass vielleicht nicht, aber es geht nicht um das, was Sie gesehen haben, sondern darum was Sie wissen und um die Arbeit mit Dr. Willberg.«
»Hören Sie …«
»Nein, hören *Sie* Sina. Ich will gar nichts von Ihnen. Ich möchte nur, dass Sie sich mit mir treffen und anhören was ich Ihnen zu sagen habe. Wenn Sie nach einem Gespräch immer noch so denken, lasse ich Sie in Ruhe. Ich kann Ihnen nur meine Hilfe anbieten. Was Sie daraus machen, ist Ihre Sache.«
Sinas und Miriams Blicke trafen sich. Miriam nickte bedächtig.
»Was hast du zu verlieren? Vielleicht kann er dir wirklich helfen«, sagte sie im Flüsterton.
»Also gut! Wann?«

»Hm. Ich überlege gerade, ob ich nach Hamburg fahren oder fliegen soll. Wie spät ist es denn jetzt …, acht Uhr … Passen Sie auf! Ich fahre mit dem Auto. Ich könnte gegen dreizehn Uhr in Hamburg sein. Ich melde mich sobald ich da bin. Ist das in Ordnung?«
»Ja, das ist ok.«

24. Kapitel

Heidelberg

David war kurz nach sechs erwacht, ohne zu wissen, was genau ihn geweckt hatte. Sein Zimmer war zur Straße hin gelegen. Vielleicht der frühmorgendliche Berufsverkehr.
Das Treffen mit Tamina Willberg und ihre Borniertheit hatten ihn noch einige Zeit beschäftigt. Um ihre Aussage, Willberg hätte an Depressionen gelitten und keine konkreten Reisepläne gehabt zu widerlegen, müsste er tiefer graben und weitere Ermittlungen anstellen. Er hatte sich ohnehin schon sehr weit aus dem Fenster gelehnt mit seiner Eigenmächtigkeit.
Er hoffte Robert Binder, den zuständigen Staatsanwalt, schon zu erreichen und wählte seine Büronummer.
»Stegmeier«, meldete sich eine weibliche Stimme.
»Ähm, guten Morgen«, sagte David, und starrte einen Augenblick entgeistert auf sein Handy.
»Sprenger hier, von der Kripo. Ich hatte die Nummer des Herrn Staatsanwaltes Binder gewählt. Ist er zu sprechen?«
»Ich bin die Leitende Oberstaatsanwältin und Behördenleiterin. Herr Binder ist seit Montag nicht mehr bei uns. Er wurde zum Landgericht bestellt, als beisitzender Richter an der kleinen Strafkammer.«

David hatte noch nie persönlich mit ihr zu tun. Waren es nun drei oder schon sechs Monate, seit sie die Amtsleitung übernommen hatte?
Es war ihm entfallen.
»Aha«, kommentierte David überrascht. »Und seit wann ist das bekannt?«
»Das hat sich sehr kurzfristig ergeben. Eine schöne Chance für Herrn Binder.«
»Na, davon bin ich überzeugt«, kommentierte David sarkastisch.
»Kann *ich* Ihnen weiterhelfen?«
»Frau Stegmeier«, begann David, »ich rufe wegen der Leichensache Willberg an. Ich hatte bei Herrn Binder eine Obduktion beantragt, und wollte …«
»Mir ist der Fall bekannt«, unterbrach sie ihn.
»Ich hielt es für entbehrlich bei Dr. Willberg eine gerichtsmedizinische Leichenöffnung durchzuführen, weshalb wir den Vorgang als klaren Suizid abgeschlossen haben.«
»Aber ich habe neue Erkenntnisse, die erhebliche Zweifel am Selbstmord Willbergs aufwerfen.«
»Ach? Und was sind das für neue Erkenntnisse?«
»Zum einen sind da die Zweifel der Angehörigen, zum anderen der Umstand, dass am Sonntagabend ein Mordversuch auf Professor Willbergs Doktorandin unternommen wurde. Jemand hatte sie in ihrer Wohnung zu erwürgen versucht.«
»Und da sehen Sie nun einen direkten Zusammenhang? Tut mir leid, ich sehe das nicht so. Haben Sie denn irgendetwas Handfestes, was Ihren Anfangsverdacht für ein Tötungsdelikt untermauern würde?«

»Beweise habe ich noch keine«, musste David kleinlaut zugeben, »dazu bräuchte ich entsprechende Beschlüsse zur Telekommunikationsüberwachung, Verbindungsdaten, Durchsuchungen et cetera, et cetera.«

»Nein, vergessen Sie´s, das ist mir zu vage, und gelinde ausgedrückt, zu dünn.«

»Hören Sie, Frau Stegmeier …«, wagte David einen erneuten Vorstoß.

»Nein, hören Sie mir zu«, fiel sie ihm barsch ins Wort, »der Fall ist erledigt, und damit Schluss. Ich muss Sie ja hoffentlich nicht daran erinnern, dass die Staatsanwaltschaft immer noch die Herrin des Verfahrens ist.«

Das wird ja immer schöner, dachte David und spürte die Wut, die in ihm zu brodeln begann.

»Ich muss Sie aber auch nicht an Ihren Strafverfolgungszwang erinnern, Frau Stegmeier.«

»Unterstellen Sie mir etwa eine Strafvereitelung, Herr Sprenger?«

»Ich unterstelle gar nichts. Ich frage mich nur, warum alle es so eilig zu haben scheinen, den Fall ad acta zu legen. Ich lasse Ihnen heute noch einen Ermittlungsbericht zukommen, und wenn Sie danach nicht bereit sind, die weiteren Ermittlungen in diesem Fall zu forcieren, wende ich mich an den Generalanwalt.«

»Wie bitte? Hören Sie, Herr Sprenger, ich will von Ihnen keinen Ermittlungsbericht«, entgegnete sie kalt. »Das Thema ist damit erledigt. Einen schönen Tag noch!«

Sie hatte aufgelegt.

Oh shit, das war vielleicht etwas zu dick aufgetragen, David, schoss es ihm augenblicklich durch den Kopf. Warum tat man sich bei der Staatsanwaltschaft so schwer, den Fall weiterzuverfolgen, ihn einfach nur seine Arbeit machen zu lassen? Und dass Robert Binder, sein zuständiger Staatsanwalt, urplötzlich ins Richteramt berufen worden sein soll, musste doch schon länger bekannt gewesen sein, oder?

Noch während er darüber nachdachte und darüber, ob es überhaupt noch Sinn machte Sina Forget zu finden, vibrierte sein Telefon.

»Sprenger, hallo?!«

»Sag mal, hast du sie nicht mehr alle?«, brüllte ihm sein Chef ins Ohr.

»Gerade eben habe ich einen riesen Einlauf vom Polizeipräsidenten bekommen. Hast du der Stegmeier vor ein paar Minuten mit einer Beschwerde beim Generalbundesanwalt gedroht? Sag mal, tickst du noch richtig? Wo bist du überhaupt? Im Büro bist du jedenfalls nicht.«

»Bist du fertig, Gerd? Und könntest du jetzt deinen Pegel etwas runterdrehen? Danke! Nein, ich bin nicht im Büro. Ich bin in Heidelberg. Ich war, das heißt ich bin in der Leichensache Willberg unterwegs und habe einige Nachforschungen angestellt. Das war kein Selbstmord.«

»Sagt wer?«, drang es brüllend aus dem Lautsprecher an sein Ohr.

»Ich sage das, verdammt nochmal! Es gibt da einige Dinge, die zum Himmel stinken.«

»Das ist mir völlig egal! Die Anweisungen des ›*P*‹, dich zurückzupfeifen, waren unmissverständlich.

Du wirst deine Ermittlungen unverzüglich einstellen und kommst nach Konstanz zurück.«

»Darf ich dich daran erinnern, dass ich Urlaub habe, Gerd? Und was ich in meinem Urlaub tue und lasse, geht dich einen Scheißdreck an!«

David war so wütend, dass er nun seinerseits brüllte.

»Du Arschloch! Mach doch was du willst. Aber sag nicht, ich hätte dich nicht gewarnt. Der Präsident hat dich eh auf dem Kieker.«

Noch ehe David etwas erwidern konnte, hatte sein Inspektionsleiter aufgelegt. Dass er auf der Abschussliste des Polizeipräsidenten stand, des ›P‹, wie er oft nur genannt wurde, war nichts Neues. Aber dass sein direkter Vorgesetzter so reagierte, damit hätte David nicht gerechnet. Sie kannten sich seit vielen Jahren, hatten sich immer gut verstanden und gegenseitig respektiert. David war nie einer dieser Ermittler gewesen, die sich in eine kalte Spur verbissen oder Hirngespinsten nachjagten. Er hatte immer ein untrügliches Gespür, ob etwas in einem Fall plausibel war oder eben nicht. Sollte ihn sein Gefühl dieses Mal auf die falsche Fährte geführt haben? Wurde er senil, sodass sein Urteilsvermögen getrübt war? Sich zu ärgern half ihm nicht weiter. Suchend schaute er sich nach seinem Notizbuch um und fand es auf dem Boden neben dem Bett liegend. Vermutlich war es ihm von der Decke gerutscht, als er seine Aufschriebe heute Nacht noch einmal durchgeblättert hatte und darüber eingeschlafen war. Auf einer der letzten Seiten fand er, wonach er gesucht hatte, und wählte die Nummer.

25. Kapitel

Hamburg

»Guten Morgen! Stier, Zimmer 412. Sagen Sie, ist Ihre Internetleitung defekt? Ich versuche mich seit einer Stunde mit dem WLAN und dem LAN-Anschluss im Zimmer ins Internet einzuloggen …«

»Ja, ich bedauere sehr, Herr Stier«, bekam er von der Rezeptionistin zu hören, »wir arbeiten bereits daran. Tut mir wirklich sehr leid. Kann ich sonst noch etwas für Sie tun?«

»Nein, schon gut. Danke!«

Obwohl sein Telefon und sein Tablet-Computer sonst immer ein Netz fanden, schien ihnen dies durch die dicken Betonwände des Hotels nicht zu gelingen. Zehn Minuten später eilte er, großen Schrittes, an der Rezeption vorbei dem Ausgang zu.

»Wollen Sie denn nicht frühstücken, Herr Stier?«, rief ihm die junge Frau am Rezeptionsschalter nach.

Er war nie ein großer Esser zur Frühstückszeit gewesen, zudem war er tierisch genervt, weshalb er auf ihre Frage nicht einging und aus dem Hotel stürmte.

»Man würde sich wieder melden …«, hatte der Typ am Telefon gesagt. Das war bereits vor achtzehn Stunden gewesen. Diese Warterei und diese Untätigkeit gingen ihm gehörig gegen den Strich.

Stier ging die Straße hinunter und hielt Ausschau nach einem Café mit WLAN-Zugang. Schließlich fand er ein kleines Café, das offenbar ein beliebter Treffpunkt für junge Leute war. Er nahm an einem der wenigen freien Tischchen Platz und bestellte eine Latte macchiato. Der Kellner, ein junger Italiener, kehrte nur wenige Minuten später mit dem heißen Getränk zurück.
»Sagen Sie, wie ist denn der Zugangscode für Ihr WLAN?«
»Der Name des Cafés und 2017 dahinter.«
Er verdrehte die Augen und fragte ungeduldig: »Und wie heißt ihr Café?«
»Harlekin«, antwortete ihm der Kellner verständnislos.
»Also Harlekin2017?«
»Si.«
»Danke schön!«
Stier verband sein iPad mit dem WLAN und rief seine E-Mails ab. Nichts! Keine wesentlichen Nachrichten. Was sollte das? Hatte sein Auftraggeber Sina Forgets Spur verloren?
Er saß eine Weile und überlegte, wie er sich die Zeit totschlagen konnte. Auf dem Weg hierher glaubte er an einem Fitness-Studio vorbeigekommen zu sein. Zwei Stunden Training würden ihn auf andere Gedanken bringen und seine Trainingsklamotten hatte er im Wagen. Salopp warf er einen Fünfeuroschein auf den Tisch und verließ das Café.
Als er den Parkplatz erreicht hatte, auf dem sein Wagen stand, klingelte sein Telefon. Wieder eine unterdrückte Nummer.

»Hallo?«
»Hören Sie zu, Stier. Wir haben das Mädchen lokalisiert. Sie ist auf jeden Fall in Hamburg, wenngleich wir ihren genauen Standort nicht bestimmen konnten, da zu viele Sendemasten im Stadtgebiet stehen.«
Wer war wir?, schoss es ihm durch den Kopf. Die Stimme hatte noch nie das Personalpronomen »wir« benutzt.
»Wir haben vor einer Stunde ein Gespräch zwischen ihr und einem Polizisten abgefangen. Sein Name ist David Sprenger, ein Hauptkommissar aus Konstanz.«
Es war überflüssig zu fragen, warum dieser Kriminalbeamte den Kontakt zu Forget suchte. Das musste er auf seine Kappe nehmen. Ob ihm das gefiel oder nicht.
»Das Einfachste wäre, Sie heften sich an seine Fersen. Wir gehen davon aus, dass er Sie in jedem Fall zu dem Mädchen führen wird.«
»Wie habe ich mit ihm zu verfahren?«
»Das überlasse ich Ihnen. Sie haben es in Konstanz verbockt, also schauen Sie, wie Sie die Karre wieder aus dem Dreck ziehen. Sie bekommen gleich eine Nachricht mit den erforderlichen Daten und Informationen. Ich verlasse mich auf Sie!«
Das Gespräch war beendet.
Kaum, dass der Typ aufgelegt hatte, brummte sein Handy und bestätigte den Eingang einer Mail.

26. Kapitel

Kurz vor Hamburg

Träge wie zähflüssige Lava floss der Verkehr auf der A7 Richtung Hamburg. Bei Hannover stand David wegen einer Baustelle im Stau. Er würde dennoch pünktlich in Hamburg ankommen, das zumindest stand im Display seines Navigationssystems. Er hatte wenig Hoffnung gehegt, dass Sina Forgets ans Telefon gehen würde. Das Gespräch war besser verlaufen, als er erwartet hatte. So verängstigt, wie sie sein musste, hatte er nicht geglaubt, dass sie sich tatsächlich mit ihm treffen würde. Die Staatsanwaltschaft hatte kein Interesse den Fall weiter zu verfolgen und sein Chef hatte ihm verboten weiter zu ermitteln. Wie würde er Sina in den Zeugenschutz bekommen, wenn sie aufgrund ihres Wissens in Gefahr schwebte? Das durfte er ihr auf keinen Fall sagen. Er würde sich etwas einfallen lassen, wenn es soweit wäre. Gemächlich rollte sein Wagen über den Asphalt dahin. Auf irgendeinem Sender lief gerade *Something Stupid* von Robbie Williams und Nicole Kidman. David mochte diesen Song. Bea mochte ihn ebenfalls sehr. Bea … Früher, als sie noch viel zusammen gesungen hatten, war dies einer ihrer Lieblingssongs gewesen. Sie hatten stimmlich wunderbar zusammen harmoniert. Früher …, früher hatten sie nicht nur stimmlich harmoniert. Wann und

wie hatten sie sich so voneinander entfernt?
Ihm war bewusst, dass er sich während seiner Rehabilitation teilweise wie ein Idiot benommen hatte. War es ihr zu verdenken, dass sie ausgezogen war? Sich einem anderem zuwandte? Er hatte vergessen, dass die Zeit seiner langwierigen Genesung nicht nur für ihn selbst schwer war, für sie und seinen Sohn ebenso. Vielleicht war es Angst gewesen. Angst davor, nie wieder gehen zu können, für immer an den Rollstuhl gefesselt und auf fremde Hilfe angewiesen zu sein. Die Vorstellung, dass ihm jemand, in diesem Fall Beate, die Windeln oder den Urinbeutel würde wechseln müssen, war für ihn ein Horror. Hatte er sie aus Angst unbewusst von sich gestoßen, um ihr ein solches Leben zu ersparen? Er kannte sie sehr gut. Bea hätte alles für ihn getan, hätte ihn aufopfernd gepflegt und sich selbst und ihre Bedürfnisse zurückgestellt. Und das hätte er nicht akzeptiert. Niemals. Als seine Genesung voranschritt und er in der Therapie mühsam wieder lernte seine Beine zu benutzen, hatte er vieles zwischen ihnen bereits zerstört. David nahm sich vor, dies wiedergutzumachen. Falls sie ihm überhaupt die Chance dazu gab.
Er tippte eine kurze Nachricht an Beate und sandte sie, versehen mit einem Smiley, ab.
»Verlassen Sie die Autobahn an der nächsten Ausfahrt«, befahl die Stimme des Navigationssystems.
David setzte den Blinker und verließ die Autobahn Richtung Innenstadt.

27. Kapitel

Hamburg

Gehetzt schaute sie auf die Uhr. Sina hatte vollkommen die Zeit vergessen und war nach oben ins Bad gestürmt, um sich für das Treffen mit Sprenger, wenigstens ein wenig, salonfähig zu machen. Auf Make-up hatte sie weitgehendst verzichtet. Sie trug lediglich ein wenig von dem Concealer auf, den sie gekauft hatte, um die unreinen Stellen sowie die Augenringe zu überdecken. Die letzten Tage waren geprägt von nervlicher Anspannung sowie wenig Schlaf, und das sah man ihr sofort an. Sprenger hatte ihr eine kurze Nachricht geschickt. In fünfzehn bis zwanzig Minuten sei er in der City. Sie hatte ihm zurückgeschrieben und vorgeschlagen sich in einem Café, unweit des ›Alten Hauses‹, in der Lappenbergsallee, zu treffen.

Als sie aus dem Badezimmer kam, lief sie Frosch in die Arme, der gerade die Treppe herunterkam.

»Hey, hallo! Wo ist Izzy?«, fragte sie ihn, nur um überhaupt mal ein Wort mit ihm zu wechseln.

»Hey, wie siehst du denn aus – neue Haarfarbe?«, schmunzelte Frosch. »Izzy ist auf der Platte. Wir schauen uns nachher eine kleine Sozial-Wohnung zusammen an.«

»Oh, das ist schön. Dann drücke ich euch fest die

Daumen, dass ihr sie bekommt.«
»Jo, danke«, rief Frosch, der schon fast zur Türe hinaus war.
Miriam saß am Küchentisch und strickte, als Sina den Raum betrat.
»Du willst sicher nicht, dass ich dich begleite?«, sagte Miriam, ohne von ihrer Arbeit aufzuschauen.
»Ich weiß doch auch nicht. Wahrscheinlich ist es besser, wenn ich Sprenger erst mal alleine treffe. Ich kann ihn ja nachher herbringen, falls du nichts dagegen hast. Aber ich muss mir erst ein Bild von ihm machen und hören, was er zu sagen hat. Wenn mir der Bulle nicht gefällt, wird das ohnehin eine kurze Unterhaltung.«
Miriam nickte. »Ja, bring ihn mit, wenn dir danach ist. Ich habe zwar nicht so gerne die Polizei im Haus, aber in diesem Fall ist das etwas anderes. Gib mir vorher nur kurz Bescheid, dass ich etwas Ordnung machen kann.«
Sina wusste genau, worauf Miriam anspielte. Vereinzelt lagen leere Mini-Grip-Tütchen mit Grasresten herum, die auf einen Polizisten nicht unbedingt den besten Eindruck gemacht hätten.
Drei Tage waren seit dem Mordanschlag auf sie vergangen. Das ›Alte Haus‹ war ein sicherer Hort, aber sie würde dort nicht ewig bleiben können, das wusste Sina. Das Telefonat mit Sprenger war alles andere als beruhigend gewesen. Sollte der Mörder nach wie vor hinter ihr her sein, wäre sie auf Dauer im *›Alten Haus‹* nicht sicher, und am Ende würde sie Miriam in Gefahr bringen. Ihre Gedanken drehten sich wieder einmal im Kreis, als sie die Straße

hinunter ging. Es war kühl, weshalb sie den Kragen ihrer Jacke aufschlug und sich das Halstuch enger um den Hals schlang.
Wenn der Bulle nichts für mich tun kann, bin ich echt am Arsch, ging es ihr durch den Kopf.
Sie schnippte ihre Kippe in einen Gully. *Ich kann mich doch nicht die ganze Zeit verstecken, und was, wenn der Typ mich letzten Endes findet?* Zitternd fingerte Sina eine weitere Zigarette aus der Schachtel. Sie hatte schreckliche Angst.
Ein weiteres Mal würde sie dem Hünen nicht entkommen können.
Es war mehr als nur Glück, dass sie mit heiler Haut davongekommen war. Sprenger war vielleicht ihre einzige Option.
Naja, wir werden sehen, dachte sie bei sich.

28. Kapitel

Hamburg

Er hatte keine Mühe, sich an Sprengers Fahrzeug zu heften. Die letzte Mail, die ihm sein Auftraggeber geschickt hatte, enthielt einen Link. Als er ihn anklickte, hatte sich eine Karte geöffnet, auf der ein blinkender Punkt zu sehen war, beschriftet mit *ZP-Sprenger*. Der Begriff *Zielperson* war eine Terminologie, welche üblicherweise von polizeilichen oder militärischen Einheiten benutzt wurde. Stier spekulierte, dass *die Stimme* über einen militärischen Background verfügte. Er achtete peinlich darauf, gebührenden Abstand zu Sprengers Wagen zu wahren. Einer der häufigsten Fehler bei Observationen war es, der Zielperson zu dicht auf die Pelle zu rücken und erkannt zu werden. Dem Datenblatt, welches der Mail ebenfalls beigefügt war, konnte er entnehmen, dass Sprenger einen beachtlichen Lebenslauf hatte.

Spezialausbildung in einer Sondereinheit, Präzisionsschütze, Nahkampfexperte, Observationsspezialist und einiges andere. Mehrere Auszeichnungen und Belobigungen rundeten seine Vita ab. Er durfte Sprenger unter keinen Umständen unterschätzen. Diesen Fehler hatte er schon bei der kleinen Forget begangen.

Sprenger parkte seinen Wagen gegenüber der Apostelkirche und stieg aus. Stier beschloss, noch einige Sekunden zu warten, bis er ihm folgen würde. Im Rückspiegel sah er den Kriminalbeamten die Straße hinuntergehen. Erst als er um eine Häuserecke gebogen war, stieg er aus dem Wagen und rannte hinunter zur Hausecke.
Gerade noch sah er, wie Sprenger in einem kleinen Café verschwand. So unauffällig wie möglich schlenderte Stier dort vorbei. Ein einziger Blick genügte ihm, um festzustellen, dass es unklug gewesen wäre, ihm in das Café zu folgen. Der einzig freie Tisch befand sich unmittelbar neben dem, an dem Sprenger sich gerade niederließ. Ob Sina Forget schon da war, konnte er im Vorbeigehen nicht sehen. Um nicht unnötig Sprengers Aufmerksamkeit zu erregen, umrundete er das Gebäude und kehrte zu seinem Wagen zurück, stieg ein und startete den Motor.

Zögerlich stand sie vor dem Café, das sie Sprenger als Treffpunkt genannt hatte. Mit der Stiefelspitze trat sie die nicht zur Gänze gerauchte Zigarette aus und schaute sich, wie so oft in den vergangenen Tagen, ängstlich nach allen Richtungen um. Nichts mehr war so wie vorher. Jedes Auto, das etwas langsamer als gewöhnlich an ihr vorbeifuhr, Menschen, die sie neugierig musterten, besonders große Männer, ließen sie unweigerlich zusammenzucken. Würde sich dieses Gefühl, diese Paranoia, irgendwann wieder legen? Sie blies den letzten Rauch aus und betrat das Café.

Es war nicht schwer, ihn unter all den Gästen im gut gefüllten Raum ausfindig zu machen. Sina hatte zwar keine genaue Vorstellung, wie Sprenger aussehen oder wie alt er sein könnte, aber seine Stimme hatte am Telefon angenehm und freundlich geklungen. Ein warmes, tiefes Timbre, überaus männlich, wie sie fand, vermittelte ihr das Bild eines Mannes mittleren Alters, den sie identifiziert zu haben glaubte und zielstrebig ansteuerte. Es verschlug ihr fast den Atem, als Sprenger sich aufrichtete und ihr die Hand zum Gruß reichte. Sina schätze seine Größe auf annähernd einsneunzig. Sportlich, schlank und breitschultrig stand er vor ihr. Grau-melierte Fäden woben sich durch sein dunkles Haar, die sich an den Schläfen verdichteten. Der fast vollständig silbrig-grau wuchernde Drei-Tage-Bart war ein starker Kontrast zu seinen ansonsten dunklen Haaren, was ihm einen extrem verwegenen Touch verlieh. Seine durchdringend blauen Augen ließen sie schaudern. *So sieht doch kein Bulle aus,* schoss es ihr durch den Kopf. Nicht, dass sie einen Vater-Komplex gehabt hätte, aber der Mann, der vor ihr stand und sie mittlerweile amüsiert anzuschauen schien, war das ältere Pendent von Gerard Butler - mutmaßte sie, da sein Alter schwer zu definieren war.
»Sina?«, fragte er lächelnd, mit leicht zur Seite geneigtem Kopf.
»Ja, ähm … Ja, ich bin Sina«, brachte sie stotternd hervor.
Als hätte er ihre Gedanken erraten, sagte David: »Wen hatten Sie erwartet? Colombo?«

Sina verzog das Gesicht und kämpfte vergeblich gegen die Röte an, die sich bei seinen Worten glühend heiß über ihre Wangen ausbreitete.
»Sina. Bitte, nennen Sie mich Sina.«
»Gerne. Ich bin David«, sagte er und bot ihr den Stuhl an.
»Was möchtest du trinken?«, fragte er und nickte der jungen Kellnerin zu, die sich anschickte, sich ihrem Tisch zu nähern.
»Für mich eine Tasse Cappuccino, bitte.«
David bestellte das Gewünschte und für sich einen großen Milchkaffee und ein Glas Wasser.
Mit überschlagenen Beinen musterte er sie. »Sina, ich bin froh, dass du dich mit mir triffst. Ich hatte dir ja bereits am Telefon gesagt, dass ich an den Selbstmord deines Chefs nicht glaube. Es gibt zu vieles, das für mich keinen Sinn ergibt. Ich bin, ehrlich gesagt, völlig blank. Ich habe nicht mal den Ansatz einer Spur, der ich nachgehen könnte. Das heißt, du bist der einzige Anknüpfungspunkt.«
David wartete, bis die Bedienung ihre Getränke abgestellt hatte, ehe er fortfuhr.
»Willst du mir erzählen, was genau am Sonntagabend in deiner Wohnung passiert ist?«
Sina verrührte den Zucker in ihrem Cappuccino.
»Hm, das ist im Grunde schnell erzählt«, begann sie. »Ich war den ganzen Tag im Labor, um für Willberg einige Proben aufzubereiten. Gegen siebzehn Uhr bin ich nach Hause gekommen und habe mir ein Salami-Baguette in den Ofen geschoben, da ich den ganzen Tag nichts gegessen hatte. Ich saß auf der Kochinsel, als mir plötzlich eine Schlinge

um den Hals gelegt und ich rücklings heruntergezerrt wurde. Irgendwie habe ich den Schirm zu fassen bekommen und damit wie eine Furie um mich gestochert.«
David nutzte die Pause, in der Sina einen Schluck aus ihrer Tasse nahm.
»Den Schirm habe ich unter der Couch liegend gefunden. Wie kamst du eigentlich an den Schirm? Lag der schon in der Küche?«
»Nee. Ich hatte kurz davor ein Geräusch gehört, das ich nicht zuordnen konnte. Ich dachte, ich schiebe Paranoia, habe mich mit dem Schirm bewaffnet und die Wohnung durchsucht. Ich glaube, ich hatte ihn neben mich gelegt, als ich mich wieder auf die Insel gesetzt habe.«
»Konntest du irgendetwas an dem Mann erkennen? Hat er etwas gesagt?«, hakte David nach.
»Nein, absolut nichts. Aber der Kerl war riesig.«
»Größer als ich?«
»Ja, ein ganzes Stück würde ich vermuten. Ich muss ihn wohl getroffen haben und er kauerte am Boden. Selbst in seiner gebückten Haltung kam er mir noch riesig vor.«
»Eine Haarfarbe oder Augenfarbe hast du nicht erkannt?«
»Nein«, sagte Sina kopfschüttelnd. »Ich hatte nur das Licht der Dunstabzugshaube an. Sonntag war eh ein trüber Tag und es war ziemlich dunkel in der Wohnung.«
»Ist dir sonst was, irgendetwas aufgefallen? Ein besonderer Duft? Ein Parfum? Zigarettenrauch?«
Sina dachte konzentriert nach und schüttelte den

Kopf. »Nichts, gar nichts.«
David spürte, dass es nichts brächte, weiter in Sinas Erinnerungen vorzudringen.
»Du hast auch keine Feinde oder Schuldner, die dir ans Leder wollen?«
»Neeeee! Naja, ich hab bei ein paar kleinen Dealern Schulden. Das ist aber schon lange her«, fügte sie rasch entschuldigend hinzu. »Nicht viel. Ein paar hundert Euro.«
»Nichts, was einen Mordanschlag rechtfertigen würde«, gab David schmunzelnd zurück.
Wieso erzählst du das einem Bullen?, schoss es ihr sofort durch den Kopf. *Verdammt, diese Augen!* Sina war sich sicher, dass ihm kein Verbrecher in einer Vernehmung lange würde standhalten können. Diese stechenden Augen schienen direkt bis hinab in die Seele blicken zu können.
»Wenn es aus deinem persönlichen Umfeld nichts gibt, dann kann es nur mit deiner Arbeit zusammenhängen. Deine Freundin Bianca hatte erwähnt, dass Willberg an einem Krebsheilmittel geforscht hatte und wohl auch erfolgreich war?«
»Ja, das ist korrekt!«, antwortete Sina mit einem Hauch von Stolz in der Stimme.
»Ich vermute, irgendjemand war hinter Willbergs Forschung her. Du hast keine Ahnung, weshalb er in Konstanz gewesen war?«
»Nein, tut mir leid. Meinst du, er hat sich dort mit jemandem getroffen?«
»Hm.« David wog nachdenklich den Kopf und kratzte sich an der Wange. »Schon möglich. Das heißt, wir wissen es nicht. Im Hotel wusste man

zumindest von keinem Treffen.« David nahm einen Schluck seines Milchkaffees. »Und ihr wart wirklich erfolgreich?«

»Ja. Ein echter Durchbruch in der Krebsforschung«, erklärte Sina stolz. »Ich weiß nicht, wie sehr du dich in der Materie auskennst … Es gibt über dreihundert Krebsarten und sie alle verhalten sich auf genetischer und zellulärer Ebene sehr unterschiedlich. Aufgrund dessen schien es bis dato unmöglich, ein einheitliches Therapeutikum gegen alle Krebsarten zu entwickeln, da ein Medikament, das gegen den einen Krebs wirkungsvoll war, den anderen nicht einmal angekratzt hat. Willberg war es dennoch gelungen, diese eine genetische Gemeinsamkeit entarteter Krebszellen zu identifizieren, auf die die Forschung so lange gewartet hat. Ist dir der Begriff *Apoptose* geläufig?«

Sina fuhr fort, als sie seinen verwirrten Gesichtsausdruck sah.

»Als Apoptose bezeichnet man den programmierten Tod einer Zelle. Dieser suizidale Prozess, bei der sich die Zelle selbst tötet, ist wichtig, um alte und gefährliche Zellen zu eliminieren, die ansonsten wuchern und ein Krebsgeschwür bilden könnten. Das klingt jetzt im ersten Moment wie die radikale Rambo-Tour, ist aber ein ganz natürlicher und lebenswichtiger Prozess und findet so hunderte bis tausende Male in unserem Körper statt – pro Tag! Bis zum Ende unseres Lebens findet so drei Mal eine komplette Zellerneuerung statt. Bis wir sterben, wurden wir also, um das bildhaft auszudrücken, zwei Mal komplett geklont.

Allen Krebsarten ist nicht nur die ungezügelte Vermehrung entarteter Zellen gemein, sondern auch eine beeinträchtigte Apoptose. Das Üble an den bisherigen Behandlungsmethoden, wie Bestrahlung, Chemo- und Immuntherapie, ist, dass nicht nur die Krebszellen, sondern auch intakte Zellen geschädigt werden. Um auf den Punkt zu kommen, es war Willberg, und ich darf mich da mit einschließen, gelungen, die Apoptose entarteter Zellen wieder in Gang zu setzen. Diesen Ansatz kennt man schon länger. Nur gibt es bei einer unspezifischen Aktivierung der Apoptose unangenehme bis lebensbedrohliche Nebeneffekte. Anders als bei den Tumorzellen kann zu viel Apoptose in gesunden Geweben pathologische Zustände hervorrufen und andere Krankheiten wie MS, Alzheimer, Creutzfeld-Jakob und Parkinson, um nur einige zu nennen, begünstigen.«

Aufmerksam folgte David ihren Ausführungen.

»In den Zelltod geht eine Zelle dann, wenn ihr die Signale entzogen wurden, die für sie überlebenswichtig sind, oder ihr andere Signale, wir nennen sie Liganden, den Selbstmord befehlen. Krebszellen sind aufgrund von Mutationen gegen diese beiden Mechanismen sozusagen immun, da sie um jeden Preis überleben und sich weiter teilen wollen. Aus Forschungsergebnissen, die man aus der Ebola-Pandemie vor eineinhalb Jahren gewonnen hatte, war es möglich, mittels sogenannter Silicium-gekoppelter Aptamere genau jenen Liganden an die Krebszellen heranzuführen, der für den Zelltod verantwortlich ist und laut der Forschungs-

ergebnisse von Dr. Willberg und meiner Wenigkeit jedem Tumor ausnahmslos das Todessignal gibt. Entdeckt hatte die herausragende Nano-Partikel-Technologie, mit der wir unseren Liganden erst spezifisch einsetzen konnten, ein Dr. Patrick Spre…«
Sina klatschte sich mit der flachen Hand vor die Stirn. »Nee, oder? Du sagst mir jetzt nicht, dass du mit diesem Dr. Sprenger verwandt bist?«
David lächelte und nickte andeutungsweise.
»Doch! Patrick ist mein Sohn.«
Sina starrte ihn mit offenem Mund an und musste das Gesagte erst verdauen. David konnte sich nur zu gut an die Ebola-Pandemie erinnern und daran, wer dafür verantwortlich gewesen war.
Ein größenwahnsinniger Islamist, der sich selbst *der Kalif* nannte, hatte seinen Sohn, nachdem man seine Tochter entführt hatte, gezwungen, einen hochgefährlichen Ebola-Erreger aus dem Labor zu schmuggeln. Damals war Patrick für das Europäische Zentrum für Seuchenschutz in Stockholm tätig gewesen. Das Ganze war für seine Familie einigermaßen glimpflich ausgegangen. David war es gelungen, seine Enkelin aus den Händen ihrer Entführer zu befreien, aber über 200.000 Menschen fielen dem Virus zum Opfer. Es hatte Wochen gedauert die Seuche einzudämmen, und weitere sechs Monate, bis die Europäische Seuchenschutzbehörde und die WHO in New York Entwarnung gaben. Irgendwie war es gelungen, das Virus auf den europäischen Raum zu begrenzen.
Viele Wochen lang waren Deutschland, Österreich,

Ungarn, Teile Sloweniens, Griechenland, die Schweiz, Italien, die Benelux-Länder und große Teile Frankreichs auf Hilfslieferungen angewiesen. Nach und nach wurden die Reisebeschränkungen für Europa gelockert und es war wieder möglich, Transkontinentalflüge zu buchen. Das Leben normalisierte sich wieder. Zumindest wahrte man den Anschein der Normalität. Viele, auch in seinem näheren Freundes- und Bekanntenkreis, hatten ihr Leben verloren. Denjenigen, denen man rechtzeitig, na ja, beinahe rechtzeitig, das Therapeutikum spritzen konnte, kämpften noch mit den Nachwirkungen der Krankheit. Bei vielen war sie so weit fortgeschritten, dass die Organe zum Teil schon stark geschädigt waren. Die Dialysestationen waren zum Bersten voll. Zum Glück fand nach diesem Desaster erstmals ein enger Schulterschluss aller wichtigen Geheimdienste statt und man konnte den Kalifen und einen großen Teil seiner Schergen festnehmen oder eliminieren. Klar, der Kampf gegen den Terrorismus lief nach wie vor auf Hochtouren. Das alles interessierte David jedoch nicht mehr. Er hatte, als er im Libanon angeschossen wurde, beinahe sein Leben verloren und fast ein Jahr gebraucht, wieder Gehen zu lernen.
»Dein Sohn ist eine Legende im Bereich der Molekularbiologie, weißt du das? Was er geleistet hat, ist echt nobelpreisverdächtig. Wundert mich, dass er ihn noch nicht bekommen hat.«
»Das ist ihm alles nicht so wichtig. Er ist sehr glücklich mit dem, was er jetzt tut«, antwortete David. Was keiner wusste war, dass Patrick für die

Pandemie letztlich verantwortlich war, als er den Terroristen das Virus übergeben hatte. Diese Schuld lastete schwer auf seinen Schultern und niemals hätte er einen Nobelpreis angenommen.
Patrick hatte, nur wenige Monate nachdem die Lage sich entspannt hatte und keine neuen Ebola-Fälle mehr aufgetreten waren, das ECDC in Stockholm verlassen und war mit seiner Frau und Tochter nach Stuttgart zurückgekehrt, wo sie einige Wochen im Haus ihrer Eltern gelebt hatten.
Schon während der Krise war ein Entschluss in ihm gereift, und nachdem man ihm förmlich die Türe einrannte und die Forschungsgelder auf dem Silbertablett anbot, griff er zu und gründete ein Bio-Technik-Unternehmen. Seitdem entwickelte er, auf der von ihm erfundenen Silicium-Aptamer-Technologie basierend, ständig weitere bahnbrechende Therapiemethoden.
»Hammerhart! Wie geil! Ich fasse es nicht. Ich sitze hier und trinke Kaffee mit dem Vater desjenigen, der Ebola besiegt hat.«
»Sina, darf ich dich daran erinnern, dass du gerade ein anderes Problem hast? Deine Begeisterung in allen Ehren, aber wir sollten uns Gedanken machen, wie es für dich weitergeht. Sina?«
David folgte ihrem Blick, der sich gedankenverloren in der Straße vor dem Café verlor.
»Sina? Ist alles klar?«
»Ich bin mir nicht sicher. Siehst du den schwarzen Audi da draußen? Das mag Zufall sein, aber derselbe Wagen fiel mir vorgestern Nachmittag schon in der Hafenstraße auf. Ich kann den Fahrer nicht

sehen, aber …«
David winkte die Kellnerin heran.
»Gibt es hier einen Hinterausgang?« Sie nickte und deutete mit dem Kopf Richtung Toiletten.
»Danke!« David legte einen Zehneuroschein auf den Tisch. »Stimmt so!«

Stier war so schnell es ging zu seinem Wagen zurückgerannt, war einmal um den Block gefahren und hatte sich so positioniert, dass er den Eingang des Cafés gut im Auge behalten konnte. Wie lange konnte das Treffen schon dauern? Er würde einfach warten, bis die beiden herauskamen und sich an ihre Fersen heften.
Falls sie sich trennten, was nicht gänzlich ausgeschlossen war, würde er zuerst der Kleinen folgen und sie, bei der besten sich bietenden Gelegenheit, beseitigen. Sprenger würde er später noch ausschalten können. Nach einer Stunde begann er nervös zur Uhr im Armaturenbrett zu spähen.

Das konnte doch nicht sein, dachte er bei sich. Aufmerksam hatte er die Menschen, die aus dem Café kamen beobachtet. Es wäre ihm nicht entgangen, wenn die beiden herausgekommen wären.
Er entschied, den beiden noch fünfzehn Minuten zu geben, ehe er hinübergehen würde, um sich Gewissheit zu verschaffen.

29. Kapitel

Frankfurt

Finden Sie sie und bringen Sie es zu Ende, bevor die Sache noch mehr aus dem Ruder läuft.«

Lässig hatte er die Beine auf dem Schreibtisch liegen, als er das Gespräch beendete. Die Entwicklungen der letzten Tage und Stunden missfielen ihm. Sehr sogar.

»Melanie«, sagte er, als er die Gegensprechanlage betätigte. »Bitte lassen Sie meinen Jet startklar machen. Der Helikopter soll mich in dreißig Minuten auf dem Dach abholen.«

»Wird erledigt«, klang es dumpf aus dem kleinen Lautsprecher. Nicht, dass es sein vorrangigstes Problem gewesen wäre, aber es war *überflüssig*, wie er es zu bezeichnen pflegte. Außerdem würde es Opfer fordern, die sinnlos waren. Und er konnte es nicht leiden, wenn ein Leben sinnlos vergeudet wurde. Obgleich er sehr sorgfältig abzuwägen vermochte, musste er unzählige Male den Tod befehlen. Letztlich diente es immer einem höheren Ziel und da blieben Opfer nicht aus. Willberg war eines dieser sinnlosen Opfer.

30. Kapitel

Hamburg

Sina hatte David geraten, seinen Passat auf einem öffentlichen Parkplatz, fünf Gehminuten vom ›Alten Haus‹ entfernt, abzustellen. Durch den Lieferanteneingang waren sie aus dem Café geschlüpft, hatten das Gebäude umrundet und waren mit Sprengers Wagen Richtung Eimsbüttel gefahren. Wie versprochen hatte sie Miriam vorgewarnt, dass sie mit Sprenger käme. Als sie ankamen, waren Miriams Pupillen so groß und geweitet wie die eines Steiff-Teddybären. Sie hatte wieder gekifft, und das war auch Sprenger nicht entgangen. Er kommentierte dies lediglich mit einem breiten Grinsen.

»Miriam Hirschfelder«, stellte Miriam sich selbst vor. »Aber nennen Sie mich Miriam.«

»Freut mich sehr Miriam. Ich bin David.«

»Du bist aber ein schnuckliges Kerlchen«, sagte sie schelmisch von der Seite grinsend.

David wusste nicht, was er erwidern sollte. Sina verdrehte gespielt die Augen und deutete eine entschuldigende Geste an. Miriam hätte gut und gerne seine Mutter sein können, obwohl er auch nicht mehr der Jüngste war.

»Habt ihr Hunger?«, fragte Miriam mehr rhetorisch, derweil sie schon begann den Tisch zu decken.

Während des Essens hatten sie sich angeregt unterhalten. Er mochte Miriam. Trotz ihrer Erscheinung durfte man sie nicht unterschätzen. Sie hatte einen hellwachen, messerscharfen Verstand und intelligent blitzende Auge, denen nichts zu entgehen schien. Nicht einmal das Verborgene.
David rührte gedankenverloren in seinem Tee.
»Darf ich dich etwas fragen, Miriam?«
»Klar, was?«
»Bist du Miriam Helena Hirschfelder?«
»Ihr kennt euch?«, stammelte Sina.
Miriam nickte. »Ja, das ist mein vollständiger Name. Aber woher kennst du mich? Sind wir uns schon einmal begegnet?«
»Nein!«, gab David zurück. »Aber ich habe über dich gelesen. Gott, damals war ich selbst fast noch ein Teenager.«
Miriam lächelte.
»Ich war ja nie ein Aktivist für Umweltschutz oder dergleichen, und für Politik habe ich mich damals erst recht nicht interessiert. Aber, Herrgott, warst du heiß. Es gab ja kein Magazin oder Boulevardblatt, auf dessen Titelseite du nicht zu sehen warst, damals.«
Sinas Blicke wanderten irritiert zwischen David und Miriam hin und her.
»Sina, hier sitzt die wohl bekannteste und tapferste Anwältin, die Deutschland je gesehen hat.« An Miriam gewandt fuhr er fort: »Du hast dich damals mit vielen großen Konzernen angelegt, stimmt's?«
»Ja, und mir damit mein eigenes Grab geschaufelt«, erwiderte sie mit bitterer Miene.

»In den frühen 70er bis in die Mitte der 80er Jahre habe ich versucht skandalöse Ereignisse vor den Kadi zu bringen, schmutzigen Konzern-Managern, die für Profit über Leichen gehen, das Handwerk zu legen. Ein solches Verfahren führte ich gegen einen Pharma-Riesen, nachdem es in Italien zu einem Chemieunfall gekommen war, heute besser bekannt unter dem Synonym *›Sevesounglück‹*. Eine gewaltige Sauerei. Über 1.800 Hektar Land wurden verseucht, es gab Tote und Schwerverletzte, und obwohl die Werksleitung über den Giftunfall Bescheid wusste, hielt sie es erst acht Tage später für notwendig, es bekannt zu geben. Es hatte Jahre gedauert, die Verantwortlichen zur Rechenschaft zu ziehen und die Opfer und Gemeinden entsprechend zu entschädigen. Gott, war das eine Schweinerei damals«, fügte Miriam kopfschüttelnd hinzu. »1968, ich war noch blutjung und noch nicht lange fertig mit dem Studium, als ich die Nebenklage im Contergan-Skandal vertreten hatte. Der Prozess zog sich über 240 Verhandlungstage, über 120 Zeugen wurden gehört, und dann hat sich einer der Nebenklägervertreter auf einen Deal eingelassen. Was genau passiert war, habe ich erst viele Jahre später herausgefunden. Aber man zog, gegen eine Zahlung von 100 Millionen D-Mark in eine Stiftung, die Klage zurück und unterschrieb einen weiteren Klageverzicht. Ein richtig mieser Deal, wie ich damals fand, aber ich konnte nichts dagegen unternehmen, da auch meine Mandanten dem Deal zustimmten. Es folgten noch mehrere große Verfahren. Einen der letzten Prozesse führte ich gegen einen Nahrungsmittel-Konzern, wegen verseuchten Baby-Milchpulvers. Und alle, ausnahmslos alle, gingen aus wie das Hornberger Schießen. Irgendwann habe ich begonnen zu hinterfragen, warum dem so war. Was ich herausfand war so unfassbar, so unglaublich bizarr, dass ich es selbst nicht glauben konnte.«

David hielt gespannt den Atem an.

»Hinter all dem stecken unbeschreiblich mächtige Männer, ein Gremium, ein Komitee, ein Rat, der bis in die höchsten Regierungsebenen hineinreicht, der alle Ministerien, Behörden und Geheimdienste infiltriert zu haben scheint. Und das nicht nur auf bundesdeutscher Ebene. Ich spreche von einer globalen Verschwörung.«

Oh nein, bitte nicht, Miriam, dachte Sina. Genau davor hatte sie sich gefürchtet. Jedes Mal wenn sie Gras geraucht hatte, gab sie ihre Verschwörungstheorien zum Besten und wirkte dabei wie eine völlig durchgeknallte Irre.

»Ihr dürft mir nicht böse sein, aber ich lege mich etwas aufs Ohr. Ich habe Kopfschmerzen, und außerdem kenne ich die Geschichten schon.« Sie schenkte David ein Lächeln und empfahl sich.

David schenkte Miriam und sich selbst heißen Tee nach. Sinas genervter Blick war ihm nicht entgangen. Mochte sein, dass Miriam einst eine brillante Anwältin gewesen war, die sich selbstlos für die Rechte anderer einsetzte, aber solchen Freimaurer- oder Illuminaten-Verschwörungstheorien konnte David nichts abgewinnen.

»Hast du je vom ›Komitee der 300‹ gehört?«, fuhr

Miriam fort.
»Nein, noch nie davon gehört«, gab David gespielt interessiert zurück.
»Illuminaten, Großbanken, Freimaurer, Geldmagnaten, Königshäuser, einfach alles vereinigt und konzentriert sich im Rat der 300. Und du hast wirklich noch nie davon gehört? Das Internet ist voll von solchen Theorien.«
Davon war David überzeugt.
»Dem Komitee der 300 steht ein Rat von acht Mitgliedern vor – Rat der Acht oder Achter-Rat genannt. Allein in den vergangenen einhundert Jahren gab es die unterschiedlichsten Bezeichnungen, wie ›Der Rat der 33‹, ›Rat der 13‹, ›Die Rothschilds‹, ›Bilderberger‹, ›Round Table‹, ›Club of Rome‹ und was weiß ich noch alles. Du würdest dich wundern, wer alles im illustren Club der 300 Mitglied gewesen ist. Willi Brandt, Georg Bush, François Mitterand, Helmut Kohl, selbst Joseph Ratzinger soll im Komitee gewesen sein.«
»Du meinst DEN Joseph Ratzinger? Den 2013 emeritierten Papst Benedikt?«
»Na, wen denn sonst.« Miriam strahlte über beide Backen, als hätte sie einem kleinen Kind ein riesen Überraschungspaket überreicht.
David wollte nicht unhöflich sein, aber langsam begannen ihn diese abstrusen Theorien zu langweilen.
»Du hältst das alles für Spinnerei! Hab ich recht?«, fragte sie ihn musternd, als hätte sie seine Gedanken erraten.
»Hm, nein, nicht direkt. Ich habe auch schon von

solchen Theorien gehört. Mächtige Eliten, Männer, die angeblich die Welt regieren oder dabei sind die Weltherrschaft zu erringen, um eine neue Weltordnung zu erschaffen. Aber belegen konnte mir diese Behauptungen bislang niemand. Deshalb sei mir nicht böse Miriam, wenn ich all dem kritisch gegenüberstehe.«

»Ja, ich verstehe dich schon. Ich bin, ebenso wie du, ein rational denkender Mensch, ich bin dir nicht böse. Keineswegs. Aber hör mir bitte zu, das könnte wichtig sein. Ich weiß nicht warum jemand oder wer hinter Sina her ist, aber ich habe ein ganz komisches Gefühl.«

David seufzte: »Ok, lass hören.«

»Ich kannte Sinas Vater. Das darf sie aber unter keinen Umständen wissen, hörst du?«

»Versprochen!«

»Ihr Vater starb vor etwa acht Jahren bei einem Autounfall - so die offizielle Version. Sina wäre an diesem Verlust beinahe zugrunde gegangen. Drogenabsturz, Intensivstation, dann der Entzug – du kennst das. Nur durch Zufall oder Schicksal, nenn es wie du willst, ist sie vor sechs Jahren hier gestrandet.«

Mit wachsender Aufmerksamkeit begann David ihr zuzuhören. »Was war geschehen?«

»Denis Forget war ein junger ambitionierter Anwalt, als ich mit ihm 1987 eine Klage gegen mehrere Großbanken in Frankreich, England und Deutschland betrieben habe. Es ging um Fondsgeschäfte, in die auch staatliche Banken involviert waren. Dir das im Detail zu erklären, ginge jetzt zu weit. Wenn ich mich recht erinnere, lag der Streitwert damals bei mehr als 100 Millionen D-Mark. In einer Sammelklage hatten wir viele Kleinanleger vertreten. Es kam, wie es kommen musste, wir haben mit Pauken und Trompeten verloren. Seine Kanzlei hatte sich danach von ihm getrennt. Denis hatte das sehr mitgenommen, weil danach keine namhafte Kanzlei mehr willens war, ihn einzustellen, als hinge ein Damoklesschwert über ihm. Ein Freund seines Bruders brachte ihn als Rechtsassessor im Justizministerium unter. Erst viele Monate später wurden ihm Schriftstücke zugeleitet, geheime Protokolle über Absprachen, wie das Verfahren auszugehen habe. Woher die kamen, haben wir nie in Erfahrung bringen können, aber es sind Milliarden geflossen. In einigen dieser Protokolle tauchten Namen auf, die mir in anderen Verfahren schon begegnet waren. Einige taten sich dabei immer wieder als Gutachter, Berater oder Mittelsmänner hervor. Als ich damit drohte diesen Skandal aufzudecken und die Hintermänner zur Verantwortung zu ziehen, hat man mich mundtot gemacht. Beseitigen konnten sie mich offenbar nicht, da ich damals zu sehr in der Öffentlichkeit stand. Vielleicht fürchtete man auch, ich könnte posthum schmutzige Details ans Tageslicht bringen.«

»Was war geschehen?«, fragte David.

»Eines Morgens fiel eine Horde Ermittler bei mir ein. Bei der Durchsuchung meines Hauses fanden sie ein halbes Kilo Kokain in meinem Schrank. Angeblich in einer leeren Schuhschachtel. Man hatte es mir untergeschoben und mich des gewerblichen Drogenhandels bezichtigt und angeklagt. Trotz aller Anstrengungen verlor ich meine Approbation, mein Haus, einfach alles. Meine Konten wurden gesperrt, meine ganzen Ersparnisse beschlagnahmt, ich war von einem Tag auf den anderen nicht mehr kreditwürdig. Klar, das war damals ein gefundenes Fressen für die Boulevard-Presse. *›Moral-Anwältin entpuppt sich als Kopf einer Kokain-Dealer-Bande!‹* Ein Boulevardblatt nannte mich in einer ihrer Schlagzeilen sogar ›Frau Holle‹«, sagte sie kichernd.

»Was waren das für Hintermänner?«, erkundigte sich David.

»Leute mit Rang und Namen aus Wirtschaft und Politik. Denis und ich begannen tiefer zu graben, durchforsteten alte Archive und sichteten Jahrhunderte alte Dokumente. Immer wieder stießen wir auf Hinweise auf das *Komitee.* Walther Rathenau, Reichsaußenminister in den 1920er Jahren, prägte erstmals den Begriff ›Komitee der 300‹. Er äußerte sich öffentlich und erklärte, dass es 300 mächtige Männer gäbe, die zwar untereinander bekannt, ansonsten der Öffentlichkeit jedoch verborgen sind und die ihre Nachfolger und Ratsmitglieder nur unter ihresgleichen rekrutieren und jenes *›Komitee der 300‹* sämtliche wirtschaftliche Geschicke des gesamten Kontinents leite. Rathenau fiel am 26. Juni 1922 einem Attentat zum Opfer. Den Anschlag hatte man schnell der antisemitisch-terroristischen *Organisation Consul* in die Schuhe geschoben. Verschwörungstheoretiker gehen jedoch davon aus, dass Rathenau auf Geheiß des

Komitees beseitigt wurde, da er damit drohte, die Mitglieder des Komitees öffentlich zu machen.«
Miriam hielt inne und nahm bedächtig einen Schluck ihres Tees. Über den Rand ihrer Tasse sah sie David in die Augen. »Ich weiß, das hört sich für dich alles wie ein Märchen an. Hirngespinste eines alten Weibes.«
»Na ja«, wich David aus.
»Anfang der 90er Jahre haben wir in Dokumenten, die beinahe fast vollständig einem Gebäudebrand im Pariser Norden zum Opfer gefallen waren, eine mögliche Liste aller Ratsvorsitzenden der vergangenen vierhundert Jahre gefunden. Das meiste dieser Liste war unwiederbringlich verloren, aber einen Namen konnten wir labortechnisch wieder sichtbar machen. Kronos.«
»Wer oder was ist Kronos?«, flüsterte David. »Ist das nicht einer der Giganten der griechischen Mythologie gewesen?«
Miriam lächelte David bewundernd an. »Du bist ganz schon pfiffig. Ja, Kronos war der Vater des Zeus. Wenn du so willst, der griechische Ur-Gott. Und seit über fünfundzwanzig Jahren war uns das Synonym ›Kronos‹ immer wieder begegnet. Na ja, die letzten zehn Jahre hatten Denis und ich nur noch wenig Kontakt zueinander. Mein Leben war zerstört und ich war es müde zu kämpfen, aber Denis hatte seine Suche nach Kronos nie aufgegeben.«
David schüttelte ungläubig den Kopf.
»Und was hat das alles mit dem Mordanschlag auf Sina zu tun?«

Miriam zuckte hilflos mit den Achseln. »Ich weiß es nicht. Denis und ich haben Jahre damit zugebracht die Identität hinter Kronos und das Geheimnis um den *Rat der Acht* zu lüften. Scheinbar waren wir Kronos damals schon sehr nahe gekommen. Denis rief mich in der Nacht seines Todes an. Er war völlig aufgedreht und meinte, er wisse jetzt wer *Kronos* sei. Und nicht nur das, er habe eine Liste der aktuellen Mitglieder des *Rates der Acht.* Er bestand darauf mich zu treffen … Eine Stunde nach unserem Telefonat war er tot. Auf einer Serpentinen-Straße in den französischen See-Alpen fand man das Wrack seines ausgebrannten Jaguars. Denis war bis zur Unkenntlichkeit verbrannt. Nur über das Zahnschema konnte man ihn identifizieren.«
Miriam rieb sich schwer seufzend die Hände.
»Ich kann dir nicht sagen, David, ob man wegen Willbergs Entdeckung hinter Sina her ist, oder ob es um Denis' Akte geht. So oder so, ich habe große Angst um sie. Willbergs und Sinas Therapeutikum dürfte in jedem Fall hohe Wellen schlagen, und glaube mir, das wird nicht allen gefallen. Schon gar nicht der Pharmaindustrie.«
David sah sie lange an. Ihr flackernder Blick straften ihre aufrechte, selbstbewusste Haltung lügen.

In ihren Augen erkannte David echte Sorge und … Angst. David erhob sich schwerfällig.
Sein Bein schmerzte, er unterdrückte jedoch den Impuls darüber zu reiben, wie er es sonst tat.
»Wo ist die Toilette?«
»Die Treppe hoch und dann gleich rechts.«

David murmelte seinen Dank und trat auf den Flur hinaus. In dem winzigen Raum war es eiskalt und mit ebenso kaltem Wasser wusch er sich die Hände, nachdem er gepinkelt hatte. Kritisch betrachtete er sein Spiegelbild. Eine Rasur wäre dringend nötig gewesen, aber er hatte einfach noch nicht die Zeit gefunden.

Was für eine irre Geschichte, dachte er. Zweifellos geschahen in der Welt Dinge, deren Sinn sich Sprenger oftmals nicht erschlossen.

Vielleicht waren sein Verständnis, seine Einsicht einfach nur zu beschränkt, um all das, was weltpolitisch vor sich ging, zu erfassen. Aber hinter allem eine globale Verschwörung eines Geheimbundes zu wittern, wäre ihm nie in den Sinn gekommen.

Auf der anderen Seite …

David schüttelte die Gedanken beiseite, öffnete die WC-Türe und ging die Treppe hinunter.

Augenblicklich erstarrte er inmitten der Bewegung, als er die Küche betrat.

Genervt war Sina die Stufen hinauf gestapft und hatte die Türe ihres kargen Zimmers, härter als beabsichtigt, ins Schloss geworfen.

»Kann sie diese scheiß Kifferei nicht einfach sein lassen?«, maulte sie leise vor sich hin. Sie wusste nicht warum, aber es war ihr peinlich, in Davids Gegenwart. Und dass sie ihn nun mit abstrusen Geheimbund-Weltherrschaftstheorien zutextete, machte es nicht besser.

»Fuck, ist das kalt hier drin.« Sie hatte nichts gegen

kühlere Temperaturen im Schlafzimmer, aber das war eindeutig zu kalt. Sie hauchte die Luft aus und kleine Wölkchen bildeten sich vor ihrem Mund. Flink schlüpfte sie aus ihren Klamotten und stopfte sie unter die Decke. So würde sie am Morgen nicht in ihre kalten, klammen Kleider steigen müssen. Das Laken und die Überdecke fühlten sich eisig an. Gleich morgen früh, so nahm sie sich vor, würde sie Miriam bitten endlich die Heizung einzuschalten.

Diffuses Licht fiel durch das milchig schmutzige Fenster. Nicht dass es etwas zu sehen gegeben hätte in dem Raum. Die Decke bis zur Nasenspitze hochgezogen, ließ sie ihren Blick durch das Zimmer schweifen. Zum ersten Mal nahm sie bewusst die altmodisch geblümte Tapete wahr und musste schmunzeln. Die Tapete war so grauenvoll und musste aus einer Zeit stammen, in denen die Menschen sogar diese furchtbaren Pril-Blümchen, die man von den Spülmittelflaschen abziehen konnte, hip fanden.

Sie meinte sich zu erinnern, gerade diese irgendwo im ›Alten Haus‹ schon einmal gesehen zu haben. War es in einem Bad, auf einem alten Schrank, in der Küche? Sie wusste es nicht mehr.

Das einzige Möbelstück war ein alter windschiefer Schrank in einer Ecke des Raumes, dessen Furnier sich wellte und stellenweise abgeblättert war. Ein muffiger, modriger Gestank ging davon aus. Niemals hätte sie darin ihre Kleider aufbewahrt.

Nur allmählich begann sich die Bettwäsche ihrer Körpertemperatur anzupassen und sie hörte auf zu

zittern. Plötzlich wurde sie von einer Einsamkeit übermannt, die sie lange nicht mehr empfunden hatte. Seit Miriam sie an der Uni Heidelberg untergebracht hatte, vermied sie es, sich auf eine Beziehung einzulassen. Ihre letzte Beziehung hatte sich in Wohlgefallen aufgelöst, nachdem sie Paris fluchtartig verlassen hatte. Mathéo, ein gutaussehender Franzose algerischer Abstammung. Damals glaubte sie in ihn verliebt zu sein. Er hatte sie regelmäßig mit Drogen versorgt und entpuppte sich mehr und mehr als Dreckschwein, der sich einen Spaß daraus machte, sie nach Belieben zu vögeln und sie mit seinen halbseidenen Freunden zu teilen, wenn sie völlig zugedröhnt auf der versifften Couch seines ebenso heruntergekommen Apartments lag. Sie mochte sich nicht ausmalen, welches Schicksal ihr geblüht hätte, wäre sie in Paris und bei Mathéo geblieben. Sehr wahrscheinlich hätte er Sina so sehr in die Abhängigkeit getrieben und sie irgendwann auf den Pariser Straßenstrich geschickt.
Sina verdrängte die trüben Gedanken.
Sie musste an David denken. Er gefiel ihr.
Trotz seines reifen Alters übte er eine magische Anziehung auf sie aus, der sie sich nicht zu entziehen vermochte. Sie hatte vergessen wann zuletzt sie mit einem Mann geschlafen hatte. Aber diesen Mann würde sie auf keinen Fall von der Bettkante stoßen. Mit einem Lächeln fiel sie in einen traumlosen Schlaf.

»Keine Bewegung Sprenger, oder ich töte die Alte!« Hinter Miriam stand ein hünenhafter Kerl und hielt Miriam eine kurzläufige Waffe an die Schläfe. Miriam atmete schwer und in ihren Augen stand blankes Entsetzen und Todesangst.
David hob beschwichtigend die Hände. »Ganz ruhig! Machen Sie keinen Fehler! Sie wollen doch gar nichts von ihr.«
»Wo ist sie? Wo ist die Kleine?«
David antwortete mit einem Achselzucken.
»Keine Ahnung! Sie wollte nochmal in die Stadt.«
»Verarsch mich nicht!«, brüllte der Hüne.
Miriam zuckte zusammen.
»Ich weiß, dass sie hier ist. Also?«
»Schon gut, schon gut!«, rief David, als sich der Lauf der Pistole fester gegen Miriams Schläfe presste.
»Sie ist oben. Sie schläft.«
»Na also, geht doch!«, triumphierte der Killer.
Es war nicht einfach gewesen, Sprengers Spur wieder aufzunehmen, als er sie im Café verloren hatte. Sein Auftraggeber hatte ihm den letzten Standort von Sprengers Handy durchgegeben. *»Regeln Sie das endlich, Stier!«,* lautete die Anweisung.
»Jetzt wirst du ganz langsam, mit der Linken, deine Pistole aus dem Schulterholster ziehen und sie mir rüber kicken. Und mach ja keinen Scheiß, Bulle!«, blaffte Stier und drückte seine Pistole unerbittlich gegen Miriams Schläfe. Miriam sah ihn flehend an und schüttelte fast unmerklich den Kopf. David zögerte. Fieberhaft überdachte er seine Optionen. Für einen wirkungsvollen Angriff stand er einfach

zu weit entfernt.
Obwohl er auch mit der linken Hand ein ausgezeichneter Schütze war, könnte er Miriam treffen. Wenn er ihr Leben nicht gefährden wollte, musste er wohl oder übel tun, was von ihm verlangt wurde.
»Schon gut«, seufzte David ergeben.
Mit spitzen Fingern zog er mit der Linken, was einige Anstrengung kostete, seine Waffe aus dem Schulterholster, legte sie vorsichtig vor sich ab und schob sie mit dem Fuß in seine Richtung.
Die Pistole schlidderte schabend über den Fliesenboden, bis sie wenige Zentimeter vor dem Hünen zum Stillstand kam. Er dachte jedoch nicht daran, sich nach ihr zu bücken, stattdessen beförderte er sie mit einem Tritt unter die Küchenkommode.
»Gut! Gehen wir!«
»Wohin?«
»Nach oben. Wird's bald!«, zischte er.
»Lassen Sie sie aus dem Spiel«, forderte David und deutete in Miriams Richtung.
Stier schien für eine Sekunde zu überlegen.
Blitzschnell schoss seine Handkante gegen Miriams Hals. Augenblicklich verlor sie das Bewusstsein und sackte leblos nach vorne auf den Tisch.
Ungeduldig wedelte Stier mit seiner Pistole.
»Auf, auf, geh´n wir. Nach Ihnen, Sprenger.«
Scheiße!, schoss es David durch den Kopf. Sobald sie in Sinas Zimmer angelangt wären, würde er sie beide töten, das war so sicher wie das Amen in der Kirche.
»Wieso haben Sie Willberg getötet?«, wollte David wissen. Ein Schuss ins Blaue, aber was hatte er zu

verlieren?
»Es war ein Auftrag, nichts Persönliches. Die Gründe sind mir einerlei. Ich töte für Geld, Sprenger. Und Ihr Tod wird meinem Auftraggeber einen Sonderbonus wert sein. Weiter!«
»Und wer ist Ihr Auftraggeber?«, wagte David den Vorstoß, ohne mit einer ernsthaften Antwort zu rechnen.
»Netter Versuch, Sprenger!«, lachte Stier höhnisch.
Bei dem Versuch Zeit zu schinden, ging David die Treppe langsamer empor und fing sich sogleich einen derben Hieb in den Rücken ein.
»Komm schon, Sprenger! Beweg dich.«
Los denk nach! Lass dir was einfallen! Sprengers Gedanken wirbelten wild durcheinander. Der Killer würde ihn zuerst ausschalten und danach Sina. Sie hatten den Treppenabsatz erreicht und gingen den Flur hinunter. Stier trieb David mit wiederholten Stößen zwischen die Schulterblätter vor sich her. Nur wenige Meter trennten sie noch von Sinas Zimmertüre.
Davids Herz hämmerte in seiner Brust. »Hier ist es.«
»Na los! Mach auf!«
Bisher hatte sich keine Gelegenheit ergeben, in der David einen effektiven Angriff hätte starten können. Der Hüne hielt gebührenden Abstand und zielte ununterbrochen mit der Pistole auf Davids Schädel. Er müsste näher an ihn herankommen … Irgendwie. Sein Arm schien schwer wie Blei zu sein, als er ihn zur Türklinke hob.
David hoffte inständig, dass Sina die Türe abge-

schlossen hätte, was vielleicht einen kurzen Zeitgewinn bedeutete. Seine Bewegungen kamen ihm ungelenk und zähflüssig vor, als er langsam die Klinke nach unten drückte.
Plötzlich kam polternd jemand die Treppe aus dem zweiten Stock hinab gestürmt.
Der Hüne erschrak und drehte irritiert für einen winzigen Augenblick den Kopf in die Richtung, aus der das Geräusch kam. Ein Augenblick, den Sprenger zu nutzen wusste.
Er machte einen Ausfallschritt nach hinten und rammte seinen rechten Ellbogen, in einer flinken Drehung, gegen Stiers Jochbein.
Der Schädel des Kerls schien aus gegossenem Beton zu bestehen. Jeder andere wäre nach so einem Treffer k.o. zu Boden gegangen. Das kurze Taumeln musste Sprenger genügen. David wirbelte um die eigene Achse, griff nach dessen Handgelenk und versuchte ihm die Waffe zu entwinden. *Herrgott, der Kerl hat einen Griff wie ein Schraubstock.*
Ein harter Schlag traf ihn in die Seite und trieb ihm die Luft aus den Lungen. Eisern hielt er die Pistole umfasst und hieb mit dem Knie nach oben.
Er verfehlte sein Ziel und streifte den Riesen nur am Schenkel. Ein zweiter Hieb traf ihn am rechten Rippenbogen und trieb ihm erneut mit einem Keuchen die Luft aus den Lungen. Ein stechender Schmerz durchfuhr seine Seite.
Verzweifelt hielt er die Waffenhand weiterhin umklammert. Der Hüne schrie wütend auf und betätigte den Abzug. Einmal, zweimal, dreimal peitschten Schüsse durch die Luft.

Unendlich weit entfernt hörte Sprenger Schreie, die er nicht zuordnen konnte. Zum Takt einer geisterhaften Musik wandten sie sich kämpfend im Kreis. David wusste, dass er sterben würde, sobald er die Hand des Killers losließe.
Bumm! Ein weiterer Fausthieb traf ihn an der gleichen Stelle wie zuvor. Der Schmerz explodierte und trieb durch jede Faser seines Körpers.
Ihm wurde schwarz vor Augen und seine Muskeln erlahmten. Benommen sank David zu Boden. Schemenhaft und riesig stand der Killer vor ihm und zielte nun mit der Pistole auf sein Gesicht. David sah dem Killer, in Erwartung des Unausweichlichen, tief in die Augen.

31. Kapitel

Heidelberg

Die Hände in die Hüfte gestemmt stand er da und ließ den Blick wieder und wieder durch das Büro gleiten. Hatte er etwas übersehen? Wieso fand er es nicht? Irgendwie musste Willberg doch die Daten gesichert haben. Weder auf dem Instituts-Server, noch auf der lokalen Festplatte seines Bürocomputers befanden sich relevante Daten. Selbst die Festplatte seines Computers im heimischen Arbeitszimmer hatte er durchforstet. Willberg hatte offenbar einige Dateien, zumindest von seinem Rechner zu Hause, teilweise auf eine Cloud ausgelagert. Das Passwort war zum Glück gespeichert. Aber selbst dort befanden sich nur Urlaubsbilder. Trotz aller Sicherheitsversprechen, die die Anbieter solcher virtueller Festplatten machten, fiel es ihm schwer zu glauben, dass Willberg derart sensible Daten in eine Cloud uploaden würde. Forschungen, wie Willberg sie betrieben hatte, konnten schnell mehrere Terabyte Daten umfassen. Es war natürlich auch abhängig davon, ob Willberg nur die Essenzen, die reinen Formeln und die relevanten, validen Testreihen gespeichert hatte. Wonach also sollte er suchen? Einem kleinen, aber leistungsfähigen USB-Stick, oder einer 1, 2 oder mehr Terabyte fassenden, externen Festplatte?

Fieberhaft begann er seine Suche aufs Neue. Schubladen, Schränke, Ordner, Bücher und Manuskriptmappen drehte er auf den Kopf und schüttelte sie. Sogar die Übertöpfe der drei verkümmerten Pflanzen, die seit Wochen niemand mehr zu gießen schien, untersuchte er gründlich und stocherte mit einem Bleistift in der trockenen Pflanzenerde.
Er wischte sich eine Schweißperle von der Stirn. Allmählich begann sich ein Gefühl der Panik einzustellen, schließlich hatte er die pünktliche Lieferung zugesagt. Schon vor Monaten hatte er für einen Teil der Daten einen unanständig hohen Vorschuss bekommen, den er nie im Leben würde zurückbezahlen können, zumal er einen großen Teil des Geldes bereits ausgegeben hatte. Diese Leute waren skrupellos und er wagte nicht sich vorzustellen, was geschehen würde, wenn er die ›Ware‹ nicht lieferte.
Ihm blieb nicht mehr viel Zeit. Weniger als 48 Stunden!

32. Kapitel

Hamburg

Die Schmerzen und der Tränenschleier raubten ihm die Sicht. Obwohl er den Killer, der breitbeinig über ihm stand, nur schemenhaft wahrnahm, war die Entschlossenheit in seinem Blick unverkennbar. Plötzlich zerrissen zwei Schüsse und ein schmerzvoller Aufschrei die Sekunden der Stille, die Sprenger wie eine Ewigkeit schienen.

Nur Millimeter neben seiner linken Schläfe drang das Geschoss in die dahinterliegende Wand und den Türrahmen ein. Putz, Holz und Lacksplitter rieselten auf ihn hernieder. Ein weiterer Schuss fiel. Woher dieser kam vermochte er nicht auszumachen, da sein Blick sich nur langsam klärte. Der Killer wandte sich von ihm ab und feuerte in Richtung der Treppe. Erst jetzt sah er sie. Miriam stand am Treppenabsatz, hielt eine Pistole mit beiden Händen umklammert und feuerte wieder und wieder in Richtung des Hünen. Eine Scheibe zerbarst und der Killer hechtete mit einem Sprung aus dem Fenster.

»Miriam, Neiiiin!«, brüllte eine vertraute Stimme hinter ihm.

Die Hand gegen die Brust gepresst, sank Miriam, wie in Zeitlupe, auf die Knie und kippte seitlich gegen das Treppengeländer. Sina eilte Miriam

bereits entgegen, als David sich unter Schmerzen an der Wand abstützend aufrappelte und der Treppe entgegen schwankte.
»Nein Miriam, nein! Bitte, bitte ...«, schluchzte Sina flüsternd.
Miriams Kopf in ihre Armbeuge gebettet, strich sie ihr über die Stirn.
Ein tiefroter, feucht glänzender Fleck breitete sich rasend schnell unter ihre Kleidung aus. Behutsam knöpfte David Miriams Bluse auf und hob langsam das blutdurchtränkte Gewebe von ihrer nassen Haut. Unterhalb ihres rechten Busens befand sich die Eintrittswunde eines Projektils, aus der unaufhörlich Blut sickerte. Bei jedem Atemzug Miriams blies ein Gemisch aus Blut und Luft daraus hervor. Davids Hand tastete über Miriams Rücken. Etwas tiefer gelegen als die Eintrittswunde ertastete er, unmittelbar neben der Wirbelsäule, die Austrittswunde, die um ein vielfaches größer in ihrem Durchmesser war. Möglicherweise hatte die Kugel beim Durchschlagen des Körpers eine Rippe oder sogar die Wirbelsaule getroffen und sich deformiert. Als er seine Hand zurückzog, war sie blutverschmiert.
Miriam atmete stoßweise.
»Tu doch was, Herrgott nochmal«, fuhr Sina ihn an.
David hatte viele Menschen sterben sehen. Viel zu oft! Wenn das Lebenslicht in deren Augen flackerte, ihr Blick ins Leere ging und das Licht schließlich ganz erlosch.
David sah Sina tief in die Augen und wortlos verstand sie.

Selbst wenn er den Notruf absetzte, würde der Rettungsdienst zu spät eintreffen.
Miriam würde ihren inneren Blutungen erliegen, bevor Hilfe einträfe.
Miriam bäumte sich auf und hustete schwer. Ihr Atem ging schnell und war begleitet von gurgelnd-pfeifenden Geräuschen. David hielt ihre Hand.
Ihre Lippen bewegten sich, als schien sie etwas sagen zu wollen. David beugte sich näher an ihr Gesicht.
»Schschschsch, Miriam. Wir sind bei dir«, sagte David. »Möchtest du etwas sagen?«
Unter großer Anstrengung flüsterte sie: »Sainte Anne … Kergonan … Bretagne. Finde die Akte …«
Mit einem letzten tiefen, gurgelnden Seufzer hauchte Miriam, in den Armen Sinas, ihr Leben aus.

Dass er sich bei dem Sprung, naja, eher dem Sturz, aus dem ersten Obergeschoss des Gebäudes keine schlimmeren Verletzungen zugezogen hatte, war nur dem Umstand zu verdanken, dass unter dem Dachvorsprung eine alte, regendurchnässte Matratze gelegen hatte. Der kleine, das ganze Haus umlaufende Dachvorbau hatte seine Fallgeschwindigkeit schon beträchtlich reduziert. Die Dachrinne, die er versucht hatte im Fallen zu greifen, hatte er verfehlt. Knapp nur, aber dennoch verfehlt. Obgleich der zweite Aufprall immer noch hart gewesen war und ihm die Luft aus den Lungen getrieben hatte, dämpfte die Matratze einiges ab und hatte

Schlimmeres verhindert. Auf dem bloßen Knochenpflaster hätte er sich weitaus schlimmere Verletzungen zugezogen. Fluchend rappelte er sich auf und hinkte, so schnell es sein blutendes Bein zuließ, die Straße hinunter. In regelmäßigen Abständen hinterließ er dicke Blutstropfen auf dem Asphalt. Ob er Sprenger dadurch eine Fährte legte, war ihm in diesem Augenblick egal. Das Kribbeln in seinen Fingern, das Gefühl der Kälte und die beginnende Taubheit in seinem rechten Bein war ein untrügliches Zeichen für einen rapiden Blutverlust, den er schnell stoppen musste.

Stier wusste nicht, welches Gefühl vorherrschend war. Die Verwunderung darüber, dass die alte Frau mit einer Waffe umgehen konnte? Über die Tatsache, dass sie ihn angeschossen hatte, oder die unsägliche Wut auf sich selbst, dass er schon wieder versagt hatte?!

Du schwachsinniger Idiot, dachte er, während er sich humpelnd seinem Wagen näherte. *Sprenger ist Bulle. Na und. Ein Job ist ein Job.*

Könntest du deine Skrupel mal vergessen? Idiot! Idiot!!!

Du hast zu lange gezögert. Worauf hast du eigentlich gewartet? Schon als Sprenger gemächlich die Treppe hinaufgestiegen war, hätte ich ihn wegpusten sollen. Die Kleine hätte ich auch so gefunden.

Blinkend entriegelten sich die Türen, als er den Sender betätigte. Auf einen weiteren Tastendruck hin öffnete sich geschmeidig die Heckklappe. Er beugte sich in den geräumigen Kofferraum, in dem man spielend eine Leiche hätte transportieren können. Wenn er seine Arbeit richtig erledigte, würde

er auch nie in die Verlegenheit kommen, dieses Raumangebot für derlei Zwecke zu beanspruchen. Mehrmals flutschte ihm der Reißverschluss seiner Nylontasche durch die blutigen Finger.
Unter Zuhilfenahme seiner Fingernägel gelang es ihm schließlich die Tasche zur Hälfte zu öffnen und ihr ein kleineres, graues Nylon-Täschchen zu entnehmen. Schon vor langer Zeit hatte er dieses besondere Täschchen gepackt.
Neben dem üblichen Verbandsmaterial enthielt es diverse Schmerzmittel wie Morphin und Fentanyl, sogar Venenkatheter und für alle Fälle eine Flasche Ringer-Acetatlösung. Wenn er den Blutverlust nicht würde stoppen können, käme er nicht umhin, sich die Lösung verabreichen zu müssen, um den Volumenverlust auszugleichen. Mit dem kleinen, weniger blutverschmierten Finger tippte er auf den Knopf, der für die Steuerung der Kofferraumklappe verantwortlich war.
Leise summend setzten sich die beiden Elektromotoren in Bewegung und schlossen die Kofferraumabdeckung, bis diese mit einem sachten Klicken verriegelt war. Sorgsam darauf achtend, dass er die Muskulatur seines rechten Oberschenkels nicht über Gebühr beanspruchte, stieg er mit ausgestrecktem Bein auf der Fahrerseite ein. Obwohl der Fahrersitz schon in der hintersten Position stand, konnte er nicht vermeiden, das Bein leicht abwinkeln zu müssen. Scharf sog er die Luft durch die Zähne. »Verdammte Scheiße!«, brüllte er.
Sein Fluch galt mehr der blutigen Sauerei, die er auf den champagnerfarbenen Nappa-Leder-Sitzen hin-

terließ, als dem stechenden Schmerz, der sein Bein durchfuhr. Mit den Zähnen öffnete er den Zipper des Notfalltäschchens. Großflächig schnitt er mit der Schere seine Jeans um die Einschusswunde herum auf. Seine Finger zitterten und er spürte wie sein Puls allmählich zu rasen begann. Ein weiteres Symptom eines hämorrhagischen Schocks. Er wischte sich die Hände an seiner Jacke sauber, da das langsam trocknende Blut ihm die Finger verklebte. Umständlich riss er einen Beutel Wundpuder auf und verteilte den Inhalt zur Gänze auf dem kreisrunden Loch, welches das Projektil aus Sprengers Waffe in seinen Schenkel gestanzt hatte. *Scheiße!*, ging es ihm durch den Kopf. Wie sollte er an die Austrittswunde kommen? Mit dem linken Bein als Widerlager stemmte er sich so gut es ging gegen den Sitz, fingerte seinen Gürtel auf und streifte sich die Jeans bis an die Knie hinab. Das zweite Päckchen des Wundpuders verteilte er auf einem Wundtuch und führte es, wo er den Wundkanal vermutete, an die Austrittswunde, die noch schlimmer zu bluten schien als die Eintrittswunde.

Der Fahrersitz taugte nur noch für den Sperrmüll. Kein Mensch würde dieses Leder je wieder reinigen können. Er knurrte grimmig und hämmerte mit der Faust seiner Linken aufs Lenkrad, als er das Wundtuch fest gegen die Wunde presste. Da er nicht gleich fand, wonach er suchte, stülpte er das graue Täschchen um, und leerte dessen Inhalt auf den Beifahrersitz. So flink, wie es seine zitternden Hände zuließen, legte er einen Druckverband an.

Der Wundpuder brannte wie Höllenfeuer, erfüllte

aber seinen Zweck. Die Blutung ließ nach. Stier wollte sichergehen, weshalb er ein weiteres Päckchen Mullbinde mit den Zähnen aufriss und um den Druckverband wickelte.
Er fühlte kalten Schweiß auf der Stirn und aufsteigende Übelkeit. Er musste ins Hotel, und zwar schnell. Er stopfte das verbliebene Inventar hastig in die Nylontasche zurück, startete jaulend den Boliden und raste mit quietschenden Reifen Richtung Innenstadt.

33. Kapitel

Irgendwo in Frankreich

Bei Mons hatten sie die belgisch-französische Grenze passiert. Sina hatte die ersten sechs Stunden, nachdem sie in Hamburg gestartet waren, schluchzend und weinend verbracht, bis sie irgendwann vor der Grenze erschöpft eingeschlafen war. Nur aus dem, was Sina ihm unter heftigem Schluchzen erzählte, konnte David sich einen Reim auf die Geschehnisse machen. Nicht nur Miriam hatte, vor etwas weniger als acht Stunden, in dem ›Alten Haus‹ ihr Leben verloren, auch der Punker. Frosch, Sina kannte seinen richtigen Namen nicht, war zur falschen Zeit aufgetaucht. Aus Sprengers Sicht keinen Moment zu spät. Für den Bruchteil einer Sekunde war der Killer abgelenkt und er hatte die Gelegenheit für einen Angriff genutzt. Es war ein kurzer Kampf gewesen. David war ihm körperlich haushoch unterlegen. Der Typ hatte eine schier unbändige Kraft und die Schläge, die David ausgeteilt hatte, steckte er weg, als wäre er nur geohrfeigt worden. Mehrere Schläge gegen den Rippenbogen hatten David eine oder mehrere gebrochene Rippen eingebracht. Gerade als der Killer zum finalen Schuss auf ihn angelegt hatte, war Miriam die Treppe heraufgekommen. Sie hatte, nach dem Knock-Out in der Küche, das Bewusstsein schneller als vom Killer erwartet zurückerlangt, sich

Davids Pistole, die er unter die Küchenkommode gekickt hatte, gegriffen und war den beiden nachgegangen. Mit dem ersten Schuss, den Miriam abgab, hatte sie den Killer ins Bein getroffen, weshalb er die Pistole beim Abdrücken verriss und Davids Schädel nur um Millimeter verfehlte.
In seiner Überraschung hatte er das Feuer erwidert und hierbei den Punker tödlich getroffen, der sich hinter dem durchlässigen Treppengeländer Deckung suchend niedergekauert hatte. Die Kugel war unmittelbar unter seinem rechten Auge in den Schädel eingedrungen.
Wie viele Schüsse gefallen waren, konnte David nicht rekapitulieren, allein aus seiner Waffe wurden sechs Schüsse abgegeben. Das war die Anzahl Patronen, die im Magazin fehlte. Es war keine Zeit geblieben, die abgefeuerten Hülsen zu zählen. Es war für überhaupt nichts Zeit geblieben. Nicht einmal, um Miriam würdevoller zu betten. Sie hatten das Haus fluchtartig verlassen. Die Leichen würden früher oder später gefunden. Eher früher, wie Sina vermutete, da Izzy nach ihrem Freund suchen würde. Es war nicht klug gewesen, den Tatort Hals über Kopf zu verlassen. Anderseits machte es keinen Unterschied. Spätestens bei der ballistischen Untersuchung der Projektile, die Forensiker zweifelsohne aus den Wänden popeln würden, wäre klar, dass diese aus einer registrierten Polizeiwaffe stammten. David würde sich einer Menge Fragen stellen müssen, weshalb in einem alten Haus einer ehemals linken Kommune zwei tote Menschen lagen und warum überall seine Fingerabdrücke und

sein DNA-Material verteilt waren.
Seine DNA war ohnehin in einer Mitarbeiterdatenbank gespeichert. Und so gesehen spielte es keine Rolle, wann er sich diesen Fragen stellte.
Wertvolle Zeit wäre verstrichen, hätten er und Sina das Eintreffen der Kollegen abgewartet.
Der Typ hatte David indirekt bestätigt, dass er Willberg getötet hatte, und dass er, wie auch Sina, auf seiner Todesliste standen. Was hätte er den Kollegen sagen sollen? Dass ein Auftragskiller hinter ihnen her war? David schüttelte den Kopf, als er sich vorzustellen versuchte, wie er auf eine so hanebüchene Geschichte reagieren würde. Er glaubte es ja selbst kaum.
Irgendeine Riesensauerei war hier im Gange und der einzige Vorteil bestand darin ihren, wenn auch sehr kurzen zeitlichen Vorsprung zu nutzen, um an den Auftraggeber des Killers heranzukommen. David hielt Miriams Theorie mittlerweile nicht mehr für so ganz abwegig. Welche Bedeutung hatte Willbergs Entdeckung für die Welt? Wer würde davon profitieren beziehungsweise welchen Interessen liefe sie zuwider? Für die Pharmakonzerne, so sein erster Gedanke, wäre diese Entdeckung ein Desaster. Wenn Chemotherapien, Krebsmedikamente hinfällig würden, was würde das die Unternehmen kosten? Millionen? Ach, wahrscheinlich Milliarden! Würde das nicht einen Mord und die Verschleierung einer so bahnbrechenden Entdeckung rechtfertigen? Zumindest schien David diese Theorie die naheliegendste.

Ein anderes Problem bereitete ihm Sorge. Wie zum Teufel konnte der Killer sie so schnell finden, nachdem sie aus dem Café geschlichen waren? Technisch war vieles möglich. Peilung, Triangulation über Handymasten, IMSI-Catching, auf das Smartphone eingeschleuste Trojanersoftware, bis hin zur Ortung eines Fahrzeuges über das bordeigene Navigationssystem. Und die Tatsache, dass der Killer oder sein Auftraggeber offenbar über die technischen Möglichkeiten und Ressourcen zu verfügen schien, um dies zu bewerkstelligen, bereitete ihm Unbehagen, da solch technische Spielereien nur den obersten Ermittlungsbehörden oder Geheimdiensten zu Verfügung stand.
Er hatte deshalb darauf bestanden, dass Sina ihr Handy ausschaltete und die SIM-Karte entnahm. Eine Entnahme der Batterie war bei den modernen Smartphones ohne weiteres nicht mehr möglich.
Sogar die Sicherung des bordeigenen Navigationssystems hatte er entnommen. Er war froh, dass er immer noch einen alten Autoatlas im Handschuhfach hatte.
Trotz aller Vorsichtsmaßnahmen stellte sich David die Frage, wie lange es dauern würde, bis sein Kennzeichen von einer der vielen Erfassungskameras, welche in den großen Schilderbrücken über den meisten der europäischen Autobahnen verbaut waren, gescannt würde. Spätestens, wenn das Kennzeichen seines Passats zur Fahndung ausgeschrieben war, würden ihn diese Scanning-Systeme erfassen. Er schätzte, dass ihnen ein halber, höchstens ein Tag blieb.

»Ich hab Hunger«, kam es leise vom Beifahrersitz. Sina sah ihn mit tränengeröteten Augen an.
»Na, geht's dir etwas besser? Seit wann bist du wach?«
»Ja, ein wenig. Seit ein paar Minuten.«
»An der nächsten Raststätte fahr ich runter.«
»Sag mal, hast du was zu rauchen?«, fragte Sina.
»Nein, tut mir leid«, entgegnete David mit Bedauern. In diesem Moment hätte er selbst gerne eine geraucht. In der Klinik und während seiner Reha war es ihm leicht gefallen aufzuhören. Aber an manchen Tagen war es echt schwer. So wie an einem beschissenen Tag wie diesem.

34. Kapitel

Hamburg

Kontinuierlich tröpfelte die Ringerlösung über den Venenkatheter in seine Armbeuge. Das Schwindelgefühl legte sich allmählich und das Kältegefühl in seinen Extremitäten verschwand. Irgendwie musste er die Lösungsflasche auf einem höheren Niveau fixieren, weshalb er aus einem Kleiderbügel und Panzer-Tape eine abenteuerlich anmutende Halterung zusammengeschustert hatte. Aber sie erfüllte ihren Zweck, wie sie da an dem kleinen Lampenschirm über seinem Bett hing. Der pochende Schmerz in seinem Bein hatte ihn alles andere ausblenden lassen. Erst als er sich im Badezimmer seiner blutigen Kleider entledigt hatte, sah er das Blut in seinem Nacken. Ein Streifschuss hatte die Haut unter dem Haaransatz aufgerissen. Erst in dem Augenblick, als er dieser Verletzung gewahr wurde, spürte er das heftige Brennen, das davon ausging. Schnell hatte er die Wunde gereinigt und versorgt, sich einen Venenkatheter in die Armvene gesetzt und mit der nun durchlaufenden Ringerlösung ins Bett gelegt. Nicht mehr lange, bis die Plastikflasche vollständig leer sein würde. Fünfzehn Minuten schätzte er. Nackt und mit geschlossenen Augen lag er auf dem Bett. Wie ein rotes Strumpfband hob sich der Verband seines rechten Schenkels ab. Noch nie hatte er, seit er in dieser Branche arbeitete, einen Auftrag abgelehnt oder nicht zu Ende geführt. Zum ersten Mal kamen ihm Zweifel.

Auch ein Killer hatte seine ehernen Prinzipien, einen Codex, wenn man so wollte. Diejenigen, die er bisher getötet hatte, verdienten auf irgendeine Weise den Tod. Würde es ihm leichter fallen, wenn Sprenger ein korrupter, durch und durch moralisch verdorbener Polizist wäre? Definitiv! Sprenger erfüllte mitnichten diese Kriterien. Im Gegenteil. Nach allem, was er über ihn wusste, war er ein absolut integrer, knallharter Bulle, mehrfach aufgefallen durch Insubordination, dennoch mehrfach ausgezeichnet und mit unzähligen Belobigungen. Stier glaubte so etwas wie Achtung vor Hauptkommissar Sprenger zu empfinden. In gewisser Hinsicht erinnerte Sprenger ihn an seinen Vater. Oder an sich selbst? Wie er selbst gerne geworden wäre, hätte man ihn nicht unehrenhaft entlassen? Er vermochte sich darauf keine Antwort zu geben.

Nichtsdestotrotz wusste Sprenger bereits zu viel. Jetzt ging es nur noch darum: er oder Sprenger. Und die Kleine? Wem hatte sie etwas getan? Sie ahnte ja nicht einmal, warum sie sterben sollte.

Gleichmäßig, nur auf seine Atmung konzentriert, sog er die Luft tief in seine Lungen, hielt einen Moment inne und ließ die verbrauchte Luft aus seinem leicht geöffneten Mund entströmen. Nach und nach klärte sich sein Verstand und die Zweifel verschwanden.

»Erledige deinen Auftrag. Finde sie und erledige deinen Auftrag«, hallte es wie ein Mantra in seinem Geist wider.
Es würde nicht einfach sein, die Spur wieder aufzunehmen. Das wusste er. Aber eines nach dem anderem. Er war das Jagen gewohnt. Und wenn es sein musste, hatte er die stoische Geduld eines Jägers, was auf seine Auftraggeber nicht zuzutreffen schien.
Er schlug seine Augen auf.

35. Kapitel

Paris

Langsam glitt die abgedunkelte, schwarze Limousine die Avenue de Marigny im 8. Pariser Arrondissement hinunter und näherte sich dem Élysée-Palast. Seit den Anschlägen von Paris war die polizeiliche und militärische Präsenz massiv erhöht worden und allgegenwärtig. Immer noch herrschte in Frankreich Ausnahmezustand und europaweit waren die Terrorwarnstufen nach wie vor auf dem höchsten Level. Niemand hatte nach dem Bio-Terroranschlag vor einem Jahr durch den Islamischen Staat, bei dem IS-Dschihadisten, infiziert mit einem hochansteckenden Ebola-Virus, nach Europa entsandt wurden, wirklich mit weiteren Anschlägen gerechnet. Weit gefehlt! Über 200.000 Todesopfer hatte die Pandemie gefordert. Europa und die westliche Welt stand vor einer ihrer gewaltigsten Herausforderungen, was den Mitgliedstaaten alle Kräfte und Ressourcen abverlangte. Europa lag für Monate am Boden, war geschwächt und angreifbar. Trotz massiver Schläge gegen diverse Terrorgruppierungen im Nahen und Mittleren Osten hatte man die jüngsten Anschläge in Frankreich, London und anderen europäischen Metropolen nicht verhindern können. Über Wochen und Monate war kein Tag ohne einen schrecklichen Anschlag vergangen.

Splittergruppierungen und Einzeltäter agierten hierbei völlig eigenständig.
Der Chauffeur bog nach rechts in die Rue du Faubourg Saint-Honoré ab und sie passierten den nördlichen Flügel des Regierungssitzes des französischen Staatsoberhauptes. Als der Wagen das Tor erreichte, wichen zwei schwerbewaffnete Männer zur Seite und gaben den Weg frei, ohne dass er an der Einfahrt gehindert worden wäre. Er wurde erwartet.
Kaum, dass der Wagen zum Stillstand kam, öffnete ein breitschultriger, kahlrasierter Leibwächter in einem schlecht sitzenden, schwarzen Anzug respektvoll nickend die Fondtüre.
»Bonjour, Monsieur Kronos.«
»Bonjour, Henry«, entgegnete er knapp.
Ihn fröstelte, als er ausstieg und den Blick durch den kleinsten der drei Innenhöfe des Palastes gleiten ließ. Im Gehen schlug er den Mantelkragen auf und folgte dem Mann durch einen Seiteneingang. Der schmale Gang war nur dürftig beleuchtet und ihre Schritte hallten von den Wänden wider.
»Wie war Ihr Flug?«, erkundigte sich sein Führer.
Ihm war nicht nach Konversation mit einem einfachen Leibwächter, weshalb er knapp antwortete: »Danke, gut.«
Die Kälte bildete kleine Wölkchen vor seinem Mund, als er die Worte aussprach.
Es hätte keines Führers bedurft, da er den Weg hinab in die Katakomben mit verbundenen Augen zu finden vermochte. Unzählige Male hatte er sie schon aufgesucht. Sie stiegen die ausgetretenen

Stufen hinab und folgten dem immer enger werdenden Gang, bis sie vor einer gediegenen, schmiedeeisernen Türe standen. Es kostete den Leibwächter beachtliche Anstrengung die Türe zu öffnen. Leise quietschend beugte sie sich schließlich seinem Druck, schwang nach innen auf und gab den Blick in einen Gewölbekeller frei, in dem ein Kaminfeuer und mehrere Dutzend Kerzen einen diffusflackernden Lichtschein an die Decke warfen, der nun durch den hereinströmenden Lufthauch irr zu tanzen begann.

Huldvoll nickte er den sieben Männern zu, die sich bei seinem Eintreten ehrfürchtig erhoben hatten, näherte sich der Tafel und nahm seinen Platz am Kopfende ein.

»Ich freue mich, Sie alle wiederzusehen. Lassen Sie uns beginnen«, begrüßte er sie in fließendem Altgriechisch.

Die Versammlung des *Rates der Acht* hatte begonnen.

36. Kapitel

Irgendwo in Frankreich

Schweigend waren sie noch einige Stunden gefahren. Knapp dreißig Kilometer vor Paris hatten sie sich bei Saint-Denis in ein Hotel eingemietet. David musste dringend schlafen. Schwer ließ er sich aufs Bett fallen, das unter seiner Last verächtlich knarzte. Sina stand gedankenverloren am Fenster. Der Morgen dämmerte allmählich herauf und ihr Blick verlor sich in der Parkanlage, an dessen Rand ihr Hotel lag.

»Ich hätte nie nach Hamburg gehen dürfen. Es war ein Fehler mich bei Miriam zu verkriechen. Es ist meine Schuld, dass sie getötet wurde«, schluchzte sie. Dicke Tränen kullerten über ihre Wangen.

»Du redest Unsinn!«, brummte David.

»Du darfst dir dafür nicht die Schuld geben. Wenn du jemandem die Schuld zuweisen möchtest, dann gib sie mir.«

David richtete sich auf und saß mit gesenktem Kopf auf der Bettkante. »Ich wünschte, sie wäre länger ohnmächtig gewesen und nicht die Treppe hinaufgestiegen. Sina, es tut mir unendlich leid. Ich glaube, dass ich den Killer erst zu dir geführt habe. Es scheint so, dass er sich an meine Fersen geheftet hat. Wie sonst hätte er vor dem Café sein können, in dem wir uns gestern getroffen haben?!«

Die Arme um den Oberkörper geschlungen wandte sich Sina zu David um.
»Was meinte Miriam, als sie sagte: ›Finde die Akte?‹ Was für eine Akte? Und wer oder was ist Sainte-Anne oder Kergonan?«
David zuckte mit den Achseln. »Ich habe nicht die blasseste Ahnung. Ich nehme an, dass es Orte irgendwo in der Bretagne sind. Deswegen sind wir ja hier. Miriam erzählte mir gestern Abend von einer geheimen Akte, die die Namen der Mitglieder eines geheimen Zirkels beinhalten soll. Alles ziemlich wirres Zeug. Aber sie klang sehr überzeugend.«
»Oh ja, sie kann sehr überzeugend sein.« Sina senkte den Kopf. »Sie *konnte* sehr überzeugend sein«, korrigierte sie sich. »Aber was hat das alles mit mir zu tun?«
»Ich weiß es nicht. Noch nicht. Ich erzähle dir alles, was sie mir erzählt hat, aber lass mich bitte erst ein paar Stunden schlafen!«
David hatte Miriam sein Versprechen gegeben, Sina nichts von ihrer Beziehung zu ihrem Vater zu sagen. Jetzt war er sich nicht mehr sicher, ob er dieses Versprechen würde halten können. Das Pochen in seinen Schläfen vereitelte jeden klaren Gedanken.
Sina nickte und wandte sich wieder dem Fenster zu. David streifte sich Jeans und Hemd ab, rollte sich in die Decke ein und schlief augenblicklich ein.

Der rote Punkt auf dem Display seines iPad hatte vor zwei Stunden aufgehört sich zu bewegen. Offenbar hatten sie irgendwo angehalten. Er zoomte das Bild des Kartenausschnittes mit einem Fingerstrich größer. *Hm, hab dich, Sprenger,* dachte er triumphierend.

Er tippte die Adresse in sein Navigationsgerät, wartete bis die Route berechnet war und beschleunigte. Ihm war kaum Zeit geblieben sich zu erholen. Die Ringer-Acetat-Lösung hatte dennoch rasch ihre Wirkung getan, nachdem sie in seinem Blutkreislauf war. Der Blutverlust schien sich in Grenzen gehalten zu haben. Nachdem er die Wunden an seinem Bein gesäubert und geklammert hatte, wusch er sich unter der Dusche das angetrocknete Blut fort, das in roten Schlieren im Abfluss versickerte und verband anschließend sorgfältig die Wunden. Er hatte sich zur Regel gemacht, so wenig wie möglich Spuren zu hinterlassen, weshalb er nicht nur seine blutdurchtränkte Kleidung, sondern auch die Handtücher und das Bettzeug in einen Plastikbeutel stopfte und ihn zusammen mit seinen Taschen in den Kofferraum seines Wagens warf. Er würde sich später um die Entsorgung kümmern. Eines der Handtücher legte er auf die blutdurchtränkte Sitzfläche seines Fahrersitzes.

Sprengers Wagen mit einem Sender zu präparieren erwies sich als cleverer Schachzug, wie er fand. Er hatte ihn angebracht, als er seinen Wagen zufällig unweit des alten Hauses entdeckt hatte. So war es ihm möglich ihn zu lokalisieren, ohne auf die Hinweise seines Auftraggebers angewiesen zu sein. Der würde ohnehin nicht begeistert sein, wenn dieser seine Nachricht empfing, die er kurz vor seiner Abfahrt in aller Eile getippt und versandt hatte.

Viel hatte er nicht zu berichten. So war die Nachricht sehr kurz ausgefallen: »*ZPen* bislang a.K., aber lokalisiert. Wiederaufnahme erfolgt in Frankreich.«
Aufgrund vorangegangener Nachrichten unterstellte Stier, dass sein Auftraggeber die Terminologie ›Zielpersonen außer Kontrolle‹ verstehen würde.
Dass er die beiden lokalisiert hatte und sie in Kürze würde ausschalten können, schmälerte keinesfalls sein Versagen. Aber was hätte er seinem Auftraggeber anderes mitteilen sollen?
Es war unentschuldbar, dass ihm die beiden entwischt waren, obwohl er sie auf dem Präsentierteller hatte. Dieses Mal, so nahm er sich vor, würde er sich nicht mehr so tölpelhaft überrumpeln lassen. Kurzen Prozess würde er machen, obgleich er seine Skrupel Sprenger gegenüber noch immer nicht zur Gänze abgelegt hatte. Aber wenn sie aufeinanderträfen, gäbe es ohnehin nur eine Alternative – er oder Sprenger. Dass Sprenger wehrhaft war, mehr noch, kampferprobt, hatte Stier am eigenen Leib erfahren müssen. Sprengers Ellbogen hatte ihn nicht mit der vollen Wucht getroffen. Aber den Nachhall des Donners in seinem Schädel, den der Schlag ausgelöst hatte, spürte er noch in seinem Hotelzimmer. Mit der Rechten knetete er seine Wange und klappte den Unterkiefer auf und zu. Kein Zweifel, Sprenger hätte ihm beinahe den Kiefer gebrochen, wenigstens ausgerenkt.
Nein, er hatte ihn keineswegs unterschätzt, weshalb er gebührenden Abstand hielt und ihm keine Gelegenheit zum Angriff bot. Bis dieser Junge die Treppe herunter gepoltert kam …

»Na ja, dumm gelaufen!«, murmelte er vor sich hin. Sprenger und die Kleine hatten immer noch etwas mehr als drei Stunden Vorsprung.

Der Verkehr verdichtete sich allmählich und er wollte auf keinen Fall riskieren von einer mobilen oder stationären Radarstation erfasst zu werden, weshalb er darauf achtete, die zulässige Geschwindigkeit nur unwesentlich zu überschreiten. Dieses Mal würde er sie schnappen!

37. Kapitel

Saint-Denis

David wusste nicht, wer oder was ihn geweckt hatte. Als er die Augen aufschlug, lag Sina, eng an ihn geschmiegt, neben ihm. Sie schien gespürt zu haben, dass er wach war und drehte sich zu ihm herum. Zwei himmelblaue Augen sahen ihn durchdringend an.

»Gut geschlafen? Geht's dir jetzt besser?«, erkundigte sie sich.

»Ja, besser«, gab er nickend zurück. Weiteres konnte er nicht sagen, da sie unversehens ihre Lippen auf die seinen presste. Fordernd und leidenschaftlich küsste sie ihn und zu seiner Überraschung erwiderte er ihre Leidenschaft. Ihm war ihr Zungen-Piercing beim Sprechen gelegentlich aufgefallen, nun spürte er es ganz deutlich. Ihr Körper war warm und weich, wie er sich nun noch enger an ihn schmiegte. Ihre Finger spielten mit seiner Brustbehaarung und strichen sanft über seine Brustwarzen, glitten tiefer über seinen Bauch. Mit einem Schwung war sie über ihm und saß nun rittlings auf ihm, vollständig nackt. Sie hatte wunderschöne Brüste, eine ihrer Brustwarzen war ebenfalls gepierct. Ihre Lippen und Zunge bedeckten seinen Hals, seine Brust, seinen Bauch, bis …

»Stopp!«, sagte er. »Was machst du da? Was machen WIR da?« David hatte sie an den Oberarmen gepackt und sanft von sich geschoben.
»Hör zu! Bitte sei mir nicht böse. Du bist jung, du bist schön, du bist …«, er suchte nach einem modernen Wort als *sexy*, »… megascharf! Aber das geht nicht. Du könntest meine Tochter sein. Außerdem …«
»… bist du verheiratet«, vollendete sie den Satz und rollte mit den Augen.
»Ja, nein. Doch!«
»Was denn jetzt?«
»Ja, ich bin verheiratet. Noch! Meine Frau hat mich vor einem halben Jahr verlassen.«
»Ich will dich ja auch nicht heiraten«, grinste sie frech.
»Schon klar«, lächelte er zurück. »Trotzdem, es ist nicht richtig. Außerdem hab ich höllische Schmerzen.« David rieb sich die mittlerweile bläulich verfärbte rechte Rippenseite.
Sina rollte sich, mit enttäuschter Miene, geschmeidig aus dem Bett und lief, wie Gott sie schuf, sah man von den Tattoos, die ihren Körper überzogen ab, ins Badezimmer.
Er ließ sich zurück ins Kissen fallen und rieb sich mit beiden Handballen die Augen. Zu gerne hätte er ihrer Versuchung nachgegeben, dennoch war er froh widerstanden zu haben. Seine Gedanken schweiften zu Beate. Seit seiner letzten Nachricht hatte er nichts mehr von ihr gehört. Er nahm sich vor, sie heute noch anzurufen. Irgendwann mussten sie sich ja auseinandersetzen. Seit ihrem Auszug

hatte es nie ein klärendes Gespräch gegeben. Immer nur gegenseitige Vorwürfe und Schuldzuweisungen. Er liebte Beate.

Wenn ihm das die vergangenen Jahre auch nicht so sehr bewusst gewesen war, so war es ihm doch in den vergangenen sechs Monaten klar geworden, wenngleich er sich wenig Hoffnung machte, dass Bea zu ihm zurückkäme. Aus dem Bad hörte er das Rauschen der Dusche und Sinas Stimme. Sie sang *Avenir*, einen französischen Popsong. Der Name der Interpretin war ihm entfallen.

Auf der Bettkante sitzend rieb er seine schmerzende, blutunterlaufene Seite. Zu hastig hatte er die Beine aus dem Bett geschwungen, was er augenblicklich bereute.

Kritisch betrachtete er sein Abbild in der verspiegelten Schranktüre. Mit den wirr abstehenden Haaren und dem seit gut einer Woche unrasierten Gesicht sah er aus wie ein Penner.

David grinste sein Pendant schief an. »Wo bist du da bloß wieder rein geraten? Hm?«

Ihm war bewusst, dass der Killer nicht so schnell aufgeben würde, deshalb wollten die nächsten Schritte wohlüberlegt sein. Nur mühsam widerstand er dem Impuls sein Handy einzuschalten und einige Anrufe zu tätigen. Ein neues Telefon mit einer unregistrierten Prepaid-Karte war das Erste, was auf seiner gedanklichen Shopping-Liste stand.

»Du kannst!«, drang Sinas Stimme in Davids Unterbewusstsein, der gar nicht gehört hatte, wie sie, mit einem um die Brust geschlagenen Handtuch, aus dem Bad getreten war.

Sina schnaubte verächtlich und stieß eine gewaltige Rauchwolke aus. »Meine Mutter? Die hat sich weder für ihn noch für mich interessiert. Ihre Aufmerksamkeit galt einzig und allein ihrer Sauferei.«
»Gab es gemeinsame Urlaube, die ihr in der Bretagne, Normandie, Gascogne, Auvergne oder sonst wo verbracht habt?«
»Sag mal, schnallst du es nicht?«
»Sina, bitte …!«
»Fick dich!«, fuhr sie ihn an und stürmte aus dem Bistro.
Er ließ ihr einige Minuten, bezahlte und ging ihr nach.
»Tut mir leid«, sagte sie, als er auf die Straße trat. Rauchend, die Arme um die Brust geschlungen stand sie da. Hilflos und verletzlich.
»Ich wollte dich eben nicht so anfahren. Aber das mit meiner Mutter ist kompliziert.«
»Schon gut«, entgegnete er versöhnlich. »Ich wollte dir auch nicht zu nahetreten. Es ist nur … es ist vielleicht wichtig, dass du dich an gemeinsame Ausflüge mit deinem Vater erinnerst. Lass uns den Wagen holen und in das Kloster Sainte-Anne fahren. Vielleicht erfahren wir dort mehr. Aber erst muss ich ein paar Anrufe erledigen.«

38. Kapitel

Paris

Noch lange nach dem Konzil saß er im Gewölbekeller des Élysée-Palastes. Sicherlich, es hätte angenehmere Räume gegeben, die er hätte nutzen können, zumal ein Teil des Palastes seit Ende des 17. Jahrhunderts dem *Rat der Acht* gehörte. Die Nationalversammlung, auf die der Rat seinerzeit schon enormen Einfluss besaß, erklärte 1848 den Palast, per Dekret, zum Amtssitz künftiger Präsidenten.

Er hatte es sich vor dem Kamin bequem gemacht, genoss die Stille, die nur durch das gelegentliche Knacken des Kaminfeuers durchbrochen wurde und dachte nach. Ein Privileg, dessen Nutzen die moderne Gesellschaft und die vermeintlich Mächtigen dieser Welt vergessen zu haben schienen. Nachdenken, sich selbst und seine Entscheidungen reflektieren. Nicht, dass es ihm oder den Interessen des Rates abträglich gewesen wäre. Im Gegenteil, Menschen, die nicht mehr nachdenken, nicht mehr kritisieren, nichts mehr anzweifeln, treffen folglich falsche, oftmals fatale Entscheidungen. Eine verhängnisvolle Neigung der Menschen, an dessen Entwicklung er und seine Vorgänger maßgeblichen Anteil hatten. Er ging hinüber zum Servierwagen und goss sich aus der kristallenen Karaffe Cognac in einen Schwenker.

Die mahagonifarbene Flüssigkeit stammte aus der napoleonischen Zeit und war nirgends auf der Welt zu erstehen.
Nur sehr wenige Fässer gab es davon, die einen schier unermesslichen Wert besaßen. Die Trauben entstammten der Region Segonzac. Das im zweiten Brand aufgefangene Herz des Mittelbrandes, das Cœur, war seit über zweihundert Jahren in Barrique-Eichenfässer gelagert. Behutsam ließ er die Flüssigkeit im Glas kreisen, dessen Aromen sich langsam durch seine Körperwärme zu entfalten begannen. Der Duft reifer Früchte mischte sich mit dem Aroma alter Eichenfässer, unterstrichen von feinen Nuancen von Leder und trockenen Laubes. Mit geschlossenen Augen kostete er den ersten Schluck, wartete, bis sich der Weinbrand in seinem Mund erwärmt hatte, um ihn dann genüsslich seine Kehle hinunterfließen zu lassen. Zugegeben dekadent, aber was hieß das schon? Eine zutiefst bourgeoise Betrachtungsweise kleingeistiger Neider. Mit überschlagenen Beinen starrte er in das hypnotisierende Kaminfeuer.
Die Versammlung hatte weniger lange gedauert, als er vermutet hatte. Alle waren gut vorbereitet und sie hatten wichtige Dinge beraten und entschieden. Zufrieden lächelnd nickte er. Nur eine Sache bereitete ihm Sorge. Der Nachlässigkeit ihres Archivars war es zu verdanken, dass ihre, über die Jahrhunderte wohlgehütete Identität, bekannt zu werden drohte. Gerüchte und Spekulationen über den Rat und das Komitee gab es zuhauf, haftete ihnen doch etwas Mythisches an.

Und solches waren sie in den Köpfen der Menschen. Ein Mythos. Außer dem Ratsvorsitzenden selbst gab es nur noch einen Menschen, der umfassende Kenntnisse aller Strukturen und Mitglieder des Komitees hatte – der Archivar. Dieser hatte nach Offenbarung seiner Nachlässigkeit die unausweichliche Konsequenz getragen und sich, wie es die uralten Regeln des Ordens vorsahen, mit einem schnell wirkenden Gift selbst gerichtet. Dieser Codex diente dem Schutz des Ordens, er war keinesfalls eine Bestrafung. Dennoch hatte ihn der Verlust eines Bruders, eines engen Vertrauten und Freundes geschmerzt. Das Archiv des Komitees, in den Kellern eines altehrwürdigen Pariser Hauses verborgen, war vor Jahren einem verheerenden Brand zum Opfer gefallen. Mit Anbrechen des Computerzeitalters hatte auch der Orden begonnen alte Dokumente auf Mikrofilm zu bannen und später zu digitalisieren, und dennoch war es jemandem gelungen in der Brandruine Fragmente alter Pergamente und Dokumente zu sichern. Nicht nur ganz alte, sondern auch jüngere Aufzeichnungen. Nun galt es, um jeden Preis die Existenz des Rates, des Komitees und deren Mitglieder geheim zu halten. Sie hatten abgewogen, wie groß der Schaden sein würde und befunden, dass es noch zu früh war. In den letzten vier Dekaden war es gelungen ihre Macht und ihren Einfluss weiter auszubauen und zu festigen. Weitverzweigt, filigran wie die Verästelungen eines komplexen Nervensystems, hatten sie Regierungen, Banken, Börsen, Geheimdienste und Königshäuser infiltriert. Sie waren der Nexus, der

diesem sensiblen System die Impulse gab, alles steuerte und lenkte. Aber es war entschieden zu früh, dass die Welt von ihnen erführe.
Die Menschheit wäre in ihrer Beschränktheit gar nicht in der Lage ihr Handeln zu erfassen. Noch nicht! Er zweifelte, ob die Menschheit es überhaupt je würde fassen können. Aber dann wäre es bereits zu spät. Die Notwendigkeit ihrer Existenz würde erkannt und akzeptiert werden.
Ihre offizielle Machtübernahme erführe dadurch ihre Legitimation.
Es war noch nicht an der Zeit!

39. Kapitel

Saint-Denis

Was soll das heißen, ich bin suspendiert?«, blaffte David ins Telefon.

»Du hast dich meinem direkten Befehl widersetzt, David, und jetzt trägst du die Konsequenzen!«, brüllte sein Chef.

»Gerd, du bist ein Arschloch!«

David beendete wütend das Gespräch. »Dieser kleine Sesselfurzer, was glaubt der eigentlich wer er ist …?«

Sina sah ihn mit hochgezogenen Augenbrauen von der Seite an und grinste. David überlegte einen Augenblick, tippte eine Nummer ins Display seines Handys und betätigte die Ruftaste.

»Grüß dich, Tom. David hier! Ich weiß, ist lange her … Ich habe wenig Zeit. Bist du noch in derselben Abteilung, wie damals? Ja? Sehr gut … Ich möchte dich um einen Gefallen bitten. Du musst mir alles über einen Dr. Kübler und eine Tamina Willberg in Erfahrung bringen. Machst du das? Prima … ach, und du müsstest für mich eine Recherche in euren Systemen veranlassen. Männlich, circa 2 Meter groß, skandinavischer oder kaukasischer Typus, zwischen 28 und 33 Jahre alt, blaue Augen, dunkelblonde Haare, am Unterarm rechts eine Tätowierung, Motiv: Totenschädel mit Barrett und zwei gekreuzten Schwertern. Danke dir Tom!«

David legte auf.
Für den nächsten Anruf wollte er ungestört sein. »Macht es dir etwas aus, mich einen Augenblick alleine zu lassen?«, fragte er an Sina gewandt.
»Nein, natürlich nicht.« Sina nahm sich eine Zigarette aus der Schachtel und stieg aus dem Wagen. Sie trat einige Schritt vom Peugeot weg und lehnte sich gegen die Schaufensterscheibe der Autovermietung. Verstohlen beobachtete sie David, als dieser in sein Telefon sprach. Es schien ein kurzes Gespräch gewesen zu sein, denn er hatte seinen Kopf gegen die Nackenstütze gelehnt und die Augen geschlossen.
Sina beschloss ihn noch einige Minuten in Ruhe zu lassen. Geduldig rauchte sie ihre Zigarette zu Ende, ehe sie es wagte die Beifahrertüre zu öffnen.
»Alles in Ordnung?«
»Wie man´s nimmt …!«, sagte er knapp. »Lass uns fahren.« David startete den Wagen, dessen Dieselmotor etwas holperig zu laufen begann.
Das kurze Gespräch mit Beate war nicht sonderlich gut verlaufen. *Sie fühle sich gerade wohl, so wie es sei.* Was immer sie damit meinte?! Er hatte ihr gesagt, wie er sehr sie vermisse, woraufhin sie geantwortet hatte, dass sie Zeit bräuchte. Herrgott nochmal! Wie viel Zeit denn? David war kein geduldiger Mensch, und das wusste sie auch.
»Gibst du mir auch eine?«, fragte er und deutete mit dem Kopf auf die Schachtel in der Mittelkonsole. Sina entnahm der Schachtel eine Gauloises, zündete sie an und reichte sie David.

Tief inhalierte er den Rauch und erwartete einen Hustenanfall, der jedoch ausblieb. Ein leichter Schwindel stellte sich ein.
Die Erste seit über einem Jahr. Er wusste, dass es dumm und unvernünftig war, denn er hatte das Rauchen Beate zuliebe aufgehört. Er sah es als seine Art der Rache dafür, dass sie ihn so lange hinhielt.
»Total bescheuert, aber guuuut!«, brummte er lächelnd und zog erneut an der Zigarette.
»Also? Ist dir noch etwas eingefallen?«, fragte er.
»Wenn ich ehrlich sein soll: Nein. Mein Vater hat mit mir so viele Ausflüge unternommen, und an einige kann ich mich gar nicht mehr erinnern, weil ich einfach auch noch zu klein war. Ich kann mich aber an die jüngsten erinnern. Weißt du, wir haben auf unseren Ausflügen etliche Kirchen und Klöster besucht. Als ich heute Morgen im Internet ein Bild dieses Klosters Sainte-Anne gesehen habe, meinte ich mich zu erinnern, schon einmal dort gewesen zu sein.«
»Puh«, fuhr Sina nach einer kurzen Pause fort, »das ist bestimmt schon vierzehn Jahre her, oder so. Ich erinnere mich, dass wir ausgedehnte Spaziergänge unternommen hatten, und abends haben wir Spiele gespielt.«
Sie hatte den Kopf gesenkt.
»War sicher eine schöne Zeit?!«, sagte David, dem ihre Traurigkeit nicht entgangen war.
»Ja, das war sie. Er fehlt mir so sehr …« Eine Träne kullerte über ihre Wange.

David manövrierte den Peugeot aus dem Zentrum von Saint-Denis und fuhr auf die Autobahn N1 auf. Sie würden Paris auf der Stadtautobahn weiträumig umfahren müssen, um sich weiter Richtung Rennes zu halten.

Die Fahrzeit bis nach Kergonan würde, so stand es im Navigationsgerät, knapp sechs Stunden betragen. David überschlug in Gedanken, dass sie kurz vor sechzehn Uhr ankämen.

»Wie ist dein Vater ums Leben gekommen?«

»Bei einem Verkehrsunfall«, antwortete Sina leise. »Zumindest hat man das meiner Mutter und mir gesagt. Während der Rückfahrt von einer Geschäftsreise war er auf einer Serpentinenstraße bei Grenoble von der Fahrbahn abgekommen und einen Abhang hinuntergestürzt.«

»War er ein guter Fahrer? Ich meine, war er ein umsichtiger, vorsichtiger Fahrer?«

»Ja, absolut. Er fuhr unglaublich viel.«

»Kannst du dich erinnern, wie das Wetter war in der Nacht seines Unfalls?«

»Nicht mehr genau. Aber das ließe sich ja über den Unfallbericht in Erfahrung bringen«, gab Sina zu bedenken.

»Von wem wurde der Unfall aufgenommen?«

»Von der Grenobler Gendarmerie.«

»Hm, es ist definitiv zu weit, um einen Abstecher über Grenoble zu machen. Sobald wir in Kergonan sind, werde ich einen guten alten Kollegen in Lyon anschreiben und ihn bitten mir die Akte zu besorgen. Du sagtest, dass deine Mutter ein Alkoholproblem hatte?«

Sina schnaubte verächtlich. »Das ist sehr charmant formuliert. Sie ist eine hoffnungslose Säuferin.«
»Hat dein Vater auch getrunken?«, fragte er vorsichtig.
»Nie! Mein Vater trank und rauchte nicht. Zum Essen habe ich ihn mal gelegentlich ein Glas Wein trinken sehen. Aber er hätte nie Alkohol getrunken, wenn er noch ein Auto hätte lenken müssen. Wieso fragst du?«
»Weil es sein könnte, dass es gar kein Unfall war.«
Sina sah ihn erwartungsvoll von der Seite an.
»Miriam erzählte mir, dass dein Vater sie in der Nacht seines Todes anrief. Er wollte sich mit ihr treffen. Es schien ihm dringend gewesen zu sein.«
»Aber wieso?« Sina schüttelte ratlos den Kopf.
»Miriam und dein Vater hatten einige Prozesse miteinander bestritten. Davon hab ich dir bereits erzählt. Nach einem Banken-Prozess, den die beiden verloren, hatte man Miriam systematisch mundtot gemacht und deinen Vater so weit diskreditiert, dass ihn keiner mehr als Anwalt einstellen wollte. Irgendjemand hatte ihm dann einen Job im Élysée-Palast besorgt. Nicht einmal Miriam wusste, was genau er dort tat. Aber es wundert mich, dass er auch dir und deiner Mutter nie etwas von seiner Arbeit erzählt hat, was mich vermuten lässt, dass dein Vater im nachrichtendienstlichen Bereich tätig war. Um auf deine Frage zurückzukommen … Anfangs konnten Miriam und dein Vater die Niederlage nur schwer verdauen. Deinem Vater schien das keine Ruhe zu lassen, weshalb er zu hinterfragen begann, was schiefgelaufen war. Die beiden stießen

bei ihren Recherchen auf Namen von irgendwelchen Gutachtern, Hinter- oder Mittelsmännern, was auch immer, welche Parallelen zu anderen verlorenen Prozessen zu haben schienen. Miriam war irgendwann so abgebrannt und mutlos, dass sie sich nicht mehr weiter an den Nachforschungen beteiligen konnte oder wollte. Dein Vater machte ohne sie weiter. Eben in dieser Nacht, ziemlich genau eine Stunde vor dem Unfall, rief dein Vater sie an und sagte, dass er nun wisse, wer der Kopf des Komitees sei, ein gewisser Kronos, und auch herausgefunden habe, wer die Mitglieder des *Rates der Acht* sind …«

»Warte«, unterbrach sie David. »Das soll heißen, dass Miriams Gefasel über Geheimbünde und irgendwelchen weltbeherrschenden Verschwörungsfirlefanz wahr ist? Und wer oder was ist Kronos?«

David zuckte mit den Achseln. »Das weiß ich nicht. Die Tatsache, dass Dr. Willberg tot ist, und ich glaube immer weniger an einen Selbstmord«, fügte David hinzu, »und dass man hinter dir her ist und dir nach dem Leben trachtet … und nach meinem verkorksten ebenfalls, möchte ich anmerken … Das alles sind mir zu viele Zufälle. Aber was mich eigentlich beunruhigt … wie konnte der Typ uns so schnell finden, nachdem wir ihn vor dem Café abgehängt hatten? Irgendwie scheint alles miteinander zusammenzuhängen, und ich glaube die Antwort könnte uns diese Akte liefern, derentwegen dein Vater sterben musste. Ich glaube dein Vater wurde ermordet …«

40. Kapitel

Saint-Denis

Im Bad waberte noch der Wasserdampf und der Spiegel war beschlagen. Mit der Pistole in der Hand sah er sich hektisch im Zimmer um. Das Bett zerwühlt, die Gardinen zugezogen. Er schlug die Decke zurück und spürte die Restwärme.
»Verdammte Scheiße!«, fluchte Stier. Er konnte sie nur knapp verpasst haben. Höchstens um eine halbe Stunde schätzte er. Nachdem er die Waffe ins Schulterholster zurückgesteckt hatte, begann er das Zimmer systematisch zu durchsuchen. Nachttische, Schränke, Schubladen – leer – wie erwartet. Sogar den Mülleimer stülpte er um. Nur die leere Verpackung gesalzener Erdnüsse. Er fuhr sich mit der Rechten durch die Haare und überlegte fieberhaft.
»Kein Problem«, versuchte er sich zu beruhigen. Er besann sich auf den Sender, der immer noch unter Sprengers Wagen war. Damit würde er ihrer Spur folgen können. Plötzlich vibrierte sein Handy. Umständlich kramte er es, immer noch auf dem Bett sitzend, aus der Hosentasche.
»Ja, hallo?!«
»Haben Sie sie?«, fragte die Stimme am anderen Ende der Leitung.
»Noch nicht. Sie sind mir in Saint-Denis entwischt. Aber ich versichere Ihnen, dass das Problem bald beseitigt sein wird. Vertrauen Sie mir.«

»Das hoffe ich. In Ihrem Interesse, Stier.«
Das Gespräch war beendet.
»Wichser!«, fluchte Stier und stopfte sein Telefon zurück in die Tasche. »Komm du mir in die Finger, du arrogantes Arschloch!«
Stöhnend erhob er sich vom Bett, was mit einem jämmerlichen Quietschen des Bettrostes kommentiert wurde. Sein Bein schmerzte und er würde den Verband wechseln müssen, da dieser bereits wieder begann durchzubluten.
»Allô?! Que faites-vous ici?«
»Was ich hier zu suchen habe? Sehr gute Frage.«
Das dunkelhäutige Zimmermädchen starrte ihn aus dunklen Augen angstvoll an.

41. Kapitel

Hamburg

Kriminalrätin Selina Scharnhorst warf einen flüchtigen Blick auf den silbrig grauen Bergesarg, der eben an ihr vorbei geschoben wurde.

Schaulustige hatten sich entlang des Absperrbandes versammelt und versuchten einen Blick zu erhaschen. Die perfide Lust mancher Menschen am Anblick eines Unfalles oder einer Leiche war Selina Scharnhorst immer ein Rätsel.

»Wie sagtest du, war ihr Name?«, fragte sie an ihren besten Ermittler gewandt.

»Miriam Helena Hirschfelder. Geboren am 13.03.1945 in Krakau.«

»Ok, gib mir einen Überblick«, sagte sie, als sie das Haus betraten.

Selina Scharnhorst war noch nicht lange beim LKA Hamburg. Als Absolventin der Führungsakademie in Hiltrup war sie erst vor einem halben Jahr zu ihnen gestoßen und man hatte ihr sogleich die Leitung der Abteilung übertragen. Sie besaß einen messerscharfen Verstand und eine enorm schnelle Auffassungsgabe. Manche in der Abteilung äußerten die Vermutung, dass sie so etwas wie ein fotografisches Gedächtnis haben müsse oder sich schlicht geheimnisvoller Hexenmächte verschworen haben musste.

Kerner erinnerte sich, dass sie in einem zurückliegenden Doppelmord-Fall, obwohl sie selbst nicht die Ermittlungen geführt hatte, aus einer mehrseitigen Vernehmung des Tatverdächtigen eine widersprüchliche Passage zitierte, die berechtige Fragen bezüglich des Alibis aufwarfen und letztlich dazu führten, dass er die Tat gestand.
Reimund Kerner hatte das Pensionsalter eigentlich schon erreicht, hatte aber auf Bitten des Präsidenten um ein Jahr verlängert. Noch zwei Monate, dann würde er in den verdienten Ruhestand gehen. Er hatte die vielen Leichen satt. Vor vier Jahren hatte er sich mit dem Geld einer fälligen Lebensversicherung ein altes Hausboot gekauft, das er seit dieser Zeit liebevoll restaurierte. Und sobald der Liegeplatz an der Alster frei wäre, den er in Aussicht gestellt bekam, würde er es wassern. Er freute sich darauf.
»Kerner? Houston an Kerner?«
»Entschuldige, was hast du gesagt?«
»Ich habe gar nichts gesagt«, feixte sie, »du wolltest mir eine Übersicht über die Lage geben.«
»Natürlich. Klar! Also, eine junge Punkerin … äh, ihr Name ist mir gerade entfallen, hat den Notruf gewählt und mitgeteilt, dass sie hier zwei Tote gefunden habe. Ihren Freund und die Betreiberin des Asyls. Der Punker liegt noch oben an der Treppe mit einem Kopfschuss.«
Kerner blätterte in seinem Notizbuch. »Lars Kreiß, gerade erst achtzehn geworden. Sein Spitzname war Frosch. Du wirst sehen warum. Ach hier! Die Klei-

ne, die anrief, heißt Isabell, Isabell Ruft, sechzehn Jahre alt.«
»Wie weit ist die KT?«
»Bisher haben sie elf Projektile gefunden und ebenso viele Hülsen, die definitiv aus zwei verschiedenen Waffen stammen.«
»Wie kommen sie darauf?«
»Weil ein Teil der Hülsen weder eine Hersteller-Prägung noch eine Kaliberangabe enthält. Sie haben noch nicht alle Hülsen begutachtet, aber auf den blanken Kartuschen scheinen sich keine Fingerabdrücke zu befinden. Vielleicht findet man was auf den Projektilen.«
»Was denkst du ist passiert?«
»Pffff, schwer zu sagen, beim derzeitigen Stand. Wir haben keine Waffen gefunden. Aber überraschenderweise hatte die alte Frau Schmauchrückstände an der rechten Hand.«
Sie blieb abrupt stehen. »Du nimmst mich auf den Arm, oder?!«
»Sehe ich so aus, als würde ich mich getrauen dich auf den Arm zu nehmen«, konterte er grinsend.
»Und beide fraglichen Waffen fehlen?«
»Ja, die fehlen.« Kerner zuckte hilflos mit den Schultern.
Sie hatten mittlerweile die erste Etage erreicht. Die Überzieher, die sie sich über die Schuhe gestülpt hatten, boten wenig Bodenhaftung, weshalb sie die Treppen wie auf Eiern laufend emporstiegen. Die Kollegen von der Tatortgruppe hatten ein blauweißes Trassenband mit Polizeiaufschrift gespannt, welche die wichtigsten Spurenbereiche abgrenzen

sollte. Kriminaltechniker mochten es leiden wie die Pest, wenn zu viele Leute durch ›ihren‹ Tatort latschten.
Selina Scharnhorst hatte für den ein oder anderen bösen Blick der drei konzentriert arbeitenden Kriminaltechniker der Tatortgruppe vollstes Verständnis, dennoch ließ es sich nicht vermeiden, dass der leitende Ermittler sich einen Eindruck des Tatortes verschaffen musste, über die Auffindesituation der Leichen, die Spurenlage und etliches mehr.
Eine zierliche Frau in einem weißen Einwegoverall, Kopfhaube und Mundschutz beugte sich gerade über den Leichnam des jungen Punkers und drückte wiederholt auf den Auslöser einer Digitalkamera. Der Junge lehnte in einer grotesken Haltung am Treppengeländer.
»Moin, Vicky«, begrüßte sie die junge Kriminaltechnikerin.
»Moin Selina.«
Selina Scharnhorst verstand sofort, was Kerner meinte, als er sagte, sie würde verstehen, warum der Junge den Spitzname Frosch trug. Exophthalmus oder Glubschaugen, die auf eine Autoimmunerkrankung der Schilddrüse hindeutete.
Wie er so verkrümmt am Geländer lag, verliehen ihm seine hervortretenden Augäpfel einen seltsam überraschten Gesichtsausdruck. Unterhalb des rechten Auges befand sich ein Einschuss, aus dessen Wunde nur wenig Blut ausgetreten war. Ein kleines Rinnsal nur, das über seine Wange zum Kinn lief und danach auf seine Camouflagejacke

getropft war. Aus der Distanz konnte sie nicht sehen, ob es eine Austrittswunde am Hinterkopf gab.
»Ist der Gerichtsmediziner schon dagewesen, Reimund?«
»Ja klar. Wenn ich ihn richtig verstanden habe, wollte er gleich wieder zurück ins Institut, um sofort mit der Obduktion der Hirschfelder zu beginnen.«
»Wie war denn seine erste Einschätzung der Todeszeit?«, erkundigte sie sich.
»Acht bis zehn Stunden«, antwortete Kerner. »Die Leichenstarre scheint bei beiden schon stark ausgeprägt zu sein.«
»Gut. Das hieße dann zwischen 23:00 und 01:00 Uhr heute Nacht? Ich möchte, dass ihr eine Nachbarschaftsbefragung durchführt. Vielleicht hat jemand die Schüsse gehört, oder Autos wegfahren sehen. Bringt bitte alles über die Opfer und die Kleine in Erfahrung, wie hieß sie gleich …? Isabell? Fordert die Funkzellendaten von diesem Stadtteil an, checkt die Taxizentralen, den öffentlichen Nahverkehr und alle Blitzerstationen. Und mach dem Labor Dampf, dass wir schnellstens Ergebnisse aus der Ballistik und der Molekulargenetik geliefert bekommen.«
Sie schob den Ärmel ihrer Jacke zurück. »Jetzt ist es kurz vor zehn. Wir treffen uns um vierzehn Uhr zu einer ersten Lagebesprechung. Wenn du etwas brauchst, sag mir Bescheid. Ich fahre zurück ins Amt.«

42. Kapitel

Rennes

Der Verkehr hatte sich im Bereich Rennes deutlich verdichtet, aber sie kamen gut voran. Sina drückte permanent den Sendersuchlauf des Radios auf der Suche nach ›ordentlicher‹ Musik, wie sie sagte.
»Ach geil!«, rief sie aus und drehte die Lautstärke auf. »Ich liebe diesen Song.«
Aus den Boxen dröhnten die ersten Takte von Pink Floyds *Another Brick in the Wall.* David mochte diesen Song ebenfalls sehr. Aber dass Sina auf Pink Floyd abfuhr hatte er nicht erwartet, da er sie eher mit dem Genre Punk oder Heavy-Metal in Verbindung brachte.
»All in all you're just another brick in the wall«, sang sie lauthals mit. Sie hatte eine schöne Stimme. Als das Gitarren-Solo einsetzte, drehte sie das Radio noch lauter.
»Mach leiser«, rief er gegen die melancholisch singende E-Gitarre an, als sein Telefon klingelte.
»Sprenger?! Hallo Tom! Hast du etwas herausgefunden?«
Einige Minuten hörte David nur zu. Sina saß gespannt neben ihm und beäugte ihn kritisch.
»Ich danke dir Tom. Schickst du mir die Sachen per E-Mail durch?! Hast du meine private Mailadresse

noch? Prima. Danke nochmal.« David beendete das Gespräch.

»Und? Rede schon«, drängelte Sina.

»Der Typ, der hinter uns her ist, heißt sehr wahrscheinlich Arkadij Stier. 33 Jahre alt und in Kasachstan geboren. Das Tattoo ist ein internes Signet der Kommando-Spezialkräfte der Bundeswehr. Nach einer Operation in Libyen 2012 unehrenhaft entlassen, weil er eine Geisel erschossen hat. Der Typ ist ein Psychopath und brandgefährlich. Anscheinend steht er in Verbindung mit einigen Attentaten, die man ihm aber nie nachweisen konnte.«

Sina schluckte schwer. »Aber für wen arbeitet er?«

David schüttelte den Kopf. »Das müssen wir herausfinden.«

43. Kapitel

Hamburg LKA

Kerner befestigte gerade die letzten Tatortfotos an den Flip-Chart, als das Team, gefolgt von Selina Scharnhorst, im großen Besprechungsraum der Sonderkommission eintrudelte. Ermittler, Kriminaltechniker, IT-Forensiker, Ballistiker, Laboranten, Gerichtsmediziner – 38 Menschen, alles Spezialisten ihres Faches, fanden sich ein.

Selina Scharnhorst ergriff als Erste das Wort und gab in einer kurzen Zusammenfassung wieder, wie der Fall mitgeteilt und der Tatort angetroffen wurde, ehe sie das Wort an Kerner übergab.

Kerner hatte den Tatort in mehrere Sequenzen, in einen engeren und einen weiteren Tatort, unterteilt und stellte zunächst die wesentlichsten Spurenkomplexe dar.

»KT, was habt ihr?«, fragte er an die Tatortgruppe gewandt.

Gerster, ein feister Hauptkommissar, dessen stoische Ruhe weithin bekannt war, räusperte sich.

»Wir haben dreizehn Hülsen des Kalibers 9 mm gesichert. Sieben Hülsen weisen keine Prägung am Hülsenboden auf, was auf eine Sonderanfertigung oder einen sogenannten Wiederlader schließen lässt. Unter Sportschützen ist das Wiederladen sehr

beliebt, um die Komponenten einer Patrone speziellen Bedürfnissen anzupassen.
Elf Projektile konnten wir im Ersten Obergeschoss sichern, eines im Stuck eines dem Tatort gegenüberliegenden Hauses, und eines im Leichnam des jungen Punkers. Hülsen und Projektile haben wir in die Ballistik gegeben.«

Gerster nickte den beiden Kolleginnen der ballistischen Abteilung zu.

»Zu den daktyloskopischen Spuren. Vicky, Herbert und ich konnten in der Küche, im WC, am Handlauf des Treppengeländers und am Türgriff des hinteren Zimmers, bezeichnet als Spur Nr. 6.1, latente Fingerspuren kontrastieren und mit Folie abziehen, die nach einer ersten Inaugenscheinnahme von mindestens vier verschiedenen Spurenlegern stammen. Es gab unzählige Fingerspuren. Wir haben uns aber nur auf den engsten Tatort beschränkt. Die Auswertungen laufen. Ferner haben wir großflächig Abstriche gemacht und Faserspuren gesichert. Vor der Türe des letzten Zimmers und an der Wand daneben konnten wir eine hohe Konzentration an Fremdfasern, Haaren und Hautpartikeln verzeichnen, als hätte dort ein Gerangel oder Kampf stattgefunden. Am Sims des oberen, eingeschlagenen Fensters, auf dem Vordach und auf einer alten Matratze unter dem Fenster haben wir Blut gefunden. Einer Blutabtropfspur konnten wir bis zu einem 200 Meter entfernten Parkplatz folgen. Dort verlor sie sich. Über die ersten Ergebnisse können vielleicht die Kollegen der Fachabteilung schon etwas berichten.«

Gerster lehnte sich zurück und faltete die Hände über seinem massigen Bauch.
»Kann uns die Ballistik schon etwas sagen?«, fragte Kerner.
Eine ältere, bereits ergraute Physikerin richtete sich auf und rückte ihre moderne Brille zurecht.
»Wie Kollege Gerster schon ausführte, haben wir zwei verschiedene Projektile zur Untersuchung bekommen. Dreizehn insgesamt. Sieben Projektile sind beziehungsweise waren vorgekerbte Teilmantel-Hohlspitz-Geschosse aus einer Siliziumtombaklegierung mit den dazugehörigen Hülsen. Alle ohne Herstellerangaben. Es handelt sich unzweifelhaft um Kaliber 9 mm, vermutlich aus einer speziellen Werkstatt oder ein Selbstlaborat. Auf alle Fälle hochprofessionell gefertigt. Über die chemische Zusammensetzung der Treibladung hatten wir bis zu Beginn unseres Treffens noch keine Ergebnisse vorliegen. Auf einigen Geschossfragmenten konnten wir sehr charakteristische Riefen der Züge und Felder des Laufes feststellen. Dakty- oder DNA Spuren – Fehlanzeige. Die anderen sechs Projektile sind 9x19 Vollmantelgeschosse. Besonders bemerkenswert ist, dass es sich hierbei um die Polizeieinsatzmunition PEP des Herstellers MEN handelt, wie sie nur an die Polizeibehörden einiger Bundesländer ausgeliefert werden. Die Hülsen waren ebenfalls vollzählig vorhanden. DNA und Fragmente eines Daumenabdrucks befanden sich auf Hülsen und Projektilen. Dazu kann die molekulargentische Abteilung mehr sagen.«
Mit diesen Worten übergab sie.

Dr. Gräber, der Abteilungsleiter, erhob sich. »Nun, zum jetzigen Zeitpunkt liegen uns noch keine endgültigen Ergebnisse vor. Übergeben wurden uns Spurenträger mit diversen DNA-Anhaftungen. Teilweise überlagern sich die Spuren, aber wir konnten sie separieren und haben mit der Sequenzierung begonnen. In ein paar Stunden sollten wir Ergebnisse vorliegen haben. Das gesicherte Blut ist definitiv menschlich.«

»Danke Ihnen, Dr. Gräber. Dakty? Was habt ihr, Jens?«, fuhr Kerner an den Kollegen gewandt fort.

»Das, was wir hatten, haben wir durch das AFIS laufen lassen.«

Das Automatisierte Fingerabdruckidentifizierungssystem, ein System des Bundeskriminalamtes, dem alle sechzehn Landeskriminalämter angeschlossen waren, dient der Identifikation und Verifikation von Fingerabdrücken. Mit diesem System war ein Abgleich mit gespeicherten Abdrücken innerhalb weniger Minuten möglich.

»Nur der Junge lag im AFIS ein, aus einer erkennungsdienstlichen Behandlung aus dem Jahr 2014. Wegen eines Betäubungsmitteldeliktes«, sagte er nach einem kurzen Blick in seine Unterlagen. »Sonst alles negativ.«

»Danke Jens! Ich möchte nun das Wort Dr. Wittling von der Gerichtsmedizin übergeben.«

Dr. Wittling, ein kleiner schmächtiger Mann, war eine Koryphäe auf seinem Gebiet. Er behielt Platz. Mit kräftiger, sonorer Stimme, die so gar nicht zu seinem Äußeren passen wollte, begann er zu sprechen.

»Ich selbst habe die Obduktion des Opfers Hirschfelder durchgeführt. Todesursächlich war unstrittig die Durchdringung eines Projektilgeschosses, welches oberhalb der fünften Rippe, circa 30 mm rechts des Sternums, aus Opfersicht gesehen, in den Brustkorb eingedrungen war. Der rechte Lungenflügel war beidseitig perforiert und in Folge der Entlüftung kollabiert. Die obere Hohlvene war geschädigt, was zu massiven inneren Blutungen führte und letztlich zu einem inneren Verbluten. Beim Austritt wurde die Wirbelsäule im Bereich des 8. und 9. Brustwirbels durchschlagen und massiv geschädigt. Die Sekundärwunde befindet sich im Winkel circa zwölf Grad tiefer als die primäre, weshalb ich davon ausgehe, dass das Opfer in einer leicht gebückten Haltung war, als sie getroffen wurde. Der Tod war innerhalb weniger Minuten eingetreten. Wobei ich noch anmerken möchte, dass das Opfer ohnehin eine sehr zeitlich begrenzte Lebenserwartung hatte. Leber, Nieren, Lungen und Darm waren großflächig mit Metastasen durchdrungen. Meiner groben Einschätzung nach hätte das Opfer nur noch wenige Wochen zu leben gehabt. Bezüglich des Jungen, dessen Sektion einer meiner geschätzter Kollegen vorgenommen hat, ist zu berichten, dass auch hier das Eindringen eines Projektils in den vorderen Schädelbereich todesursächlich war. Primärer Eintritt 22 mm unterhalb des rechten Auges, ebenfalls aus Opfersicht. Im Wundkanal befanden sich feinste Holzsplitter, welche durch das Geschoss, beim vorherigen Durchschlagen des Treppengeländers, mit in die Wunde

getragen wurden. Das Geschoss erfuhr hierdurch eine graduelle Aufpilzung, welche die knöcherne Struktur im Eintrittsbereich massiv beschädigte und nach Folgedeformation, letztlich nach Durchschlagung des Hirnstamms im Hinterhauptbein, stecken blieb. Der Tod war sofort eingetreten. In beiden Fällen wurden die Schüsse aus mittlerer Distanz abgegeben. Die toxikologischen Untersuchungen dauern noch an. Ach ja, hätte ich beinahe vergessen. Die ungefähre Todeszeit können wir grob auf 23.00 Uhr und 00:00 Uhr heute Nacht eingrenzen.«
»Ich danke Ihnen Dr. Wittling.«
Kerner wandte sich dem Flip-Chart zu. »Es ist schwierig zum jetzigen Zeitpunkt genaue Schlüsse über den Tathergang zu ziehen. Aufgrund der Schussrichtungen und Schusswinkel und dem Umstand der frischen Schmauchrückstände an ihrer rechten Hand können wir aber davon ausgehen, dass Miriam Hirschfelder mehrere Schüsse in Richtung Flurende abgegeben haben muss. Auf wen oder was ist unklar. Definitiv scheint sie jemanden getroffen zu haben, der danach aus dem Fenster gestürzt oder gesprungen war. Da sich in der Flurwand und dem Türrahmen Projektile dieser PEP-Munition befanden, ist davon auszugehen, dass Miriam Hirschfelder mindestens sechs Schüsse abgefeuert hat. Warum sich im Türrahmen des letzten Zimmers und in der Hauswand des gegenüberliegenden Hauses Projektile aus einem Selbstlaborat befinden, ist noch rätselhaft, ebenso die fehlende Waffe beim Opfer beziehungsweise Schützin Hirschfelder.

Sicher wissen wir, dass, aufgrund der Schussrichtung, die tödlichen Schüsse auf Miriam Hirschfelder und diesen Lars Kreiß ebenfalls von diesem unbekannten Munitionstyp stammten.
Frau Scharnhorst und ich sind uns einig, dass Kreiß ein Zufallsopfer gewesen sein könnte, der von einer verirrten Kugel tödlich getroffen wurde. Ich weiß, die IT hat bereits von den Providern die Funkzellendaten angefordert. Ich hoffe, dass wir diese heute noch bekommen. Vielleicht liefert uns die Datenauswertung weitere Ansatzpunkte.
Die Nachbarschaftsbefragung hat bislang auch keine wesentlichen Erkenntnisse erbracht. Eine Zeugin will zur fraglichen Tatzeit Knallgeräusche wahrgenommen haben, die sie jedoch mit mehreren Fehlzündungen eines Mopeds in Verbindung brachte. Die Auswertung der Geschwindigkeitsmessanlagen und Videoaufzeichnungen des öffentlichen Personennahverkehrs steht ebenfalls noch aus. Ich denke wir müssen uns in Geduld üben und die weiteren Laborergebnisse abwarten. Einen Zeugenaufruf in der Presse halte ich noch für verfrüht.«
Selina Scharnhorst nickte Kerner zu.
»Micha«, er wandte sich einem Kollegen seines Teams zu, »schnapp dir ein paar Leute, klappert die nahegelegenen Hotels ab und erhebt die Meldescheine der Übernachtungsgäste, sagen wir, der letzten fünf Tage.«
Michael, ein noch jüngerer Kollege, machte sich eifrig nickend Notizen. »Geht klar, Chef.«

»Dann wär´s das für heute. Ich bedanke mich bei allen. Mein Team trifft sich dann morgen früh um 09:30 Uhr wieder hier.«

44. Kapitel

Bretagne

Rennes lag hinter ihnen. Der Nationalstraße 24 folgend, war David bei Ploërmel auf die N165 abgebogen. In weniger als dreißig Minuten würden sie das Kloster erreicht haben.
David mochte die Weite der Bretagne, obwohl er nie zuvor hier war. Äcker, Felder und Wiesen waren, bis auf wenige Weinberge, abgeerntet. Das spätherbstliche Wetter und das diffuse Sonnenlicht, welches die tief hängenden Wolken nicht zu durchdringen vermochte, verliehen dem Landstrich etwas Mystisches und strahlte eine ansteckende Melancholie aus. Zumindest Sina schien von dieser Stimmung gefangen zu sein, da sie, seit sie Rennes passiert hatten, schweigend, das Kinn in der Handfläche aufgestützt, die Landschaft an sich vorbeigleiten ließ, ohne ein Wort gesagt zu haben.
Auch David konnte sich dieses Gefühls nicht gänzlich erwehren. Nicht nur einmal während der zurückgelegten zweihundert Kilometer waren ihm Zweifel gekommen, ob er nicht umkehren und nach Hamburg zurückfahren sollte. Miriams und Froschs Leiche waren vermutlich schon gefunden worden, und die Maschinerie des polizeilichen Ermittlungsapparates lief höchstwahrscheinlich schon auf Hochtouren.

Die Frage war weniger ob, sondern wie schnell die ermittelnden Kollegen ihn mit dem Tatort in Verbindung brachten. Die Tatsache, dass er suspendiert war, trug er mit erstaunlicher Gelassenheit. Was ihn jedoch fuchsteufelswild machte, war die vor Triumph triefende Arroganz, mit der sein Chef ihm die Worte entgegen gespuckt hatte.

Vor einigen Monaten waren intern Gerüchte aufgekommen, dass man ihn als Nachfolger für die Leitung des Kommissariats handelte. Bei seinen Kollegen schien er hoch im Kurs zu stehen. Abgesehen davon, dass er diese Position nie anstrebte, hätte dies sein Präsident ohnehin zu verhindern gewusst, da er ihn partout nicht leiden konnte. Was wäre so schlimm daran, den Polizeidienst zu quittieren? Nicht nur einmal hatte er sich in der jüngeren Vergangenheit diese Frage gestellt. Die Polizei hatte sich verändert. Sehr zum Negativen. Bereits seit Jahren ging es nicht mehr darum Verbrechen zu bekämpfen oder Delikte aufzuklären. Überall wurde gespart, sei es bei der personellen oder materiellen Ausstattung. Marode Technik, veraltete Schutzwesten, unpraktische Fahrzeuge, schlechte Besoldung - die Liste ließe sich endlos fortsetzen, und Politiker, die den Kollegen in den Rücken fielen, anstatt sich hinter sie zu stellen. Was würde ihm fehlen? Nichts!

Aber solange Sina und er in Gefahr schwebten, war Umkehr keine Option. Ob er wollte oder nicht, er würde das durchziehen. David setzte den Blinker und bog in einen engen Feldweg ein, der nicht wirklich eine Straße zu sein schien.

Der Wegweiser jedoch war eindeutig. Er folgte der ungeteerten Straße, die sich, vorbei an Gemüsegärten, Gewächshäusern und Feldern, sanft eine Anhöhe hinauf schlängelte, bis sie sich einem atemberaubenden, alten Gemäuer näherten. Die schlossähnliche Anlage gliederte sich in mehrere Flügel, deren Aufteilung und Anordnung sich David nicht erschloss. Das Kloster schien in den vergangenen Jahren aufwändige Renovationen erfahren zu haben. Fenster und Dächer waren erneuert worden und entsprachen modernstem Standard.
Auf einem der Dächer ragte ein pyramidenförmiger Glockenturm auf, der im Zuge umfangreicher Baumaßnahmen offenbar nachträglich entstanden war, sich aber wunderbar in die bestehende Architektur fügte.
David drosselte die Geschwindigkeit und folgte den Hinweisschildern bis zu einem Besucherparkplatz.
»Hast du gesehen, wo der Eingang ist?«
»Nein, keine Ahnung«, antwortete Sina mürrisch.
»Erkennst du es wieder?«
»Ja! Ich war schon einmal hier. Aber der Glockenturm war damals noch nicht da. Auch der Parkplatz nicht. Deshalb kann ich dir nicht sagen, wo der Eingang ist. Aber wir werden ihn finden. Lass uns erst mal aussteigen. Ich muss mir die Beine vertreten.«
»Das wundert mich nicht, so verdreht und verknotet wie du da hockst«, frotzelte David.
»Idiot!«, konterte sie grinsend.
Sie stiegen aus und näherten sich einem Anbau, von dem sie annahmen, dass es der Empfang sein

könnte. Im Eingang zu dem Gebäude saß ein Mönch auf der Mauer und zupfte welke Blätter aus einer Topfpflanze, der sie freundlich anlächelte, als er ihnen gewahr wurde.
»Bonjour!«, trällerte er ihnen entgegen.
Sina ergriff als Erste das Wort. »Bonjour, père. Comment allez-vous?«
»Très bien, merci beaucoup!«
»Nous venons de l´Allemagne …«
»Ah, wunderbar!«, antwortete der Mönch, »ich spreche Deutsch. Ich komme leider nur zu selten dazu, es zu praktizieren. Mein Name ist Pater Edmond. Ich bin der Abt dieses Klosters. Was kann ich denn für Sie tun?«
»Freut mich sehr, Pater Edmond. Ihr Deutsch ist sehr gut und man hört kaum einen Akzent.«
Sinas Kompliment zauberte ein breites Lächeln in sein Gesicht.
Pater Edmond war schlank und etwa in Davids Größe und Alter. Ein noch junger Klostervorsteher, wie David fand.
»Mein Name ist Sina. Das ist mein …«, ja was eigentlich, schoss es ihr durch den Kopf, »… guter Freund David Sprenger. Wir kommen aus Hamburg und …«
»Sina? Sina Forget? Bist du es wirklich? Meine Güte, bist du erwachsen geworden!«
Sina verstand nicht recht. »Kennen wir uns?«, fragte sie verdutzt.
»Du warst noch ein Mädchen von vielleicht dreizehn Jahren, als ich dich zuletzt gesehen habe. Ich war noch ganz neu hier in Sainte-Anne und …«, er

strich sich mit der Hand über die Stirnglatze, »... hatte damals noch mehr Haare. Du hattest damals mit deinem Vater ein Wochenende hier verbracht. War es im Frühjahr 2004? Ich erinnere mich nicht mehr. Schön dich wiederzusehen.«
»Sie müssen entschuldigen Pater, aber so peinlich mir das ist, ich kann mich nicht an Sie erinnern.«
»Ist ja auch lange her, und außerdem hattest du damals permanent diese Ohrstöpsel deines iPod auf den Ohren und hast nichts um dich herum mitbekommen. Aber sag doch bitte Edmond zu mir und lass das Pater weg. Ich fühle mich dann immer so alt«, sagte er breit grinsend. »So! Aber was kann ich nun für dich tun?«
»Hm. Wenn ich das so genau wüsste?! Es geht um meinen Vater. Wissen Sie ... weißt du ...«, korrigierte sie sich, »... wann er zuletzt hier war?«
»Puh, das liegt schon einige Jahre zurück. Da müsste ich in unserem Gästebuch nachsehen. Wenn ich raten müsste, würde ich sagen, dass ich ihn bestimmt seit acht Jahren nicht mehr gesehen habe. Wie geht es ihm denn?«
»Mein Vater ist tot. Er starb vor acht Jahren bei einem Autounfall.«
David sah ehrliche Betroffenheit in den Augen des Abtes.
»Oh Sina, das tut mir sehr leid zu hören. Ich habe deinen Vater sehr gemocht. Ich erinnere mich noch gerne an die stundenlangen Gespräche, die wir geführt haben. Wie geht es dir denn?«
»Na ja«, antwortete Sina schief grinsend, »es tut immer noch sehr weh und er fehlt mir jeden Tag.«

Tröstend legte Pater Edmond eine Hand auf ihre Schulter.
»Lasst uns hineingehen …«
Pater Edmond führte sie in ein sehr gemütliches Arbeitszimmer, in dem sie es sich bequem machten. Auf einem einfachen, schmucklosen Schreibtisch standen ein Laptop und eine kleine Lampe. Der Raum wurde an seiner Stirnseite von einer Regalwand dominiert, die prall gefüllt war mit Büchern. Ein junger Novize trug Kaffee und Gebäck auf. Pater Edmond klickte sich flink durch ein Programm seines Laptops und erhob sich dann.
»Hm. Richtig, dein Vater war zuletzt vor über acht Jahren hier. Wann sagtest du, ist er verunglückt?«
»Es war der 6. Oktober 2008.«
»Nach den Eintragungen in der Belegungsliste war dein Vater das Wochenende vom 03. bis 05. Oktober 2008 zuletzt hier. Er hatte eine dauerhaft angemietete Zelle hier bei uns.«
Pater Edmond sah Sinas verwirrten Gesichtsausdruck.
»Als Zelle bezeichnen wir den persönlichen Schlafbereich eines Mönchs. Traditionell pflegen die Benediktinermönche gemeinsam in einem großen Saal, dem Dormitorium, zu schlafen. Aber seit den frühen 60er Jahren war man davon abgekommen und hat kleine Zellen eingeführt, die den Mönchen für ihr stilles Gebet und ihre Privatsphäre zur Verfügung stehen. Und dein Vater hatte eine eigene Zelle für sich.«
»Könntest du nachsehen, wie oft mein Vater hier gewesen war vor seinem Tod?«

»Klar.« Pater Edmond kehrte an seinen Schreibtisch zurück und durchsuchte die Belegungsliste der letzten Jahre.
»So wie ich das sehe, war er regelmäßig und oft hier im Kloster. Bis Oktober 2008 waren es acht Besuche. Man kann sagen, regelmäßig einmal pro Monat. Und in den Jahren zuvor war es ähnlich. Ich drucke euch die Liste aus.«
»Das ist sehr nett von Ihnen«, bedankte sich David. »Sagen Sie, Pater Edmond, ist es möglich, dass wir seine Zelle besuchen?«
»Aber natürlich. Warum denn nicht?! Ich führe Sie nachher hin. Aber lassen Sie uns erst unseren Kaffee zu Ende trinken«, antwortete er schmunzelnd und gesellte sich wieder zu ihnen.
»Darf ich Sie fragen, worum es in Ihren Gesprächen ging. Oder ist das zu persönlich?«
»Hm, nein. Keineswegs. Wir haben über alles Mögliche geredet. Man würde sagen, über Gott und die Welt. Politik und Weltgeschichte. Gelegentlich auch Glaubensfragen. Und er hat auch sehr gerne von dir gesprochen Sina.« Er stieß ihr schelmisch mit der Schuhspitze gegen das Schienbein.
»Über mich? Was hat er denn gesagt?«
»Wie stolz er auf dich sei. Wie schön und klug du bist. Und, ach ja, er nannte dich immer nur seinen kleinen Engel.«
Sina strahlte über das ganze Gesicht, dennoch standen ihr Tränen in den Augen.
»Hat er je über seine Arbeit gesprochen?«, hakte David nach.

Pater Edmond überlegte einen Augenblick, ehe er antwortete. »Nein, nicht direkt. Er hat gelegentlich eine Andeutung gemacht, dass die Arbeit ihn sehr fordern würde. Mein Eindruck war, dass er in seiner Arbeit nicht sonderlich glücklich war und ihm vieles gegen den Strich zu gehen schien.«

»Kam er deshalb so oft hierher ins Kloster? War dies eine Zuflucht für ihn?«

»Schon möglich. Viele Menschen suchen zeitweise Zuflucht und Abgeschiedenheit in unseren Mauern.«

»Was tat er, wenn er sich hier aufhielt?«

»Er hat sehr viel gelesen. Wir besitzen eine der umfangreichsten historischen Bibliotheken Frankreichs. Wenn er seine Zeit nicht in der Bibliothek zubrachte, hat er Tagesausflüge unternommen und kam dann oft erst zwischen der Vesper und der Virgil zurück. Verzeihung, das können Sie ja nicht wissen. Die Vesper ist das Abendgebet um 18:00 Uhr und die Virgil, das Nachtgebet, halten wir um Mitternacht ab.«

»Ist Ihnen bekannt, Pater, wohin seine Ausflüge gingen?«

»Nein, tut mir leid. Ich habe ihn auch nie danach gefragt. Darf ich fragen, weshalb Sie so an Denis Forget interessiert sind, Herr Sprenger?«

»Nun ja.« David zögerte, ob er Pater Edmond den wahren Grund ihres Erscheinens offenbaren sollte. »Ich bin Kriminalbeamter in Deutschland, und ich habe berechtigte Zweifel, ob Denis Forget bei einem Unfall ums Leben gekommen ist.«

Der Pater schlug erschrocken die Hand vor den Mund. »Wollen Sie damit andeuten, dass ihn jemand ermordet hat? Das wäre ja schrecklich.«

David warf einen fragenden Blick in Sinas Richtung, die ein leichtes Kopfnicken andeutete.

»Denis Forget hatte in seinen letzten Jahren Nachforschungen betrieben. Er wollte die Existenz eines Geheimbundes belegen, den sogenannten Rat der Acht.«

»Ach Gott, ja!« Pater Edmond verdrehte gespielt die Augen. »Es gibt so viele Legenden über Geheimbünde, geheime Orden und Bruderschaften sowie Verschwörungstheorien, dass ich sie schon gar nicht mehr alle zählen kann. Freimaurer, Templer, Illuminaten, Gold- und Rosenkreuzer, Skull and Bones, Opus Dei, Bilderberger, das Komitee der 300, und was weiß ich noch alles. Kennen Sie ›Sakrileg‹ von Dan Brown? Tolles Buch! Aber leider nur Fiktion.«

»Kenne ich«, warf Sina grinsend ein. »Die Verfilmung mit Tom Hanks war auch klasse.«

»Wissen Sie Herr Sprenger«, fuhr Pater Edmond nachdenklich fort. »Mit Verschwörungstheorien ist es wie mit dem Glauben. Wir Menschen erschaffen uns gerne Feindbilder, auf die wir unseren Hass und unser eigenes Versagen projizieren. Wenn etwas geschieht, was außerhalb des menschlichen Fassungsvermögens liegt, flüchtet er sich gerne in den Glauben an das Göttliche oder eben den Glauben an verborgene Mächte und geheime Verschwörungen. Solange es die Menschheit gibt, wird es auch Verschwörungstheorien geben, weil sie weni-

ger mit Wissen, als mit Glauben zu tun haben. Sie lassen sich, wie der Glaube an das Göttliche, nicht durch Glaubensbeweise oder Argumente widerlegen. Verschwörungstheorien sind sehr mächtig in ihrer Wirkung.«
»Da mögen Sie sicher Recht haben«, antwortete David.
David bohrte weiter. »Und Denis hat nie mit Ihnen über solche Dinge geredet?«
Pater Edmond schüttelte den Kopf. »Nicht, dass ich mich daran erinnern könnte.«
»Entschuldigen Sie Pater, falls ich Sie mit meiner Fragerei belästige.«
»Das tun Sie nicht, Herr Sprenger. Keineswegs«, beruhigte in Pater Edmond.

45. Kapitel

Hamburg, LKA

Stirnrunzelnd starrte Kerner auf den Bildschirm seines Computers. Über das Punker-Pärchen fanden sich hinreichend Einträge in ihren Systemen. Isabell Ruft war mehrfach polizeilich in Erscheinung getreten, wegen Ladendiebstahls, Verstößen gegen das Betäubungsmittelgesetz und einmal wegen Landfriedensbruch bei einer Demonstration. Der Junge, Lars Kreiß, wies ähnliche Eintragungen auf. Beide wuchsen überwiegend in Kinderheimen auf. Jahrelang hatte man sie hin und her geschoben und die Schule hatten sie so gut wie nie besucht.

Über Miriam Hirschfelder fand er nichts. Ihren Namen, Geburtstag und –ort, ihre Wohnanschrift, das war es dann auch schon. Keine Vorstrafen, keine Angehörige, keine Bankkonten, kein Führerschein, kein Auto, kein Vermögen – nichts!

Er schloss das interne Suchprogramm, öffnete den Internetbrowser und tippte ihren Namen in das Google Suchfeld ein.

Der einzige Eintrag, den er fand, war die Headline eines beliebten Revolverblattes.

›Staranwältin des Kokainhandels überführt‹

Kerner überflog den Artikel, der die einst renommierte Anwältin Dr. Miriam Hirschfelder zerriss.

»Komisch!«, murmelte er. Er griff zum Telefon und wählte die Nummer der Aktenhaltung, die er auswendig kannte.
»Kerner hier. Kannst du mal schauen, ob du in den K-Akten eine Miriam Hirschfelder findest? Kokainhandel. Danke dir.«
Er scrollte weiter und fand in der italienischen ›La Repubblica‹ einen Eintrag aus den 80er Jahren, dem er nur sinngemäß entnehmen konnte, dass es um den Seveso-Skandal zu gehen schien. Er würde einen seiner Ermittler auf Hirschfelder ansetzen müssen, um mehr Informationen über sie zu bekommen. Kerner lehnte sich in seinem Sessel zurück. *Dreizehn Projektile – das war eine richtig üble Schießerei*, ging es ihm durch den Kopf. Was ihn beunruhigte war die Tatsache, dass sechs der dreizehn Projektile, obwohl keine in Richtung der Opfer abgefeuert wurde, eine spezielle Polizeimunition war. Die Hamburger Polizei selbst war vor einigen Jahren, nach einem Zwischenfall in Bayern, bei dem ein Unbeteiligter von einem durchschlagenden Vollmantelgeschoss durch das Primärziel tödlich am Hals getroffen wurde, mit dieser speziellen Munition ausgerüstet worden. Experten einigten sich darauf, dass die Polizei eine spezielle Munition bräuchte, die eben nicht diese starke Durchschlagskraft besäße. Schnell hatte man den neuen Munitionstyp beschafft. Im Prinzip war es ein Deformationsgeschoss, an dessen Hohlspitze eine Plastikkappe eingebracht war, die durch das Treibgas und seines geringeren Gewichtes durch eine feine Bohrung herausgetrieben wurde.

Das Projektil vergrößert beim Auftreffen auf entsprechendes Gewebe seinen Durchmesser durch Aufpilzung. Die Geschossenergie wird dadurch verstärkt auf das umliegende Gewebe abgegeben, rasch absorbiert und ein Durchschlagen verringert, mit dem Nachteil massiver Gewebsschädigungen.
Oftmals wurde diese Munition irrig mit dem Begriff Dumm-Dumm-Geschoss in Verbindung gebracht.
Kerner hatte keine Ahnung, ob dieser Munitionstyp nur exklusiv an die Polizei verkauft wurde, oder ob diese auch für Sportschützen oder Jäger frei erhältlich waren. Sollte dem nicht so sein, würde er in Betracht ziehen müssen, dass ein Polizeibeamter, möglicherweise sogar aus Hamburg, in die Schießerei verwickelt war. Er machte sich eine Notiz für die Besprechung morgen früh.
Zum gefühlt hundertsten Mal öffnete er das Mailprogramm, um zu sehen, ob weitere Ergebnisse eingegangen waren. Fehlanzeige!
Ein Blick auf die Uhr verriet ihm, dass es kurz vor 18:00 Uhr war. Ohne weitere Ergebnisse oder Ansätze könnte er heute ohnehin nichts mehr tun. Er entschied Feierabend zu machen.

46. Kapitel

Kergonan – Sainte-Anne

Sie hatten sich angeregt unterhalten und völlig die Zeit vergessen.

»Mon Dieu!«, rief Pater Edmond aus. »Ich hätte beinahe die Vesper vergessen. Wenn ihr beide mich bitte entschuldigen würdet. Ich stehe euch nach dem Abendgebet wieder zur Verfügung. Wenn ihr mich ein Stück Richtung Kapelle begleiten wollt, zeige ich euch den Gästebereich, in dem ihr euch die Zeit vertreiben könnt.«

Pater Edmond führte sie einen Gang hinunter, bis sie in einen Anbau kamen, der in seiner Ausgestaltung durchaus mit der Lobby eines ansehnlichen Hotels vergleichbar war. Das Gästehaus.

Nebst einem Empfang gab es mehrere Sitzgruppen und Tischchen. Ein Platz, der zum Verweilen einlud. Als David den Blick durch den Raum schweifen ließ, fand er Hinweise auf einen großen und kleinen Speisesaal, Gäste-Toiletten, ein Spielzimmer und einen Raum der Stille.

»Das Abendessen ist ab 18:30 Uhr, nach der Vesper, angerichtet. Danach zeige ich euch dann das Zimmer. Ui, jetzt muss ich mich sputen …«

Pater Edmond ließ sie alleine und eilte mit wehender Soutane den Gang hinunter.

David schlenderte auf einen Ständer zu, in dem etliche Flyer auslagen, die die unterschiedlichsten Seminare und Bildungsangebote des Klosters bewarben.
Sina lümmelte sich in eine gemütlich aussehende Ledercouch und zappte durch die Fernsehkanäle. Erst jetzt bemerkte David den riesigen Flachbildschirm, der an der Wand befestigt war.
»Stopp!«, schrie er. »Lass das mal drin und mach lauter«, forderte er.
Sina hielt bei einem Deutschen Nachrichtenkanal inne.
»... In den frühen Morgenstunden fand die Hamburger Polizei in einem Jugend-Asyl im Stadtteil Eimsbüttel die Leichen zweier Menschen. Nach ersten Berichten scheint es sich um die 72-jährige Betreiberin und um einen heranwachsenden Bewohner zu handeln. Zur Stunde sind die Todesumstände noch völlig unklar. Das Landeskriminalamt hat die Ermittlungen aufgenommen. Dieses hat, laut eigenen Angaben, noch keine heiße Spur. Wir halten sie selbstverständlich auf dem Laufenden ...«

»Und wenn sie eine hätten, würden sie es dir nicht auf die Nase binden«, blaffte er die Nachrichtensprecherin an. Sina wischte sich eine Träne von der Wange. Es würde dauern, bis sie den Tod Miriams überwunden hätte.
»Alle Menschen, die ich je geliebt habe, sind tot«, schluchzte sie. David setzte sich neben sie und nahm sie tröstend in den Arm.

Er strich ihr sanft übers Haar. »Wir finden Miriams Mörder und wir finden auch den Mörder deines Vaters. Ich verspreche es dir.«

»Ich hab eine Scheiß-Angst.«

»Ich weiß«, flüsterte David. »Wir schaffen das, hörst du?!«

47. Kapitel

Heidelberg

Hör auf mich anzubrüllen«, schrie sie schrill. »Ist das mein Problem, wenn du nichts auf die Reihe bekommst?«

Sämtliche Schönheit und Anmut war aus ihrem Gesicht gewichen. Was blieb war eine verzerrte Fratze aus Verachtung und Abscheu.

»Ich hatte dir gesagt, dass du mehr hättest herausholen können. Viel mehr! Also mach mir jetzt keine Vorwürfe, wenn du diese scheiß Dateien nicht findest.«

»Was soll ich denn tun?«, versuchte er sich zu rechtfertigen. »Ich bin davon ausgegangen, dass er seine Arbeit auch zu Hause gespeichert hat. Sein Büro habe ich komplett auf den Kopf gestellt und auf den institutsinternen Servern habe ich auch nichts gefunden. Wenn ich heute nicht liefern kann, sind wir beide am Arsch. Das ist dir hoffentlich bewusst?«

»Pah!«, schnaubte sie verächtlich. »Duuu bist am Arsch. Du hast den Kontakt hergestellt und die Verhandlungen geführt. Ich bin fein raus. Also?! Finde die Formel und bring den Deal zum Abschluss.«

Fieberhaft tigerte er vor dem Kamin auf und ab.

»Denkst du, der Bulle hat etwas gemerkt?«, fragte er unsicher.

»Nein, glaub ich nicht. Ich schlage vor, du nimmst erneut Kontakt auf, schindest Zeit und sagst ihnen, dass du mehr verlangst.«
Sie hatte die Hände vor der Brust verschränkt und sah ihn verächtlich an.
»Das bringt doch nichts. Wir hatten einen Deal und davon werden die nicht abrücken«, brummte er.
»Zwei Millionen ist eine lächerliche Summe. Stell dir vor, was die für Gewinne einfahren und was sie zu zahlen bereit gewesen wären. Gott, was bist du nur für ein jämmerlicher Schlappschwanz. Weder als Liebhaber noch als Geschäftsmann taugst du was.«
Brodelnder Zorn stieg in ihm auf. Das war zu viel. Zu viel, als er ertragen konnte.

48. Kapitel

Kergonan, Sainte-Anne

Pater Edmond hatte sie bald nach Beendigung des Vesper-Gebets abgeholt und sie, anstatt in den Speisesaal für Gäste, ins Refektorium geführt. Da sonst keine Gäste im Haus waren, durften sie zusammen mit den Mönchen speisen. Ein einfacher, dennoch sehr schmackhafter Gemüseeintopf, den er mit großem Appetit aß, wärmte Davids Magen. An den beiden Tafeln unterhielten sich die schätzungsweise sechzig Mönche angeregt, und zu seiner Überraschung zum Teil auch über sehr weltliche Dinge. Er selbst sprach nur sehr leidlich Französisch, konnte aber dem Gespräch seiner unmittelbaren Sitznachbarn entnehmen, dass sie sich über Fußball unterhielten.

Als Pater Edmond sie durch einen sehr alten Teil des Klosters führte, dämmerte es bereits. Nur wenige Lampen erhellten den Flur, den sie entlanggingen. Der lange Gang war gesäumt mit alten Gemälden diverser Heiliger, die David nicht, oder nur dem Namen nach, bekannt waren. Vor einer Zelle hielt der Pater plötzlich inne.
»Ja, hier ist es.« Er zählte mehrere Schlüssel eines faustgroßen Bundes ab und fand auf Anhieb den passenden, den er ins Schloss steckte und die Türe

öffnete. Die Pforte war alt, umso überraschter war David ob des modernen Interieurs der Zelle.
Ein unpassender Ausdruck für den Anblick, der sich ihnen darbot, hatte er so gar nichts mit einer Zelle gemein. Der Raum maß in seiner Grundfläche vier mal fünf Meter im Geviert.
Schwach fiel durch ein winziges, vergittertes Rundbogenfenster das dämmrige Licht des schwindenden Tages. Pater Edmond tastete nach dem Schalter und sogleich flammte eine Deckenleuchte auf, die den Raum warm erhellte. Unmittelbar hinter der Türe befand sich ein kleines Bad mit Dusche und Toilette. Obwohl spärlich möbliert, empfand es David nicht als ungemütlich. Ein einfaches Bett mit Nachttisch, einem Schreibtisch mit einer Leselampe, einem schmalen Kleiderschrank und über dem Bett ein Bücherboard.
»Ich lasse euch nun allein. Seht euch in aller Ruhe um. Ihr findet den Weg zurück zum Gästehaus?«, fragte Pater Edmond gütig lächelnd.
»Danke, Edmond. Ja, ich denke wir finden zurück«, bedankte sich Sina.
»Ach, ehe ich es vergesse. Ich habe euch zwei Gästezimmer herrichten lassen. Ihr bleibt doch über Nacht?«
Sina und David sahen sich fragend an. »Ja, warum nicht?!«, antworteten sie fast unisono.
»Schön. Dann sehen wir uns später.« Pater Edmond ging den Gang zurück, den sie gekommen waren.

Sina sah sich verloren um. »Ein komisches Gefühl ist das. Mein Vater hat mir nie erzählt, dass er hier ein eigenes Zimmer hat.«
Zögerlich näherte sie sich dem Kleiderschrank. Nachdem sie sich ein Herz gefasst hatte, öffnete sie die beiden Schranktüren und war überrascht, wie gefüllt er war. Unterwäsche, Socken, Pullover, ein paar Hosen und ein Anzug waren säuberlich gestapelt und über die Bügel gehängt.
Sie zog einen der Pullover vom Stapel und vergrub ihr Gesicht darin. Sie hoffte den Geruch ihres Vaters darin zu finden, roch aber nur den muffigen Duft alten, feuchten Gemäuers. Enttäuscht legte sie ihn auf den Schreibtisch.
Stück für Stück zog sie jedes der Kleidungsstücke aus dem Schrank und untersuchte es sorgfältig.
»Nichts«, murmelte sie, als sie auch alle Taschen der Hosen und des Anzugs untersucht hatte. Selbst den Schrank hatte sie sorgfältig inspiziert.
David saß auf dem Bett und blätterte durch ein Buch, das er dem Regal entnommen hatte. Es war in Französisch verfasst, dennoch wollte er sich vergewissern, ob sich darin nicht vielleicht handschriftliche Notizen von Denis Forget fanden. Eines nach dem anderen nahm er sich vor, die kleine Bibel vom Nachttisch zuletzt. Gerade darin hätte er am allerwenigsten mit irgendwelchen Notizen gerechnet, doch auf einer der dünnen Seiten stieß er auf mehrere markierte Zeilen.
Im Kolosserbrief war der Vers 15-18 komplett unterstrichen. David vermochte es nicht zu lesen.

»Sina, kommst du mal bitte. Kannst du mir diese Passage übersetzen?« David deutete mit dem Finger auf die unterstrichenen Zeilen.

»Hm«, überlegte sie stirnrunzelnd.

»*Er ist das Ebenbild des unsichtbaren Gottes, der Erstgeborene der ganzen Schöpfung. Denn in ihm wurde alles erschaffen im Himmel und auf Erden, das Sichtbare und das Unsichtbare, Throne und Herrschaften, Mächte und Gewalten; alles ist durch ihn und auf ihn hin geschaffen … Und er ist vor allem, und es besteht alles in ihm. Und er ist das Haupt des Leibes, nämlich der Gemeinde …*«

»Verstehst du das?«, fragte Sina, nachdem sie geendet hatte.

»Nein, aber irgendeine Bedeutung muss es für deinen Vater gehabt haben. Sagen dir die Zahlen hier etwas?«

David tippte mit dem Zeigefinger auf die Stelle.

»Keine Ahnung. Sind das Kapitel- oder Zeilenangaben?«

»Kann schon sein. Lass uns das später herausfinden, Sina. Wollen wir gehen? Hier drin ist es lausig kalt. Ach, schau mal, was ich in einem der Bücher gefunden habe.«

David reichte ihr ein vergilbtes Polaroidfoto.

»Es steckte in einem der Bücher.«

Sina musste unwillkürlich lächeln. »Gott, ist das lange her.« Ein kleines Mädchen mit Zöpfen saß auf den Schultern ihres Vaters, hatte die Arme ausgebreitet und lachte herzhaft.

»Da waren wir zusammen im Urlaub an der Côte d´Azur.« Sie seufzte tief. »Da war die Welt noch in Ordnung und meine Mutter trank noch nicht.

Naja, zumindest nicht in diesem Ausmaß. Lass uns zurückgehen.«

Kaum eine halbe Stunde später, nachdem sie ihre Sachen in ihre Zimmer gebracht hatten, saßen sie mit Pater Edmond zusammen in einer der Sitzgruppen des Gästehauses. Zur Feier des Tages, wie er meinte, hatte er einen Krug Wein und drei Gläser mitgebracht. Sina war zwar nicht nach Feiern zumute, aber ein wenig Alkohol kam ihr sehr gelegen. Vielleicht könnte sie mit einem Schwips besser schlafen.
»Habt ihr etwas gefunden, was euch weiterhilft?«, erkundigte sich Pater Edmond.
»Das wissen wir nicht genau. Vielleicht.« David reichte Edmond die aufgeschlagene, ledergebundene Senfkornbibel.
»Können Sie mir die unterstrichenen Zeilen erklären?«
Pater Edmond zog eine Brille aus der Brusttasche, die er sich auf die Nase setzte, überflog rasch die Zeilen und reichte David die Bibel zurück.
»Hm, ja. Das ist eine interessante Stelle.«
»Und was hat sie zu bedeuten?« warf Sina ein.
»Nun, liebe Sina. Ich weiß nicht, wie gut du dich in der Bibel auskennst. Das Neue Testament kennt vierzehn überlieferte Briefe des Apostels Paulus, geschrieben an die unterschiedlichsten Gemeinden. Briefe an die Korinther, Thessalonicher, Römer und andere. Hast du sicher schon gehört«, sagte er augenzwinkernd.

»Von sieben Briefen nimmt man an, dass sie von Schülern des Paulus verfasst wurden, aber die anderen sieben sind unbestritten der Feder des Apostels selbst entsprungen. Der Brief soll, 70 nach Christus, durch einen seinen Schüler an die Gemeinde in Kolossai, einer Stadt östlich von Ephesus, verfasst worden sein. Man nimmt an, dass die frühchristlichen Gemeinden, so auch in Kolossai, durch esoterische Irrlehren, welche die Verehrung von Engelsmächten propagierte und so die Bedeutung der Lehre Jesus' als Heilsbringer schmälerten, bedroht wurden. Die sogenannte Gnosis, eine Art religiösen Geheimwissens. Um es mit meinen Worten zu beschreiben, wollte der Verfasser dieser Zeilen die Kolosser davor warnen, sich Irrlehren oder falschen Mächten hinzugeben. ER, also Gott allein ist es, der Haupt aller Mächte ist, der über die kosmischen Gewalten triumphiert und den Mächten ihre Bedeutung zuweist.«

Pater Edmond ließ das Gesagte auf David und Sina wirken.

»Ich weiß nicht, welche Bedeutung die Zeilen für Denis hatten. Das kann ich euch nicht sagen. Tut mir leid.«

Erneut reichte David ihm das kleine Buch. Sagen Ihnen diese Zahlen hier etwas?

Edmond runzelte nachdenklich die Stirn. »Hm, nein.«

»Könnten dies Hinweise auf weitere Bibelstellen sein?«, erkundigte sich David.

»Wer weiß«, lächelte der Pater geheimnisvoll. »Ohne Angaben auf die Bücher schwer zu sagen.

Es könnte genauso gut eine Telefonnummer sein. Entschuldigung, ich wollte nicht sarkastisch klingen.«

»Nein, schon gut«, lächelte David. »Sie haben ja Recht, das könnte tatsächlich so sein. Wenn ich Sie noch einmal löchern dürfte, Pater …«

»Nur zu …«, ermutigte ihn Edmond.

»Sehen Sie, ich werde aus allem, was ich über Denis Forget bislang weiß, nicht schlau. Über seine Arbeit wissen wir gar nichts, nur dass er quasi in der Schaltzentrale der französischen Macht gearbeitet hat. Ich glaube nicht einmal seine Frau wusste, welcher Arbeit er im Élysée-Palast nachging. Er kam regelmäßig hierher ins Kloster, unternahm Ausflüge, dessen Ziele niemandem bekannt zu sein schienen, und verbrachte zudem viel Zeit in der klösterlichen Bibliothek. Wonach könnte er gesucht haben?«

Pater Edmond zuckte ratlos mit den Schultern.

»Sie erwähnten heute Nachmittag, dass Sie sich auch über weltpolitische Dinge unterhielten. Worum ging es denn dabei?«

»Ach Gott, ach Gott«, seufzte Edmond. Er nahm einen tiefen Schluck aus seinem Glas.

»Lassen Sie mich kurz nachdenken. Hm. Denis prangerte sehr oft die herrschende Unmoral weltlicher Regierungen an. Dass sich keiner der Mächtigen mehr, ganz gleich welcher Regierung, seinem Volk verpflichtet fühle.«

Pater Edmond musste kichern. »Ich kann mich an einen Abend erinnern, ich gebe zu, wir hatten vielleicht etwas zu viel Rotwein getrunken, als er sich so ereiferte und auf die Demokratie zu schimpfen begann und sich einen französischen König, einen Souverän, zurückwünschte.«

»Ist das nicht sehr …«, David suchte nach einem passenden Wort, »... radikal?«

Sina nuckelte an ihrem Weinglas wie ein Kleinkind und folgte gespannt dem Diskurs.

»Hm. Warum? Darf ich Ihnen eine Gegenfrage stellen, David?« Ohne seine Antwort abzuwarten, fuhr Pater Edmond fort. »Halten Sie die Demokratie denn für die optimale Regierungsform?«

»Ich denke schon«, gab David zögerlich zur Antwort. »Haben Sie denn keine Demokratie hier?«

Pater Edmond lachte laut auf. »Was ist denn in Ihren Augen der Papst? Er ist nichts anderes als ein Patriarch. In der gesamten Bibel finden Sie Hinweise auf patriarchische Strukturen. Abraham, Moses, Noah … Die gesamte katholische Kirche ist auf patriarchalischen Strukturen aufgebaut. Jedes Kloster hat einen Abt oder Prior, einen Verwalter, den Probst. Einen Cellerar, Hospitarius, Bibliothekar, Apothekarius, Brüder und Novizen. Jeder hat seine ihm zugedachten Aufgaben zu erfüllen, die er so, wie ich, zum Wohle der Gemeinschaft verrichtet. Ich wurde gewählt, nachdem der Prior vor mir gesundheitshalber das Amt nicht mehr ausfüllen konnte. Wo kämen wir hier hin, wenn alle Entscheidungen demokratisch debattiert und gefällt würden. Maßgeblich hierbei ist, dass alle meine Entscheidungen mit Gott, und nur zum Wohle der Brüder getroffen werden, weil ich mich meinem

Glauben und meiner Klostergemeinschaft zutiefst verpflichtet fühle.«

»Gibt es denn keinen Unfrieden oder Zwist?«

»Natürlich. Wir sind auch nur Menschen und es menschelt eben auch hier bei uns. Gott sei Dank kommt das aber nur sehr, sehr selten vor. Wissen Sie David, solche Strukturen bedingen natürlich auch, dass der Einzelne lernt und dazu bereit ist, seine Bedürfnisse den Bedürfnissen der Gemeinschaft unterzuordnen. Männer, die sich unserem Orden anschließen, akzeptieren diese Regeln, wenngleich es ihnen nicht immer leichtfällt. Auch mir, das gebe ich offen zu.«

»Und daran mangelt es den Menschen nur zu oft«, gab David zu bedenken.

Sina kicherte. »König David. Das wäre doch cool!«

»Den hat es auch schon gegeben. Ein sehr weiser König im Übrigen«, grinste Pater Edmond, hob sein Glas und stieß mit ihr an.

»Zum Wohl ihr beiden. Schön, dass ihr da seid.« Edmond leerte sein Glas in einem Zug.

David war völlig überrascht, dass Pater Edmond, als er sich nach einem Computer mit Internet erkundigte, erklärte, seit dem Umbau des Gästehauses wäre in jedem Zimmer Internetzugang vorhanden.

Sina war leicht angetrunken auf ihr Zimmer geschwankt. Bevor er selbst sein Zimmer aufsuchte, ging er zum Wagen, um seinen Laptop zu holen. Er schloss es an und loggte sich ins Internet ein.

In seinem E-Mail-Postfach befand sich nur eine neue Nachricht. Tom, der seit Jahren beim BND als Analyst arbeitete, hatte ihm die Ergebnisse seiner Anfrage gemailt.

Vor Jahren hatten sie sich auf einem Symposium kennengelernt. Anfangs hielt er sich sehr bedeckt, für welche Behörde er arbeitete. Erst nach der zweiten Flasche Wein konnte ihm David sein Geheimnis entlocken. Zu Dr. Kübler und Tamina Willberg gab es nichts wirklich Interessantes zu erfahren, und was er über Stier las, hatte ihm Tom im Wesentlichen schon am Telefon zusammengefasst.

Seite für Seite blätterte David durch die kleine Bibel, ohne weitere Randnotizen festzustellen. Wieder und wieder las er die markierten Textzeilen, ohne dass sich ihm ein Hinweis erschloss. Auch mit den Zahlen kam er nicht weiter. Er gab die Zahlen in unterschiedlichen Kombinationen in Suchmaschinen ein. Nichts!

Auf einem Blatt Papier notierte er sich die Zahlenreihen, wie sie hineingekritzelt worden waren und ersetzte die Zahlen gegen Buchstaben. Die Null ersetzte er gegen den 10. Buchstaben des Alphabetes.

48 31 47
2 38 00

DH CA DG
B CH JJ

Egal wie er die Buchstaben auch drehte, wendete und kombinierte: Nichts ergab einen Sinn. Auch Rückwärtsrecherchen in französischen Online-Telefonbüchern erbrachten keine Treffer. Es hatte keinen Sinn. So kam er nicht weiter. Entnervt klappte er den Deckel seines Laptops zu und verließ sein Zimmer. Bevor Sina auf ihr Zimmer getorkelt war, hatte er sich aus ihrer Schachtel noch eine Zigarette stibitzt, die er nun rauchen würde. Im Hinausgehen nahm er seine Jacke vom Haken, die er sich locker über die Schulter warf. Die einzige Lichtquelle in diesen langen Gängen waren kleine Fluchtwegbeleuchtungen am Saum des Bodens. Winzige LED-Lampen, geschickt ins Mauerwerk eingebracht, die im Abstand von wenigen Metern kleine grüne Lichtpfützen auf den steinernen Fußboden projizierten. Wenn seine Gedanken sich festfuhren, half es ihm gewöhnlich, sie in andere Bahnen zu lenken, doch im Moment wollte ihm das nicht gelingen.

Was hat diese Bibelstelle zu bedeuten? Und welche Bedeutung haben die Zahlen?

Die eisige Nachtluft prickelte in seinem Gesicht. Schnell schlüpfte er in seine Jacke und schloss sie bis zum Kinn. Grell flammte sein Feuerzeug auf, als er die Zigarette entzündete und den ersten Zug tief inhalierte. Den Kopf in den Nacken gelegt, ließ er den Blick über den sternenklaren Nachthimmel gleiten. Er fragte sich, wann wohl der erste Schnee fallen würde. Der Winter schien früh Einzug zu halten dieses Jahr. Plötzlich wurden seine Gedanken durch ein brummendes Geräusch unterbrochen. Auf einer kleinen Anhöhe durchschnitten die Fernlichter eines Autos, wie Lichtschwerter, die Dunkelheit, beschrieben einen Halbkreis und erstarben, ebenso wie das Brummen des Motors. Die Nacht war zu dunkel und die Anhöhe zu weit entfernt, als dass er hätte etwas erkennen können. Da nichts die Aussicht behinderte, vermutete er, dass dies ein beliebtes Plätzchen für Pärchen für ein Schäferstündchen zu sein schien. Seine Augen vermochten nicht die beinahe vollkommene Dunkelheit zu durchdringen. Er schnippte den Stummel der aufgerauchten Zigarette davon und wandte sich der Eingangstüre zum Gästehaus zu, als er plötzlich wieder dieses Brummen vernahm. Sehen konnte er nichts. Wenn sich das Auto bewegte, was es zweifelslos tat, dann hatte der Fahrer bewusst darauf verzichtet die Scheinwerfer einzuschalten. Aus welchem Grund auch immer. Immer zwei Stufen auf einmal nehmend, hastete er den Gang zurück, die Treppe hinauf und riss die Türe zu Sinas Zimmer auf.

»Sina«, flüsterte er und rüttelte sie an der Schulter.

Sein unaufhörliches Rütteln entrang ihr ein missmutiges Knurren.

»Sina, los beweg dich. Wir müssen hier weg.«

Schlagartig war sie wach. »Was ist los?«

»Ich weiß es nicht genau. Kann sein, dass Stier uns aufgespürt hat. Los, beweg dich!«

David eilte zurück in sein Zimmer, um seine wenigen Habseligkeiten in die Tasche zu stopfen. Als er aus dem Zimmer trat, wartete Sina bereits auf ihn.

Ihr Blick war verklärt und ihre Haare standen wirr in alle Richtungen ab. Sein Grinsen war ihr nicht entgangen, weshalb sie sich mit den Händen durch die Haare fuhr und vergeblich versuchte das Chaos zu ordnen.
»Los komm!«
Im Laufschritt eilten sie die Treppe hinab.

49. Kapitel

Hamburg, LKA

»Was soll das heißen, wir sind raus?« Kerner hatte die ganze Nacht kein Auge zugetan und entsprechend gereizt war seine Stimmung.

»Hm?!«

Selina Scharnhorst zuckte hilflos mit den Achseln. »Das, was ich gesagt habe. Wir sind raus. Der LKA-Präsident hat mich heute Nacht aus dem Bett geklingelt, um mir zu sagen, dass die Ermittlungen von anderer Stelle übernommen und weitergeführt werden.«

»Was ist das denn für eine Scheiße?« Kerners Kopf lief rot an und feine Äderchen zeichneten sich auf seiner Wange ab. »Und von wem?«

»Keine Ahnung«, sagte sie wahrheitsgemäß. »Ich nehme an vom BKA.«

»So?! Nimmst du an? Und warum so plötzlich?«

»Ich bin mir nicht sicher. Könnte mit einer Mail zu tun haben, die ich gestern Abend noch bekommen habe.«

Kerner horchte interessiert auf. »Was für eine Mail?«

»Aus der molekular-genetischen Abteilung.«

»Jetzt mach es nicht so spannend«, drängte er.

»Wir haben einen DNA-Treffer. Das genetische Spurenmaterial, das wir am Tatort gefunden haben,

gehört zu einem Kriminalbeamten aus Baden-Württemberg.«
»Du nimmst mich auf den Arm!?«
»Nein, ernsthaft. Der Kollege, ein Kriminalhauptkommissar David Sprenger, liegt in der DNA-Mitarbeiterdatenbank ein.«
»Dann stammt die Munition aus seiner Waffe, nehme ich an«, merkte Kerner an.
»Die Vermutung liegt nahe, ja. Das dürfte auch der Grund dafür sein, dass man uns den Fall entzogen hat.«
Nicht, dass Kerner es nicht zu schätzen gewusst hätte, die letzten beiden Monate bis zu seiner Pensionierung eine ruhige Kugel zu schieben. Aber dass man ihnen *diesen* Fall entzog, ärgerte ihn maßlos. Solche Fälle waren selten. Üblicherweise gestalteten sich ihre Ermittlungen einfacher, weniger komplex. Oftmals waren die Täter schon festgenommen und ihr Job bestand darin die Aussagen der Täter oder Zeugen mit den Tatortspuren, mit dem Tatgeschehen in Einklang zu bringen, Aussagen zu bestätigen oder eben zu widerlegen. Die Rekonstruktion einer Tat, wie in diesem Fall nur anhand der Spurenlage, bot sich ihm selten. In seinen vierzig Dienstjahren konnte er Fälle dieser Art an einer Hand abzählen.
»Na, dann wird mir wohl nichts anderes übrigbleiben, als den ganzen Papierkram zusammenzupacken und versandfertig zu machen«, sagte er säuerlich.
»Ähm, nicht nötig«, hüstelte sie. »Das wurde vorhin alles schon abgeholt. Und was auf der lokalen Fest-

platte deines Rechners oder dem LKA Server gespeichert war, wurde gesichert und entfernt.«
Kerner kratzte sich irritiert mit dem Zeigefinger an der Schläfe. »Ich fasse es nicht! Du bist sicher, dass es das BKA war, das uns den Fall weggenommen hat?«
»Die oder der Verfassungsschutz. Ich weiß es nicht!«
Kerner blies frustriert die Luft aus. »Tja, dann geh ich mal in mein Büro und halte Maulaffen feil.«
»Du gehst was?« Selina Scharnhorst schien diese Redewendung nicht zu kennen.
»Ich geh meine Eier schaukeln, wenn dir das geläufiger ist«, konterte Kerner mit einem schiefen Grinsen. Augenrollend ließ sie ihn ziehen.
Sie konnte seine Frustration nachvollziehen, zumal sie in dem Fall, ebenso wie er, gerne weiter ermittelt hätte.
Raimund Kerner stapfte leise vor sich hin fluchend den Gang hinunter. Einen Teufel würde er tun und die Ermittlungen auf sich beruhen lassen. Was könnte ihm schon passieren? Wollten sie ihn feuern, zwei Monate vor seiner Zurruhesetzung?
Schwer ließ er sich in seinen Bürosessel fallen, griff nach dem Hörer und wählte.

50. Kapitel

Frankreich – Bretagne

Raureif lag über der bretonischen Landschaft. Die eisstarrenden Grashalme knisterten wie Cellophan unter seinem Körpergewicht, als er ausstieg und das Auto umrundete, um sich zu erleichtern. Obwohl der Reif nur dünnschichtig die Vegetation überzog, konnte er es sich nicht verkneifen, in großen Lettern ›D A V I D‹ ins Gras zu pinkeln.

»Spielkind!«

David erschrak.

»Ihr Männer seid doch alle gleich«, frotzelte Sina. »Aber ich gebe zu, dass ich ein klein wenig neidisch bin. Das können wir Frauen nicht.«

Ungeniert zog sie die Hose herunter und hockte sich neben den Peugeot, um sich zu erleichtern.

»Ich habe Hunger«, fuhr sie mürrisch fort. »Und ich brauche dringend ein Aspirin.«

»Dann lass uns fahren. Vielleicht finden wir in einer der nächsten Ortschaften ein Bistro oder eine Bäckerei«, antwortete er, während er den Reißverschluss seiner Hose schloss.

Vielleicht war es paranoid, das Kloster derart fluchtartig zu verlassen. Möglicherweise hatte er sich nur etwas eingebildet, aber die Jahre hatten ihn gelehrt, seinem Bauchgefühl zu vertrauen. Mehr als einmal hatte es ihm das Leben gerettet.

Zwei Stunden nach ihrem hastigen Aufbruch hatte er den Wagen von der Hauptstraße auf einen Feldweg gesteuert, wo sie den Rest der Nacht verbrachten. Eine Phalanx aus Büschen und Sträuchern schützte sie vor neugierigen Blicken. Von Zeit zu Zeit hatte er den Motor gestartet, um den Fahrgastraum zu beheizen. Temperaturen, knapp unter dem Gefrierpunkt, ließen den Innenraum schnell auskühlen. Richtig geschlafen hatten sie beide nicht. Zum einen, weil Sina erbärmlich fror und zum anderen wegen des Mangels an Platz. Entsprechend derangiert sahen sie aus. Übernächtigt und mit zerknitterter Kleidung.
Holpernd folgte David dem Feldweg zurück auf die Hauptstraße, die zu dieser frühen Stunde überraschend stark frequentiert war.
»Also, wie sieht der Plan aus?«
»Welcher Plan?«, fragte David überrascht.
»Ja, wie machen wir jetzt weiter?«
»Solange wir nicht wissen, was die Zahlen in der Senfkornbibel deines Vaters zu bedeuten haben und wir auch sonst keine Anhaltspunkte haben, gar nicht. Ich muss nachher ein paar Telefonate führen. Aber erst brauch ich einen Kaffee.«
In einer kleinen, altertümlichen Ortschaft wurden sie schnell fündig. Sie betraten das kleine Bistro und bestellten an der Theke Kaffee und frische Croissants, ehe sie sich an eines der kleinen Tischchen setzten. David ließ seinen Blick durch den Raum schweifen. Die gesamte Einrichtung wirkte, als würde er, geschrumpft zu einer Miniatur seiner selbst, in einem kleinen Puppenhaus sitzen.

Das einzig moderne, was aus dem Interieur herausstach, war ein kleines, altes Röhren-Fernsehgerät. Es war undeutlich, aber er glaubte Bilder zu erkennen, die irgendwelche Wetter-Live-Cams aus den unterschiedlichsten Regionen Frankreichs lieferten. Sina biss herzhaft in eines der Croissants, die der Inhaber zusammen mit dem bestellten Kaffee vor ihnen abgestellt hatte.
David warf einen Blick auf seine Armbanduhr. Bernd Maurer, der Kriminaltechniker aus seinem Team, sollte schon im Büro sein. Er tippte die Nummer in sein Handy und wartete.
»Hallo Bernd! David hier …«
»Mann, David! Wo bist du denn?« Bernds Stimme überschlug sich beinahe.
»Halt, warte! Sag´s mir nicht. Ich sollte es gar nicht wissen.«
»Wieso? Was ist denn los?«, erkundigte er sich, obwohl ihm eine dumpfe Vorahnung schwante.
»Du bist lustig, David. Die halbe Welt sucht dich. Du bist zur Festnahme ausgeschrieben. Was war denn da los in Hamburg?«
»Dir das zu erklären dauert jetzt zu lange. Wer hat die Ausschreibung veranlasst?«
»Weiß ich nicht«, gab Maurer zurück. »Müsste ich nachschauen. Du steckst richtig tief in der Scheiße, weißt du das, David? Nicht nur, dass dich der Alte suspendiert hat, scheint er gerade auch außerordentlich bemüht, mit allen zu kooperieren, die dir den Arsch aufreißen wollen. In aller Herrgottsfrühe ist hier ein Beamtenvernichtungskommando eingefallen, dass deine Schränke, deinen Schreibtisch

und was weiß ich noch alles durchsucht hat. Dein Rechner wurde komplett abgebaut und beschlagnahmt.«

Der Ausdruck *Beamtenvernichtungskommando* beschrieb im internen Sprachgebrauch die Ermittlungsgruppe für ›Sonderermittlungen‹ im LKA, die im Wesentlichen Beamtendelikte bearbeitete.

David kannte deren Vorgehensweise und war deshalb nicht sonderlich beunruhigt. Was ihn jedoch beunruhigte war die Fahndungsnotiz.

»Kannst du mir sagen, ob es eine nationale Ausschreibung ist, oder wurde sie europaweit gesteuert?«

»Warte, da muss ich erst nachschauen.«

David hörte Maurers Atem, während er ungeduldig wartete.

»Herzlichen Glückwunsch, Herr Sprenger! Sie haben die Arschkarte gewonnen. Du bist im SIS ausgeschrieben.«

Was bedeutete, dass man europaweit, im gesamten Schengen-Raum, nach ihm fahnden würde.

»Shit! Nicht gut. Gar nicht gut«, murmelte er.

Jetzt wurde Sina hellhörig. »Was ist nicht gut?«

David würgte sie mit einem Kopfschütteln ab.

»Da ist noch mehr David, aber ich kann hier nicht sprechen«, hörte er Maurers gedämpfte Stimme.

»Gib mir schnell deine Nummer, ich ruf dich zurück.«

David diktierte ihm die Nummer seines Prepaid-Handys und legte auf.

51. Kapitel

Paris

Es widerstrebt mir, nachfragen zu müssen, ob alles nach meiner Zufriedenheit verläuft. Haben Sie mich verstanden? Ich hoffe, Sie haben das mit dem LKA Hamburg geklärt?!«

»Ja, das ist geklärt«, schnarrte die Stimme aus dem Lautsprecher seines Telefons. »Es tut mir leid, ich hätte mich in den nächsten Stunden bei Ihnen gemeldet.«

»Was Sie getan *hätten*, interessiert mich nicht. Ich bin es gewohnt, unverzüglich und umfassend informiert zu werden, ob die Dinge, die ich anordne, umgesetzt wurden. Ich hoffe, ich habe mit unmissverständlich ausgedrückt.«

Mit diesen Worten beendete er das Gespräch.

Spät in der Nacht hatte er einige Anrufe getätigt, um dafür zu sorgen, dass dem Hamburger LKA der Fall entzogen wurde. Er lag nun in besseren Händen. In Händen, die er kontrollierte, zumindest hatte er das angenommen. Was in Hamburg geschehen war, war tragisch und zudem völlig unnötig. Zu vieles war schiefgelaufen und zu viele waren mittlerweile involviert.

Er tippte auf eine der Nummern in seinem Telefonverzeichnis und wartete.

»Ja, auch guten Abend«, blaffte er mürrisch. »Hören Sie! Wo sind Sie jetzt? Wie, das wissen Sie nicht genau! Herrgott nochmal, dann finden Sie sie! Und wenn Sie Kontakt haben, lassen Sie ihnen lange Leine. Ich weiß nicht genau, was Sprenger und die kleine Forget suchen. Aber ich bin mir sicher, dass sie auf der Suche nach der Akte sind. Und Sie wissen, was das bedeutet, sollte Sprenger fündig werden!? Sie melden sich unverzüglich, wenn Sie Kontakt haben!«

Denis Forget war ein ungeheuer tüchtiger Jurist gewesen. Und so war es nicht verwunderlich, dass er seinerzeit begonnen hatte die Umstände seiner verlorenen Prozesse zu hinterfragen. Die Hirschfelder aus dem Verkehr zu ziehen war nicht sonderlich schwer gewesen. Aber Denis Forget, getrieben von einem glühenden Zorn, wollte nicht lockerlassen. Er nahm an, wenn er ihn näher zu sich zöge, würde er ihn leichter kontrollieren können. Ein Irrtum, wie sich herausstellte. Im Gegenteil. Ihn zur *Direction Générale de la Sécurité Extérieure*, zum Auslandsgeheimdienst zu holen, hatte sich als Bärendienst erwiesen. Er musste sich eingestehen, dass er ihn offenbar unterschätzt hatte. Denis war vielversprechend. Tüchtig, brillant, ein Analytiker mit messerscharfem Verstand und er hoffte bis zuletzt, ihm im Orden eine wichtige Position schmackhaft machen zu können. Wie es Denis gelungen war, die alten Aufzeichnungen zu dechiffrieren, sollte er nie erfahren.

Aus der Überwachung seiner Telefonate wussten sie, dass er in der Nacht des 06. Oktober 2008 mit der Hirschfelder telefoniert hatte, um ihr mitzuteilen, dass er die Namen des *Rates der Acht* entschlüsselt habe.
Die Offenbarung dieses Geheimnisses musste verhindert werden.
Um jeden Preis!

52. Kapitel

Frankreich – In der Nähe von Brest

Nur wenige Minuten später brummte Davids Telefon.
»Ja, Bernd?«
»Ja! Ich bin es wieder. Also pass auf! Ich hab´ mal eben das Gebäude verlassen. Zu viele Ohren, du weißt schon.«
»Spann mich nicht so auf die Folter«, drängte David.
»Die Ereignisse überschlagen sich hier. Sogar der Präsident selbst ist heute Morgen hier aufgetaucht. Man hat heute in den frühen Morgenstunden die Leiche Tamina Willbergs aufgefunden. Ganz, ganz übel zugerichtet.«
David sog scharf die Luft ein.
»Und jetzt glauben alle, ich hätte was damit zu tun!? Richtig?«
»Richtig!«, kommentierte Maurer. »Der Willberg hat man den Schädel eingeschlagen. Man munkelt mit über fünfzig Schlägen mit einem scharfkantigen Gegenstand. Sieht wüst aus, was ich so auf den Bildern gesehen habe. Jetzt wird´s richtig pervers. Man hat sie post mortem gefickt. Vaginal und anal. Das muss ein richtig krankes Arschloch gewesen sein. Wer tut sowas?«
»Na, ich jedenfalls nicht«, brummte David.

»Hey, das ist mir schon klar. Das wird die Spurensicherung ohnehin ergeben, dass du damit nichts zu tun hast.«
»Ich hab´ vor zwei Tagen mit Tamina Willberg gesprochen. Was mich stutzig gemacht hat war, als ich bei ihr aufgekreuzt bin, dass Willbergs Chef, Dr. Kübler auch da war. Angeblich, um zu kondolieren. Vielleicht gibst du den Kollegen in Heidelberg mal einen Tipp, dass sie diesen Kübler und dessen Alibi zur Tatzeit überprüfen.«
»Mann, David, du solltest echt herkommen, dich stellen und die Sache aufklären. Denkst du nicht?«
»Geht im Moment nicht. Dr. Willberg war da in irgendetwas verwickelt. Und seitdem jemand versucht hat seine Assistentin um die Ecke zu bringen, ist der Killer jetzt auch hinter mir her.«
»Red' kein Scheiß!«, drang Bernds geschockte Stimme an Davids Ohr. »Umso dringender solltest du zurückkommen!«
»Nein Bernd. Ich muss das hier zu Ende bringen. Sag bitte keinem, dass du in Kontakt zu mir stehst. Hältst du mich auf dem Laufenden?«
»Klar, ich hab' ja jetzt deine Nummer.«
»Gut! Danke dir.«
»Du hörst wieder von mir.« Maurer hatte aufgelegt.
David legte den Kopf in den Nacken und fuhr sich, die Luft ausblasend, mit den Händen durch die Haare.
»Fuck! Was für eine Scheiße!«, flüsterte David resigniert.
»Los, erzähl schon!«, drängte Sina.

David zündete sich umständlich eine von Sinas Zigaretten an und berichtete ihr in knappen Worten, was er gerade von Maurer erfahren hatte.
»Die suchen nach mir. Europaweit!«
Sina schaute ihn nur entgeistert an. »Was nun?«
»Ich hab' keine Ahnung. Vielleicht ist es besser, wenn wir die Suche nach dieser Akte hier abbrechen.«
»Vielleicht hast du recht«, murmelte sie.
David rührte gedankenverloren in seinem Kaffee und starrte leeren Blickes in den kleinen Fernseher, auf dem immer noch Livebilder unterschiedlicher französischer Destinationen über die Mattscheibe flimmerten.
War es möglich? War es so simpel?
David schlug die Hand vor den Mund.
»Gib mir mal die Senfkornbibel deines Vaters«, forderte er Sina auf, die sogleich in ihrem Rucksack danach zu kramen begann.
Flink blätterte er zu dem Kapitel, auf dessen Seite Denis Forget die ominösen Zahlen notiert hatte.
Er öffnete die Google-Maps-App seines Smartphones und tippte die ersten beiden Zahlenreihen Ziffer für Ziffer ein. Die erste Zahlenreihe für den Breitengrad und die zweite für den Längengrad. Dann tippte er auf den Button *Adresse anfordern.*
Die Verbindung war nicht sonderlich gut, weshalb sich der Kartenausschnitt nur gemächlich aufbaute. Langsam zoomte das Programm in einen Kartenausschnitt. Es schien sich um eine Karte der Bretagne zu handeln.

Allmählich zeichneten sich die ersten Straßen ab und gewannen an Schärfe. Morieux.
»Wo ist das denn?«, fragte David erstaunt und hielt Sina das Display unter die Nase.
Sie vergrößerte den Ausschnitt weiter und brummte: »Hm, keine Ahnung. Lass es uns herausfinden.«

53. Kapitel

Heidelberg

Er hatte jegliches Zeitgefühl verloren. Waren es Stunden oder nur Minuten, die er zusammengekauert unter der Dusche hockte? Wieder und wieder hatte er sich eingeseift, mit einer Bürste seine Hände geschrubbt, bis sie beinahe blutig waren.

Das ukrainische Miststück hatte bekommen, was es verdiente. Sie hatte ihn benutzt. So wie sie es mit allen Männern tat. Wie konnte er nur so blind sein? So dumm!?

Er war ihrer Schönheit verfallen. Vom ersten Tag an, als er sie gesehen hatte. Ihrem Körper, ihren blau-grünen Augen, ihrem Duft, ihrer Scham, ihrem zügellosen Sex.

Die Brüste, die Haut, Haare, alles an ihr war makellos. Abgesehen von ihrer Seele. Diese war ein dunkler, schwarzer Abgrund, tiefer als die Hölle. Eiskalt, durchtrieben, berechnend und boshaft durch und durch, bereit für ihre Ziele über Leichen zu gehen. Professor Willberg war ein sehr wohlhabender Mann mit beachtlichem Ansehen und gesellschaftlicher Stellung. Ihre schnelle Heirat mit ihm kam für viele überraschend. Vermutlich war Willberg ihr ebenso verfallen wie er.

Sechs Monate war es nun her …
Bei einem öffentlichen Empfang flirtete sie ihn hemmungslos an und machte unmissverständliche Anspielungen. Zwei Tage danach kam sie das erste Mal in seine Wohnung. Schon an der Türe nestelte sie, als sie sich wild und leidenschaftlich küssten, seine Hose auf und ging vor ihm in die Knie. Sie trug ein verführerisches, cremefarbenes Kostüm und sie duftete betörend. Ihre katzenhaften Augen und ihr lasziver Blick trieben ihn fast in den Wahnsinn, als sie vor ihm kniete und ihre Zungenspitze um seine Eichel kreisen ließ. Tief sah sie ihm dabei in die Augen, schnurrte wie eine Raubkatze, als sie seinen zum Bersten prallen Penis schließlich tief in ihren Mund gleiten ließ. Es war nicht das erste Mal, dass er die Freuden der Fellatio genoss. Aber was sie mit ihm tat, war unbeschreiblich. Meisterlich verstand sie es seinen Orgasmus hinauszuzögern. Als er es nicht mehr auszuhalten vermochte, packte er ihren Kopf mit beiden Händen und stieß wieder und wieder tief in ihren Mund, bis er sich laut stöhnend und schreiend darin ergoss.
Genüsslich leckte sie sich danach die Lippen. Kaum, dass er richtig zu Atem kam, schob sie ihn vor sich her Richtung Couch. Fast wäre er über seine eigenen Beine gestolpert. Seine Hose an den Knöcheln behinderte ihn sehr, weshalb er sie schnell von den Füßen streifte.
Grob stieß sie ihn auf die Couch und riss das Hemd auf, das er trug. Er kam nicht umhin zu schmunzeln, als die Knöpfe, wie kleine Projektile, in alle Richtungen davon schossen. Ihre Lippen und Zunge wanderten saugend und küssend über seinen Bauch nach oben, umspielten seine Brustwarzen. Schon spürte er, wie sich seine Männlichkeit wieder zu regen begann. Diese Frau war der Wahnsinn!

Flink entledigte sie sich ihrer Highheels und stieg über ihn auf die Couch. Nur ein kleines Stück schob sie ihren Rock, unter dem sie keinen Slip trug, nach oben und setzte sich ihm ins Gesicht. So wie er zuvor, tat sie es ihm gleich, krallte sich mit beiden Händen in seine Haare und drückte sein Gesicht und ihren Schoß. Ließ ihre Hüfte kreisen und bog sich ihm immer wieder drängend entgegen. Seine Zunge kreiste um ihre Klitoris, saugte und knabberte an ihrer heißen Scham. Plötzlich hielt sie inne und küsste ihn leidenschaftlich. Langsam schob sie den Rock weiter nach oben und ließ sich langsam auf seinem stattlichen Ständer nieder. Sie begann sich zuerst langsam, dann immer schneller zu bewegen. Sie diktierte den Rhythmus, sie dominierte. Er fickte nicht sie, sie fickte ihn. Hart und tief nahm sie ihn in sich auf, bewegte so geschickt ihr Becken, dass er glaubte, den Verstand zu verlieren.

»Nein!«, hatte sie gestöhnt. »Warte! Du kommst noch nicht. Ich sage dir, wann du kommen darfst«, krallte sich in seine Haare, riss seinen Kopf nach hinten, küsste ihn und biss in seine Unterlippe.

Immer schneller bewegte sie sich auf und ab. Ihre herrlichen, strammen Brüste wiegten sich dabei im Takt ihrer Bewegungen. Alleine der Anblick, wie sie ihn ritt, raubte ihm alle Sinne.

»Jetzt mein Lieber … Ich komme, ich komme …«, schrie sie und warf ihren Kopf in den Nacken. Ihre Nägel krallten sich schmerzhaft in seine Brust. Er spürte die Kontraktionen ihrer Muskulatur, das Pulsieren ihrer Vulva, konnte nicht mehr an sich halten und mit einem lauten Schrei ergoss er sich, kurz nach ihr, in ihren heißen, warmen Schoß.

Schwitzend und schwer atmend sanken sie erschöpft übereinander.

Das war der Beginn seines Niedergangs. Nicht, dass er Tamina geliebt hätte. Im Grunde hasste er es, ihr verfallen und nach ihr süchtig zu sein, wie ein Junkie auf der Suche nach dem nächsten Schuss. Und dafür hasste er sich. Hasste er *sie*.
Ihr Traum vom Reichtum zerplatzte, als Willberg die Eheschließung mit ihr von einem Ehevertrag abhängig machte. Offensichtlich war er von seinen primären Geschlechtsorganen weniger beherrscht, als er es gewesen war. Willberg hatte vertraglich regeln lassen, was Tamina im Falle einer Scheidung, oder im Falle seines Todes zufallen würde. Nämlich nichts. Naja, so gut wie nichts. Eintausend Euro monatlich im Scheidungsfalle und im Falle seines Todes eine einmalige Zahlung in Höhe von 50.000 €. Also nichts, wofür es sich gelohnt hätte, ihn über die Klinge springen zu lassen. In den letzten Wochen vor der Hochzeit zog sie alle Register ihres sexuellen Repertoires. Ohne Erfolg. Hartmut bestand auf den Ehevertrag. Knapp sechs Monate nach der Hochzeit, als er ihr eines Abends völlig euphorisch von seinem Durchbruch berichtete, witterte sie ihre Chance. Und dafür kam ihr Kübler genau recht.
Ich dämlicher, jämmerlicher Idiot!
Sie musste ihn sich nur gefügig machen, und da sie sich ihrer Reize bewusst war, war dies ein leichtes Unterfangen. Bereits früh, schon mit dreizehn, konnte sie die Männer um den Finger wickeln. Und für einen gelegentlichen Blow-Job bekam sie beinahe alles, wonach ihr Herz verlangte.

Hartmut schien der Erste zu sein, der ihren Reizen nicht vollständig zu erliegen schien. Obwohl sie ihn jedes Mal, nachdem sie miteinander gevögelt hatten, wie ein Stück Dreck behandelte, hatte er sich von ihr vor den Karren spannen lassen. Und wofür? Für einen geilen Ritt? Einen gelegentlichen Blow-Job im Büro, bevor sie ihrem Mann einen Besuch im Labor abstattete? Sie hatte recht damit, als sie sagte, sie sei aus allem fein raus. Es war ihre Idee, alles war ihre Idee, und dennoch hielt sie sich immer im Hintergrund. Man würde ihr nichts beweisen können. Niemals! Ob er wollte oder nicht, sie war sein Heroin, sein täglicher Schuss, ohne den er nicht mehr leben konnte. Ein irres Lachen hallte von den Badezimmerwänden wider.

Einen jämmerlichen Schlappschwanz hatte sie ihn genannt. Und dass er als Liebhaber nichts tauge, ebensowenig wie als Geschäftsmann.

Vielleicht war es weniger *was*, sondern *wie* sie es sagte. Ihr Blick, der Verachtung und Ekel zum Ausdruck brachte, als hätte sie gerade ein widerliches Insekt zertreten. Für einige Sekunden war er wie versteinert. Dann sprang er auf, griff sich den Schürhaken vom Kaminbesteckständer und trat auf sie zu. Trotzig baute sich Tamina vor ihm auf.

»Was willst du damit tun, du Schlappschwanz? Du bringst das ohnehin nicht.«

Mit Tränen der Wut in den Augen wandte er sich von ihr ab. Möglich, dass sie recht hatte. Er würde es nicht fertigbringen. Sollte sie doch recht behalten, was machte das schon?

Seine Finger, welche den Schürhaken umklammert hielten, entkrampften sich. Ein glockenklares Kichern erklang hinter seinem Rücken.

»Vidmova«, spie sie ihm entgegen. »Versager! Du bist ein jämmerlicher Versager, hörst du!?«

Der schmiedeeiserne Schürhaken traf sie mit der Wucht seines ganzen Zornes. Sie taumelte, ohne die geringste Gegenwehr, gegen den Flügel, an dem sie sich Halt suchend abstützte. Wieder und wieder sauste das zur tödlichen Waffe gewordene Stück Schmiedeeisen auf ihren Kopf nieder. Knirschend brach ihr Schädeldach, Blut, Haare, Gewebe und Hirnmasse besudelten ihn von oben bis unten. Ihr Blick, als er rasend vor Wut ihren Schädel zertrümmerte, verriet weniger Überraschung oder Entsetzen, als vielmehr herablassende Verachtung. Wie im Rausch schlug er weiter und weiter zu, bis er atemlos in die Knie sank. Ihr lebloser Körper lag rücklings auf dem Flügel. Dickes, zähes Blut rann den schwarzen Klavierlack hinunter und tropfte leise klatschend auf das Parkett. Klimpernd entglitt seinen Fingern der schwere, schmiedeeiserne Schürhaken. Ungläubig, aber zutiefst befreit, betrachtete er das Werk seiner Raserei. Betrachtete ihren leblosen Körper. Sein Blick glitt über ihre schlanken, perfekten Beine hinauf in ihren Schritt. Da sie wie immer keinen Slip trug, sah er ihre glatt rasierte Vagina. Irritiert betastete er die Beule in seiner Hose. »Ich werde dir zeigen, was für ein Schlappschwanz ich bin, du kleine dreckige Fotze …«

54. Kapitel

Brest

Das Bistro, in dem sie gefrühstückt hatten, in einem malerischen Vorort von Brest gelegen, bot Gästezimmer an. Da sie beide übernächtigt waren und David seit mehreren Tagen nur sporadisch geschlafen hatte, entschieden sie sich, eines der Gästezimmer zu mieten. Gleich nachdem sie das Zimmer bezogen hatten, war David in einen traumlosen Schlaf gesunken, noch ehe er sich richtig gebettet hatte.

Was ihn geweckt hatte, wusste er nicht. Aber er fühlte sich erholt und ausgeruht, wenngleich das Pochen hinter seiner Stirn immer noch präsent war. Suchend hatte er sich, den Schlaf aus den Augen reibend, in dem fremden Zimmer umgesehen. Wo war Sina?

Er war zu Tode erschrocken, als sie plötzlich im Badezimmer gestanden hatte, in dem Moment, als er das Wasser der Dusche abdrehte. Wie in Saint-Denis hatte sie ihn unverhohlen, mit einem Ausdruck des Begehrens und Verlangens, betrachtet, als er der Duschkabine entstieg und sich abtrocknete. Mit dem Handtuch um die Hüfte gewickelt war er an ihr vorbeigeschlüpft und in seine Klamotten gestiegen.

David hatte darauf bestanden im Bistro noch einen Milchkaffee zu trinken und sich telefonisch bei Pater Edmond für ihre plötzliche Abreise zu entschuldigen. Obwohl er in Edmonds Stimme einen Anflug von Enttäuschung zu hören glaubte, war dieser doch so höflich, nicht nach den Gründen zu fragen. *»Er würde sich freuen, Sie bald wiederzusehen«*, hatte er gesagt.
David hatte sich für seine Gastfreundschaft bedankt und in Aussicht gestellt, ihn bald wieder zu besuchen, obwohl er nicht annahm, dass es so bald dazu kommen würde.
Während der Fahrt über die Autobahn Richtung Morieux waren sie an malerischen Ortschaften und Städtchen vorbei gefahren, die er, so hatte er sich vorgenommen, irgendwann einmal gerne besuchen würde.
Unruhig rutschte er auf dem Fahrersitz hin und her, aber dieser weigerte sich beharrlich, sich seinem Hintern auch nur ansatzweise anzupassen. Der kleine Wagen bot ohnehin kaum Platz für seine langen Beine und der Dieselmotor war, im Gegensatz zu dem seines Passats, furchtbar träge.
»Also, als Fluchtauto ist diese Semmel denkbar ungeeignet«, maulte er, als Sina ihn mit einem fragenden Blick bedachte.
Häufiger als sonst warf er einen Blick in die Rückspiegel und sah verstohlen in die Autos, die an ihnen vorbei fuhren, obwohl ihm seit der Nacht, in der sie das Kloster fluchtartig verlassen hatten, keine Verfolger aufgefallen waren. Trotzdem wollte er kein Risiko eingehen.

Es dämmerte bereits, als sie nach knapp zweistündiger Fahrt in Morieux ankamen.
Sina saß gespannt auf dem Beifahrersitz und dirigierte ihn mit Hilfe ihres Smartphones durch die engen Gassen Morieuxs. Keine Menschenseele schien unterwegs zu sein.
Ein eisiger Wind pfiff vom Ärmelkanal her über das Land, je näher sie dem Meer kamen.
David streckte schnuppernd seine Nase durch das spaltbreit geöffnete Fenster.
»Hmm, ist das gut. Ich kann das Meer riechen.«
»Stopp! Hier links!«, rief Sina.
Hart riss David das Lenkrad herum. Ein blaues, verblasstes Schild mit der Aufschrift ›*Au revoir à La Marchix*‹ wies darauf hin, dass sie eben jenes kleine Dorf durchfahren hatten.
»Bitte, folgen Sie dem Straßenverlauf für vier Kilometer«, imitierte Sina die digitalisierte Stimme eines Navigationsgerätes.
»Oui, bien sûr, Mademoiselle!«, näselte David.
Die Nacht brach unaufhaltsam herein und zu den eisigen Böen gesellte sich ein widerlicher Sprühregen, den die Scheibenwischer nur mit Mühe quietschend von der Windschutzscheibe kratzten.
»Bist du sicher, dass wir noch richtig sind?«, erkundigte er sich, als sie einen alten Bauernhof passierten.
»So steht es jedenfalls in meiner Navi-App.«
Sina stieß mit dem Zeigefinger, nach vorne zeigend, Löcher in die Luft, als vor ihnen eine Weggabelung auftauchte.

Die Straße verengte sich zu einem schmalen, sandigen Weg, der sich, sanft ansteigend, durch die Dünen schlängelte.
»Da! Dort oben, schau!«, rief Sina begeistert aus.
Schemenhaft zeichneten sich, gegen den schmutzig-grauen Himmel, auf einem Hügel die Umrisse einer kleinen Kirche ab.
»Ich denke wir lassen den Wagen hier und gehen die letzten Meter zu Fuß«, schlug David vor.
Ein eisiger Wind schlug ihnen ins Gesicht, als sie ins Freie traten und der Nieselregel wie Nadelspitzen in ihre Haut stach.
»Scheiß Idee, echt!«, maulte Sina.
Am Übergang vom Ärmelkanal in die Keltische See schien das Klima besonders rau zu sein. Das Meer hatte sich aufgrund der Gezeiten weit zurückgezogen, dennoch meinte David, durch das Brausen des Windes in einiger Entfernung die Brandung zu hören.
Geduckt, mit zusammengekniffenen Augen und die Krägen ihrer Jacken tief ins Gesicht gezogen, erklommen sie die kleine Anhöhe.
»Ich denke, hier sind wir richtig. Schau!«
Sina deutete mit dem Kopf auf einen Glaskasten.
»*Chapelle St.-Pierre St.-Paul Morieux*«, las er. »Glaubst du es ist Zufall oder hatte das dein Vater beabsichtigt, in Bezug auf den markierten Paulusbrief an die Kolosser?«
Achselzuckend deutete sie mit dem Kopf zum Eingang der Kapelle. »Keine Ahnung. Könnte schon sein.

Aber dann hätte er ja auch genauso gut eine Stelle in den Petrusbriefen markieren können«, gab Sina zu bedenken.
Hartnäckig drückte der auflandige Wind gegen die schwere Holztüre.
Erst als David mit Hand anlegte, überwanden sie den Widerstand und traten, sich den Regen abschüttelnd, in das Innere der Kapelle.
Der gesamte Raum wurde lediglich durch ein paar Kerzen diffus beleuchtet. David versuchte sich zu orientieren und ließ seinen Blick durch die Kapelle gleiten. Etwa ein Dutzend schwerer, hölzerner Bankreihen dominierten das Kirchenschiff.
Langsam ging er den Seitengang hinunter und ließ dabei seine Finger über das Holz gleiten. Über die Jahrhunderte abgewetzt und abgegriffen fühlte es sich glatt und weich, beinahe speckig an. Ebenso alt und abgenutzt mutete das Chorgestühl an. Eine schmale Treppe wendelte sich spiralförmig empor. Im Gegensatz zu vielen anderen Kirchen oder Kapellen, die David gesehen hatte, war diese hier schlicht und schmucklos. An den Wänden zu beiden Seiten des Mittelschiffs befanden sich verblichene Malereien, die, wie in vielen Kirchen, den typischen Kreuz- und Leidensweg Christi beschrieben. Er zählte fünfzehn Stationen. Zu seiner Linken öffnete sich ein Rundbogen, welcher in eine winzige Kapelle führte. Ein stark patiniertes Messingschildchen wies darauf hin, dass es sich um die Petrus-Kapelle handelte. Langsam passierte er den Ambo und näherte sich Sina, die andächtig vor dem kleinen, einfachen Altar in der Apsis stand.

Den Hochaltar im Halbrund des Altarraumes, wenn man denn überhaupt von einem Hochaltar sprechen konnte, da dieser höchstens zwei Meter maß, war dominiert von drei steinernen Statuen. Obwohl sie völlig alleine hier waren, flüsterte sie: »Komm!«, und entfernte die Plastikkette, die man vor dem Altarraum, vor allzu neugieren Touristen, gespannt hatte. Unzweifelhaft handelte es sich bei der mittleren Statue um das in Stein gehauene Abbild Christi. Segnend breitete sie ihre Hände aus. Erst auf den zweiten Blick erkannte David, dass es sich bei der Figur zu Jesu Rechten um Petrus handelte. Die typischen Attribute in Händen haltend, den goldenen und silbernen Schlüssel. In seiner Erinnerung wurde Paulus sehr oft mit den Attributen Schwert oder Buch in Verbindung gebracht. Bei dieser war er sich jedoch unsicher, da beides fehlte.
»Weißt du wer das ist?«, fragte er an Sina gewandt und deutete auf die Figur zur Linken.
»Ich bin mir nicht sicher.« Sie zückte ihr Smartphone und wischte über das Display, bis das grelle Licht der Taschenlampe auf der Geräterückseite aufflammte. Am Sockel beginnend ließ sie das Licht langsam über die Statue gleiten. Erst im Licht sah man den Sandsteinfiguren den Zerfall der Jahrhunderte an. Löchrig, schartig und geschwärzt vom Kerzenruß hätten sie dringender Restauration bedurft.
»Schau!«, rief sie erstaunt aus.
Was im Dunkeln wie ein Faltenwurf seines Gewandes aussah, entpuppte sich als eine Schriftrolle, welche sich über seinen linken Arm wand.

»Also, wenn das die Kapelle St. Peter & Paul ist, und das hier rechts die Darstellung Petri ist, können wir doch davon ausgehen, dass das hier Paulus ist. Oder nicht!?«

»Ich denke schon«, gab David zurück. Ihre Erklärung schien logisch.

»Na dann! Lass uns mal schauen, ob wir etwas finden. Leuchte mal hinter die Statuen!«

David stellte sich auf die Zehenspitzen und beugte sich zwischen den Steinfiguren hindurch. Sina reichte ihm ihr Smartphone. Jeden Winkel des Hochaltars leuchtete er ab. Nichts. Gar nichts!

Keine Nische, Ritze, oder Falz, wo eine Akte hätte versteckt sein können. Vorausgesetzt es handelte sich tatsächlich um eine Papierakte, wie David sie aus seiner täglichen Arbeit kannte.

»Hilft nichts. Wir müssen hier alles absuchen.«

55. Kapitel

Morieux

Der pochende Schmerz in seinem Bein nahm wieder zu. Vorsichtig massierte er die Wunde, aber auch das brachte keine merkliche Linderung. Alle vier Stunden warf er sich eine Schmerztablette ein, die er mit schalem Wasser hinunterwürgte. Er fühlte sich fiebrig. Wie lange sollte diese Hatz noch andauern? Stier war vieles gewohnt, und dennoch …

Annähernd 72 Stunden ohne nennenswerten Schlaf fingen an ihren Tribut zu fordern.

Es war nicht einfach Sprengers und Forgets Spur wieder aufzunehmen, nachdem er sie in Saint-Denis verloren hatte. Lächerlich simpel hatten sie ihn abgehängt, indem sie den verwanzten Passat vor dem Hotel stehen ließen und sich einen Leihwagen mieteten. Die Leihwagenfirmen sicherten sich heutzutage zusätzlich ab, indem sie in allen Leihfahrzeugen GPS-Sender verbauten und so von jedem Service-Point aus auf die Informationen ihrer Flotte zugreifen konnten.

Die blöde Kuh in Saint-Denis war, auch gegen ein Schmiergeld von 200 Euro, nicht willens gewesen, ihm den Sender-Code des von Sprenger gemieteten Wagens zu geben. Kurzerhand hatte er sie ausgeknockt, in der Besenkammer abgelegt und sich die Information selbst aus dem Computer besorgt.

Dreißig Minuten später war er auf der Autobahn und den beiden hinterher gerast.
Ihm lief die Zeit davon. Offenbar hatten sich die Prioritäten seiner Auftraggeber verändert.
Die Nachricht, die sie ihm auf sein Handy geschickt hatten, war jedenfalls unmissverständlich. Stier hasste es über die Maßen, wenn man sich nicht an einen ursprünglichen Plan hielt, die Parameter ständig veränderte. Noch nie hatte er so einen undankbaren Auftrag wie diesen.
Wütend hieb er mit der flachen Hand auf das Lenkrad und tastete sich weiter im Dunkeln durch die stürmische, regnerische Nacht.
Nur noch wenige Minuten …

56. Kapitel

Chapelle St.-Pierre-St.-Paul, La Marchix

Sina saß völlig entnervt in der ersten Bank und starrte zur gewölbten Decke hinauf.
»Hätte dein Vater nicht einfach einen eindeutigen Hinweis hinterlassen können, wo er diese scheiß Akte versteckt hat?«
Über eine Stunde hatten sie jeden Winkel der Kapelle abgesucht. David maulte unverständlich vor sich hin, als Sina ihn unterbrach.
»Warte doch mal. Sei doch mal still! Mein Vater gibt uns einen Hinweis auf den Apostel Paulus. Aber da war nichts.«
Sina rezitierte mit geschlossenen Augen die Bibelstelle aus dem Brief an die Kolosser: »Er ist das Ebenbild des unsichtbaren Gottes, der Erstgeborene der ganzen Schöpfung … Ebenbild des unsichtbaren Gottes … Was meinte er damit?«
David bewegte leicht die Lippen und wiederholte fortwährend die Worte, die Sina gesagt hatte.
Plötzlich fuhr er herum und deutete auf die Christusstatue. »Jesus! Jesus ist das Ebenbild des unsichtbaren Gottes! Nach seiner Bekehrung in Damaskus wurde Paulus ein glühender Anhänger des Messias. Wenn ich mich recht erinnere, und das finde ich ziemlich schräg, dass ich das kann, entstammte Paulus einem der zwölf Stämme Israels, besaß aber zudem die römischen Bürgerrechte. In

allen seinen Briefen stellte er nicht den himmlischen Vater, sondern den auferstandenen Jesus Christus ins Zentrum seiner Verkündigungen. Gib mir mal bitte deine Taschenlampe …«

»Lange wird der Akku nicht mehr halten«, gab sie zu bedenken und reichte ihm ihr Smartphone.

An der Christusstatue angelangt, ließ er den Lichtkegel über den Sandstein gleiten, ohne dass ihm daran etwas Besonderes auffiel. Ein winziger Spalt am Übergang vom Sockel zum Fundament war das Einzige, aber nicht mal ein Cent-Stück hätte dazwischen Platz gefunden. Diesen Spalt wiesen die beiden anderen Statuen jedoch nicht auf. In einer Ecke des Altarraumes hatte er zuvor einen Schemel entdeckt, den er sich griff und damit zur Statue zurück hastete.

»Ich schaukle die Statue mal ein wenig hin und her und du versuchst darunter zu leuchten.«

Es fühlte sich an wie Blasphemie, als er die Christusfigur bei der Schulter packte und diese langsam begann hin und her zu wippen.

»Weiter!«, drang es von unten empor.

Sina stand gebeugt am Sockel und leuchtete in den Spalt und versuchte einen Blick darunter zu erhaschen. Immer weiter schaukelte sich die Steinfigur auf.

»Da ist ein Hohlraum«, schrie Sina auf. »Eine nach innen gerichtete Vertiefung im Sockel selbst. Aber ich sehe nicht, ob etwas darunter ist. Kannst du sie nicht abkippen oder festhalten?«

»Machst du Witze? Die ist sauschwer!«, stöhnte er schwer atmend.

»Warte mal!«
Sina rannte am Altar vorbei Richtung Mittelschiff. Langsam hob sie die Osterkerze aus dem Messingständer und stellte sie auf dem Fußboden ab, um sogleich mit dem schweren Ständer zurück zu eilen.
»So, jetzt nochmal!«
Erneut begann David die Skulptur aufzuschaukeln. Als der Abstand zwischen Sockel und Fundament größer und größer zu werden begann, hob Sina den Messingständer an.
Mit einem lauten ›Klong‹, das die Stille in der Kapelle zerriss, platzierte sie den Fuß des Messingständers genau im richtigen Moment zwischen der Figur und dem Fundament und verkeilte diese, sodass ein ordentlicher Spalt entstanden war. Davids Hände schwebten über der gefährlich geneigten Statue. Inständig hoffte er, dass sie nicht vom Fundament kippen möge. Vorsichtig darauf bedacht die Figur nicht aus der Balance zu bringen, stieg er vom Schemel und ging neben Sina in die Hocke, die mit ihren Fingern bereits in dem Hohlraum stocherte.
»Da ist etwas, aber ich bekomme es nicht richtig zu fassen.«
Angestrengt schob sie ihre Hand tiefer und hatte dabei ihre Zungenspitze zwischen die Lippen geschoben.
»Sieht süß aus«, sagte David schmunzelnd.
»Idiot«, kicherte sie.
»Gleich hab ich's!«

Die Finger seltsam um etwas verkrümmt, zog sie ihre Hand hervor und langsam kam ein vergilbter, brauner Aktenumschlag zum Vorschein.
»Wie hat mein Vater die da bloß rein bekommen?«
Obwohl geschützt vor Wind und Wetter schien der Umschlag einiges erlebt zu haben. Kaffeeränder und undefinierbare Flecken überzogen den vergilbten Karton.
»Leuchte mal!«, forderte David sie auf.
Die beiden Aktendeckel wurden durch eine Schnur zusammengehalten. In der oberen rechten Ecke war das Stempelbild ›Top Secret‹ angebracht und über einem blassroten, abgegriffenem Präge-Signet, das er noch nie zuvor gesehen hat, stand:

AKTE KRONOS

»Ich werd' verrückt«, stammelte David.
»Nicht doch!«
David und Sina fuhren erschrocken zusammen.
»Lassen Sie das fallen und treten sie ganz langsam zurück«, forderte die Stimme.
David blinzelte in die Dunkelheit. Nur langsam gewöhnten sich seine Augen an die Dunkelheit.
»Stier!«
»Na, na! Bleiben Sie stehen«, drohte Stier, als David sich einen Schritt auf ihn zubewegte.
»Und nehmen Sie die Hand von ihrer Waffe.«
Stier hielt eine Pistole mit beiden Händen im Anschlag.

»Sie kennen das Spiel! Greifen Sie ganz langsam mit der Linken unter die Jacke und schieben Sie sie zu mir rüber.«

Wie in Miriams Küche hatte er keine Wahl. Was sollte er tun? David war schnell, aber da Stier seine Waffe bereits im Anschlag hatte, würde er dieses Duell unweigerlich verlieren. Es sei denn, der erste Schuss Stiers ginge daneben.

Die Wahrscheinlichkeit, dass die Hölle gefröre war größer, als dass Stier sie auf diese Entfernung verfehlen könnte. David tat, wie ihm geheißen.

»Los, da rüber!« Ein Zucken des Laufs deute in die Richtung, in der Stier sie haben wollte. Lauernd folgte er ihren Bewegungen und begann sie langsam zu umrunden. Er näherte sich den Statuen.

Mit der Schuhspitze tippte er gegen den Aktendeckel und drehte ihn so, dass er die Schrift darauf erkennen konnte. Ohne den Blick wirklich von David und Sina zu nehmen, warf er einen schrägen Blick zu seinen Füßen.

»Was ist das?«

Sina und David tauschten irritierte Blicke aus.

»Ich dachte, der ist hinter der Akte her?«, flüsterte sie. David zuckte verständnislos mit den Achseln.

Stier beachtete den Aktenordner nicht weiter und kam langsam auf sie zu.

»Wo hast du sie?«, fragte Stier an Sina gerichtet.

»Wo hab' ich was?«

»Willbergs Formel … seine Forschungsergebnisse?«

Sina verstand nicht recht. »Die habe ich nicht. Ich weiß gar nicht, wie Sie …«

»Halt die Schnauze«, blaffte er. »Hör' auf, mich für dumm zu verkaufen. Willberg muss dir doch seine Ergebnisse geschickt haben?«
»Nein! Wie kommen Sie denn darauf? Haben Sie eine Ahnung, wie viele Daten das wären?«
Hatte er nicht. »Hör mir zu«, sagte er müde und strich sich dabei mit der Hand über die fiebrige Stirn, »gib mir einfach die Scheiß-Daten und ich lasse euch laufen. Ich scheiße auf diesen Auftrag und ich scheiße auf euch. Gib mir was ich von dir will und ihr seid mich los.«
»Das klingt nur zu verlockend. Aber ich habe diese *Scheiß-Daten* nicht, du Arschloch!«, brüllte sie. »Und selbst wenn, glaubst du ich würde sie dir einfach so geben?«
David sah die Wut in den Augen Stiers. Er hob seine Pistole und zielte damit auf Sinas Kopf.
»Sei ja vorsichtig, sonst könnte ich es mir anders überlegen«, zischte Stier.
David war nicht entgangen, dass Stier sehr darauf bedacht war, sein Körpergewicht auf den linken Fuß zu verlagern. Aber noch stand er zu weit weg.
Stier schien fieberhaft zu überlegen. Schweißperlen standen auf seiner Stirn und sein Blick flackerte unstet zwischen David und Sina hin und her.
»Am einfachsten wäre es, ich knall' sie einfach ab und setze mich ab«, dachte er laut. Ein leichtes Kopfnicken deutete an, dass er mit seiner Idee zufrieden zu sein schien. Er verstärkte der Griff um seine Pistole und legte, ein Auge zugekniffen, auf Sinas Stirn an. Ängstlich drückte sie sich gegen David und wartete auf das Unvermeidliche, den ohrenbetäubenden

Knall und auf den Schmerz der eindringenden Kugel, die ihren Schädel durchschlagen würde. Sie hoffte nur noch, dass es schnell gehen würde.
Nein, mach die Augen auf, Sina!, schalt sie sich. *Wenn, dann soll er dir dabei in die Augen schauen müssen.*
Tapfer hielt sie seinem Blick stand und meinte ein kurzes, flackerndes Zögern in seinen Augen erkannt zu haben.
Sie hatte selbst nie mit einer Pistole geschossen, aber sie wusste, dass jeder Schütze vor einem gezielten Schuss aus- und einatmete, um im Moment der Schussabgabe die Luft anzuhalten. Und genau dies tat Stier gerade. Sicherlich tat er dies nach vielen Jahren des Trainings nicht mehr bewusst, und trotzdem fiel es Sina auf.
Plötzlich schlug die Türe der Kapelle auf und knallte gegen die Wand. Nur aus den Augenwinkeln sahen David und Sina etwas hereinhuschen. Zwei dunkel gekleidete Gestalten.
Schüsse peitschten und wurden tausendfach von den Wänden der kleinen Kapelle reflektiert. Schmerzverzerrt hatte sie ihre Hände über die Ohren gelegt, als eine Hand sie packte, sie kraftvoll zur Seite zerrte und stolpernd in eine der Bankreihen schubste. Sie fiel hart und prellte sich die Hüfte. Woran wusste sie nicht. Stöhnend blieb sie liegen.
David war mit großen Sprüngen zu den Statuen geeilt und riss den Messingständer unter der Christusfigur hervor, die zurückschnellte und bedrohlich hin und her schwankte. Er hatte blitzschnell reagiert, als Stier sich den Gestalten zuwandte und zu feuern begann. Der Schusswechsel war so schnell

beendet, wie er begonnen hatte. Der letzte Schuss war noch nicht verhallt, als er mit aller Kraft ausholte und den schweren Messingprügel auf Stier niedersausen ließ, der unmittelbar vor ihm kniete, immer noch mit der Pistole im Anschlag. Er musste ihn gespürt haben, da Stier sich gekonnt zur Seite rollte, David seinen Kopf nur um Zentimeter verfehlte und das Messing krachend auf dessen Schulter landete. Mit Genugtuung vernahm er Stiers schmerzhaftes Jaulen. David war verblüfft, wie schnell Stier wieder auf die Beine kam, aber sein rechter Arm hing nutzlos an der Seite. Schnell hatte dieser die Pistolenhand gewechselt und legte nun mit der Linken auf David an, als der sich auf ihn stürzen wollte. Klick! Klick! Klick! Ungläubig riss Stier am Abzug, ohne dass etwas geschah.

»Jetzt bist du fällig, du Arschloch«, grinste David. Geschickt blockte er einen Aufwärtstritt Stiers ab, wirbelte um die eigene Achse und traf mit der Außenhand dessen Schläfe. Setzte nach, trat hart gegen seine Brust, wodurch der Hüne nach hinten geworfen und gegen die Wand geschmettert wurde. Stier brüllte wütend und griff erneut an. David parierte seine Linke und deckte ihn mit schnellen und harten Faustschlägen gegen Brust und Magen ein, tauchte flink unter einer erneuten Attacke weg, ging in die Knie und rammte ihm den Ellbogen gegen den rechten Schenkel. Stier heulte jämmerlich auf und geriet ins Straucheln.

David ließ nicht locker, setzte weiter nach und feuerte blitzschnelle Faustschläge und Tritte ab, die Stier ins Wanken brachten. Er hatte ihn!

Schwer atmend packte er Stier im Nacken, brachte seinen Mund nah an dessen Ohr und flüsterte: »Das war´s dann, Arschloch!« David legte alle Kraft in diesen einen Schlag.
Mit der verbliebenen Hand griff sich Stier verzweifelt an die Kehle. Die Augen aufgerissen, wimmernd und röchelnd, sackte er in die Knie und fiel wie ein Sack nach hinten, wo er gekrümmt liegen blieb.
»Sina. Neiiiiin!«

57. Kapitel

LKA Hamburg

Kerner hatte sich selbst ins Archiv bemühen müssen, weil die Akte Hirschfelder lange vor der Zeit angelegt wurde, als alles mikroverfilmt oder digitalisiert wurde. Sogar die Asservate waren, fein säuberlich in Beuteln vakuumiert, dem Karton beigelegt. Selbstverständlich hatte man das Kokain schon kurz nach der Gerichtsverhandlung der Vernichtung zugeführt, aber das Verpackungsmaterial war noch da. Aufmerksam hatte er die Akte studiert, Bilder betrachtet, und die Protokolle der Verhandlung gelesen.

Er nippte an seinem Kaffeebecher und verzog das Gesicht. Wie oft hatte ihn sein Hausarzt schon gemahnt, weniger von dem Gesöff in sich reinzuschütten. Das würde er wieder die halbe Nacht bereuen. Zumindest so lange, bis er sich in den Schlaf würde gekämpft haben.

Sein Schreibtisch war übersät mit losen Blättern, Ausdrucken von Lichtbildern, und zum Teil mit Post-It´s beklebt, auf denen er Notizen gekritzelt hatte. Zum gefühlt hundertsten Mal griff er sich die Protokolle der Hausdurchsuchung und die Spurensicherungsberichte.

»Was ist das denn für eine Sauerei?«

Erst jetzt fiel ihm der Hinweis der daktyloskopischen Spurenauswertung auf.

Auf dem Verpackungsmaterial des bei der Hirschfelder aufgefundenen Kokains konnten keine Fingerabdrücke festgestellt werden.
Auch keine DNA.
Schon den ganzen Nachmittag und Abend, den er brütend über der Akte verbracht hatte, waren ihm Ungereimtheiten aufgefallen. Beweise, die keine waren, allenthalben als Indiz gewertet werden konnten. Zeugenaussagen, die sich widersprachen. Überhaupt waren Zeugen aufgetaucht, die mehr als dubios und suspekt waren, angeblich stattgefundene Telefonate zwischen Hirschfelder und ihrem vermeintlichen Lieferanten, die nirgends im Wortlaut protokolliert waren. In unzähligen Vernehmungen hatte sie ihre Unschuld beteuert. Doch niemand schien ihr zu glauben.
Kokain war schon immer eine Schickimicki-Droge und gehörte, gerade in den oberen sozialen Schichten, schon beinahe zum guten Ton. Deshalb hätte es ihn keineswegs gewundert oder überrascht, wenn man einer berühmten und gefeierten Rechtsanwältin, wie der Hirschfelder, den gelegentlichen Konsum von Kokain hätte nachweisen können. Aber nicht einmal das! Sie hatte sich damals sogar freiwillig einem Tox-Screen unterziehen lassen. Weder im Blut noch im Urin, das nur unter ärztlicher Aufsicht abgegeben wurde, konnte man Abbaustoffe von Kokainhydrochlorid nachweisen. Das, vermutete er, war der Grund für das relativ milde Urteil. Zwei Jahre Freiheitsstrafe auf Bewährung hatte man ihr aufgebrummt. Aber allein das hatte genügt, um ihr durch die Anwaltskammer die Approbation

entziehen zu lassen. Das Gericht war sogar noch weitergegangen. Man hatte ihr unterstellt, über Jahre einen schwunghaften Handel mit dem weißen Pulver betrieben zu haben. Sämtliche Konten und sonstiges Vermögen fielen der Einziehung, also der Staatskasse, anheim. Sogar ihr Haus, welches mit inkriminiertem Drogengeld bezahlt gewesen sein soll, hatte man eingezogen und für eine lächerlich geringe Summe versteigert.
Und als hätte man sie nicht schon genug verhöhnt, brummte man ihr die gesamten Verfahrenskosten von damals über 100.000 DM auf. Sie hatte sich davon nie wieder erholt.
Kerner lehnte sich in seinem Bürostuhl zurück und wuschelte sich durch das lichte Haar. Er kam immer mehr zu der Überzeugung, dass man die Hirschfelder damals ordentlich verladen hatte. Mit den vorliegenden Beweisen hätte überhaupt nie eine Anklageerhebung stattfinden dürfen. Was ihn zu der unausweichlichen Frage führte, wer zum Geier bei der Staatsanwaltschaft und Gericht diesem Verfahren stattgegeben hatte. Sei´s drum. Der Hirschfelder würde das alles nichts mehr nützen. Sie tat ihm leid. Möge sie wenigstens im Tod ihre Ruhe finden. Kerner sah die Verbindung zwischen ihr und Sprenger einfach nicht. Wenn es denn eine gab. Sein Anruf bei Sprengers Dienststelle hatte ihn auch nicht weitergebracht. Die einzig mögliche Verbindung sah er in einem laufenden Verfahren, in dem Sprenger vielleicht ermittelte. Der Kollege Maurer war sehr kurz angebunden gewesen. *Er sei zurzeit nicht befugt, irgendwelche Informationen über*

Sprenger und dessen aktuellen Ermittlungen zu geben. Was für Kerner so viel hieß wie: man hatte ihm einen Maulkorb verpasst. So würde er jedenfalls nicht weiterkommen. Und das wurmte ihn. Er beschloss es für heute gut sein zu lassen, fuhr den Rechner runter und ging.

Es war still in den Fluren. Obwohl erst kurz vor 21 Uhr, war es ungewöhnlich, da doch immer jemand im Amt zu tun hatte.

Er könnte sich von unterwegs noch eine Pizza für zu Hause besorgen, ging es ihm durch den Kopf.

Blinkend entriegelten sich die Türen seines Wagens, der auf der anderen Straßenseite abgestellt war.

Weder hatte er etwas gehört, noch waren ihm Scheinwerfer aufgefallen, als er hart von den Füßen gerissen und angehoben wurde. Ein stechender Schmerz durchfuhr seinen linken Oberschenkel, hinein bis in die Hüfte. Die Welt stand plötzlich Kopf. Er wurde um die eigene Achse gewirbelt, knallte schwer mit dem Kopf irgendwo auf. Wie sein Körper hart auf den Asphalt schlug und seine Knochen brachen, nahm er nicht mehr wahr.

58. Kapitel

La Marchix

David entwand Sinas Händen die Pistole. Eine Rauchfahne kräuselte sich vom Ende des Laufs empor.

»Das ist für Miriam, du Drecksau!«, hatte Sina gebrüllt, als sie das Magazin auf den sterbenden Stier entleert hatte. Schwer atmend blickte sie auf den Leichnam Stiers hinab.

»Er hat es verdient, nicht wahr?«

»Ja, hat er«, sagte er beschwichtigend.

Weinend sank sie in seine Arme.

Davids letzter Hieb hatte Stiers Kehlkopf und Zungenbein zertrümmert. Röchelnd und hustend lag er auf dem Rücken, als Sina sich die Pistole eines der, von Stier, getöteten Männer griff und in blinder Wut und Raserei wieder und wieder auf Stier geschossen hatte, bis die Waffe nur noch ein Klicken von sich gab. Ein regelrechter Overkill.

Über den Kopf Sinas hinweg ließ er seinen Blick durch die Kapelle gleiten. Einer der dunkel gekleideten Männer saß tot in einer grotesken Haltung, als starre er staunend zur Decke, in einer der Bänke. Der andere hing schlaff über der Lehne der ersten Bankreihe.

Wo waren sie hergekommen und hinter wem waren sie her?

Nachdem Sina sich beruhigt hatte, entließ er sie aus seiner Umarmung und trat zu einem der Getöteten. Tastend untersuchte er den Leichnam auf Papiere. Nichts! Keine Geldbörse, kein Ausweis – gar nichts! Nicht einmal ein Telefon. Da er beim Zweiten ebenfalls nicht fündig würde, beließ er es dabei und ging in den Altarraum zurück.
»Komm, lass uns gehen!« David bückte sich nach der Akte und tupfte mit einer Ecke von Stiers Jacke das Blut vom Aktendeckel.
»Wohin?«, murmelte sie.
»Ganz egal, erst einmal weg von hier.«
David zog Sina bis zum Auto stolpernd hinter sich her. Der Sturm peitschte noch heftiger vom Meer her und schlug ihnen beißend ins Gesicht. Als David den Zündschlüssel drehte, gab der Motor des Peugeot keinen Muckser von sich.
»Fuck! Vermutlich hat Stier die Zündkabel herausgerissen …«
Gegen den Sturm gestemmt rannte er zur Kapelle zurück und kehrte wenige Minuten später mit einem klobigen Schlüssel in der Hand zurück.
»Jetzt müssen wir nur noch Stiers Karre finden.«
David drehte sich langsam im Kreis und betätigte den Türöffner in alle Himmelsrichtungen haltend. Plötzlich flammte ein Scheinwerferpaar auf und wies ihnen die Richtung. Keine hundert Meter entfernt fanden sie, hinter einer Reihe dichter Sträucher, Stiers abgestellten Audi.
»Das nenne ich mal ein feines Fluchtauto«, witzelte David.

Fauchend erwachte der 6-Zylinder, als er den Wagen startete.
Er wählte die Stufe D und trat aufs Gaspedal. Mit durchdrehenden Rädern katapultierte sie der Wagen mühelos auf 80 km/h.

59. Kapitel

Paris

Das Kristallglas zerbarst in hunderttausende kleiner Splitter, als er es wütend gegen die Wand schleuderte. Seit zwei Stunden wartete er nun auf Nachricht. Beinahe im Minutentakt wählte er die Nummer, ohne dass der Angerufene dranging. Das würde ein Nachspiel haben, das schwor er sich.

Es war der Abend vor den Präsidentschaftswahlen und er hatte gewiss Wichtigeres zu tun, als einem Lakaien hinterher zu telefonieren.

Das Dinner mit *ihrem* Kandidaten war amüsant und gesellig, und trotzdem konnte er keine rechte Freude daran finden, da er sich ärgerte. Wütend stopfte er sein Telefon in die Brusttasche seines Sakkos, ging zum Servierwagen und schenkte sich ein neues Glas Cognac ein.

Zudem jährte sich heute der Todestag seines Bruders. In jungen Jahren waren sie sich sehr nahe gestanden. Als er sein Studium begonnen hatte, und dank zahlreicher Stipendien an den besten und wichtigsten Universitäten Europas studiert hatte, verlor sich ihre Nähe. Anfangs war es nur die räumliche Distanz. Als er später zurückkehrte, war die Kluft zwischen ihnen so groß geworden, dass er sie, bis zu seinem Tod, nicht zu überwinden vermochte. Egal wie sehr er sich auch bemüht hatte.

Wenngleich sein Bruder es nie offen ausgesprochen hatte, schien es doch, dass er ihm die Schuld am Selbstmord ihrer Mutter gab.
Sie hatte immer schon einen Hang zur Melancholie gehabt. Ob es daran gelegen hatte, dass sie beide Jungen alleine aufziehen musste, wusste er nicht. Aber in den letzten beiden Jahren, bevor sie entschlossen hatte, ihrem Leben ein Ende zu setzen, hatte ihre Schwarzgalligkeit zugenommen. Immerzu war sie am Jammern gewesen. Er hatte ihr versprechen müssen, sie mehrmals die Woche anzurufen. Zum Schluss waren die Anrufe zur leidigen Pflicht geworden. Innerhalb weniger Minuten hatte sie es geschafft, ihn zu deprimieren. Irgendwann waren seine Anrufe weniger geworden.
Man fand sie, schwarz und aufgedunsen, in ihrer schäbigen Wohnung in Barbès, nachdem sie zuvor das Abzugsrohr ihres Ofens mit Handtüchern, Zeitungen und Werbeprospekten zugestopft hatte. Vielleicht hätte er sich mehr um sie kümmern sollen. Damals hatte er mit sich gehadert, weil er über ihren Tod keine Träne vergoss, ja nicht einmal Trauer verspürte. Er empfand Gegenteiliges. Eine Last war ihm genommen und er empfand Erleichterung. Der Tod seines Bruders hingegen hatte tiefe Narben hinterlassen. Er vermisste ihn, wenngleich sie in den Jahren davor nur gelegentlich miteinander gesprochen hatten.
Mit einem Seufzen leerte er sein Glas und kehrte in den Salon zurück.

60. Kapitel

Paris

Die Tachonadel war teilweise weit über die 250er Marke geklettert, als David den Audi über die A11 Richtung Paris gejagt hatte. Nicht ganz drei Stunden hatten sie für die knapp 450 km benötigt. David hatte vermutet, dass Sina der Overkill an Stier stärker mitnehmen würde, da er sie in der Kirche regelrecht ihrer Schockstarre hatte entreißen müssen. Kritisch hatte er sie beobachtet, aber sie schien sich schnell wieder gefangen zu haben.

Sina saß während der ganzen Zeit fassungslos den Kopf schüttelnd auf dem Beifahrersitz und studierte die Akte, die ihr Vater vor vielen Jahren angelegt hatte. Das Dossier bestand überwiegend aus Listen. Listen mit unzähligen Namen, Ausschnitten aus deutschen, englischen und französischen Zeitungen.

»Was soll das? Ist das sein Vermächtnis an mich? Was soll ich denn damit anfangen?«

Genervt blies sie sich eine Haarsträhne aus dem Gesicht.

»Ich meine … Er hat mir ja eh nichts hinterlassen. Na ja, nichts Persönliches«, fügte sie leise hinzu.

David sah sie fragend von der Seite an.

»Denkst du, Miriam hätte mir irgendwann von ihrer Beziehung zu meinem Vater und der Akte erzählt?«

»Kann ich dir nicht sagen. Vielleicht! Ich weiß es nicht«, entgegnete David achselzuckend.
Langsam glitt der Audi durch den Pariser Vorort Saint-Denis. Kaum ein Licht brannte hinter den Fenstern, als David in die Zufahrtsstraße zum Hotel einbog.
Sein schwarzer Passat stand exakt an derselben Stelle, an der sie ihn am Morgen ihrer Anreise abgestellt hatten.
»Was ist?«, fragte Sina verwundert, als David abrupt anhielt.
»Hm, ich bin mir nicht sicher. War der Parkplatz vorgestern Morgen auch schon so gut beleuchtet?«
»Ich weiß nicht was du meinst!?«
»Ich dachte … Das gefällt mir nicht ...!«
David riss das Lenkrad herum und beschleunigte. Möglich, dass das Hotel und der Parkplatz davor, in Erwartung ihrer Rückkehr, observiert wurde. In scharfem Tempo nahm er reifenquietschend die Kurven und rote Ampeln überfuhr er geflissentlich. Es schien ihnen jedoch niemand zu folgen.
Erst auf der Stadtautobahn entspannte sich David etwas.
»Das Beste wird sein«, schlug er vor, »wir suchen im Zentrum ein Hotel und verkriechen uns erst einmal. Wer weiß, was das für Typen waren und hinter wem sie her waren.«
Zwanzig Minuten später checkten sie ins Hôtel du Louvre, unweit des Louvre, ein. Die junge Asiatin musterte sie kritisch, als sie die Daten aufnahm. Mit einem charmanten Lächeln hatte David ihr fünfzig

Euro zugeschoben und augenzwinkernd gemeint, dass er seinen Ausweis verloren habe.
Sie begnügte sich damit und pflegte den Namen, den David ihr nannte, ins Programm ein.
»Wow, ist das ein geiles Zimmer«, staunte Sina.
»Für den Preis von über dreihundert Euro darf man das auch erwarten«, grinste David.
»Wieso eigentlich Peter Müller?«
»Weil dieser Name genauso gut ist wie jeder andere«, lachte er.
Die Bezahlung hatte seine Barmittel auf ein Minimum schrumpfen lassen. Es wäre gefährlich, nein unmöglich, irgendwo an einem Automaten Bargeld zu beziehen, ohne die Spur auf sich zu lenken. Mit Sicherheit würden seine Kontobewegungen überwacht. Ob er nun bargeldlos mit EC-Karte oder mit seiner Kreditkarte bezahlte oder Geld abhob, würde sofort an eine Zentrale gemeldet.
David warf seine Tasche aufs Bett und verschwand im Badezimmer. Stöhnend zog er sich das T-Shirt über den Kopf und betastete kritisch seine blutunterlaufene Seite. An zwei Stellen, an denen er Druck ausübte, sog er scharf die Luft durch die Zähne. Entweder waren zwei Rippen geprellt oder gar gebrochen. Bis zum Kampf mit Stier waren die Schmerzen auf ein erträgliches Maß gesunken und er hatte kaum noch einen Gedanken daran verschwendet. Stier hatte ihn nicht getroffen, darauf hatte David sehr geachtet. Einem neuerlichen Treffer Stiers an derselben Stelle hätte er nicht widerstanden. Schnuppernd reckte er seinen rechten

Arm in die Höhe. Er stank erbärmlich. Für eine Sekunde zögerte er: »Warum eigentlich nicht?«
Plätschernd begann sich die große Wanne zu füllen, in dessen Seiten und Boden Düsen eingelassen waren. Der Luxus eines dreihundert Euro-Zimmers.
Mit einem wohligen Seufzer ließ er sich in das heiße Wasser gleiten, hielt den Atem an und tauchte mit geschlossenen Augen unter, solange er die Luft anhalten konnte. Das warme Wasser lockerte seine Verspannungen und er spürte, wie das tagelang andauernde Pochen in seinen Schläfen verschwand. Auch der Schmerz in seiner Brust klang spürbar ab. Prustend tauchte er auf und rieb sich den Schaum aus den Augen. Als er die Augen aufschlug, war sie der erste Anblick. Ein Anblick, der sündiger und reizvoller nicht hätte sein können. Als würde sie David fragend um Erlaubnis bitten, sah Sina ihn verführerisch an. Beinahe schüchtern hatte sie die Arme um den Oberkörper geschlungen. Lange sah er sie an. Ihren jungen, glatten, perfekten Körper. Ihre Beine, ihre Schenkel, ihren Schoß, auf deren weißer Haut sich die Stoppeln nachwachsender Schambehaarung abhoben, ihre schmale Taille und ihre festen Brüste mit den aufgerichteten Brustwarzen. Grazil stieg sie zu ihm die Wanne.

61. Kapitel

Heidelberg

Ein purpurner, pulsierender Schleier hing vor seinen Augen, gleich eines schweren Theatervorhangs, der sich wogend bewegte und man gespannt darauf wartete, dass er sich hob. Sein Hals war rau von seinen Schreien. Die Lippen spröde und aufgerissen. Er wusste nicht mehr, wie oft er das Bewusstsein verloren hatte. Nach dem fünften Mal hatte er aufgehört zu zählen. War es zehn Mal? Zwanzig Mal? Es hatte keine Bedeutung mehr. Mittlerweile hoffte er nur noch aus der nächsten Ohnmacht nicht wieder zu erwachen. Ein Gedanke manifestierte sich in seinem Gehirn:
Wie viel Schmerzen kann der menschliche Körper eigentlich ertragen, bevor das Herz aufhört zu schlagen?
Die Männer schienen großen Spaß an ihrer Arbeit zu haben und widmeten sich ihr hingebungsvoll. Lange schon hätten sie ihr Tun beenden und es zu Ende bringen können. Er hätte ihnen alles oder auch nichts sagen können.
Begonnen hatten sie mit seinem kleinen Finger. Einen nach dem anderen hatten sie sie mit einer Geflügelschere abgetrennt und die Stümpfe augenblicklich mit einem Lötkolben kauterisiert. Unter Tränen und Flehen hatte er geschworen ihnen alles gesagt zu haben.

»Gott, lasst mich doch endlich sterben«, flehte er krächzend.
Er wusste nicht was schlimmer war. Die unbeschreiblichen Schmerzen oder der grauenvolle Anblick des silbernen Tabletts, auf dessen spiegelnder Oberfläche fein säuberlich aufgereiht seine Finger, Daumen, Zehen, Ohrläppchen und seine Nase lagen.
»Ich habe euch alles gesagt, was ich weiß. Ich habe die Daten nicht. Ich habe sie nicht finden können. Ihr müsste mir glauben. Biiiiiitte!«, heulte er, als der Mann vor ihm in die Knie ging.
»Weißt du Kübler!«, flüsterte eine Stimme hinter ihm. »Das Verwerfliche war nicht, dass du die Daten nicht geliefert hast. Dein Fehler war dein jämmerlicher Versuch, unseren Auftraggeber über den Tisch ziehen zu wollen. Hast wohl den Hals nicht voll bekommen können, du kleiner Schwanzlutscher. Es wird nicht nachverhandelt. Niemals! Jetzt leb' mit den Konsequenzen.«
Küblers Geist verabschiedete sich dankbar in die Dunkelheit, als der Mann seine Eier packte.
Er hoffte inständig, dass sie ihn dieses Mal nicht wieder würden wecken können.

62. Kapitel

Paris

In ihrer Leidenschaft hatten sie das halbe Bad unter Wasser gesetzt und verlagerten nass, wie sie der Wanne entstiegen waren, ihr Liebesspiel aufs Bett.

Nach dem vierten Mal sank Sina erschöpft und mit schweißglänzendem Körper in die Laken.

»Wir brauchen neue Decken und Leintücher«, feixte David. »Das ist alles tropfnass.«

»So wie ich …«, grinste Sina unter dem Arm hervor. »Ich könnte, glaub ich, schon wieder.«

David verdrehte die Augen und blies prustend die Luft aus. »Aber ich nicht. Es sei denn du möchtest meinen Herztod riskieren«, fügte er lächelnd hinzu.

Eine Weile lang dösten sie eng umschlungen.

»Was ist los?«, fragte sie, als er sich aus ihrer Umklammerung schälte und aufstand.

»Ich muss jetzt dringend einen alten Freund anrufen«, murmelte er, als er in seiner Tasche nach seinem Smartphone mit der deutschen SIM-Karte kramte.

»Et voilà!«

Er schaltete es ein und legte die SIM-Karte in den Slot, die er kurz nach dem Grenzübertritt nach Belgien entnommen hatte.

Konzentriert blätterte er durch die Kontakte. Er würde bald eine Lesebrille brauchen. Ob ihm das nun gefiel oder nicht.
Es bereitete ihm in letzter Zeit immer mehr Mühe die kleine Schrift im Display zu entziffern.
»Da ist sie …!«
Er tippte die Nummer in das andere Handy und wartete. David sah Sinas fragenden Blick.
»Clément Zouiche. Ein guter Freund. Zumindest war er das früher einmal.«
Clément und David waren sich vor vielen Jahren im Rahmen seiner Spezialausbildung begegnet. Clément war seinerzeit ein knallharter Ausbilder bei der Légion Étrangère, der Fremdenlegion, oder wie Clément immer zu sagen pflegte: Képi Blanc.
Clément war der Spross eines libanesischen Offiziers und einer Pariserin zweifelhafter Herkunft. Er hatte sich als unerbittlicher Ausbilder erwiesen, was David immer wieder zugute kam. Obgleich er ihm damals, für seine erbarmungslose Schleiferei, gerne die Fresse poliert hätte. Später waren sie sich, Clément war mittlerweile zum Chef der Personenschutzeinheit im Élysée-Palast ernannt worden, im einen oder anderen Auslandseinsatz wieder begegnet.
»Hallo mein Freund. David hier«, meldete er sich. »Ich brauche deine Hilfe!«

63. Kapitel

Hamburg

Eine Beckenringfraktur, beide Oberschenkel frakturiert, offene Brüche der Schienbeine, Trümmerbruch des rechten Schulterblattes. Zu den unzähligen Knochenbrüchen mussten wir ihm die Milz und eine Niere entfernen. Wirkliche Sorge bereitet uns das massive Schädel-Hirn-Trauma. Wir haben die Blutung stoppen können, aber die nächsten Stunden werden zeigen, ob er sich stabilisiert oder sich sein Zustand verschlechtert. Ich denke, wenn er die Nacht übersteht, ist das Schlimmste überwunden. Wenn Sie mich bitte entschuldigen würden …«

Schweigend hatte Selina Scharnhorst den Ausführungen des Arztes gelauscht. Der Schock dieser Nachricht saß immer noch tief. Sie konnte es nicht fassen. Kerner war beim Überqueren der Straße, kurz nach Verlassen des Amtes, von einem Pkw erfasst und dreißig Meter durch die Luft geschleudert worden. Die Kollegen vom Streifendienst gingen von einer Unfallflucht aus. »Vermutlich war der Fahrer betrunken«, so hatte sich einer der Streifenkollegen geäußert.

Nun, sie wollte den Kollegen nichts nachsagen. Sie hatten sich redlich bemüht, den Unfallort weiträumig abgesperrt und eine gründliche Spurensicherung vorgenommen.

Jede Glasscherbe war akribisch gesichert worden und die Oberbekleidung Kerners sichergestellt.
Sofort, nachdem man sie verständigt hatte, war sie in die Klinik gerast.
Da stand sie nun und starrte durch die Trennscheibe auf den zerschmetterten Körper Kerners. Ein Gewirr aus Schrauben und Nägel ragte wie ein Exoskelett aus seinen bandagierten Beinen. Etliche Zugänge, Drainageschläuche und ein Rachentubus komplettierten das absurde Bild. Aber wirklich bizarr war der Anblick seines Schädels. Die Ärzte hatten ein circa 5 mal 5 Zentimeter großes Stück seiner Schädelplatte entfernt, um so den Druck auf sein Gehirn zu mildern. Dieses würde später wieder eingesetzt. Den Schädel kahl rasiert, hatten sie die Öffnung nur mit einer dünnen Gaze bedeckt, wodurch das darunter liegende Gehirn sichtbar war. Selina Scharnhorst fröstelte bei diesem Anblick. Instinktiv schlang sie die Arme um den Oberkörper.
Reimund Kerner. Erster Kriminalhauptkommissar. Seit mehr als zwanzig Jahren geschieden, kinderlos, keine lebenden Angehörige und ein tadelloser Kriminalist mit vierzig Dienstjahren. Beschämt musste sie sich eingestehen, dass sie nicht mehr über diesen Mann wusste. Eine Traurigkeit, die sie nicht zu erklären vermochte, umfing sie. Traurigkeit und …? Ja! Wut! Ein brodelnder Zorn. Wie konnte jemand, aus welchen Gründen auch immer, einen Menschen überfahren und ihn dann auf der Straße sterbend zurücklassen. Unfälle konnten geschehen. Aber solch eine Handlungsweise setzte kriminelle

Energie voraus, hatte etwas Niederträchtiges und Hinterhältiges, weshalb sie es mit Mord und Totschlag auf eine Stufe stellte.
Was hatte Kerner so spät überhaupt noch im Amt zu suchen? Seit ihrem Gespräch am frühen Morgen hatten sie sich nicht mehr gesehen.
Er wollte, wie hatte er sich ausgedrückt, seine Eier schaukeln gehen!? Nachdem ihnen der Fall entzogen worden war, gab es eigentlich keine aktuellen Fälle, an denen er hätte arbeiten können. Vielleicht ein paar Anfragen oder Aufträge, aber nichts was seinen langen Verbleib im Amt gerechtfertigt hätte. Überstunden in diesem Rahmen müsste sie genehmigen und er hatte keinen Antrag diesbezüglich gestellt.
Stirnrunzelnd griff sie nach ihrem Telefon als Vicky, die Krimimaltechnikerin ihres Teams, mit quietschenden Sohlen den Gang hinunter eilte.
»Wie geht's es ihm?«, platze sie heraus, noch ehe sie sie erreicht hatte. Ihre Wangen waren tränennass und die Augen gerötet. »Ich bin gekommen, so schnell es ging.«
Sie schlug die Hände vor den Mund als sie Kerners malträtierten Körper durch die Glasscheibe erblickte. »Mein Gott!! Wird er durchkommen?«
Selina strich sanft über Vickys Schulter. »Da sind sich die Ärzte noch nicht sicher. Der Chefarzt meinte, wenn er die Nacht übersteht, hat er gute Chancen.«
Vicky nickte tapfer.
»Wo bist du denn gewesen?«, fragte Selina mit einem kritischen Blick auf ihren Sport-Dress.

»Ich war trainieren im Fitness-Studio, als du angerufen hast. Ich hab alles stehen und liegen lassen und bin gleich hierher gedüst. Hast du die anderen auch informiert?«

»Hm, nein«, brummte Selina. »Ich hab' immer nur deren Mail-Boxen erreicht.«

»Ich hab Jens Zimmermann von der Dakty angerufen, wenn es dir nichts ausmacht.«

Selina schüttelte den Kopf.

»Jens und Reimund kennen sich seit Ewigkeiten und verstehen sich gut.«

Mit einem zischenden Geräusch öffnete sich just die pneumatisch gesteuerte, doppelflügelige Türe zur Intensivstation.

Jens Zimmermann reichte Selina respektvoll die Hand, als er zu ihnen aufgeschlossen hatte.

»Ich komme gerade aus dem Amt. Was ist passiert?«, wollte Zimmermann wissen.

»Ganz genau wissen wir das noch nicht«, ergriff Selina das Wort. »Wahrscheinlich eine klassische Unfallflucht nach Trunkenheitsfahrt.«

Zimmermann nickte und warf einen sorgevollen Blick auf seinen, mit dem Tode ringenden, Freund.

»Sag mal, weißt du, was Reimund solange im Amt gemacht hat heute?«

»Keine Ahnung. Ich bin auf dem Weg nach draußen schnell in seinem Büro vorbeigegangen. Sein Schreibtisch war aufgeräumt und der PC aus. Ich kann´s dir nicht sagen. Keinen Schimmer.«

»Wieso warst du in seinem Büro?«, hakte die Inspektionsleiterin nach.

»Ach, ich wollte ihm etwas vorbeibringen. Er bat mich, einen Verpackungsbeutel mit Cyanacrylat zu bedampfen.«

»In was für einem Fall?«

»Weiß ich nicht«, gab Zimmermann achselzuckend zurück. »Ich vermute mal ein Betäubungsmittelfall. Zumindest schien in dem Beutel irgendeine pulvrige Substanz gewesen zu sein. Ich hab´s aber nicht getestet.«

Selina hatte die Stirn in Falten gelegt. »Ich weiß aktuell von keinem Betäubungsmittelfall. Auch keine Altfälle.«

Zimmermann rieb sich die Stirn. »Herrgott nochmal, musste das passieren? Reimund hatte keine zwei Monate mehr bis zur Pension. Wusstest du, dass er ein wunderschönes Hausboot besitzt, das er in ein paar Wochen wassern wollte? Sein Lebenstraum!«

»Nein, das wusste ich nicht.« Betroffen blickte sie zu Boden. Sie machte sich Vorwürfe. Alles hatte sich bisher nur um ihre Karriere gedreht. Dabei hatte sie völlig außer Acht gelassen, sich für ihre direkten Mitarbeiter zu interessieren. Ein Fehler, den sie so bald wie möglich wiedergutmachen würde.

»Jens, Vicky … Ich möchte, dass ihr das Team zusammentrommelt. Das war kein zufälliger Unfall. Ich kann das einfach nicht glauben, ich will das nicht glauben. Heute Morgen hat man uns den Fall Hirschfelder entzogen und …« Sie beendete den Satz nicht.

»Ruft alle zusammen. In einer Stunde im Einsatzraum!«
Selina Scharnhorst nickte den beiden zu und stürmte wild entschlossen aus der Intensivstation.

64. Kapitel

Wenige Stunden früher in Paris

Clément hatte sich bereit erklärt, sich mit David um fünfzehn Uhr in einem Bistro zu treffen. Nicht dass David mit einem Begeisterungssturm gerechnet hätte, aber Clément schien noch weniger erfreut seine Stimme zu hören, als er angenommen hatte.
David hatte große Mühe, die eng beschriebenen Seiten der Akte zu lesen, weshalb er sie nur überflog. Seiten über Seiten eng beschriebenen Papiers, teils nur mit einzelnen Zeitungsschnipseln beklebt. Am Ende jeder Seite waren winzig geschriebene Quellenangaben zu finden.
Denis Forget beschrieb darin wie der Geheimbund um den *Rat der Acht* Einfluss auf die größten Regierungen genommen hatte, Regime gestürzt oder etabliert, gigantische Konzerne geschluckt, Regierungen oder ganze Regionen in der Welt destabilisiert und ins Chaos gestürzt hatte und er nahm Bezug auf zurückliegende Skandale. David las die Namen Barschel, Waterkant-Affäre, Contergan-Skandal, Franz-Josef-Strauß und einige andere. Listen mit Namen afrikanischer Länder, in denen, so glaubte sich David zu erinnern, allesamt Kriege oder bewaffnete Konflikte ausgetragen wurden. Um das alles zu verstehen, müsste er die Akte

akribisch studieren. Ganz am Ende der Akte befanden sich mehrere Seiten. Eine Liste von 300 Namen, allen voran die Namen des amtierenden Rates der Acht. Mit einer Ausnahme. Den Namen des Vorsitzenden. Die Nummer Eins auf der Liste. Hinter dem Synonym ›Kronos‹ befand sich ein x-fach nachgezeichnetes Fragezeichen. Entweder war Denis nicht hinter die Identität Kronos' gekommen, oder er hatte in seiner Aufregung schlicht vergessen, die Liste zu komplettieren. David vermutete Letzteres. Warum sonst hätte er in der Nacht seines Todes Miriam völlig aufgedreht anrufen und erzählen sollen, dass er nun wisse, wer sich hinter dem Synonym Kronos verbirgt. Leider half ihm das nicht weiter.

»Wir müssen los«, riss Sina ihn aus seinen Gedanken.

Die kurze Strecke vom Hotel bis zum vereinbarten Treffpunkt hatten sie zu Fuß zurückgelegt. Als sie das Bistro betraten, erhob sich ein Mann, gut einen Kopf kleiner als David. Seine ansonsten schwarzen Haare waren von grauen Fäden durchzogen und er trug einen schwarzen, perfekt sitzenden, maßgeschneiderten Anzug. Clément hatte immer schon sehr viel Wert auf seine Garderobe gelegt. Und wenn Kleider Leute machten, dann traf dies in seinem Falle zu hundert Prozent zu.

Ein Lächeln umspielte seine Lippen, als er David erspähte und sich galant erhob. Mit beiden Händen umfasste er Davids Hand, schüttelte sie herzlich und küsste ihn rechts und links auf die Wangen.

»David, mon ami. Isch freu misch sär disch zu seen«, begrüßte er ihn mit schwerem Akzent.
»Und wer ist deine charmante Begleitung? Enchanté, Mademoiselle«, begrüßte er Sina und küsste ihre Hand.
»Grüße dich, Clément. Freut mich auch sehr dich zu sehen. Das ist meine gute Bekannte Sina.« Mit einem Zwinkern in ihre Richtung, machte er Sina und Clément miteinander bekannt.
David wusste nicht, wie er Cléments anzügliches Grinsen deuten sollte, aber es missfiel ihm.
Er knöpfte sein Jackett auf und deutete ihnen Platz zu nehmen.
»Dein Anruf klang ja wirklich dringend. Was kann ich für dich tun?«
»Nun ja«, druckste David. »Denis Forget, Sinas Vater, wurde vor acht Jahren bei einem Autounfall getötet.«
Clément machte eine einladende Geste fortzufahren.
Zögernd sprach David weiter.
»Denis war einem Geheimbund auf der Spur und kurz davor, die Identität des Kopfes dieses Bundes zu enttarnen. Ich nehme an, dass ihn diese Entdeckung das Leben gekostet hat, weil man genau dies um jeden Preis zu verhindern suchte. Denis hat seiner Tochter eine Akte hinterlassen. In der Akte finden sich Hinweise, dass dieser Bund sehr eng mit der französischen Regierung liiert ist und sich der Versammlungsort für ihre regelmäßige Treffen im Élysée-Palast befinden soll.«

Clément verdrehte die Augen. »Das ist doch Unsinn! Wenn es solch einen Versammlungsort gäbe, wüsste ich davon. Ich kenne den Palast in- und auswendig.«
David kommentierte dies nicht, sondern sah Clément erwartungsvoll an.
»Ich wüsste wirklich nicht, wie ich dir dabei helfen könnte.«
»Bring uns in den Palast! Wir müssen unter den Nordflügel.«
»Mon dieu, du musst völlig den Verstand verloren haben. David, ich weiß, dass nach dir gefahndet wird. Man bringt dich mit einem Mord in Hamburg in Verbindung. Ich hatte ein sehr interessantes Gespräch mit einer Frau Scharnhorst.«
»Wer ist das?«, erkundigte sich David.
»Das ist die leitende Ermittlerin, die die Fahndung nach dir veranlasst hat. Ich habe sie angerufen, weil ich den Grund für die Fahndung wissen wollte. Nenne mir nur einen vernünftigen Grund, warum ich dir helfen sollte, in den Palast zu kommen? Ich bin viel eher geneigt, dich den Kollegen auszu..., wie sagt man, auszulieförn?«
David beugte sich ihm entgegen.
»Weil du es mir schuldig bist, Clément. Ich erinnere alte Freunde nur sehr ungern an ihre Schulden. Wo wärst du denn heute ohne mich? Also? Wie sieht es aus?«
Clement dachte angestrengt nach.
»Wird sie uns begleiten?«, fragte er mit einem Blick zu Sina.

»Selbstverständlich wird sie das. Es geht schließlich um ihren Vater.«
»Dir ist hoffentlich bewusst, dass mich das den Kopf kosten kann?!«
»Genauso, wie mich seinerzeit, Clément.«
»Alors! Ich weiß nicht, was ihr zu finden glaubt, aber wenn ich das getan habe, will ich dich nie wiedersehen. Compris?«
David sah ihm tief in die Augen und nickte.
»Bon! Ich rufe dich an.«

»Ich kann ihn nicht ausstehen, diesen kleinen schmierigen Wichser«, bemerkte Sina, als Clément einen Zehneuroschein auf dem Tischchen hinterlassen und sich entfernt hatte.
»Vertraust du ihm?«
»Nein, das tu ich nicht. Aber welche Alternativen haben wir?«
»Was hast du eigentlich getan, dass er dir einen so großen Gefallen schuldet?«
»Entscheidend ist nicht, was ich getan habe, sondern er. Clément war auf Korsika einige Wochen mein Ausbilder. Er hat sich abends im Suff an einer Korsin vergriffen, die ihn wegen sexueller Belästigung angezeigt hatte. Eigentlich ist wirklich nichts passiert. Er fasste ihr an die Brüste und versuchte sie zu küssen. Fing sich eine schallende Ohrfeige ein. Vermutlich hat sie eine Chance gewittert, der französischen Regierung ein paar Euro Schadenersatz aus der Tasche zu leiern. Ich konnte die Kleine dazu überreden ihre Anzeige zurückzuziehen. Kuss hin oder her, das hätte ihn seine Karriere gekostet.

Man hätte ihn unehrenhaft entlassen. Und glaub mir, Clément legt sehr großen Wert auf seine Ehre.«
»Isch rufe disch an!«, äffte Sina Cléments letzte Worte nach und klang hierbei genauso borniert wie er.
»Was soll das denn bedeuten? Das ist ja wie bei einem Casting. *Rufen Sie uns nicht an, wir melden uns bei Ihnen.* Und dann hört man nie wieder etwas.«
David löffelte die letzten Reste des Milchschaums aus dem Glas.
»Mir wäre eine konkrete Zeitangabe auch bedeutend lieber gewesen, aber ich wollte ihn nicht drängen. War vielleicht ein Fehler. Ich habe Hunger. Lass uns was essen gehen.«

65. Kapitel

LKA Hamburg

Es herrschte gedrückte Stimmung und Fassungslosigkeit im Besprechungsraum. Einige hatten erst vor wenigen Minuten erfahren, dass Reimund Kerner in der Uni-Klinik um sein Leben rang.

»Ich danke euch allen, dass ihr so schnell gekommen seid«, eröffnete Selina Scharnhorst die Versammlung.

Allgemeines Gemurmel, dass dies doch normal und selbstverständlich sei, machte die Runde.

»Der Unfalldienst geht aufgrund der bisherigen Ermittlungen von einer Unfallflucht, also von einem normalen Verkehrsunfall aus.« Sie deutete ein leichtes Kopfschütteln an. »Die Tatsache, dass man uns heute Morgen den Hirschfelder-Fall entzogen und ausdrücklich untersagt hat, weitere Ermittlungen zu führen und der angebliche Unfall von heute Abend sind mir nicht koscher. Ich gebe zu«, Selina räusperte sich verlegen, »dass ich nur sehr wenig über Reimund weiß, aber was ich weiß, oder wie ich ihn einschätze, wird er sich nicht an diese Anweisung gehalten haben. Jens, du hattest in der Klinik erwähnt, dass du für Reimund einen Beutel bedampft hast. Ich möchte wissen, woran Reimund zuletzt gearbeitet hat. Hat er Akten angefordert?

Was hat er am PC gearbeitet? Hat er E-Mails verschickt? Hat er Dokumente ausgedruckt?
Hat er Telefonate geführt? Von seinem dienstlichen Anschluss und von seinem Handy? Ehe ich es vergesse zu erwähnen.
Vor etwa …«, sie warf einen kurzen Blick auf die Uhr an der Wand, »etwa sechs Stunden habe ich einen sonderbaren Anruf eines Kollegen aus Paris erhalten. Einem gewissen Clément Zouiche, der sich nach David Sprenger erkundigte. Wollte den Grund für die Fahndungsnotierung wissen. Für diejenigen, die es noch nicht wissen: Man hat am Tatort in dem ›Alten Haus‹ DNA-Material gefunden, dass unzweifelhaft zu einem Kollegen aus Baden-Württemberg gehört. David Sprenger ist Leiter einer Dienstgruppe beim Kriminaldauerdienst in Konstanz. Man wollte mir dort keine Auskünfte erteilen, woran Sprenger zuletzt gearbeitet hat. Ein Kollege, Bernd Mauer oder Maurer, der Name ist mir gerade entfallen, hat sich äußerst bedeckt gehalten. Ich solle mich für weitere Auskünfte an seinen Präsidenten wenden. Und den erreiche ich leider erst morgen früh. Teilt euch bitte in vier Teams auf. Zwei Teams sollen an der Unfallstelle noch einmal nach Spuren suchen. Ein Kaugummi, Zigarettenkippen, Rotz der ausgespuckt wurde, egal was. Findet etwas! Und klappert die umliegenden Gebäude nach Videoüberwachung ab. Vergesst die Blitzerautomaten der Rotlicht- und Geschwindigkeitsüberwachung nicht. Versucht Zeugen ausfindig zu machen! Auf geht's! Viel Erfolg uns allen!«

66. Kapitel

Paris

David hatte lustlos in seinem Essen herumgestochert, während Sina mit großem Appetit aß. Auf dem Rückweg zum Hotel waren sie an einem gemütlich aussehenden Restaurant vorbeigekommen. Das Steak, das er bestellt hatte, war zu gut durch gebraten. Wie auf zähem Kautschuk hatte er darauf rumgekaut, bis er den Teller genervt von sich schob. Die Pommes waren fettig und hatten den Namen Pommes Frites beileibe nicht verdient.
»Vielleicht hätte ich auch die Quiche bestellen sollen«, maulte er.
Sinas Kommentar beschränkte sich auf ein gelangweiltes Achselzucken.
»Meinst du, der Typ meldet sich überhaupt noch mal?«, fragte sie kauend und spielte dabei auf Clément an.
»Das will ich doch hoffen!«
Langsam wurden Zweifel in David wach, ob es eine gute Idee gewesen war, Clément ins Vertrauen zu ziehen und ihn um Hilfe zu bitten. Sicherlich war Clément ein ehrenwerter Mann, zumindest hatte David ihn so in Erinnerung.

David hatte darauf bestanden einen Fensterplatz zu bekommen. Gelegentlich ließ er seinen Blick die Straße hinauf und hinunter gleiten.
Immer damit rechnend, dass er in irgendeinem Hauseingang, einem abgestellten Fahrzeug, oder einem harmlosen Passanten Observationskräfte würde ausmachen können.
Obwohl, hätte Clément seine Drohung, sie der Polizei *»auszulieförn«*, wie er sich ausgedrückt hatte, wahrgemacht, wären sie längst festgenommen worden und befänden sich bereits in irgendeiner Zelle, darauf wartend, nach Deutschland ausgeliefert zu werden.
Ob der Mordverdacht haltbar ist, wäre den französischen Behörden relativ egal. Hauptsache, der formelle Behördenweg wäre eingehalten. Oh, die Franzosen legten enorm viel Wert auf die Formalitäten und das alles, dank des immer noch exzessiv zelebrierten Zentralismus, über die Generalstaatsanwaltschaft in Paris. David hatte in der Vergangenheit leidlich die Erfahrung machen müssen, dass selbst das kleinste Auskunftsersuchen, und sei es nur die Halteranfrage eines französischen Fahrzeugs gewesen, zentral über Paris angefragt werden musste, was die Wege unglaublich lange und zäh gestaltete. Mit dem gemeinsamen Deutsch-Französischen Zentrum in Kehl war es die vergangenen Jahre etwas leichter geworden.
David verbrannte sich die Zunge an seinem heißen Kaffee, als plötzlich sein Telefon in der Hosentasche zu brummen begann.
»Ja?«, meldete er sich.

»Bernd hier. Kann ich sprechen oder störe ich dich gerade?«
»Nein, natürlich nicht. Ich meine, klar kannst du sprechen und du störst nicht. Was gibt´s denn?«
»Pass auf!«, fuhr Maurer fort. »Das glaubst du nicht! Wie du gebeten hast, hab ich den Kollegen in Heidelberg den Tipp mit Dr. Kübler gegeben, wegen des Mordes an Tamina Willberg. Die waren zwar nicht so begeistert, da sie wohl keine Verbindung zwischen den beiden sahen, sind dann aber doch zu seinem Haus gefahren und haben dort Spuren eines Kampfes vorgefunden. Auch Blut. Von wem das stammt, kann ich dir allerdings nicht sagen. Aber jetzt kommt´s! Vor zwei Stunden wurde ein Mann vor der Notaufnahme der Heidelberger Uni-Klinik abgelegt. Übel verstümmelt und kaum zu identifizieren.«
»Was heißt abgelegt und kaum zu identifizieren?«, hakte David verwirrt nach.
»Na ja, was heißt abgelegt. Man hat ihn mehr oder weniger aus dem Auto geworfen. Ein Kastenwagen, den man für einen Zulieferer hielt und bis zur Notaufnahme passieren ließ, hielt kurz an, die Schiebetüre wurde geöffnet und ein lebloser Körper wurde wie Abfall auf die Straße geworfen.«
»Videoüberwachung?«
»Logisch! Aber sowohl Lieferwagen als auch Kennzeichen waren gestohlen.«
»Und der Mann?«
»Dem hat man alle Finger, Zehen, Nase und Ohren abgeschnitten. Und was richtig übel ist, man hat ihn kastriert. Die Eier abgeschnitten.«

»Konnte man ihn schon befragen?«
»Wo denkst du hin?«, schnarrte Bernds tiefe Stimme aus dem Hörer. »Der ist, aufgrund des massiven Blutverlustes dem Tode näher als dem Leben. Aber die Kollegen gehen nach ersten Einschätzungen davon aus, dass es sich dabei tatsächlich um Dr. Kübler handeln könnte.«
»Wird er überleben?«, erkundigte sich David.
»Wahrscheinlich. Zumindest haben die Ärzte davon gesprochen, dass mit einem unmittelbaren Ableben nicht zu rechnen sei. Glaubst du, das war ein Racheakt?«
»Warum?«
»Weil er ein Verhältnis mit der Willberg hatte?«, riet Maurer.
»Von wem denn? Der einzige, der dafür ein Motiv gehabt haben könnte, ist vor einigen Tagen tot in einer Hotel-Suite aufgefunden worden. Schon vergessen?«
»Hm. Stimmt!«, brummte Maurer.
»Aber die Verstümmelungen haben Symbolcharakter«, fuhr David fort.
»Verfährt nicht die Mafia mit Abtrünnigen oder Verrätern genau so?«, erklang Maurers Stimme aus dem Hörer.
»Hm, schon möglich. Dass er mit Tamina Willberg ein Verhältnis hatte, daran hab ich kaum Zweifel. Aber da muss noch was anderes gewesen sein. Bei unserem ersten Treffen in Heidelberg meinte Kübler, dass er nicht wisse, woran Dr. Willberg genau geforscht hatte, doch das nehme ich ihm nicht ab. Kübler war Willbergs Abteilungsleiter. Als ich ihn

dann im Haus der Willbergs wiedergetroffen hatte, reagierte er sonderbar, als ich ihn fragte, was denn nun mit Willbergs Forschungsergebnissen geschehen würde.«

»Jaaa?!«, sagte Maurer langgedehnt.

»Was, wenn Kübler an Willbergs Forschungsergebnisse gekommen war und diese meistbietend verhökern wollte?«

»Aber warum dann diese Verstümmelungsaktion?«

»Ich weiß es nicht, Bernd. Vielleicht hat er versucht den Käufer über den Tisch zu ziehen?«

»Wollte mehr Geld?«, fiel ihm Bernd ins Wort. »Oder …«

»… konnte nicht liefern«, vollendete David den Satz.

»Du musst mir einen Gefallen tun«, bat David.

»Setz dich bitte noch einmal mit dem K1 in Heidelberg in Verbindung. Erzähle ihnen von unserer Hypothese und bitte sie, sämtliche Verbindungsdaten Küblers und auch Tamina Willbergs zu erheben. Ganz wichtig wäre auch, dass sie Küblers Finanzen checken. Es muss da irgendeine Verbindung oder Unregelmäßigkeiten geben.«

»Wird gemacht«, bestätigte Maurer. »Und noch etwas David. Heute Morgen hat sich eine Kriminalrätin Scharnhorst aus Hamburg gemeldet. Deine DNA war wohl überall am Tatort. Sie wollte wissen, woran du gerade arbeitest.«

»Was hast du ihr geantwortet?«

»Nichts natürlich. Ich hab sie an den P verwiesen.«

»Gut! Bernd, ich schulde dir was. Melde dich, wenn es etwas Neues gibt.«

»Klar doch! Halt die Ohren steif, David.«

David nahm einen großen Schluck seines Kaffees, der mittlerweile eine trinkbare Temperatur angenommen hatte.

Als er seine Tasse abstellte, bemerkte er Sinas fragenden Blick. Ungeduldig trommelte sie mit den Fingerkuppen auf der Tischplatte.

»Hallo?! Lass mich nicht dumm sterben.«

David fasste zusammen, was er von Bernd Maurer erfahren hatte.

»Wusstest du, ob Kübler und Tamina Willberg eine Affäre hatten?«

»Ach! Woher denn?«, brüskierte sich Sina.

»Dr. Willberg und sie waren ja noch nicht mal ein Jahr verheiratet. Natürlich wurde getuschelt.«

»Worüber?«

»Na darüber, was so eine junge, schöne Frau von einem so alten Knacker wie dem Willberg wollte. Versteh mich nicht falsch. Willberg war für sein Alter unheimlich attraktiv. Und die Mischung aus Aussehen, Bildung und Stand hatte auf viele Frauen natürlich eine magische Anziehung.«

»Und Reichtum!«, gab David zu bedenken.

»Ich kann es dir nicht erklären. Ich habe die beiden öfter zusammen gesehen, aber die innige Herzlichkeit, nenne es das Turteln zweier Frischverliebter, habe ich vermisst.«

»Dr. Kübler hat mir erzählt, dass er nicht wisse, woran genau Willberg genau geforscht hat. Glaubst du das?«

»Nie im Leben! Vielleicht nicht in allen Details. Aber es müssen Forschungsgelder beantragt und

bereitgestellt werden, Personal eingestellt, Material und Gerätschaften beschafft werden. Kein Abteilungsleiter lässt sich dies ohne genaue Informationen aus dem Ärmel leiern.«
Während David sich das Gesagte durch den Kopf gehen ließ, signalisierte sein Handy den Eingang einer Nachricht.

»00:00 Uhr am Westflügel. C.Z.«

David hielt Sina das Display mit der Nachricht hin, sodass sie sie lesen konnte.
»Sehr gut. Dann habe ich mich wohl getäuscht in ihm. Ich mag ihn trotzdem nicht.«
Er deutete mit dem Kopf auf ihren Rucksack.
»Gibst du mir bitte die Akte. Ich will mir den Plan noch einmal ansehen.«

67. Kapitel

Paris – Élysée-Palast

Lange bevor der Empfang offiziell beendet war, hatte er sich in seine Gemächer zurückgezogen. Den ganzen Abend hatte sein Handy vibriert und jedes Mal musste er sich entschuldigend zurückziehen, um ungestört telefonieren zu können.
Kronos hegte keine Zweifel, dass der neue Präsident Frankreichs ganz in ihrem Sinne regieren würde. Schließlich entsprang er seiner Kaderschmiede und fühlte sich, wie die Regierungschefs der anderen europäischen Mitgliedsländer, uneingeschränkt den Zielen des *Rates der Acht* verbunden. Die morgige Wahl wäre eigentlich nur eine der Demokratie geschuldete Show. Seit Monaten hatten die französischen Medien, die durch ihn kontrollierten Medien, die Meinung der Bevölkerung maßgeblich beeinflusst. Die Meinungsumfragen sprachen für sich. So oder so, sollte der Mob sich in einem Anflug geistiger Umnachtung in der Wahlkabine doch noch umentscheiden, würde das Ergebnis spätestens bei der Auszählung in die richtigen Bahnen gelenkt. Dafür waren alle Vorbereitungen getroffen.

Kritisch betrachtete er sein Spiegelbild, nachdem er die Zähne geputzt hatte. Er war stolz darauf noch

die eigenen zu besitzen. Vielen in seinem Alter war dies nicht vergönnt.
Dafür hatte er mit anderen Zipperlein zu kämpfen, die das Alter mit sich brachten.
Tiefe Falten durchzogen sein Gesicht, geformt und geschmiedet aus der Summe seiner Erfolge und Misserfolge. Und dennoch verliehen sie ihm nichts Verhärmtes. Im Gegenteil. Zu seiner charismatischen Aura und seinem mittlerweile schlohweißen Haar strahlte sein faltiges Gesicht Güte und Weisheit aus. In jungen Jahren empfand er sein Gesicht und die hellbraunen Augen als langweilig und unattraktiv. Als in den 80er Jahren die ersten weichen Kontaktlinsen den Markt eroberten, an dessen Patenten sie wesentliche Anteile besaßen, und wenige Jahre später die ersten kosmetischen Linsen auf den Markt kamen, ließ er sich aus Eitelkeit dazu hinreißen, blau eingefärbte Kontaktlinsen zu tragen. Das Einsetzen und allabendliche Entfernen der Linsen war ihm nach zehn Tagen jedoch verleidet. Es schien auch nicht mehr wichtig zu sein. Den Frauen gefielen seine hellbraunen Augen. Er musste unweigerlich grinsen, als er sich eines Artikels erinnerte, den er vor vielen Jahren gelesen hatte. Ihm war entfallen, wo das gewesen war. Männer mit braunen Augen, so behauptete die Verfasserin, würden vertrauenswürdiger aussehen und durchweg mehr Dominanz und Macht ausstrahlen. Schnöde Äußerlichkeiten, wie er heute fand. Die Aura von Macht und Einfluss umgibt denjenigen, der wahre Macht innehat und nicht den, der sie in seiner Machbesessenheit zu erlangen sucht.

Solche Menschen hatte er zur Genüge getroffen, aufsteigen und fallen sehen.
Männer und Frauen, hauptsächlich Männer, deren Flügel wegen ihres Übermutes und unverschämter Selbstüberschätzung in der Sonne geschmolzen waren.
Er rieb sich das stoppelige Kinn, schaltete das Licht aus und ging ins Wohnzimmer.
Da er nicht sicher war, ob er gezwungen sein würde das Appartement noch einmal zu verlassen, war er in eine bequeme Jeans und einen weiten Wollpullover geschlüpft.
Die Dinge hatten sich nicht so entwickelt, wie er sich erhofft hatte, was die letzten Anrufe belegten. Ein zweites Einsatzteam brachte die letztendliche Gewissheit. Mit dem Auftauchen einer dritten Komponente, zumindest zu diesem Zeitpunkt, war seine Gleichung obsolet geworden.
So oder so würde das Problem *Sprenger* in den nächsten Stunden gelöst werden …

68. Kapitel

Hamburg LKA

Es war kurz vor 23 Uhr, als sich die Teams im Besprechungsraum versammelten.
»Also, was haben wir?«, warf Selina Scharnhorst die Frage in die Runde.
Jens Zimmermann ergriff als Erster das Wort.
»Wir konnten am Unfallort tatsächlich zwei Zigarettenkippen, unweit der Anstoßstelle, finden. Als hätte dort jemand gewartet. Ist natürlich alles Spekulation. Um deiner Frage vorzugreifen«, ergänzte er, »die Kippen sind bereits in der Molekulargenetik.«
Nach und nach ergriffen die einzelnen Teamleiter das Wort und berichteten, dass sie in einer nahegelegenen Spielhalle Videoaufnahmen sichern konnten, die, unerlaubterweise, den Bereich vor dem Eingang erfassen. Darauf sei ein Fahrzeug zu sehen. Man müsse das Bildmaterial aber aufbereiten, um überhaupt ein Kennzeichen oder ein brauchbares Bild des Fahrers zu bekommen.
Jens Zimmermann ergriff erneut das Wort.
»Ich habe dir doch erzählt, Selina, dass Reimunds Büro, als ich kurz vor Dienstende noch bei ihm reingeschaut habe, einen absolut aufgeräumten Eindruck machte? Du erinnerst dich?«
Selina nickte. »Worauf willst du hinaus?«

»Naja. Ich verstehe da etwas nicht. Reimund hat aus der Aktenhaltung, zumindest steht es so im Programm der Aktenhaltung, heute Nachmittag die komplette Akte der Hirschfelder abgeholt.
Laut des Druckermenüs des Etagendruckers hatte er zig Seiten ausgedruckt und kopiert. Einige Druckaufträge liegen sogar noch im Cache. Was das war, konnte ich allerdings nicht nachvollziehen. Da müsste eventuell die IT nachschauen, ob sie etwas davon rekonstruieren können. Ich habe mich gefragt, wo das ganze Zeug geblieben ist. Wo ist der Karton mit den Akten? Wo die Beweismittel daraus? Wo sind die ganzen Ausdrucke und Kopien? Ich war eben noch in seinem Büro, um mich zu vergewissern, ob ich nicht vielleicht etwas übersehen habe.«
»Und die Aktenhaltung hat auch keinen Rücklauf dieser Akte?«, hakte Selina nach.
Zimmermann schüttelte den Kopf. »Nein, das hab ich überprüft.«
Selina Scharnhorst fühlte sich unbehaglich bei dem Gedanken, dass jemand aus dem Team oder gar aus der Führungsspitze des LKA Kerners Büro *gesäubert* haben könnte. Für Externe war es nach 16 Uhr unmöglich, den Gebäudekomplex zu betreten. Zudem war der Bereich ihres Dezernates zusätzlich elektronisch gesichert.
Jens Zimmermann gehörte eigentlich nicht zu ihrer Abteilung, weshalb sie ihn nicht unmittelbar zu ihrem Team zählte, aber annahm, dass sie ihm am ehesten würde vertrauen können.

Es war nicht das erste Mal gewesen, dass das BKA oder auch der Verfassungsschutz einen Fall an sich zog. Aber nie hatte sie erlebt, dass dies so jäh und ohne jeglichen Übergang erfolgte. Und schon gar nicht war es üblich, dass die Dateien, die sie in einem Fall angelegt hatten, von den Festplatten oder gar dem LKA-Server gelöscht wurden.
Als sie der LKA-Präsident, höchstpersönlich, letzte Nacht aus dem Schlaf gerissen hatte, ließ er keine Zweifel offen, dass es sich um einen höchstbrisanten Fall mit einiger Tragweite handele, welcher zwingend in kompetentere Hände gehöre. Alleine die Formulierung hatte ihr die Zornesröte ins Gesicht getrieben. Als wären sie und ihr Team die letzten Vollidioten. Sowohl das BKA, als auch der Verfassungsschutz kochten auch nur mit Wasser.
»Prima. Vielen Dank euch allen. Ich denke, mehr können wir im Augenblick nicht tun. Wir müssen warten, bis wir die Spurenauswertung und die Daten aus der IT haben. Treffen wir uns morgen früh um neun Uhr wieder hier.«
Ihre Mitarbeiter erhoben sich und strömten dem Ausgang entgegen.
»Ähm, Jens. Hast du einen Augenblick?«
Zimmermann sah, noch während er seine Unterlagen zusammenraffte, überrascht auf.
»Na klar! Was gibt es?«
»Ich habe eine große Bitte an dich.«
»Oha!«, rief Zimmermann überrascht auf. »Das klingt ja sehr bedeutungsschwanger«, und trat näher zu Selina Scharnhorst.

»Ich möchte, dass du dir die Videoaufnahmen der Ein- und Ausgänge ansiehst. Ich möchte wissen, wer in der fraglichen Zeit das Amt betreten oder auch verlassen hat, das sollte über die Zeiterfassung ebenfalls verifizierbar sein.«
Zimmermann kratze sich mit dem Zeigefinger an der Stirn. »Das wird nicht einfach werden. Soweit ich weiß, haben nur der Präsident und sein Stellvertreter die Zugriffsberechtigung auf die Videodaten. Aber ich hab' da eine Idee«, sagte er grinsend. »Lass mich mal machen!«
»Ich danke dir.« Erleichterung lag in ihrer Stimme.
»Ich mach das nicht für dich, sondern für Reimund«, feixte er.
»Hab' ich nicht anders erwartet. Wir sehen uns morgen früh. Nochmals danke.«

69. Kapitel

Paris – Élysée-Palast

In einer neuerlichen Nachricht hatte Clément gebeten, ihren Wagen unauffällig, irgendwo abseits zu parken und ihn am Nordflügel des Palastes zu treffen.
David und Sina standen im Dunkel des Eingangs zu einer Damen-Boutique, die dem nördlichen Torflügel gegenüber lag. Ein eisiger Wind pfiff durch die Häuserschlucht und trieb wirbelnd Laub und Unrat vor sich her. Nur vereinzelt brannten Lichter hinter den Palastfenstern. Lediglich die Stirnseite des Palastes wurde von mehr als einem Dutzend Halogenstrahlern illuminiert.
David waren weder verdächtige Fahrzeuge noch Personen aufgefallen, seit sie angekommen waren. Das Nordtor schien um diese Zeit überhaupt nicht frequentiert zu sein, lag abseits der Hauptstraße und fast vollständig im Dunkeln.
Sina fror erbärmlich, obwohl sie nebst BH noch zwei T-Shirts und ihren wärmsten Pullover übergestreift hatte, darüber die Jacke, die sie in Hamburg gekauft hatte. Einen Schal hatte sie in mehreren Lagen um ihren Hals gewunden, weswegen David sie mit einer altägyptischen Mumie verglich.
»Scherzkeks«, maulte sie mürrisch. »Wie lange warten wir denn noch? Ich kann meine Zehen schon nicht mehr spüren.«

Als hätte eine unsichtbare Macht ihr Flehen erhört, öffnete sich am Nordflügel des Palastes quietschend eine Seitentüre. Die Silhouette einer Person zeichnete sich ab, welche unzweifelhaft dem Mann gehörte, der sie in den Palast bringen sollte.
Clément musste sich, trotz seines kleinen Wuchses, bücken, um sich nicht den Kopf am Bogen des Tores zu stoßen. Sein Blick wanderte die Straße hoch und runter.
David tat es ihm gleich. Da nichts seinen Argwohn erregte, trat er aus der Dunkelheit, Sina an der Jacke hinter sich her ziehend.
Mit schnellen Schritten hatten sie die Straße überquert und waren zu Clément geeilt, der sie bereits ungeduldig erwartete. Clément war ein harter Knochen, dennoch schien er unter seinem perfekt sitzenden Anzug zu frösteln.
»Vite, vite … kommt herein.«
Es kostete Clément einige Kraft, die schwere, hölzerne, mit eisernen Querstreben beschlagene Türe ins Schloss zu werfen, welche sich mit einem verächtlichen Quietschen dagegen zu sträuben schien.
»Ein wenig Öl könnte den Scharnieren auch nicht schaden«, merkte David an.
»Mon dieu, was denkst du, wann man die zuletzt benutzt hat? Ich kann mich nicht erinnern, zumindest nicht seit ich am Palais bin. Folgt mir …!«
Clément führte sie durch den nördlichen Innenhof und strebte einem Durchgang zu, dessen Türe ebenso massiv und schwer aussah.
David hatte sich den der Akte beiliegenden, rudimentär skizzierten Plan von Denis genau einge-

prägt. Mit den Informationen, die er einigen Internetseiten und Google-Earth hatte entnehmen können, mussten die Katakomben tief unterhalb des nördlichen Flügels liegen, in die Clément sie geradewegs führte.
»In diesem Teil des Palastes bin ich selbst noch niemals gewesen«, näselte er, als er ihnen die schwere Türe öffnete. Zumindest diese Türe schien des Öfteren benutzt zu werden, da sie beinahe lautlos aufglitt. Eine schmale, steinerne Treppe führte schnurgerade hinab ins Dunkel. Das hereinscheinende Licht des beleuchteten Innenhofes verlor sich bereits nach wenigen Stufen. Ein dunkler Schlund, der geradewegs in die Hölle zu führen schien.
Sina fröstelte, obwohl der schneidende Wind ausgesperrt war.
»Ich gehe voran.«
»Du musst uns nicht begleiten, wenn du das nicht möchtest«, sagte David in der Hoffnung, Clément würde dieses Angebot dankend annehmen.
»Pas de chance, mon ami! Kommt nicht in Frage!« Cléments Tonfall ließ keinen Widerspruch zu.
Aus der Innentasche seines Sakkos zauberte er eine kleine, aber lumenstarke Taschenlampe hervor, wie man sie im militärischen und polizeilichen Bereich verwendete. Er selbst besaß so eine kleine Lampe, die man mittels einer speziellen Halterung auf diverse Waffentypen aufschieben konnte. David wünschte sich, dass er sie mitgenommen hätte.
Langsam stieg Clément, ihnen voraus, die Treppe hinab.

Der Abgang war kaum breiter als seine Schultern und er hatte permanent das Gefühl seinen Kopf einziehen zu müssen.
Sina stolperte, mehr als sie ging, hinter David her. Er spürte ihre Hand in seinem Rücken.
Ob sie sich dadurch physischen oder psychischen Halt verschaffte, wusste er nicht, vermutete aber letzteres. Eine gefühlte Ewigkeit lang stiegen sie die Stufen hinab. David hatte keine Vorstellung, wie tief sie unter der Erde waren, als die Treppe plötzlich endete und sie vor einer Abzweigung standen. Die Luft schmeckte schal und verbraucht, roch nach Feuchtigkeit und Moder, aber noch ein anderer Geruch mischte sich darunter, den er nicht zu definieren vermochte.
»Da entlang«, deutete David den rechten Gang hinunter, als Clément ihn fragend ansah.
Kopfschüttelt meinte er: »Ich weiß wirklich nicht, was du hier zu finden hoffst. In diesem Teil des Flügels gibt es nichts, was interessant ist.«
»Komm schon Clément! Der Palast ist beinahe dreihundert Jahre alt. Hat unzählige Herrscher, Grafen wie Könige, beherbergt und ist seit annähernd 170 Jahren Sitz der Französischen Regierung. Sicherlich wurden im Laufe der Jahrhunderte geheime Tunnel und Gänge für die Evakuierung der Regenten gebuddelt, wenngleich dieser hier nicht so alt zu sein scheint. Vermutlich gibt es, wie im Weißen Haus, einen unterirdischen Atomschutzbunker für den Präsidenten«, mutmaßte David.
»Hm, gibt es!«, brummte Clément. »Aber der befindet sich im östlichen Teil des Palastes, unter der

Residenz des Präsidenten. Hier befinden sich laut den Karten nur Wartungs- und Versorgungstunnels.«
Angesichts der Rohre und Stromleitungen, die sich an den Wänden den Gang hinunter verloren, mochte Clément recht haben. David wusste immer noch nicht recht, warum er hierhergekommen war. Der Mörder Willbergs und Miriams war zur Strecke gebracht. Gewiss, der tödliche Unfall von Sinas Vater kann kein Zufall gewesen sein, aber würden sie hier die Beweise finden? Oder Gewissheit darüber, wer Stier auf den Professor und Sina angesetzt hatte?
Cléments Stimme riss ihn aus seinen Gedanken: »Wohin jetzt?«
David rief sich die Skizze ins Gedächtnis und schüttelte den Kopf, als sie die beiden Abzweigungen zu seiner Rechten und Linken erreichten.
»Zu früh. Am Ende dieses Ganges gibt es zwei weitere Abzweigungen. Dort müssen wir links.«
Sina stapfte schweigend hinter David her. Mit einem knappen Kopfnicken bestätigte sie, dass es ihr gut ginge, als er sie fragte, ob alles okay sei. Dennoch schien David nicht überzeugt zu sein. Seit sie die Treppe hinabgestiegen waren, hatte sie keinen Laut mehr von sich gegeben. Er vermutete, dass sie unter Klaustrophobie litt.
»Würdest du dich in unserer Mitte wohler fühlen?«
Sie nickte verlegen und drückte sich an David vorbei, der seinen Rücken eng an das kalte Gemäuer presste.

Nach fünf Minuten erreichten sie das Ende des Hauptganges.
Zu ihrer Verwunderung fanden sie nur einen nach rechts führenden Gang, den man nur sehr geduckt hätte begehen können. Die Leitungsrohre verloren sich im Boden, wo immer sie hinführen mochten.
»Ich verstehe das nicht«, sagte er an Sina gewandt. Laut der Skizze deines Vaters sollte hier ein Gang sein.«
David begann die Wand abzusuchen und ließ dabei seine Handflächen über die rauen Steinquader gleiten. Sechs Hände tasteten suchend über das feuchte Gemäuer.
»Das gibt's doch nicht«, stöhnte David.
»Was, wenn sich mein Vater mit der Skizze geirrt hat?«, hörte er Sina hinter seinem Rücken sagen. Sollten wir nicht den schmalen Gang hinter uns absuchen?«
»Hm«, brummte David. »Da werden wir nichts finden. Die Zeichnung deines Vaters war bis hierher präzise. Außerdem kann ich mir nicht vorstellen, dass ein paar greise Männer für jede Ratssitzung diesen Gang entlang grabbeln. Es sei denn, sie wären alle aus dem Auenland«, fügte er breit grinsend hinzu.
Clément breitete entschuldigend die Arme aus. »Dann können wir ja jetzt wieder zurückgehen!?«
David hätte ihm in diesem Moment gerne mit einer satten Ohrfeige sein schadenfrohes Grinsen aus dem Gesicht gewischt.
»Gib mir noch zwei Minuten, Clément«, bat er stattdessen.

Er kramte sein Handy aus der Tasche, welches er in Saint-Denis gekauft hatte, und begann damit, von der Decke abwärts, jeden einzelnen der Quaderblöcke abzuklopfen. Clément stand mit vor der Brust gekreuzten Armen neben ihm und schüttelte verständnislos den Kopf. David tat so, als hätte er dies nicht bemerkt. Er war froh, dass Clément wenigstens mit der Taschenlampe die Wand beleuchtete. Ohne ihn stünden sie in vollkommender Dunkelheit. Wie töricht von ihm, dass er daran nicht gedacht hatte.

Keiner der Steine klang auffällig und David war kurz davor zu resignieren. Hämmernd ließ er den Boden des Telefons über die Steine gleiten, beschränkte sich aber darauf, diese nur einmal anzuschlagen. In Hüfthöhe weiter klopfend, ging er den Gang, den sie gekommen waren, ein Stück zurück. Weniger als zwei Meter gangabwärts glaubte er fündig geworden zu sein. Einer der Steine hatte hohl geklungen. Oder spielte ihm seine Wahrnehmung einen Streich? Vorsichtig klopfte er vier weitere Steinquader ab. Tatsächlich. Einer der Steine, in Höhe seines Bauchnabels, klang definitiv hohl. David fuchtelte mit dem Arm in Cléments Richtung.

»Gib mir mal schnell die Lampe bitte.«

Widerwillig näherte sich Clément und überreichte ihm die Taschenlampe.

Auf den Knien leuchtete er den Quader ringsherum ab, ohne jedoch eine Besonderheit zu entdecken.

Dann kam ihm ein Gedanke. Mit der flachen Hand drückte er gegen den Stein, fühlte einen leichten

Widerstand und ein leises Klicken, dann zog er seine Hand ruckartig zurück. Eine Abdeckung hatte sich geöffnet.

»Wie hast du das denn gemacht?«, fragte Sina verblüfft.

»Ich war an den Tankverschluss meines alten Mercedes erinnert. Da musste man auch gegen die Abdeckung drücken, die sich dann erst entriegelte und aufsprang. Ich dachte ich versuch´s mal.«

Jetzt war auch Clément neugierig geworden und versuchte über Sinas Schulter hinweg einen Blick auf die Klappe zu erhaschen.

David öffnete die Abdeckung, die wie ein Türchen nach rechts aufschwang.

»Nicht gut«, murmelte David.

»Was ist nicht gut?«, ereiferte sich Clément, der hinter Sina auf und ab hüpfte wie ein Gummiball.

Sina dreht sich zu ihm um und warf ihm einen zornigen Blick zu, trat jedoch einen Schritt zur Seite, um ihm freien Blick auf Davids Entdeckung zu gewähren.

»Merde, was ist das für eine Sprache?«, murmelte Clément.

David starrte entgeistert auf den Zahlenblock des Touchscreen, das in etwa die Größe eines iPad-Mini hatte. Vermutlich hatte man etwas in dieser Art hier verbaut.

»Ich bin mir nicht sicher. Griechisch vielleicht?« Er glaubte ein Omega-Zeichen erkannt zu haben.

»Altgriechisch«, korrigierte ihn Sina.

»Bist du sicher?«

»Ganz sicher!«

»Und kannst du Alt-Griechisch?«
»Klar doch. Fließend … Scherzkeks! Altgriechisch ist eine tote Sprache, die heute nur noch von sehr wenigen gesprochen, geschweige denn gelehrt wird. In einigen Priesterseminaren, habe ich mal gehört, müssen die angehenden Priester Altgriechisch lernen.«
»Naja, vielleicht sollten wir Pater Edmond anrufen und ihn hierher bitten«, antwortete David lächelnd.
»Dann lass ihn aber eine Flasche dieses fantastischen Roten mitbringen, den wir dort getrunken haben«, sagte sie herzlich lachend. Es tat gut sie lachen zu hören. Zumal sie das ihre Angst vor beengten Räumen vergessen ließ. Er wandte sich dem Touchscreen zu und ließ den Lichtkegel der Taschenlampe flach über das Gerät streifen.
»Hm. Ich hab' da eine Idee.«
Zwei erwartungsvolle Augenpaare starrten ihn an.
»Was für eine Idee?«, kam Sina Cléments Frage zuvor.
»Das dauert zu lange, euch das jetzt zu erklären. Sina, gibst du mir dein Telefon? Ich brauche Licht.«
»Was hast du denn vor, David?«
»Ich muss zurück an meinen Wagen. Gibst du mir den Schlüssel für das Portal?«
Clément musterte ihn mit zusammengekniffenen Augen.
»Und du kommst auch sicher zurück?«
»Was? Warum sollte ich nicht zurückkommen? Mir ist ja schon nicht wohl, dich hier alleine mit Sina zurückzulassen, du alter Lustmolch.«

Clément griff in seine Hosentasche und förderte einen großen Schlüssel zutage, den er David reichte.
»Ich danke dir mein Freund.«
»Wie lange wirst du weg sein?«, erklang Sinas sorgenvolle Stimme.
»Zehn Minuten. Höchstens fünfzehn.«
Mit ihrem Telefon als Lichtquelle rannte er den Gang zurück, durch den sie vor zwanzig Minuten gekommen waren.

70. Kapitel

Hamburg LKA

Kurz vor Mitternacht riss sie das Klingeln des Telefons aus dem Schlaf. Obwohl ihr bewusst war, dass es etwas Dringendes sein musste, war sie wütend, weil sie gerade erst in den Schlaf gesunken war. Ihre Gedanken kreisten um Reimund Kerner. Mit einem bangen Gefühl nahm sie das Telefonat an. Sie hatte die Ärzte gebeten ihr umgehend Bescheid zu geben, sollte sich sein Zustand verschlechtern oder wenn mit seinem Ableben zu rechnen war.

»Scharnhorst?!«, meldete sie sich schlaftrunken.

»Jens hier. Oh je, hab ich dich geweckt? Das tut mir leid.«

»Schon gut!«, beruhigte sie ihn. »Hast du was herausgefunden?«

»Oh ja, hab' ich. Aber wir sollten das nicht am Telefon klären. Können wir uns treffen?«

»Ja klar! Wo? Im Amt?«

»Nein. Pass auf. Lass uns in der Jet-Tankstelle in der Steilshooperallee treffen. Die hat die ganze Nacht geöffnet und guten Kaffee haben die auch.«

Selina kannte die Tankstelle. Mit dem Wagen würde sie in weniger als 5 Minuten dort sein.

»Ok. Gib mir 15 Minuten und bestell mir eine Latte macchiato.«

»Mach ich. Bis gleich.«

Die Haare dürftig zu einem Dutt hochgesteckt, hatte sie sich entschlossen kein Make-up mehr aufzulegen. Sollte Jens sie doch ungeschminkt sehen.
Ihre Garderobe wählte sie leger. Bequeme Jeans, ihren Lieblingspullover und eine abgesteppte Daunenjacke. An einigen geparkten Autos vor dem Haus waren die Scheiben gefroren, weshalb sie annahm, dass die Temperaturen in den letzten Stunden deutlich unter den Gefrierpunkt gesunken waren.
Der zur Wohnung gehörende Tiefgaragenstellplatz war, nebst der Nähe zum Amt, einer der Hauptgründe gewesen, dass sie sich für diese Wohnung entschieden hatte, wenngleich sie wesentlich günstigere hätte mieten können, allerdings auch wesentlich kleinere. Gerade in dieser Jahreszeit wusste sie es sehr zu schätzen, nicht erst die Scheiben ihres Wagens freikratzen zu müssen. Schnellen Schrittes hatte sie die Tiefgarage durchquert und war in ihren Opel Adam gestiegen. Nach ihrem Abschluss und der damit verbundenen Ernennung zur Kriminalrätin hatte sie sich ein neues Auto gegönnt.
Die Straßen im Hamburger Norden waren leer und nach weniger als fünf Minuten fuhr sie in die Tankstelle ein. Schon beim Einparken erkannte sie Zimmermann, der an einem der Tischchen saß und gedankenverloren in einem hohen Glas rührte.
Als sie das Café im hinteren Teil des Tankstellenshops betrat, erhob sich Zimmermann.
»Bitte, bleib sitzen.« Sie war es nicht gewohnt, dass jemand, der älter als sie war, sich erhob, um sie zu begrüßen.

Selina sah die Anspannung und Ungeduld in Zimmermanns Blick, als sie Platz nahm und die Daunenjacke abstreifte.
»Das glaubst du nie«, fing er an.
»Jetzt spann mich nicht so auf die Folter. Ich platze ja gleich vor Neugier!«, drängte sie Zimmermann.
»Fünf Minuten, nachdem Reimund sein Büro verließ, war jemand in deiner Abteilung. Die Schleusentüre wurde mit der Chipkarte entriegelt. Und jetzt rate, wessen Karte das war?!«
»Jens, bitte! Keine Ratespielchen.«
»Unser LKA-Präsident«, sagte er flüsternd nach einer theatralischen Pause.
»Ich hab's geahnt.«
»Du bist nicht überrascht?«
»Nein, eigentlich nicht. Was geschah dann?«
»Zunächst nichts«, fuhr Zimmermann fort. »Wann er euren Bereich wieder verlassen hat, lässt sich nicht nachvollziehen, da er die Türe nicht wieder entriegeln muss beim Verlassen. Dreißig Minuten später jedoch, kurz nach dem Anschlag auf Reimund, verließ er das Gebäude durch die Tiefgarage, einen Karton tragend …«
»Einen Aktenkarton wie ich vermute?«
»Richtig. Aufgrund seiner Körperhaltung denke ich, dass er nicht leicht war. Die Kamera an der Ausfahrt hat ihn noch erfasst. In welche Richtung er danach abgebogen ist, konnte ich nicht mehr sehen.«
»Wie bist du an die Videoaufzeichnungen und die Log-In-Daten gekommen?«, wollte sie wissen.

»Ein Kumpel bei der IT. Mehr musst du nicht wissen«, antwortete er schief grinsend. »Was wirst du jetzt tun?«

Selina dachte nach und nahm einen Schluck ihres Latte macchiato.

Es fiel ihr schwer Contenance zu wahren. Sie verspürte eine so unbändige Wut in sich.

Wie konnte einer der höchsten Beamten des Landeskriminalamts so etwas tun? Steckte er womöglich auch hinter dem Mordanschlag auf Kerner?

»Ich werde jetzt einige Leute aus dem Bett klingeln!«

71. Kapitel

Paris – Élysée-Palast

David riss den Reißverschluss seiner Laptop-Tasche auf und fand, wonach er suchte. Er war bisher nicht dazu gekommen, den Kofferraum des Audis zu untersuchen, hoffte jedoch, dass Stier irgendwo in seinem Wagen eine Taschenlampe aufbewahrte. Die Kofferraumklappe schwang auf und David wurde nicht enttäuscht. Ein gewaltiger Hartschalenkoffer, wie ihn Waffenbesitzer zu benutzen pflegen, lag darin. Er ließ die Verschlüsse aufschnappen und öffnete den Deckel. Ein Lächeln umspielte seine Lippen.

»Spielzeug vom Feinsten!«, brummte er.

Nebst einem Präzisionsgewehr mit Aimpoint-Visierung lagen in dem ausgeformten Schaumstoff zwei halbautomatische Glock 17 Pistolen mit Magazinen unterschiedlicher Größe, Messer und Stichwerkzeuge und eine leistungsstarke Taschenlampe. Diese stopfte er zusammen mit einem Messer in seine Hosentasche, schloss den Kofferraum und rannte im Laufschritt zum Palast zurück.

Geduckt trat er durch den Eingang und ließ die schwere Türe, welche noch erbärmlicher quietschte als zuvor, ins Schloss fallen.

David reagierte instinktiv, als er aus dem Augenwinkel schemenhaft eine Bewegung wahrnahm.

Er ließ sich zur Seite fallen und rollte über die linke Schulter ab. Nur um Haaresbreite verfehlte der Teleskopschlagstock seinen Schädel.
Der Schlag war kraftvoll ausgeführt, sodass der Angreifer, da er widerstandslos ins Leere lief, das Gleichgewicht verlor und ins Straucheln geriet.
Die Bewegungsenergie ausnutzend, war David blitzschnell wieder auf den Beinen, entwand dem Angreifer den Schlagstock und ließ ihn auf dessen Hinterkopf niedersausen. Mit einem überraschten *»Uff«* sackte dieser bewusstlos zu Boden.
Schon stürmte ein Zweiter heran. Fluchend und wild mit den Armen rudernd, näherte er sich. Wenn Davids Erfahrungen und Ausbildung ihn eines gelehrt hatte, dann dies: dass ein Angriff niemals in blinder Raserei erfolgen durfte. Sein jahrelanges Kampftraining in den unterschiedlichsten Stilrichtungen kam ihm einmal mehr zugute. Aufmerksam verfolgte David jede noch so kleine Regung seines Gegners, der ihn mit hoch erhobenem Schlagstock umkreiste.
David erhob beide Arme und formte damit ein imaginäres Dreieck vor seinem Oberkörper, bereit den Angriff blitzschnell abzuwehren und Gegenmaßnahmen zu ergreifen. Der Gegner war groß und muskulös und trug einen gewaltigen Schädel zwischen seinen Schultern. Ein gezielter Treffer dieses Kampfkolosses würde Knochen brechen, ohne Zweifel. Aber die schiere Muskelmasse machte ihn behäbig, langsam und ungelenk. Und diesen Vorteil wusste David zu nutzen, als der Angriff erfolgte.

Surrend beschrieb der Schlagstock einen Halbkreis und sollte seine linke Schädelseite treffen. David hatte diesen Schlag, aufgrund der Schulterbewegung, vorausgesehen, machte blitzschnell einen Ausfallschritt und trat in den Gegner hinein. Mit seiner Linken blockierte er die Schlaghand des Kolosses und feuerte eine Gerade auf den Brustkorb des Mannes ab, dessen Atem augenblicklich mit einem Keuchen entwich. David packte dessen Handgelenk und ließ seinen rechten Ellbogen mit voller Wucht auf dessen Ellbogengelenk niederkrachen. Der Mann heulte laut auf, als sein Gelenk mit einem widerlichen Knirschen brach und der Arm einen unnatürlichen Winkel bildete. Klappernd fiel der Schlagstock zu Boden. Einer Maschinengewehrsalve gleich, feuerte David Fausthiebe in Magen, Brust und Nierengegend ab. Wie erwartet neigte sich der Mann würgend nach vorne. In einer einzigen fließenden Bewegung packte David in dessen Genick und riss sein Knie nach oben. Wieder brachen Knochen und der Angreifer fiel lautlos wie ein gefällter Baumstamm zu Boden und rührte sich nicht mehr.
David ging, neben dem Gefällten, in Erwartung weiterer Angreifer in die Knie und brachte seine Pistole in Anschlag. Er hätte unmöglich innerhalb des Palastes seine Waffe abfeuern können, ohne eine halbe Armee an Sicherheitsleuten zu alarmieren. Aber es vermittelte ihm ein Gefühl von Sicherheit. Schwer atmend ließ er die Waffe durch den Innenhof kreisen. Niemand zeigte sich.

David steckte die Pistole zurück ins Schulterholster und näherte sich dem ersten Angreifer.
Oberflächlich begann er dessen Oberkörper abzutasten und fühlte deutlich die Schutzweste, die dieser unter dem Hemd trug. Vermutlich trug der Koloss ebenfalls eine dieser schusssicheren Westen. Aber noch etwas anderes ertastete David. Aus dessen Innentasche zog er ein ledernes Etui und ließ es aufklappen.
»Französischer Geheimdienst?«, murmelte David verblüfft.
Unter einiger Kraftanstrengung schleifte er die beiden leblosen Körper hinter eine der vier gepanzerten Limousinen, welche man im Innenhof geparkt hatte. Als er endlich fertig war, lagen sie in einer innigen Umarmung halb neben- und übereinander.
David eilte zum Katakombeneingang zurück, begann die ersten Stufen hinabzusteigen, hielt inne und stieg wieder hinauf. Sie konnten sich es sich jetzt nicht leisten ungebetenen Besuch zu bekommen, weshalb er den schweren Riegel vorschob. Die massive Türe würde jeden, der versuchen würde sie aufzubrechen, zumindest eine Weile lang aufhalten.
Stiers Taschenlampe tauchte den Gang, den er im Laufschritt zurückeilte, in gleißendes Licht. Nach wenigen Minuten erreichte er das Ende. Wo waren Sina und Clément?
»Verdammt!«, flüsterte er. In schierer Panik ließ er den Lichtfinger der Taschenlampe in den niederen Gang zu seiner Rechten gleiten. War Sina in ihrer Ungeduld doch in Gang hineingekrochen?

Warum sollte sie das tun, nachdem sie das Panel unter der getarnten Abdeckung entdeckt hatten?
David ging in die Knie und betrachtete eingehend den Boden im Streiflicht. Mehrere sich überlagernde Schuhabdrücke zeichneten sich im Staub ab und er glaubte Schleifspuren zu erkennen, die in Richtung Wand führten und dort abrupt endeten.
Mit Zeige- und Mittelfinger schirmte er den Spiegel der Lampe ab, um das Licht etwas zu dämpfen, beugte sich noch tiefer zur Erde, bis seine Wange fast den Boden berührte. Kein Zweifel – dies waren Spuren, wie sie nur entstanden, wenn die Absätze eines Schuhs über den Untergrund geschleift werden. Sie waren nicht sehr stark ausgeprägt und dennoch führten sie deutlich zur Wand hin. Trommelnd hieb er mit der Faust dagegen und schrie ihren Namen: »Sinaaaa!«
David vermutete, dass Sina und Clément, ebenso wie er, von Agenten des Französischen Geheimdienstes überrascht worden waren. Nur war es ihm gelungen sich nicht festnehmen und verschleppen zu lassen. Falls, und nur falls Clément sich ihnen überhaupt in den Weg gestellt hatte, mussten sie deutlich in der Überzahl gewesen sein. Man durfte Clément auf keinen Fall unterschätzen. Nicht wenige taten dies und wurden schmerzvoll eines Besseren belehrt. David zog den Bleistift aus seiner Laptop-Tasche und das Einhandmesser, welches er Stiers Waffenarsenal entnommen hatte. Geschickt ließ er die Klinge herausklappen und begann die Bleistiftmine freizulegen. Schnell hatte er den Stift gespalten.

Die Graphitmine lag eingebettet in der anderen Hälfte. Ihm fiel ein, dass er irgendwo in seinen Innentaschen ein zusammengefaltetes Stück Papier aufbewahrte. Erst in der zweiten Brusttasche wurde er fündig. Er faltete es auseinander und begann mit der Klinge Graphit von der Mine auf das Papier zu kratzen.

Schon nach wenigen Minuten hatte sich ein kleines Häufchen feinen, pulvrigen Graphits gebildet und er befand, dass es ausreichend sein sollte.

David ließ die Klinge des Messers zuschnappen, steckte es in seine Hosentasche zurück und nahm, sorgsam darauf bedacht, nichts zu verschütten, das Stückchen Papier auf.

Auf seinen Knien robbend, näherte er sich dem Panel, führte das Blatt auf gleiche Höhe und blies das Graphitpulver auf das Touch-Pad. Ein feiner, schwarzer Nebel bildete sich, der sich gleichmäßig über das Panel legte. David wartete einige Sekunden. Dann führte er die Taschenlampe an das Tastenfeld und sah es sich genau an.

Die Poren der Haut sondern permanent Schweiß und Talg ab, welches auf glatten, polierten Oberflächen fettähnliche Rückstände hinterlässt. Das Graphitpulver hatte sich wunderbar auf diesen talgigen Rückständen abgesetzt. Sogar einzelne Papillarleisten zeichneten sich darauf ab. David hegte die Hoffnung, dass er, auf den am häufigsten getippten Buchstaben, einen Code würde entziffern können. Zum einen konnte er kein Altgriechisch, zum anderen könnte der Code sehr lang sein, oder aus

mehreren sich wiederholenden Buchstaben bestehen. Aber er musste es versuchen.
Er kniff die Augen zusammen und beleuchtete das Panel von allen Seiten.
Auf exakt fünf Buchstaben waren Fingerabdrücke zu erkennen. Er notierte sie, ohne eine bestimmte Reihenfolge, auf den Zettel.

ς ο κ ν ρ

Im ersten Buchstaben glaubte er ein kleines ›s‹ zu erkennen. Das ›o‹ war eindeutig. Ebenso das ›k‹. In den letzten beiden erkannte er nur ein ›v‹ und ein ›p‹.
Wo nur hatte er das letzte Zeichen schon einmal gesehen? Er wünschte, Sina wäre hier.
Sie würde es wissen. Seine Schulzeit lag schon eine Ewigkeit zurück.
»Schule! Na klar!« David hieb sich klatschend die flache Hand vor die Stirn.
»Das ist ein kleines ›rho‹.«
Schnell notierte er sich auch diesen Buchstaben auf den Zettel und begann die Buchstaben in verschiedenen Anordnungen zu kombinieren. Langsam begann sich ein Gedanke zu formen. Ein Wort nur. Ein Name!
David hatte keine Ahnung, wie viele Möglichkeiten der Falscheingabe ihm das Sicherheitssystem gewähren würde, aber er hatte keine andere Wahl.
Mit zittrigem Zeigefinger begann er einen Buchstaben nach dem anderen einzugeben.

Bei jeder Eingabe kniff er ein Auge zu, immer damit rechnend, dass augenblicklich eine Sirene zu heulen beginnt, falls die Kombination falsch wäre. Schweißperlen standen, trotz der Kälte, auf seiner Stirn. Er zögerte kurz und tippte den letzten Buchstaben ein.
Sofort verschwand das Tastenfeld und wurde ersetzt gegen einen grünen Hintergrund, auf dem die erlösenden Worte ›Access Granted‹ erschienen.
Plötzlich hörte er ein Zischen. Blitzschnell griff er unter seine Jacke und umfasste den Griff seiner Pistole. Das Zischen wurde leiser, und irgendeine Mechanik begann grollend unter seinen Füßen zu arbeiten. Ein weiteres druckvolles Zischen und die Wand neben dem Panel begann sich langsam zu senken. Stück für Stück wurde sie, so vermutete David, durch eine gewaltige pneumatische Vorrichtung in den Boden gezogen. Das Mauerwerk war dick und musste ein gewaltiges Gewicht besitzen. Und plötzlich wusste er den Geruch zu definieren, als er den Gang zum ersten Mal betreten hatte: Hydraulik Öl!
David zog seine Waffe und brachte sie zusammen mit der Taschenlampe in Anschlag, als sich hinter dem sinkenden Mauerstück ein dunkler Gang abzuzeichnen begann. Er wartete nicht, bis sich das Mauerstück vollends gesenkt hatte, stieg über die letzten Zentimeter hinweg und drückte sich in den Gang.
Er leuchtet die Wände rechts und links des nun vollständig versenkten Tores ab, konnte aber kein vergleichbares Panel entdecken.

Wenn das Tor sich schlösse, würde er es nicht wieder öffnen können. Ihm war nicht wohl bei diesem Gedanken, andererseits hatte er schon zu viel Zeit vertrödelt.

Ich hätte Sina überhaupt nicht alleine lassen dürfen!, schalt er sich in Gedanken.

Mit dem Ärmel seiner Jacke wischte er sich den Schweiß von der Stirn und begann, einen Fuß vor den anderen setzend, den Gang entlang zu gehen. Dieser hier schien um vieles älter zu sein, als der Gang, aus dem er gekommen war. Keine Leitungsrohre, kein steinerner Boden. Ein unebener, über die Jahrhunderte festgetretener Lehmboden. Fast geräuschlos bewegte er sich vorsichtig vorwärts. Das einzige Geräusch verursachte das Rascheln seiner Jacke. Er streifte sie von den Schultern und ließ sie achtlos fallen. Der Gang beschrieb eine sanfte Biegung nach rechts. In einiger Entfernung glaubt er einen Lichtschein zu erkennen. Da rechts und links keine Gänge abzweigten, aus denen er einen Hinterhalt zu befürchten hätte, beschleunigte er seinen Schritt. Tatsächlich! David hatte sich nicht getäuscht.

In einiger Entfernung warf eine kleine Stollenlampe einen schwachen Schein. Der Gang schien dort zu enden. Er drosselte sein Tempo und näherte sich langsam seinem Ende.

»Was ist das denn?«, murmelte er.

Der scharfe Lichtstrahl durchschnitt die Dunkelheit und betastete die Wand vor ihm, eine Wand, gemauert aus unzähligen Totenschädeln, deren leere Augenhöhlen ihn anzustarren schienen.

D*ie Ratsmitglieder der vergangenen Jahrhunderte,* vermutete David.

Erst jetzt sah er auch den schmalen Abzweig, der unmittelbar nach rechts von der Schädelwand wegzuführen schien.

Geduckt ging er weiter und spähte hinein. Kein Gang, stellte er verblüfft fest. Eine kleine Nische nur, in der sich eine massive, eiserne, reich verzierte Türe befand. Die Schriftzeichen waren allesamt Altgriechisch und offenbar sehr, sehr alt.

David trat in die Nische und legte sein Ohr an die Türe. Kein Laut drang hindurch. Er begann die Türe genauer zu untersuchen und stellte erstaunt fest, dass man ein Sicherheitsschloss der neuesten Generation eingebaut hatte.

Die Geheimdienstleute, Sinas und Cléments plötzliches Verschwinden – ihm war bewusst, dass er in eine Falle laufen würde, deshalb überdachte er seine taktische Vorgehensweise. Sollte er schnell und überraschend in den Raum einzudringen versuchen? Sofern die Türe überhaupt unverschlossen war. Oder sollte er leise vorgehen?

Da er die Klinke noch nicht betätigt hatte, entschied er sich für die zweite Variante.

Langsam drückte er die Klinke hinunter und drückte dagegen. Die Türe war überraschend schwer, schwerer als er angenommen hatte.

Erst, als die ersten Millimeter überwunden waren, ging es leichter. Durch den kleinen Spalt spähte er in den Raum dahinter, jederzeit bereit aus der Deckung heraus schießen zu können. Es schien sich um ein uraltes Kellergewölbe zu handeln, welches

von Dutzenden Kerzen in ein flackerndes Licht getaucht wurde. Von irgendwo her schien helleres Licht zu fallen, dessen Ursprung sich seinem Sichtfeld jedoch entzog.
Mit dem Knie drückte er die Türe ein Stück weiter auf und schlüpfte durch den entstandenen Spalt. Eine wuchtige Tafel beherrschte den Raum. Acht Stühle zählte er. Sechs an beiden Längsseiten und je einen an den Stirnseiten.
Das Kaminfeuer, dessen Lichtschein er gesehen hatte, loderte hell und selbst aus der Distanz fühlte er die Hitze, die davon ausging.
Vor dem Kamin, rechts und links, standen zwei gewaltige Ohrensessel. In einem davon kauerte Sina. Ihre Arme ruhten schlaff neben dem Körper, den Kopf auf die Brust gesunken. War sie …? Nein, ihre Brust hob und senkte sich gleichmäßig.
Es kostete ihn einige Mühe dem Drang zu widerstehen, zu ihr hin zu stürzen.
Mit der Pistole auf Augenhöhe ging er weiter und begann, soweit es der Raum zuließ, den zweiten Sessel, den er nicht einzusehen vermochte, zu umrunden.
»Guten Abend, Herr Sprenger!«, erklang eine sonore Stimme. Sprenger erschrak und wich einen Meter zurück, als sich ein hochgewachsener, ergrauter Mann, dessen Alter schwer zu schätzen war, daraus erhob.
»Halt! Bleiben Sie stehen!«, drohte er. »Oder ich jage Ihnen eine Kugel in den Schädel!«
»Non, mon ami. Waffe runter!«

»Clément, du mieser Scheißkerl!«, zischte David, als er etwas Metallisches in seinem Nacken spürte.
»Ich hätte es ahnen müssen …«
»Komm schon mein Freund, gib mir deine Pistole. Zwing mich nicht, dich zu erschießen. Und bitte …«, fügte Clément hinzu, »… erspar uns einen Zweikampf. Also mach keine Dummheiten!«
Clément musste seine Gedanken gelesen haben. Tatsächlich hatte David überlegt, ihn in einer schnellen Drehung zu entwaffnen und ihn niederzustrecken. Auch wenn man es Clément nicht ansehen mochte, so war er doch ein nicht zu unterschätzender Gegner, der über blitzschnelle Reflexe verfügte und darüber hinaus Schwarzgurtträger in gut einem halben Dutzend Kampfsportdisziplinen war. Schwer seufzend ließ David die Pistole sinken und reichte sie, das Griffstück voraus, nach hinten über seine Schulter.
»So ist es recht! Merci …«
Wieder wurde seine Hoffnung enttäuscht, als Clément begann ihn abzutasten und das Messer aus seiner Hosentasche zutage förderte.
»Noch mehr solsches Spielzöig?«, fragte Clément, dessen Akzent David langsam zu nerven begann.
»Nein«, antwortete David kopfschüttelnd.
»Bon! Dann gehst du jetzt zur Tafel und holst dir dort einen Stuhl. Compris? Eine gesittete Unterhaltung führt man im Sitzen, n´est-ce-pas?« Clément grinste überheblich.
Gott, wie mir dieses nasale, überheblich klingende Geschwätz dieses Franzmannes auf die Nerven geht.

David ging hinüber zur Tafel und zog sich einen der seitlichen, leichteren Stühle heran.
»Wo willst du ihn in abön?«, äffte er Cléments Akzent nach.
»Stellen Sie ihn doch gleich hierher, neben meinen Sessel, an den Kamin«, sagte der Grauhaarige ruhig.
Clément tippte mit dem Lauf der Pistole auf Davids Schulter, was dieser so interpretierte, dass er darauf Platz zu nehmen hatte. David kommentierte dies mit einem wütenden Blick.
Kaum dass er seinen Platz eingenommen hatte, schloss sich der Ring einer Handschelle um sein rechtes Handgelenk.
»Wärst du bitte so freundlich?«
Ein knappes Kopfnicken Cléments genügte, um David zu signalisieren, dass er seine Arme hinter der Stuhllehne zu verschränken habe.
Mit einem satten *Raaatsch* rasteten die Zähne des zweiten Metallringes ein und legte sich eng um sein linkes Handgelenk. Clément schien keine Nachsicht mit ihm zu haben, da es sich anfühlte, als hätte er sie bis zum letzten Zahn angezogen. Zwei leise Klickgeräusche verrieten ihm, dass er auch die Schließsperren hatte einrasten lassen, was es ungleich schwieriger, beinahe unmöglich machte, sich selbst aus den Handschellen zu befreien, zumal er sich kaum bewegen konnte. Seine Arme waren, aufgrund der Lehnenbreite, weit über den normalen Radius hinaus überdehnt.
Auf ein Nicken des Grauhaarigen hin ging Clément zu Sina hinüber und fesselte ihre Hände hinter dem Rücken.

Der Sessel wäre definitiv zu breit gewesen, um sie mit den Armen daran zu fixieren, dennoch schlang er ein dünnes Seil, das er aus einer Innentasche hervorzauberte, zwei Mal um ihre Brust und verknotete es hinter der Sessellehne.

»Bon! Merci, Clément«, bedankte sich der Grauhaarige beinahe flüsternd.

»Adieu et bon chance, ihr beiden«, empfahl sich Clément. »Wir werden uns wohl nicht mehr wiedersehen!

»Clément«, zischte ihn David wütend an, »bete, dass es so ist. Denn wenn wir uns wiedersehen sollten, töte ich dich!«

Clément schien für den Bruchteil einer Sekunde die Fassung zu verlieren. Er schluckte schwer, setzte aber sogleich sein überlegenes Grinsen auf.

Mit gespielt entschuldigender Geste erwiderte er: »Je suis désolé, mon ami!« und verließ das Gewölbe.

David hatte den Grauhaarigen aus lauter Wut und Zorn noch gar nicht richtig beachtet.

Dieser hatte in etwa Davids Größe, war schlank, hatte dichtes Haar und braune Augen. Etwa Mitte sechzig, vermutete David, vielleicht auch etwas jünger. Er war leger in Jeans und einem, in Anbetracht des Kaminfeuers, viel zu warmen Pullover gekleidet. Ihn umgab eine Aura, das besondere Charisma eines machtgewohnten Mannes.

»Wenn Sie sich ein wenig beruhigt haben, würde ich mich Ihnen gerne vorstellen.«

»Sie sind *Kronos*, nehme ich an?!«

Dieser neigte leicht sein Haupt und deutete lächelnd eine Verbeugung an.
»Und der Dreckskerl, der so viele Menschenleben auf dem Gewissen hat. Sie sind ein Mörder, Kronos«, spie David aus.
Das Lächeln des Mannes wich einer Traurigkeit, das ihn in Sekundenbruchteilen um Jahre älter wirken ließ.
David war irritiert. Er hätte mit einer anderen, dramatischeren, kaltschnäuzigeren Reaktion gerechnet.
»Meinen Namen scheinen Sie ja offenbar schon zu kennen?!«
»Oh ja, Herr Sprenger. Wir sind uns zwar noch nie persönlich begegnet, aber ich beobachte Sie schon sehr, sehr lange und bilde mir ein Sie gut zu kennen. Darf ich Sie David nennen?«
»Machen Sie, was Sie wollen!« David hätte das Gesagte gerne mit einem gleichgültigen Achselzucken unterstrichen, aber jegliche Bewegung war durch die Fesselung eingeschränkt.
»Sie haben mir Ihren Namen noch nicht verraten«, fuhr David fort.
»Mein Name ist …«
»... Philippe Forget«, vollendete Sina den Satz.
Davids Augen weiteten sich und er musste sich leicht zur Seite neigen, um an dem Mann vorbeischauen zu können. Sina war offenbar aus ihrer Ohnmacht erwacht, schien aber immer noch benommen zu sein.
Sie hob den Kopf und sah David mit geröteten Augen an. »Er ist mein Onkel.«

Fassungslos wanderte sein Blick unstet zwischen Sina und Phillipe Forget, alias Kronos, hin und her. Dicke Tränen liefen ihr über die Wangen.

»Sie dreckiger Mistkerl! Sie haben ihren eigenen Bruder getötet – oder töten lassen!«, korrigierte sich David.

Schwerfällig ließ sich Forget in den Sessel sinken und faltete die Hände im Schoß.

»Ich weiß, was Sie von mir denken David, wenngleich es mir herzlich egal ist. Auch sie haben getötet.«

»Das war etwas völlig and...«

»Nein, war es nicht, David«, fiel Phillipe ihm ins Wort. »Es war zweckdienlich und zielführend. Ich erinnere mich an Ihren *Syrien-Urlaub*.« Das Wort dehnte er lang und zeichnete imaginäre Ausrufezeichen in die Luft.

Kronos spielte damit auf die Rettungsaktion seiner Enkelin an. Diese war von Kämpfern des Islamischen Staates entführt und dazu benutzt worden, seinen Sohn zur Herausgabe eines gefährlichen Virus zu zwingen, als dieser noch am Europäischen Seuchenschutzzentrum in Stockholm gearbeitet hatte. Das Virus war durch infizierte IS-Soldaten, die unerkannt im Flüchtlingsstrom nach Europa gekommen waren, verbreitet worden. Mehr als 200.000 Menschen waren der Ebola-Pandemie zum Opfer gefallen. Weder die schwedischen, noch die deutschen Behörden rührten damals auch nur einen Finger, um seine entführte Enkelin zu suchen, weshalb er gezwungen war das Recht in seine eigenen Hände zu nehmen.

Zusammen mit einem guten Freund war es ihm gelungen, seine Enkelin zu finden und aus den Händen der Entführer zu befreien. Ja. Es stimmte, was Kronos ihm vorwarf. Er hatte getötet. Viele hätten an seiner Stelle vielleicht genau so gehandelt.
»Sie haben richtig gehandelt, David.«
»Pfff«, schnaubte David. »Wann ist das Töten eines anderen Menschen überhaupt legitim?«
Phillipe sah David durchdringend an.
»Ihrer dienstlichen Akte entnahm ich, dass vier Tötungen durch Sie aktenkundig sind.«
»Das waren Geiselnahmen«, versuchte sich David zu rechtfertigen, »wenn ich nicht gehandelt hätte oder die Schussfreigabe erfolgt wäre, wären unschuldige Menschen zu Schaden gekommen.«
»Können Sie das in jedem Fall mit Gewissheit sagen? Wären die Geiseln tatsächlich getötet worden, wenn man den Geiselnehmern freies Geleit gewährt oder deren Forderungen erfüllt hätte?«
David wusste, worauf Phillipe hinauswollte.
»Und was hat dich dazu legitimiert meinen Vater zu töten, du Monster!«, zischte Sina und riss wild an ihren Fesseln. Philippe schüttelte fast unmerklich den Kopf und suchte ihren Blick.
»Das war nicht meine alleinige Entscheidung und, auch wenn dir das kein Trost sein mag, eine der schwersten, die ich je treffen musste. Ich habe Denis geliebt und glaube mir, ich habe nichts unversucht gelassen, ihn von unseren Zielen zu überzeugen. Viel lieber hätte ich ihn an meiner Seite gehabt. Gemeinsam hätten wir vieles erreichen können.«
Sina stöhnte verächtlich.

»Wieso wollten Sie uns dann töten lassen?«, wollte David wissen.
»Oh, mitnichten! Ich wollte nie ihren Tod! Wenn Sie auf Stier anspielen, nun ja, der hat für eine andere Mannschaft gespielt. Aber lassen mich Ihnen bitte die Zusammenhänge erklären, David.«
»Ich bitte darum!«

72. Kapitel

Etwa zur selben Zeit in Hamburg - LKA

Es war weit nach Mitternacht, als Selina Scharnhorst zum ersten Mal seit einer Stunde den Hörer auf die Gabel zurücklegte. Die größte Schwierigkeit bestand darin, die private Telefonnummer des Kollegen Maurer in Erfahrung zu bringen. In ihrem letzten Gespräch hatte er sich sehr bedeckt gehalten. Sie hoffte, wenn sie ihn mit der Faktenlage konfrontierte und an seine Berufsehre appellierte, mehr aus ihm herauszubekommen. Offenbar eine noch junge Kollegin des Kriminaldauerdienstes ließ sich erweichen, ihr Maurers Handynummer durchzugeben.
Mürrisch hatte dieser abgenommen und wie erwartet war er nicht begeistert darüber, dass man seine Handynummer herausgegeben hatte. Selina hoffte, dass die junge Kollegin unter dieser Indiskretion nicht zu sehr zu leiden hätte in naher Zukunft.
»Was!?«, meldete er sich mürrisch.
»Hallo, Kollege Maurer?! Bitte entschuldigen Sie die nächtliche Störung. Selina Scharnhorst hier vom LKA Hamburg.«
Sie hörte sein entnervtes Stöhnen. »Bitte, geben Sie mir eine Minute.«
Im Hintergrund raschelte es. Selina vermutete, dass er gerade aus dem Bett stieg und das Schlafzimmer verließ, um seine Frau nicht zu wecken.

»Ich habe Ihnen doch beim letzten Mal gesagt, dass ich Ihnen keine Informationen geben kann und darf.«

»Ja, ich weiß, und ich habe dafür auch vollstes Verständnis. Aber es haben sich hier in Hamburg Dinge ereignet, die ich Ihnen nicht vorenthalten möchte.«

Offenbar hatte sie ihn damit geködert.

»Ok, schießen Sie los!«

Selina schilderte ihm im Detail die durchgeführten Ermittlungen nach der tödlichen Schießerei im ›Alten Haus‹ und dass man Sprengers DNA und Fingerabdrücke am Tatort gefunden habe.

»Keiner der tödlichen Schüsse stammte aus Sprengers Waffe. Trotzdem würde uns natürlich brennend interessieren, welche Verbindung Kollege Sprenger nach Hamburg hatte beziehungsweise was er dort getan hat. Ich muss allerdings hinzufügen, dass man uns gestern Morgen den Fall entzogen hat, und zwar auf eine Art und Weise, wie ich sie noch nie erlebt habe. Mein Ermittlungsleiter schien sich damit nicht abfinden zu wollen und hat trotz expliziter Anweisungen weiter ermittelt.«

»Ich mag diesen Kollegen. Scheint große Ähnlichkeit mit Sprenger zu haben.« Selina konnte ihn förmlich durchs Telefon grinsen hören.

»Nun ja«, fuhr sie fort. »Mein Kollege, Reimund Kerner, liegt jetzt auf der Intensivstation und ringt um sein Leben.«

»Oh, entschuldigen Sie bitte«, hörte sie Maurer sagen, »was ist passiert?«

»Reimund scheint auf etwas oder jemanden gestoßen zu sein, genau wissen wir das noch nicht. Als er gestern Abend das Amt verlassen hatte, wurde er angefahren. Im Moment gehen wir von einem gezielten Mordanschlag aus.«

»Das ist ja schrecklich!«, entfuhr es Maurer. »Ok, wie kann ich helfen, was wollen Sie wissen?«

Selina atmete erleichtert aus.

»Woran hat Sprenger gearbeitet? Was hat er in Hamburg gemacht?«

Maurer schien sich einen Augenblick sammeln zu müssen.

»Wir hatten in Konstanz eine Todesfallermittlung, die sich aus kriminaltechnischer Sicht als unkritischer Suizid dargestellt hat. Ich selbst habe die KT-Maßnahmen an der Leiche und am Fundort durchgeführt. Der Tote, ein Prof. Dr. Dr. Willberg, irgendein wichtiges Tier in der Krebsforschung, hatte sich in der Badewanne seiner Hotelsuite mit Trockeneis das Leben genommen. An der Stirn hatte er eine Kälteverbrennung, die ich jedoch als Kontaktspur mit dem Trockeneis in Einklang bringen konnte. Wie gesagt, es ergaben sich für mich keinerlei Anhaltspunkte auf eine Fremdeinwirkung. Ab dann wurde es jedoch sonderbar.«

»Warum?«

»Weil es uns ähnlich erging wie Ihnen. Man verweigerte David eine Obduktion des Leichnams.«

»Warum eine Obduktion? Ich dachte es war ein unstrittiger Suizid?«

»Nicht ganz«, stellte Maurer klar. »Nach allem, was David erfahren hatte, kamen ihm erhebliche

Zweifel und er beantragte die gerichtliche Leichenöffnung. Es kam noch besser. Den Oberstaatsanwalt, der anfänglich seinen Antrag befürwortete, hatte man einen Tag später aus der Staatsanwaltschaft entfernt und zum Richter ernannt. Die Behördenleiterin lehnte eine Obduktion kategorisch ab, mehr noch, sie verbat sich im Fall Willberg weitere Ermittlungen.«

»Hm«, brummte Selina. »Das ist alles ähnlich ominös, wie in unserem Fall.« Sie entschuldigte sich und bat Maurer fortzufahren.

»David fuhr danach auf eigene Faust nach Heidelberg, um dort das Umfeld Wilbergs näher zu beleuchten. Aber jetzt kommt es richtig dick! Kaum dass David aus Heidelberg nach Hamburg weitergefahren war, erschlug der Chef Willbergs, ein Dr. Kübler, die Witwe des Professors. Was genau das Motiv war, konnten mir die Kollegen aus Heidelberg noch nicht sagen.«

»Das ist ja furchtbar!«

»Warten Sie, es wird noch besser! Jedenfalls muss es in der Villa Kübler ausgesehen haben wie im Schlachthaus. Zudem hatte man das Opfer post mortem vergewaltigt. Vor wenigen Stunden hat man Kübler vor der Uni-Klinik in Heidelberg gefunden. Furchtbar verstümmelt.«

Selina sog scharf die Luft ein. »Ein Racheakt?«

»Wissen die Kollegen noch nicht. Könnte auch ein in die Hose gegangener Deal gewesen sein. Man hat ihm alle Finger, Zehen, Nase, Ohren und seine Eier abgeschnitten. Naja … ich denke, er hat bekommen, was er verdient. In seiner Wohnung hat man seine Kleidung, getränkt mit Opferblut, aufgefunden. An der Täterschaft Küblers bestehen keine Zweifel seitens der Kripo in Heidelberg.«

»Wo ist da die direkte Verbindung zum Toten nach Konstanz?«

»Fragen Sie mich nicht. Kann ich Ihnen nicht sagen. Das kann Ihnen nur Sprenger selbst beantworten. Möglich, dass Willberg vom Verhältnis seines Chefs mit seiner Frau Wind bekommen hat und sich tatsächlich vor lauter Gram das Leben genommen hat oder Dr. Kübler, oder auch beide, beseitigen ließen.«

»Wobei die Folter und Verstümmelung Küblers überhaupt nicht ins Bild passen würde, da Willberg zu diesem Zeitpunkt schon nicht mehr am Leben war!?«, gab Selina zu bedenken.

»Richtig, denselben Gedanken hatten David und ich auch.«

»Sie haben Kontakt zu ihm?«, rief Selina überrascht aus.

»Ähm, ja!«, räumte er zögerlich ein. Maurer wurde im selben Moment bewusst, dass er sich gerade verquatscht hatte. Wenn Scharnhorst das gegen ihn verwenden würde, wären seine Tage bei der Polizei des Landes Baden-Württemberg gezählt.

»Keine Sorge, Kollege. Das bleibt unter uns. Sie würden mir nicht freundlicherweise seine Telefonnummer geben?«, versuchte sie einen Vorstoß, rechnete aber mit einem Nein.

»Bitte verstehen Sie mich nicht falsch. Sie haben ihn zur Festnahme ausschreiben lassen, und jetzt soll ich Ihnen helfen, seiner habhaft zu werden? Das kann ich nicht machen. Tut mir leid.«

»Schon gut, schon gut, Maurer. Ich schätze Ihre Loyalität. Das gleiche würde ich von meinen Mitarbeitern erwarten. Eine letzte Frage, Kollege. Was hat Sprenger in Hamburg gewollt?«

»Ach so!? Ich vergaß zu erwähnen, dass man auf Willbergs Doktorandin und Assistentin ebenfalls einen Mordanschlag verübt hatte. Sie war aus Heidelberg nach Hamburg geflohen und verkroch sich dort in einer Kommune oder Jugendasyl, wo sie sich wohl früher schon aufgehalten haben muss.«

»Und Sprenger hatte sie dort ausfindig gemacht?«

»Genau!«, antwortete Maurer knapp.

»Hm, nicht nur der«, vermutete Selina.

»David erwähnte, dass sie von einem Killer gejagt würden«, fuhr Maurer fort. Ganz genau weiß ich das nicht, ich konnte es ja kaum glauben, als mir David davon erzählte. Aber es scheint sich um denselben zu handeln, der versucht hatte in Heidelberg das Mädchen zu töten.«

»Ihr Kollege scheint ein Talent dafür zu besitzen in Schwierigkeiten zu geraten, hmm!?«, sinnierte sie.

Maurer lachte auf. »Wem sagen Sie das. Und mit der Obrigkeit hat er es auch nicht. Aber ich sage Ihnen etwas. Sprenger ist einer besten Kriminalisten, die ich je in meiner langen Laufbahn kennenlernen durfte.«

»Ich danke Ihnen, Maurer!«

73. Kapitel

Paris – Katakomben unter dem Élysée-Palast

Phillipe saß David mit übergeschlagenen Beinen im Sessel gegenüber und räusperte sich. Sina hatte den Kopf zurückgelehnt und die Augen geschlossen. So, wie sie die Stirn kraus zog, vermutete David, dass sie hämmernde Kopfschmerzen haben musste. Wahrscheinlich hatte Clément sie k.o. geschlagen und hierher geschleift.
»Ich höre!«, drängte David.
»Nun ja, wo beginne ich?« Für einige Sekunden schloss er die Augen.
»Als Sie in Konstanz den Tod des renommierten Wissenschaftlers Professor Dr. Willbergs zu untersuchen begannen, habe ich davon Kenntnis erhalten.«
Phillipe bemerkte Davids verwirrten Gesichtsausduck.
»Ich kann Ihre Verwirrung verstehen«, fuhr er fort. Professor Willberg war ein guter, ein sehr guter Freund von mir. Und ja, um Ihre nächste Frage gleich zu beantworten, er gehörte zu unserem Zirkel. Er leitete die Logen in Deutschland.«
»Und warum musste er sterben?«
»Weil er sich den falschen Leuten anvertraut und seine Seele verkauft hat. Was wissen Sie über seine Forschungen?«

»Alles!«, antwortete David. »Sina hat mir alles erzählt.«
»Gut!
Das Präparat, das Willberg aus der Formel hätte produzieren können, sollte nie auf den Markt kommen. Hartmut war anderer Ansicht und wir hatten uns deswegen heftig gestritten.«
»Warum wolltest du das Heilmittel der Welt vorenthalten?«, fragte Sina immer noch mit geschlossenen Augen. Selbst der Klang ihrer eigenen Stimme hämmerte ihr erbarmungslos durch die Schläfen.
»Damit nur deinesgleichen oder die privilegierte Gesellschaft in dessen Genuss kommen?«
»Nein!«, sagte er kopfschüttelnd. »Das alles ist extrem komplex.«
»Erkläre es mir!«, forderte Sina.
»Die Welt ist gnadenlos überbevölkert …«
Sina lachte bitter auf. »Natürlich! Jetzt kommt die Story über die Schaffung einer Neuen Weltordnung und dass du und deine Vasallen ja nur in bester Absicht die Welt vor sich selbst retten wollen, indem sie die Bevölkerung auf ein gesundes Maß dezimieren, bla bla bla. Habe ich alles schon einmal gehört und darüber gelesen.«
Phillipe zog eine Augenbraue hoch und sagte: »Nun ja. Sehr vereinfacht ausgedrückt hast du es auf den Punkt gebracht.«
»Hatte die gute, alte Miriam also doch recht«, sagte Sina an David gerichtet.
»Wir haben kein Interesse daran, die Menschheit auszurotten oder mittels irgendwelcher Viren

drastisch zu dezimieren. Das ist unmenschlich und grausam«, sagte Phillipe.

»Aber es ist allgemein bekannt, dass die Welt in spätestens zwei Jahrzenten ein massives Problem haben wird, ihre ständig wachsende Bevölkerung satt zu bekommen. Schon jetzt hungern weltweit Millionen von Menschen. Es gibt heutzutage eben keine großen Seuchen wie die Pest mehr. Krebs ist an deren Stelle getreten. Weltweit hat die Zahl der an Krebs Erkrankten drastisch zugenommen. Allein 2016 starben rund zehn Millionen Menschen an Krebs. In den nächsten zwanzig Jahren wird sich die Zahl derer, die dem Krebs erliegen, mehr als verdoppelt haben. Wir gehen von zwanzig bis fünfundzwanzig Millionen Menschen jährlich aus.« Phillipe wischte sich mit der Hand über die Stirn. »Ich erwarte nicht, dass ihr das versteht. Aber der Mensch in seinem unbeschreiblichen Mangel an Vernunft und Weitsicht und schier grenzenloser Arroganz glaubt, dass er bis in alle Ewigkeit so weitermachen könnte. Fast alle tödlichen Krankheiten sind ausgerottet oder beherrschbar geworden. Der Menschheit fehlt das natürliche, biologische Regulativ, was sein rasantes und unkontrolliertes Wachstum einzudämmen vermag.«

»Aber die Pharmaindustrie setzt dennoch Jahr für Jahr Milliarden US-Dollar mit Krebsmedikamenten und Therapien um«, warf David ein.

»Genau darum geht es doch!«, lachte Sina verächtlich und bereute dies sogleich. Schmerzverzerrt kniff sie die Augen zusammen.

»Du glaubst doch nicht, dass irgendein Pharmakonzern Interesse daran hat, ein wirksames Krebsheilmittel auf den Markt zu bringen. Stattdessen überschwemmen sie den Markt mit Placebos und verdienen damit Milliarden. Alles Medikamente und Therapeutika zweifelhafter Wirksamkeit. Neueste Studien belegen, dass Krebspatienten nicht am Krebs selbst, sondern in über neunzig Prozent der Fälle an den Folgen der Therapie versterben.
Chemotherapie, Bestrahlungen und was weiß ich noch alles vergiften den Körper, schwächen oder zerstören das gesamte Immunsystem. Die kleinste Infektion ist dann oft schon ausreichend, ein Multiorganversagen herbeizuführen. Und diese heilsversprechenden Therapien sind meines Erachtens Augenwischerei. Sie gewähren einem Patienten höchstens ein paar Jahre Aufschub, bis der Krebs an anderer Stelle im Körper erneute metastasiert.
Das Therapeutikum, das Willberg und ich entwickelt haben, wäre absolut frei von Nebenwirkungen, dafür jedoch mit fast hundertprozentigem Heilungserfolg.«
»Wie gesagt«, ergriff Phillipe wieder das Wort, »Willberg wollte euer Therapeutikum ja auch der Weltöffentlichkeit vorstellen und zugänglich machen. Bei einem Treffen in Konstanz wollte er seine Formel an den leitenden Wissenschaftler einer Organisation übergeben.«
»Der WHO?«, unterbracht ihn Sina.
»Ach, Kind«, entgegnete er gedehnt.
»Nenne mich nie wieder Kind, du Arsch!«, verbat sie sich.

»Tut mir leid«, sagte er mit echtem Bedauern in der Stimme. »Die WHO steht unter unserer Kontrolle, die ganz in unserem Sinne kooperiert. Sina hat nicht unrecht mit dem, was sie sagt, wir besitzen die Mehrheiten an zwei Dritteln aller Pharmakonzerne. Die Krux liegt darin, dass wir eben nicht alle kontrollieren. Ein chinesischer Pharmariese, mit einigen Niederlassungen in Europa, der sich gänzlich unserer Kontrolle entzieht, war hinter dem Therapeutikum her. Guangzhou-Wang-Pharmaceuticals.«
»Also wurde Stier von der Firma Wie-auch-immer-Wang-Pharmaceuticals angeheuert?«, warf Sina ein.
Phillipe nickte. »Stier sollte dem Treffen Willbergs mit dem Arzt dieser Organisation, World-Saver-Foundation, wie sie sich nennt, zuvorkommen.«
David schüttelte ungläubig den Kopf. »Das macht überhaupt keinen Sinn. Dann hätte Stier ja völlig versagt.«
Jetzt war es an Phillipe ihn verwirrt anzuschauen. »Wieso?«
»Weil Stier Willberg kalt gemacht hatte, ohne in den Besitz seiner Formel gelangt zu sein.«
»Das ist auch nicht Stiers primärer Auftrag gewesen. Er sollte lediglich verhindern, dass das Treffen zustandekommt und dafür Sorge tragen, dass Willberg die Formel auch keinem anderen mehr zugänglich machen konnte, auch du nicht, liebe Sina.«
»Dr. Kübler …«, flüsterte David.
»Sie sind brillant, David«, lobte Phillipe. »Ich schätze Ihre untrügliche Intuition und Ihren scharfen Verstand.«

Er fuhr sich durch die dichten, grauen Haare. »Kübler erkannte schon vor einigen Wochen das ungeheure Potentials eures Therapeutikums«, fuhr er fort, »und bot die Formel Guangzhou-Wang-Pharmaceuticals an. Mit einer ersten Abschlagszahlung von einer Million Euro hatte Kübler fünfzig Prozent der Formel geliefert. Gestern Abend um 18:00 Uhr wäre die Lieferung der zweiten Formelhälfte fällig gewesen.«
»Und da er nicht liefern konnte, haben sie ihn tranchiert und ihn seiner Kronjuwelen beraubt.« David konnte sich ein schiefes Grinsen nicht verkneifen.
»Genauso verhält es sich, David. Erst nachdem Kübler nicht liefern konnte, setzten sie Stier auf euch an, der euch bis in die Kapelle gefolgt ist. Nur ging der davon aus, dass die Formel dort sei.«
»Aber welche Rolle spielte Tamina Willberg?«, hakte David nach.
»Darüber liegen mir derzeit noch keine präzisen Kenntnisse vor. Aber ich vermute, wie gesagt rein spekulativ, dass Kübler ihr nach oder während eines Tête-à-Têtes von der Entdeckung ihres Mannes erzählt hatte. Sie schien ihre Chance gewittert zu haben, nach der übereilten Eheschließung, bei der Sie im Falle einer Scheidung leer ausginge, ein lukratives Geschäft zu machen. Kübler war für Tamina nur ein tumber Handlager, ein Lakai, den sie würde vorschieben können, wenn die Sache schieflaufen würde. Naja, ist sie letzten Endes ja auch. Sie haben Tamina kennengelernt, David?«
David nickte bestätigend. »Ja, habe ich.«

»Glauben Sie mir, ich kannte sie besser als Sie. Sie war eine durch und durch böse, seelenlose und eiskalt berechnende Frau. Hätte Kübler sie nicht erschlagen, hätte *ich* das früher oder später eigenhändig getan. Ich habe bis heute nicht verstanden, dass Hartmut für dieses Miststück, entschuldigt bitte meine Ausdrucksweise, Carola und seine Töchter verlassen hat.«
Phillipe kramte schweigend einen versilberten Zigarren-Tubo aus der Brusttasche seines Hemdes hervor, den er unter dem Pullover zu tragen schien. Wie hielt der Mann nur diese Hitze aus? Davids Hemd klebte mittlerweile schweißnass an seinem Rücken.
David beobachtete, wie Phillipe den Tubo öffnete und eine Zigarre daraus in seine Finger gleiten ließ. Er schnupperte mit geschlossenen Augen daran und begann das Mundstück mit den Lippen zu befeuchten.

David lachte in sich hinein. Die Situation, in der Sina und er sich befanden, war an Absurdität kaum zu übertreffen.
In den vergangenen 72 Stunden waren sie von zwei unerbittlichen Gegnern gejagt worden, die beide zu verhindern suchten, was seiner Meinung nach an die Öffentlichkeit gehörte. Sowohl das Heilmittel, als auch die Identität eines Mannes, der über Jahrzehnte seine Macht und Einfluss gefestigt hatte, und dass Regierungen, vermutlich Dutzender Länder, nach seiner Pfeife tanzten. Aber warum? Das erschloss sich ihm nicht und David rechnete auch

nicht damit, auf eine direkte Frage eine ehrliche Antwort zu bekommen. Diese und noch eine Frage rotierten permanent durch seinen Geist: Wird er uns töten? Zwangsläufig! Sie kannten seine Identität. Konnte Kronos es sich leisten, die beiden gehen zu lassen und Gefahr zu laufen, dass sie ihn denunzierten, seinen Namen in die Welt hinausschrien und darüber berichteten, was er und die Vasallen seiner Bruderschaft seit Jahrhunderten trieben?

Die Handschellen begannen allmählich unangenehm in sein Fleisch zu schneiden.
Einige seiner Fingerspitzen begannen bereits zu kribbeln, ein untrügliches Zeichen, dass die Blutzufuhr blockiert oder wesentlich eingeschränkt war. Egal, wie sehr er seine Hände drehte und wandte, er würde sich selbst daraus nicht befreien können. Vielleicht gelänge es ihm, mit einiger Kraftanstrengung, wenn er sich gegen die Rücklehne stemmen würde, seine Arme über die Stuhllehne zu bekommen. Natürlich mit der Gefahr, sich dabei die Schulter auszukugeln. Zumindest könnte er, wenn er mit den Beinen über die Kette stieg, seine Arme nach vorne bringen und bedingt kämpfen und was noch wichtiger sein würde – rennen!
»Wieso hast du meinen Vater getötet? Herrgott, er war dein Bruder!« Sina rang erneut mit den Tränen. Phillipe blies den Rauch der Zigarre an die Gewölbedecke, beugte sich im Sessel vor und wandte sich ihr zu.

»Sina, du musst mir glauben. Es gab in den letzten acht Jahren keinen einzigen Tag, an dem ich nicht an ihn gedacht habe.«
»Pah!«, stieß Sina verächtlich aus. »Das nehme ich dir nicht ab. Du hast mein Leben zerstört!«
Phillipe seufzte schwer.
»Lass mich dir erklären«, fing er an. »Denis und ich standen uns früher sehr nahe. Während unseres Studiums hat sich das jedoch geändert. Wir hatten nicht mehr so viel Kontakt, und der Selbstmord unserer Mutter hätte das Band zwischen uns fast vollständig zerrissen. Er gab mir die Schuld an ihrem Tod. Erst viele Jahre später schien er seinen Fehler einzusehen, da unsere Mutter sehr krank war. Aber das tut jetzt nichts zur Sache. Denis wurde ein hervorragender Jurist. Leider kam er damals mit dieser Öko-Müsli-Ich-rette-die-Welt-Advokatin in Kontakt.«
»Hey, rede nicht so von meiner Freundin«, erboste sich Sina. »Miriam war eine tolle Frau, und mir näher als meine eigene Mutter.«
»Ich weiß.« Er hob beschwichtigend die Hände. »Damals war sie anders, Sina. Sei´s drum. Auch ihren Tod bedauere ich sehr. Aber vielleicht war es gnädiger als das, was sie erwartet hätte.«
»Was meinst du?«, fragte Sina unsicher.
»Miriam hatte Krebs im Endstadium. Sie hätte nur noch wenige Wochen zu leben gehabt.«
»Das ist nicht wahr! Du lügst!«, schrie Sina.
Phillipe schüttelte energisch den Kopf. »Ich kenne den Obduktionsbericht, Sina. Glaube mir.«

Sina schluckte schwer und erneut liefen dicke Tränen über ihre Wangen.
»Jedenfalls habe ich Denis damals zu warnen versucht. Sie hatten sich mit mächtigen Firmen angelegt, die mit allen Wassern gewaschen sind und ich ahnte, dass Denis auf seinen beruflichen Selbstmord zusteuerte. Leider sollte ich recht behalten.«
»Hattest du etwas damit zu tun?«
»Nicht direkt, Sina. Diese Firmen kontrollierten wir damals noch nicht. Aber ich bin seinerzeit, sagen wir, *beratend* tätig gewesen. Jedenfalls war Denis hernach ein gebranntes Kind und keine Kanzlei in Frankreich, oder anderswo, hätte ihn als Jurist haben wollen. Denis hatte schon immer einen extrem analytischen Verstand. Darin war er mir weit voraus, weshalb ich ihn als Analytiker zum Nachrichtendienst geholt habe. Mit den Jahren sind wir uns auch wieder etwas näher gekommen. Aber Denis hatte sich so in die fixe Idee verrannt seine juristischen Niederlagen aufzuarbeiten.«
»Wusste er, wer oder was Sie waren?«, warf David ein.
»Nein, natürlich nicht. Aber er war kurz davor es herauszufinden. Eines unserer Gebäude, welches unser Archiv beherbergte, fiel einem Brand zum Opfer. Ich weiß nicht, wie es Denis gelungen war, aber offenbar hatte er dort Unterlagen gefunden, die er niemals hätte zu Gesicht bekommen dürfen. Der Rat der Acht, dessen Vorsitz ich schon damals viele Jahre innehatte, beschloss, dass man Denis ausschalten müsse.«

Er wandte sich Sina zu: »Ich musste mich diesem Mehrheitsbeschluss beugen.«
»Erwartest du jetzt Mitleid von mir?«, fragte sie verächtlich.
»Nein«, sagte er resigniert, »das erwarte ich nicht. Ich erwarte nicht einmal, dass du mir verzeihst.«
»Darauf kannst du lange warten«, spie sie ihm verächtlich entgegen.
Phillipe seufzte. »Ich hatte nach Denis' Tod gehofft, dass du mich aufsuchen würdest. Weißt du, Sina, ich habe dich immer im Auge behalten und es tat mir weh zu sehen, wie du deine Trauer, deinen Schmerz, mit Drogen betäubtest. Eine glückliche Fügung hat dich nach Hamburg zu Miriam verschlagen. Als ich erfuhr, dass sie versuchte, dich über einige alte Kontakte wieder an die Uni zu bringen, habe ich Hartmut gebeten, alles zu tun, dass du in Heidelberg immatrikulieren konntest. Und ich bat ihn, sich um dich zu kümmern. Es war schön dein Leben wieder in geordneten Bahnen zu sehen. Du wirst eine großartige Wissenschaftlerin werden.«
»Zu gütig von dir! Ich hoffe du erwartest keine Dankbarkeit?«
Falls ihn ihre Feindseligkeit traf, so ließ er sich nichts anmerken.
»Naja, jedenfalls habe ich mich Denis dann offenbart, ihm gesagt, wer und was ich bin. Ich bat ihn, sich unserer Bruderschaft anzuschließen. Sogar einen Platz im Rat hatte ich ihm angeboten. Dein Vater wollte von alldem nichts wissen. Rasend vor Wut war er auf mich losgegangen, griff mich an.

Drei Agenten waren nötig ihn von mir herunter zu ziehen. So wütend hatte ich ihn nie gesehen.« Phillipe rieb sich die Stirn, ehe er fortfuhr.

»Jedenfalls war er wutentbrannt aus meinem Haus in Grenoble gestürmt und wollte, das erfuhr ich erst später, direkt nach Hamburg, um sich mit Miriam zu treffen.«

»Und dann hast du ihn töten lassen!?«, flüsterte Sina.

»Nein, Sina. So ist es nicht gewesen. Es ist richtig, dass der Rat seine Eliminierung beschlossen und auch schon in Auftrag gegeben hatte. Dein Vater ist tatsächlich bei einem Autounfall ums Leben gekommen. Ein Vorderreifen war geplatzt. Er verlor die Kontrolle über den Wagen, brach durch die Leitplanke und stürzte einen Abhang hinunter. Später fand man den Wagen völlig ausgebrannt, dein Vater war bis zur Unkenntlichkeit verbrannt. Ich wusste, dass er eine Akte über das Komitee der 300 und den Rat der Acht angelegt hatte, hoffte jedoch, dass diese im Jaguar mit verbrannt wäre. Leider habe ich mich geirrt. Viele Jahre habe ich versucht die Akte zu finden. Vergeblich! Womit ich nie gerechnet hätte war, dass du sie finden würdest, Sina. Nun, ich sehe du warst erfolgreich.«

Phillipe griff hinter sich und förderte die Akte zum Vorschein. Langsam schlug er sie auf und begann sie mit hochgezogenen Augenbrauen zu überfliegen, blätterte durch die Seiten und nickte hin und wieder anerkennend.

»Denis hat sehr viel und gründlich recherchiert. Das muss ich ihm lassen.«

»Und deswegen wolltest du uns auch eliminieren lassen?«, fragte Sina.
»Du meinst die beiden Agenten in der Kapelle?«
»Natürlich meine ich die!«, konterte Sina wütend.
»Nein, die beiden sollten euch mit der Akte zu mir bringen. Ich konnte ja nicht ahnen, dass ihr sie mir frei Haus liefern würdet.«
Er schloss den Aktendeckel und betrachtete einige Sekunden lang dessen Aufdrucke und das Prägesiegel der Analyse-Abteilung des Geheimdienstes.
»Akte Kronos«, las er leise schmunzelnd. Dann erhob er sich und warf sie mit einer saloppen Bewegung seines Handgelenks ins Kaminfeuer.
»Neiiiiin«, schrie Sina und riss an ihren Fesseln. »Das darfst du nicht!«
Überrascht drehte sich Phillipe zu Sina um.
»Ich werde alles publik machen, der Welt sagen, wer du bist.«
»Ach weißt du, Sina. Ab morgen Abend spielt das keine Rolle mehr. Emilian Bisson wird der letzte Präsident sein, den wir in Amt und Würden bringen. Die Europäische Union und alle ihre Mitgliedsländer unterstehen dann unserer vollständigen Kontrolle und unserem Einfluss. Und nicht nur diese.«
»Das ist doch Irrsinn«, bellte David. »Was maßen Sie sich an? Was gibt Ihnen das Recht, sich zum Herrscher über die halbe Welt zu erheben? Das ist diktatorisch und despotisch.«
»Die westliche Welt wird das niemals akzeptieren«, widersprach Sina. »Das Volk will ihre Präsidenten und Staatsoberhäupter demokratisch wählen.«

»Die Demokratie gibt es nicht und hat es nie gegeben!«, proklamierte Phillipe lautstark. »Ein antiquiertes, obsolet gewordenes Konstrukt einer Regierungsform, die den Anforderungen und Bedürfnissen globaler Probleme schon lange nicht mehr gerecht wird. Ihr glaubt, ihr lebt in einer Demokratie?« Phillipe lachte bitter.

»Weil ihr alle paar Jahre zur Wahlurne schreitet und bedeutungsschwanger über Parteiprogramme diskutiert? Eine Scheindemokratie, nichts weiter! Die Menschen werden nicht von Parteien oder gewählten Vertretern regiert, sie werden von anderen regiert, einer unsichtbaren Herrschermacht, von UNS! Wir sind es, die euren Verstand formen, eure Geschmäcker und Meinungen bilden, euch sogar suggerieren, wie ihr zu fühlen und denken habt. Die logische Konsequenz dessen, wie unsere Gesellschaft organisiert ist. Jahrtausende der Menschheit haben bewiesen, dass Individuen von anderen dominiert werden, mehr noch, der Einzelne geradezu nach Führung und Lenkung heischt. Soziologisch oder genetisch betrachtet, ihr könnt es sehen wie ihr wollt, sind wir Menschen immer noch Herdentiere und große Menschenmassen müssen auf die eine oder andere Weise koordiniert und gelenkt werden, wenn sie in einer ausgeglichen funktionierenden Gesellschaft zusammenleben sollen. Dem Menschen mangelt es an der Fähigkeit seine Bedürfnisse denen der gesellschaftlichen unterzuordnen, weil er, von ein paar Ausnahmen vielleicht abgesehen, immer seine Interessen in den Vordergrund stellen wird.«

Phillipe schüttelte den Kopf. »Die menschlichen Errungenschaften der letzten Jahrhunderte waren nicht Ausfluss demokratischer Entscheidungen, sie waren das Resultat der herrschenden Elite, die, ich gebe es zu, nicht immer die besten waren. Die hohe Kunst der Manipulation besteht darin, die Massen glauben zu machen, dass es ihre ureigensten Ideen waren.«
Phillipe hatte sich in Rage geredet und war wie ein Raubtier vor dem Kamin auf und ab gegangen, die Glut warf ein gespenstisches Leuchten in Phillipes Gesicht, als dieser gedankenverloren ins Kaminfeuer starrte.
»Der Mensch ist zur Demokratie gar nicht fähig«, fuhr er leise fort. »Die Welt und die Menschheit hat so viele Probleme, deren Beseitigung keinen Aufschub mehr duldet. Globale Erwärmung, steigende Armut, unkontrolliertes Bevölkerungswachstum, Energiekrisen und immer knapper werdende Ressourcen. Bereits im Jahr 2008 haben wir in einem Global Economic Symposium einen Maßnahmenkatalog festgelegt, wie wir diese Gefahren bekämpfen können. Maßnahmen, die für jeden Einzelnen schmerzhafte Einschnitte bedeuten.«
»Glaubst du nicht, dass die Menschen in der Lage sind, dies selbst zu beurteilen und bereit wären Opfer zu bringen?«
»Nein, sind sie nicht! Und nein, wären sie nicht! Der Mensch ist das egoistischste Geschöpf auf diesem Planeten, sich seit Jahren in phlegmatischer Gleichgültigkeit suhlend, alle natürlichen Ressour-

cen plündernd und konsumierend, als gäbe es kein Morgen. Ich will mich davon nicht ausnehmen.«

Obwohl das Kaminfeuer heruntergebrannt war, trieb die Hitze David den Schweiß aus den Poren. Er dachte über die Worte Phillipes nach.

»Wieso spielt es ab morgen Abend keine Rolle mehr?«, wollte David wissen.

Phillipe schien sich wieder ein wenig beruhigt zu haben, schnippte die halb gerauchte Zigarre in den Kamin und ließ sich in seinem Sessel nieder.

»Morgen Abend wird die französische Präsidentschaft feststehen. In einer Woche wird das EU-Parlament, mit Zustimmung aller Regierungschefs, der Öffentlichkeit einen Ausschuss vorstellen, dessen Vorsitz ich übernehmen werde. Dieses Amt wird mich mit sehr weitreichenden Kompetenzen ausstatten. Die einzelnen Mitgliedsländer werden große Teile ihrer Souveränität abtreten.«

»Ha! Bei so vielen Ländern, die den Austritt aus der EU anstreben?«, unkte Sina.

»Du spielst auf den Brexit an? Eine Farce! Nenne es einen Show-Act, den wir inszeniert haben, um uns eines, sagen wir, etwas widerspenstigen Premierministers zu entledigen, der nicht Willens war mit uns zu kooperieren. Zum Teil mussten wir mit anderen Ländern auch so verfahren, was nach außen den Anschein der Destabilisierung und des drohenden Zusammenbruchs der EU erweckte.«

»Was ist mit den großen, führenden Nationen?«

Phillipe lachte heiser. »Pah! Führende Nationen, David? Es gibt keine führenden Nationen mehr. Das wird Ihnen und Milliarden anderen suggeriert, dass es die noch gäbe. Aufschneiderei und impertinentes Machtgehabe – und wozu? Um von innenpolitischen Problemen und Zänkereien abzulenken. Ihr habt nicht die geringste Ahnung. Ihr würdet das alles verstehen, wenn ihr wüsstest, was ich weiß.«

»Ich werde das jedenfalls nicht zulassen!«, meldete sich Sina zu Wort, nachdem sie den Ausführungen Phillipes gefolgt war.

Ein süffisantes Lächeln umspielte seine Lippen. »Und wie willst du das verhindern?«

»Indem ich an die Öffentlichkeit gehe. Ich werde aller Welt sagen, wer du bist und was du die vergangen Jahrzehnte getan hast.«

»Du scheinst es immer noch nicht verstanden zu haben, Sina. Wir kontrollieren mitunter, direkt oder indirekt, fast alle Medien. Welcher Zeitung, welchem Sender würdest du diese Informationen anbieten wollen?«

David schien sich ob Phillipes Selbstsicherheit nicht mehr sicher zu sein.

Phillipe wandte sich David zu und sah ihm direkt in die Augen.

»Ich glaube David, dass Sie mir tief im Herzen beipflichten.«

David dachte einen Augenblick darüber nach und nickte. »Mag sein, dass Sie recht haben. Dennoch heiligt der Zweck nicht die Mittel ...«

»Schließen Sie sich uns an, David. Gerne hätte ich Sie als loyalen Mitstreiter an meiner Seite. Sie sind ein integrer, ehrenhafter Mann, ein tadelloser Polizist, der sich, von seiner Aufmüpfigkeit und Insubordination mal abgesehen, nie etwas zuschulden

kommen ließ. Überdenken Sie meinen Vorschlag. Ich erwarte auch nicht sofort eine Antwort.«
»Da gibt es nichts zu überdenken, Phillipe. Ich lehne dankend ab.«
»Das ist sehr bedauerlich«, seufzte Phillipe.
David drängte sich der Verdacht auf, dass er damit seines und Sinas Todesurteil unterschrieben hatte.
»Wirklich, sehr bedauerlich«, wiederholte Phillipe.
Sinas banger Blick verriet David, dass sie genauso zu empfinden schien.
»Hm«, brummte Phillipe, »ich denke, dann haben wir uns nichts mehr zu sagen.«
»Sagtest du nicht, du wolltest unseren Tod nicht?«
»Ich weiß, was ich gesagt habe, Sina!«, raunzte er aufbrausend. »Aber was ich wollte und nun gezwungen bin zu tun, sind völlig unterschiedliche Dinge. Ihr lasst mir keine andere Wahl!«
»Lassen Sie uns einfach gehen!«, schlug David vor.
Wieder dieses heisere Lachen Phillipes. »Nein, das Timing lässt es nicht zu. In den kommenden Wochen wird sich die Welt, wie ihr sie kanntet, völlig neu ordnen und formieren. Zu lange schon arbeiten wir darauf hin, als dass ich das Risiko eingehen könnte, euch in die Welt zu entlassen.«
Da war sie, die Unsicherheit, die David an ihm gespürt hatte.
»Also geht es Ihnen schlicht darum die Macht zu ergreifen. Ihr ganzes vordergründiges ›Ich-rette-die-Welt-Gerede‹ dient letztlich nur Ihrer Machterweiterung, Ihrem Ego, was auch immer.«
»Glauben Sie was Sie wollen, David. Ob nun ich oder ein anderer des Rates der Acht den Vorsitz

dieses Ausschusses übernähme, spielt keine Rolle. Ich bin ersetzbar, genau wie Sie oder du, Sina.«
Davids Hände schmerzten entsetzlich und allmählich begann sich die Taubheit auch auf seine Arme und seine Schultern auszubreiten.
Sich tief in den Sessel stemmend, versuchte er seine Hände zu reiben und das Blut darin zum zirkulieren zu bringen.
Phillipe erhob sich schwerfällig, ging hinüber zu der großen Tafel in der Mitte des Raumes, beugte sich leicht und drückte einen Taster, der sich, für David unsichtbar, unter der mächtigen Tischplatte zu befinden schien.
Keine Minute war vergangen, als sich die Türe des Gewölbes öffnete und Clément in Begleitung eines weiteren Mannes eintrat. Einer der Angreifer, die David im Innenhof gezwungen war auszuschalten. Seine Nase war dick geschwollen und in den Nasenlöchern steckten Tamponaden, um die Blutung zu stillen.
»Monsieur Kronos?«
»Bringen Sie sie weg und erledigen Sie, worum ich Sie gebeten habe.«
»Oui, Monsieur!«
Die beiden Männer näherten sich Sina. Während der Agent Sinas Fesseln zu lösen begann, beugte sich Clément zu ihr hinunter. Sina reagiert blitzschnell. Cléments Jaulen hallte von den Wänden wider. Gleich einem tollwütigen Hund hatte sich Sina in eines von Cléments Ohrläppchen verbissen und riss daran, bis sie blutverschmiert etwas ausspie.

»Merde! Connasse!« Er hieb ihr kraftvoll ins Gesicht und sie verlor augenblicklich das Bewusstsein. »Bring sie weg, verdammt!«
Der Agent gehorchte, griff unter Sina und hob sie mühelos auf seine Arme. Wortlos trug er sie dem Ausgang zu und verschwand.
»Alles in Ordnung?«, fragte Phillipe, der hinter seinem Sessel stehend die Szene verfolgt hatte.
»Oui, Monsieur Kronos.« Clément tupfte sich mit einem Taschentuch das Ohr. Sina hatte ihm tatsächlich ein Stück seines rechten Ohrläppchens abgebissen.
David verkrampfte sich, als Clément sich ihm näherte. Um ihn wegzuführen, würde er ihm zwangsläufig die Handschließen abnehmen müssen.
Clément trat hinter ihn und David spürte das Ruckeln an seinen mittlerweile völlig tauben Händen. Klickend löste sich der Ring an seinem linken Handgelenk. Den rechten hielt Clément eisern umklammert und verdrehte ihn schmerzhaft gegen Davids Knochen. Langsam trat er, mit einer Pistole auf Davids Kopf zielend, um den Sessel herum.
»Streck die Hände nach vorne«, befahl er barsch.
David gehorchte und erhob sich aus dem Sessel. Noch immer fühlten sich seine Hände taub an, er glaubte jedoch ein leichtes Kribbeln in seinen Fingerspitzen zu spüren.
»Ich sagte dir doch, Clément, bete darum, dass wir uns nicht wiedersehen«, sagte David leise und hoffte damit Zeit zu schinden.
Clément wechselte die Pistolenhand und griff nach dem zweiten Schließring.

David spannte seinen Oberkörper, schnellte vorwärts und ließ seine Stirn gegen Cléments Nase krachen.
Ein roter Strahl schoss daraus hervor, Tränen standen in Cléments Augen. Das Gefühl in Davids Händen war noch nicht zurückgekehrt, trotzdem, das Momentum nutzend, trat er einen Schritt auf Clément zu und umfasste mit seiner Linken dessen Pistolenhand und mit der Rechten blockierte er den Schlitten. Eine Schussabgabe war somit nicht möglich. So sehr David auch riss und wuchtete, Clément hielt die Waffe eisern umklammert. Er würde nicht umhinkommen, seinen Griff um dessen Handgelenk zu lösen. In einer einzigen geschmeidigen Bewegung griff er blitzschnell mit der frei gewordenen Hand über die Waffe, hielt den Schlitten weiterhin blockiert und drehte sie entgegen dem Uhrzeigersinn gegen Cléments Brust. Knirschend brach Cléments Zeigefinger im Abzug. Ein wütender grunzender Schrei drang aus seiner Kehle.
»Du Bastard!« Clément Zouiche höchstpersönlich hatte ihm diese Technik beigebracht.
Der Schlag war so schnell und präzise geführt, dass er keine Chance hatte ihn abzuwehren. Würgend und hustend griff David sich an die Kehle.
Er glaubte ersticken zu müssen. Ein Trommelfeuer traf ihn, Hammerschlägen gleich, an Jochbein, Kinn und Nase. Klappernd fiel die Pistole aus Davids Hand und schlidderte davon. Gegen die drohende Ohnmacht ankämpfend, mobilisierte er all seine Kraft und trat in einem letzten Verzweiflungsakt mit dem Bein nach Cléments Unterleib.

Dieser blockte gekonnt und trat seinerseits gegen das Knie des belasteten Beines Davids.
Brüllend vor Schmerz, knickte David haltlos ein und fiel schwer atmend auf den Rücken.
Wehrlos wandt er sich am Boden. Er musste sich geschlagen geben. Clément bückte sich nach der Pistole und baute sich drohend vor David auf.
Phillipe, der sich offenbar keinen Zollbreit von seinem Sessel wegbewegte, verfolgte teilnahmslos das Geschehen.
»Sie werden niemals damit durchkommen, Kronos«, spie David ihm wutentbrannt entgegen.
»Wir werden sehen«, entgegnete er gelassen und nickte Clément dezent zu.
Dieser hob die Waffe und zielte damit auf Davids Brust.
Nicht zum ersten Mal blickte David in den gähnend schwarzen Schlund einer Waffenmündung, aber noch nie verspürte er die Gewissheit des bevorstehenden Todes so intensiv, wie in diesem Augenblick. Langsam begann sich Cléments linker Zeigefinger um den Abzug zu legen, suchte den Druckpunkt und zog.
David kniff unweigerlich die Augen zusammen, als der Schuss brach. Aber der erwartete Schmerz blieb aus. Was war geschehen? Überrascht riss er die Augen auf und erkannte die starr ins Leere blickenden Augen Cléments. Ein kreisrundes Loch, aus dem ein kleines blutiges Rinnsal trat, war in seine Stirn gestanzt. David sah das Flackern in seinen Augen, bis es gänzlich erlosch. Wie ein gefällter Baumstamm begann sich sein fast unmerklich

schwankender Körper nach hinten zu neigen und schlug hart auf dem steinernen Boden auf. Erneut zerriss ein Schuss die Stille.
David versuchte sich schutzsuchend hinter den Stuhl zu verkriechen. Dann wurde es ruhig.
Unter Schmerzen rappelte er sich auf und entwand Cléments toter Hand die Pistole. Ein schlanker hochgewachsener Mann beugte sich über einen zweiten, am Boden liegenden, den David nicht sogleich erkannte.
Cléments Waffe schussbereit, näherte er sich humpelnd den beiden Männern.
Kronos war gefallen. Ein tiefroter Fleck begann sich ringförmig, in seiner Magengegend, auf seinem Pullover abzuzeichnen. Der Schuss, den der sterbende, fallende Clément abgegeben hatte, traf Phillipe Forget als Querschläger und hatte ihn niedergestreckt. Die Hände fest auf den Bauch gedrückt, starrte er fassungslos zur Decke.
Flüsternd brabbelte Phillipe immer wieder die Worte: »Denis, Denis, es tut mir so leid.« Ein letzter tiefer Atemzug und Phillipe hauchte sein Leben aus.
»Nehmen Sie endlich die Pistole runter«, sprach ihn der Unbekannte an. David glaubte einen leicht französischen Akzent herauszuhören.
»Wer sind Sie?«
»Jetzt nicht! Wir müssen hier weg! Los, folgen Sie mir. Können Sie gehen?«
David knetete sein Knie und nickte. »Wird schon irgendwie gehen.«

Der Mann überragte David um gut einen halben Kopf, weswegen dieser gezwungen war, sich tief zu bücken, als sie das Gewölbe verließen. Anstatt den Weg nach links, den Gang zurück, einzuschlagen, hielt der Mann abrupt inne. Mit Zeige- und Mittelfinger griff er in die Augenhöhlen einer der unzähligen Totenköpfe in der Schädelwand. Offenbar befand sich darin ein Entriegelungsmechanismus, da die Wand sogleich zurückzuweichen begann und geräuschlos aufschwang.

»Versuchen Sie Schritt zu halten«, sagte sein Führer, der sich geduckt durch die Öffnung schob.

Mit großen Schritten eilte dieser den Gang entlang, bog in Gänge ab, die David erst im allerletzten Moment erkannte. Lange würde er diesem Tempo nicht standhalten können. Jede Belastung seines Beines stach wie glühende Nadeln, die sich geradewegs unter seine Kniescheibe zu bohren schienen. Sie waren noch nicht weit durch die Katakomben gehastet, dennoch hatte David längst jede Orientierung verloren. Plötzlich begann der Gang breiter zu werden und mündete in einem offenen, quaderförmigen Raum.

»Sina!«, stieß er aus, als er sie am Boden kauernd ausmachte. Ihre Augenlider flatterten, als sie sich ins Bewusstsein zurückkämpfte. David griff unter ihre Achseln und brachte sie in eine sitzende Position. Nur beiläufig warf er einen Blick auf den Agenten, der tot, mit einer klaffenden Schusswunde in der Brust, neben Sina lag.

»Waren Sie das?« fragte er an seinen unbekannten Retter gewandt.

»Oui! Können Sie sie stützen?«, erkundigte er sich und deutete in Sinas Richtung. »Wir müssen hier weg. Sie kommen!«
David war sich nicht sicher. »Ich versuche es.«
»Papa«, drang Sina brüchige Stimme an Davids Ohr. Er verstand nicht.
»Los! Bringen Sie sie hier raus. Ich versuche sie aufzuhalten. Gehen Sie durch die Stahltüre dort die Treppe nach oben. Bringen Sie sich in Sicherheit.«
Es widerstrebte ihm seinen Retter zurückzulassen, aber die Anweisungen des Mannes duldeten keinen Widerspruch.
»Papa!«, wimmerte Sina erneut, als David sie hochriss, auf die Beine stellte und hinter sich her zog, der Stahltüre entgegen. Noch ehe sie gänzlich durch die Türe geschlüpft waren, brachen die ersten Schüsse, die wie Donnerhall in den Katakomben echoten. Ein Querschläger pfiff heulend und surrend nur Millimeter an Davids Schädel vorbei und hinterließ eine tiefe Scharte im Stahl des vor ihm liegenden Treppengeländers. Seinen Arm fest um ihre Hüfte geschlungen, zog er sie Stufe für Stufe die Treppe empor. Kühlere Luft schlug ihm entgegen und er glaubte das Geräusch fließenden Wassers zu hören. Humpelnd, keuchend und mit letzter Kraft erklomm er die letzten Stufen, strebte dem Gitter entgegen, nur um sich mit einer weiteren aussichtslosen Gefahr konfrontiert zu sehen …
»Gottverdammt …!«, fluchte er.

Paris

Einige Tage später

Als David und Sina aus den Katakomben gestiegen waren und ihre Flucht an einem vergitterten Tor, unter der Seine-Brücke Pont Alexandre III, ein jähes Ende fand, hatte David alle Hoffnung aufgegeben. Gleißende Halogen-Strahler, die ihnen die Augen blendeten, Gewehr- und Pistolenmündungen, die sich ihnen entgegen reckten, das untrügliche Klicken, wenn Waffen entsichert wurden, hatten ihn glauben lassen, dass es nun endgültig vorbei sei.

Erst als sich seine Augen an das Licht gewöhnt hatten, erkannte er dutzende Männer in Uniformen, die das Abzeichen der GIGN, der Spezialeinheit der Gendarmerie National, trugen. Schnell hatte man die Kette, welche der Gittertüre vorgehängt war, mit einem Bolzenschneider entfernt und sie zerrend und schiebend in Sicherheit gebracht. Befehle wurden gebellt und hektische Betriebsamkeit war aufgekommen. Einsatzkräfte stürmten unter Vollbewaffnung in die Katakomben hinab. Es hatte ein heftiges, aber kurzes Feuergefecht gegeben, das durch laute Schreie nach einer *Ambulance* ersetzt wurde.

Auf dem Trittbrett des Rettungswagens sitzend, war Sina nur langsam wieder zu vollständigem Bewusstsein gekommen. Man verabreichte ihr ein Schmerzmittel, um das sie gebeten hatte und gab ihr reichlich zu trinken. In eine Decke gehüllt hatte sie vollkommen verloren ausgesehen, suchte David, der sich mit einer hübschen, blonden Frau unterhielt, unweit des Seineufers. Er drückte ihr gerade herzlich die Hand, als erneut Bewegung in die wartende Menge der Polizisten und Rettungskräfte kam. Zwei Sanitäter schoben in Begleitung eines Notarztes eine Bahre. Ein hochgewachsener Mann, dessen Füße am Ende der Bahre überstanden, lag zugedeckt darauf. Sina kniff die Augen zusammen. Als sie ihn erkannte, war sie nicht mehr zu halten gewesen, hatte die Decke von ihrer Schulter geworfen und war ihm, unter Tränen, entgegengeeilt. »Papa! Papa! Papa!«, schrie sie unentwegt.

Die ersten Stunden und Tage nach ihrer Befreiung aus den Katakomben waren geprägt von Vernehmungen und Befragungen. David wusste am Ende gar nicht mehr, wer sich ihm alles vorstellte und von welcher Behörde derjenige stammte. Männer und Frauen gleichermaßen, in teuren, schicken Anzügen, mit wichtig aussehenden Aktentaschen kamen und gingen. Sein Gefühl, dass man den Parkplatz des Hotels in Saint Denis unter Observation gestellt hatte, hatte ihn nicht getrügt. Irgend so ein Wichtigtuer von der Gendarmerie hatte seinen Verdacht bestätigt.

Man versprach *den Vorfall* und die mögliche Infiltration der Regierungen durch einen Geheimbund zu untersuchen und aufzuklären. Nichts dergleichen würde geschehen. Dessen war sich David sicher.
Erst Tage später konnte er Sina und ihren Vater im Krankenhaus besuchen. Denis' rechter Arm hatte in einer Schlinge gesteckt, weshalb er David die Linke reichte, sie herzlich und warm drückte und sich vorstellte.
»Ich bin Denis Forget. Ich möchte Ihnen danken«, sagte er ruhig.«
»Im Gegenteil«, widersprach David. »Ich muss mich bei Ihnen bedanken. Und bitte, nenn' mich David.«
Nachdem sie sich in stillem Einvernehmen geeinigt hatten, berichtete Denis, dass er seinen Unfalltod hatte vortäuschen müssen, um Sina und seine Frau zu schützen. Phillipe hätte niemals aufgehört ihn zu jagen, um in den Besitz der Akte zu gelangen. Zudem fürchtete er um sein Leben. Schon bevor es zum Eklat in Phillipes Haus in Grenoble gekommen sei, habe er alle Vorbereitungen getroffen. Es sei ein Leichtes gewesen, sich einen unbekannten Toten zu besorgen und die nötigen Unterlagen zu fälschen, mit dessen Hilfe man den Leichnam als Denis Forget identifizieren würde.
Allerdings musste er hoffen, dass der Abgleich des Zahnschemas für die Identifikation genügen würde. Die letzten Jahre habe er in Alicante gelebt.
Schwere Depressionen hätten ihn geplagt und Hoffnungslosigkeit, nie wieder an sein altes Leben anknüpfen zu können, seine Tochter zu sehen,

oder seiner Frau zu erklären, was passiert war. Angeblich hatte diese schon ein Jahr nach seinem Tod wieder geheiratet.
Als ein winziger, im Aktendeckel eingearbeiteter Sender sich aktiviert hatte, als man ihn aus seinem Versteck geborgen hatte, sei er aus seiner Lethargie erwacht.
Denis befürchtete Phillipe könne der Akte habhaft geworden sein, weshalb er sofort die Verfolgung des Signals aufgenommen hatte. Denis war zu dem Zeitpunkt in Paris angekommen, als David und Sina sich mit Clément Zouiche getroffen hatten.
»Ihr könnt Euch nicht vorstellen wie überrascht ich war, als ich dich sah, Sina. Ich kannte Clément. Viele Jahre diente er meinem Bruder und wich ihm nur selten von der Seite. Ich konnte nichts unternehmen, da ihr permanent beschattet wurdet. Mir blieb nichts anderes übrig als euch in den Palast zu folgen und auf eine günstige Gelegenheit zu warten.«
Schweigend war David Denis' Ausführungen gefolgt.
»Was ich nicht verstehe … Wie hast du es geschafft die deutschen Behörden zu involvieren?«, wollte David wissen.
»Ich konnte mit dem Smartphone ein Bild von euch in dem Café schießen, dass ich einem alten Freund von der Gendarmerie National gemailt hatte, und so habe ich von der Fahndung nach dir erfahren. Da ich hier in Frankreich niemandem trauen konnte, habe ich die verantwortliche Ermittlungsleiterin des LKA Hamburg kontaktiert, welche

für die Fahndungsnotierung verantwortlich war. Zudem wäre der Hilferuf eines Totgeglaubten wenig glaubwürdig gewesen«, fügte Denis schmunzelnd hinzu.

»Wie hast du uns eigentlich gefunden?«, wollte Sina wissen.

»Das Signal des Peilsenders …! Als das Signal sich nicht mehr bewegte und permanent die Position im Palast hielt, war mir klar, dass ihr und die Akte in den Katakomben sein musstet. Mir sind die Katakomben nicht gänzlich unbekannt. Ich habe seinerzeit in der Brandruine auch Skizzen und Pläne dieses weitverzweigten Netzes unter dem Élysée-Palast entdeckt. Der Gang durch die Schädelwand war mir allerdings neu. Als der Agent, den du im Hof kurzzeitig kalt gestellt hattest, Sina aus dem Gewölbe forttrug, konnte ich sehen, dass er einen Mechanismus betätigte.«

»Warum hast du nie versucht, deinen Bruder oder den Rat der Acht aufzuhalten?«, wollte David wissen.

»Weil es sinnlos gewesen wäre. Niemand hätte mir geglaubt. Außerdem fürchtete ich um Sinas Leben.« Liebevoll berührte er ihren Arm.

»Der Rat der Acht ist eine eingeschworene Bruderschaft, eine Organisation, die einer Hydra gleicht. Schlägst du ihr einen Kopf ab, tritt sofort ein nächster an seine Stelle. Weißt du David … es ist nicht so sehr was Phillipe verkörperte … in vielem stimmte ich seinen Ansichten sogar zu. Demokratie funktioniert nicht. Vielleicht nicht mehr, ich weiß es nicht«, sagte er achselzuckend.

»Albert Camus sagte einst: Kein Mensch besitzt so viel Festigkeit, dass man ihm die absolute Macht zubilligen würde. Es war anmaßend von Phillipe anzunehmen, dass er diese Festigkeit besäße. Ich weiß nicht, was die beste Regierungsform ist.
Vielleicht wären die Menschen sogar bereit, die Geschicke der Welt einem einzigen Menschen, auf bestimmte Zeit natürlich, in die Hand zu legen – vorausgesetzt dieser wäre moralisch so gefestigt und nur dem Wohle der Menschheit verpflichtet. Leider ist mir solch ein Mensch bisher noch nie begegnet«, sagte er traurig lächelnd.
»Nun ja. Die Akte ist unwiederbringlich zerstört und die Gefahr für den Rat der Acht ist gebannt«, fügte Denis bitter hinzu.
»Wer sagt das?«, meldete sich Sina grinsend zu Wort, die die Hand ihres Vaters streichelte. »Ich habe die komplette Akte abfotografiert und in meine Cloud hochgeladen. Es wäre ein leichtes sie der ganzen Welt verfügbar zu machen …«
Denis schüttelte den Kopf. »Nein, mon ange. Lass es gut sein! Du wirst daran nichts mehr ändern. Der Rat ist viel zu mächtig.«
»Und was ist mit dem Krebsheilmittel?«, fragte Sina trotzig.
David war verwirrt. »Ich dachte die Formel wäre verschollen?«
Sina sprang aufgeregt von ihrem Stuhl auf und eilte zu ihrer Tasche. »Nein, das ist sie nicht. Gestern Abend bekam ich eine E-Mail von Professor Willberg.«
Sie klappte ihren Laptop auf und hielt ihn David

unter die Nase.
»Ich vermute, diese wurde nach Ablauf eines Timers automatisch an mich weitergeleitet. Jedenfalls, so scheint es, hat er die Formel zerstückelt und verschlüsselt auf mehreren Cloud-Servern hinterlegt.«
»Und du bist die Einzige, die das Flickwerk zusammen setzen kann?«, vermutete David.
»Richtig!«, antwortete sie stolz.
»Was wirst du tun? Machst du sie publik?«
Sina warf einen fragenden Blick zu ihrem Vater. »Ich weiß es noch nicht. Echt nicht! Ich meine … vielleicht schulden wir das der Welt, auf der anderen Seite schien alles so logisch, was Phillipe über die Probleme einer drohenden Überbevölkerung sagte. Ich habe es noch nicht entschieden.«
Bevor sie sich verabschieden mussten, hatte Sina darauf bestanden, mit David in der Cafeteria des Krankenhauses einen Kaffee zu trinken, bevor ein Chauffeur des Ministeriums ihn zu seinem Wagen nach Saint Denis brachte.
Lange sahen sie sich in die Augen und David wusste nicht was er sagen sollte. Beide schienen um Worte verlegen zu sein. Für David war klar, dass das, was in dem Hotelzimmer in Paris geschehen war, zwar eine wunderschöne, dennoch einmalige Episode bleiben würde, an die er sich zweifellos in vielen Jahren noch erinnern würde. Dennoch spürte er, dass Sina offenbar mehr für ihn zu empfinden schien. David liebte seine Frau noch immer, weshalb er ihre Gefühle nicht erwidern konnte. Obwohl unausgesprochen, war beiden bewusst, dass es

ein endgültiger Abschied sein würde.
»Sina ...«, hob er an.
Sie stellte sich auf die Zehenspitzen und küsste ihn, mit den Tränen kämpfend, zärtlich zum Abschied, als sie vor das Krankenhaus auf den Gehsteig getreten waren.
»Ich danke dir, David. Für alles!«
Alles, was er hätte sagen können, hätte albern geklungen in seinen Ohren, weshalb er nur entgegnete: »Gern geschehen, Sina. Pass gut auf dich auf, und auf deinen Vater.«
Lange hatte sie der Ministeriums-Limousine nachgeschaut, als sie die Straße hinab fuhr und in der Pariser Straßenschlucht entschwand.

EPILOG

Einige Wochen später

Bisson gewinnt Stichwahl

Der 39-jährige Emilian Bisson wird jüngster französischer Präsident aller Zeiten. Dieser konnte sich am Sonntag mit 66 Prozent der gültigen Stimmen gegen seine Gegnerin der Front National durchsetzen. Mit der Wahl Bissons haben die Franzosen die Existenzkrise der Europäischen Union abgewendet. Immer wieder rankten sich Gerüchte um Bisson, der als Investmentbanker der Rothschild-Bank, angeblich durch einen oligarchen Geheimbund, an die Macht gepuscht worden sein soll. Bisson, der bereits als Berater für seinen Vorgänger tätig war, führt als neuer, starker Mann, das Land aus seiner Dauerkrise …

David faltete die Zeitung zusammen und legte sie auf den Stuhl neben sich. Trotz der kühlen Nächte, die den bevorstehenden Wintereinbruch erahnen ließen, versprach es ein milder spätherbstlicher Nachmittag zu werden. Glitzernd brach sich das Sonnenlicht auf den Wellen des Bodensees, über den eine leichte Brise strich.

Einem Passagierschiff der Weißen Flotte entströmten zwei Dutzend asiatischer Touristen, die schnatternd an ihm vorbeizogen und die Mole Richtung Konzil hinab schlenderten.
Kronos' Worte hallten in seinem Geist immer noch nach. Fragen über Fragen quälten ihn, raubten ihm den Schlaf der letzten Nächte. Sollte Phillipe Forget, alias Kronos, mit allem Recht haben, was er über die Menschen sagte?
David quälte die Ungewissheit. Immer wieder kreisten seine Gedanken um dieselben Fragen.
Würde man irgendwann immun gegen die Massenmanipulation, wenn man sie erkannte? Verlöre Propaganda ihre Wirkung, ihren Sinn, wenn man ihrer bewusst wurde? Massenmedien, Life- und News-Ticker, Soziale Netzwerke, Online-Dienste, bombardieren dessen Konsumenten zu jeder Stunde des Tages – er bezweifelte es zutiefst.
Und was wäre die Konsequenz, wenn es den Menschen gelänge, sich dieser Gehirnwäsche zu entziehen? Wenn sie wieder eigenständig zu denken begönnen, nicht wie Lemminge den Massen hinterher trotteten, endlich anfingen Eigenverantwortung für ihre Gesellschaft und diesen Planeten zu übernehmen? Würde man einen Menschen, der gegen dieses propagandistische System aufzubegehren wagte, nicht automatisch zu einem Querulanten abstempeln, ihn politisch und gesellschaftlich denunzieren, oder gar mundtot machen? Er wusste darauf keine Antworten.
Phillipe war sehr überzeugend gewesen und David konnte nicht verhehlen, dass die Probleme, die er

benannte, nicht gelöst werden konnten, zumindest nicht so, wie die Welt derzeit lief. Die Demokratie sei obsolet, eine antiquierte Regierungsform, so hatte er sich ausgedrückt. Sollte er damit wirklich recht haben?

Wie Phillipe angekündigt hatte, gab das EU-Parlament vor wenigen Tagen die Einführung eines neuen gemeinsamen Ausschusses bekannt. Da die Frage des Vorsitzes, nach Forgets Tod, noch nicht geklärt war, wolle der Ausschuss kommende Woche in einer Sondersitzung seinen Nachfolger bestimmen und zeitnah die Arbeit aufnehmen. Was die genaue Aufgabe dieses Ausschusses sein würde, darüber wurden nur sehr wenige Details publik.

David hatte es nicht anders erwartet. Zu mächtig war der *Rat der Acht*, zu einflussreich, als dass man ihm noch etwas hätte anhaben können. Und er hegte nicht die geringsten Zweifel, dass eben dieser Ausschuss sehr weitreichende Kompetenzen und Machtbefugnisse bekäme.

Nur einmal hatte David nach ihrer Rettung noch Kontakt mit Selina Scharnhorst, als er sich nach dem Befinden des Kollegen erkundigte. Dieser sei über den Berg und auf dem Wege der Besserung. Man habe den Unfallverursacher ermitteln können. Was sich, begründetermaßen, als Mordanschlag auf Kerner darstellte, sei tatsächlich die Tat eines betrunkenen Autofahrers gewesen.

Scharnhorst hatte ihm erzählt, dass sie kaum fassen konnte, was Denis Forget ihr geschildert hatte, als er um ihre Hilfe nachsuchte. Dieser habe ihn und

Sina in den Palast verschwinden sehen und gemutmaßt, dass sie in arge Bedrängnis kommen würden. Nach ihrem Anruf bei der Gendarmerie National sei alles sehr schnell gegangen. Mit einem Helikopter war sie nach kurzer Flugzeit in Paris eingetroffen und habe den Einsatz beobachtend begleitet
Nur beiläufig erwähnte sie, dass man den LKA-Präsidenten vom Dienst entfernt habe. In wessen Auftrag er die Ermittlungen zu unterbinden versuchte, hatte er bislang nicht offenbart. Sonderbarerweise gäbe es jedoch Hinweise auf eine gemeinsame Verbindung zwischen ihm und der leitenden Staatsanwältin in Konstanz.
David vermutete, dass dieser, ebenso wie die Staatsanwältin Stegmeier, lediglich Handlanger des Rates war, wie Clément und viele andere.
Man habe einen Untersuchungsausschuss eingerichtet, sagte Scharnhorst. Auch dabei käme nichts Wesentliches ans Licht, so viel war David klar.

Man hatte interne Ermittlungen gegen David eingeleitet, die sein Präsident nur zu gerne persönlich leitete und entsprechend forcierte. Statt, wie vom Präsidenten verlangt, ihm eine Stellungnahme und einen umfassenden Bericht der Vorfälle zukommen zu lassen, knallte David ihm vor drei Tagen seine Kündigung auf den Tisch.
Jahrelang hatte er geglaubt diesen Schritt nie zu wagen. Aber er fühlte sich so befreit wie noch nie.

Sein Milchkaffee war mittlerweile kalt geworden. Er beobachtete, während er auf Beate wartete, die Menschen, die die Mole auf und ab flanierten, als er ihrer gewahr wurde. Sie trug ein neues Sommerkleid, das sie offenbar im Sommerschlussverkauf erstanden hatte und ihre zauberhaften, langen Beine zeichneten sich darunter ab. Selbstsicher, sich ihrer reifen Schönheit bewusst, steuerte sie auf ihn zu und lächelte ihn an.
»Hallo schöner Mann«, säuselte sie lasziv, beugte sich ihm entgegen und hauchte einen Kuss auf seine Wange.
»Hallo Beate. Ich sehe, du hast etwas Schönes gefunden«, sagte er bewundernd. »Du siehst toll aus in dem Kleid!«
Seine Frau drehte sich um die eigene Achse und ließ sich von ihm bewundern.
Nach seiner Rückkehr hatten sie sich, das erste Mal seit Jahren, richtig ausgesprochen, ohne gegenseitige Vorwürfe und Vorhaltungen.
Bernd Maurer hatte Beate geschildert, was in Hamburg und Paris geschehen war, nachdem sie tagelang vergeblich versucht hatte David zu erreichen. Sie hatte sich ungeheure Sorgen gemacht und war froh, als er wohlbehalten zurückkehrte. Sie verabredeten sich zum Essen. David hatte darauf bestanden sie zu bekochen und sie hatte dankend angenommen. Eine ganze Nacht lang hatten sie geredet, bis sie sich, als der Morgen graute, geliebt hatten, wie sie es seit Jahren nicht mehr getan hatten.

»Wollen wir gehen?«
»Ja, lass uns gehen«, sagte sie lächelnd, griff seine Hand und schmiegte sich an seinen Oberarm.
Beate bedachte ihn mit einem missfälligen Blick, als sein Handy piepte.
»Entschuldige bitte«, sagte er, als er es umständlich aus der Hosentasche kramte.

Krebs jetzt heilbar?

Wie soeben bekannt wurde, entwickelte der renommierte Krebsforscher, Prof. Dr. Dr. Hartmut Willberg (Deutsches Krebsforschungszentrum Heidelberg), ein Therapeutikum, welches nach umfassenden Studien alle Arten des Krebses heilbar machen soll. Die Formel soll vor einer Stunde auf entsprechenden Internetplattformen veröffentlicht worden sein. Wir berichten weiter …

»Was ist?«, erkundigte sich Beate.
»Nichts Wichtiges! Nur eine Nachrichten-Eilmeldung von Spiegel-Online. Alles ist gut!«
David lächelte Beate an, küsste ihre Stirn und schleuderte sein Telefon, in hohem Bogen, in den Bodensee.

ENDE

Ebenfalls erschienen von Matthias Bürgel

David Sprengers erster Einsatz:

PROJEKT GOLIATH

Ein führender IS-Terrorist, dessen Ziel die Etablierung eines globalen Gottesstaates ist, gelangt in den Besitz eines todbringenden Erregers. Damit infizierte IS-Kämpfer tragen das tödliche Virus, unerkannt in der Masse des Flüchtlingsstroms, nach Europa. Eine Pandemie ungeahnten Ausmaßes bedroht die Menschheit.

Geb. 1970, verheiratet, Kriminalbeamter;
Seit 27 Jahren im aktiven Polizeidienst; seine Leidenschaft gilt dem Motorradfahren und dem Gitarrespielen.

Der Thriller »AKTE KRONOS« ist sein zweiter Roman.